허즈번드

vol. 2

허즈번드 vol.2

초판 1쇄 발행 2020년 04월 10일

지은이 | 황한영

발행인 | 김성룡
기획, 편집 | (주)스마트빅(쉼표)
교정 | 이수경
표지디자인 | 우물
출판등록 | 제2014-000017호 (2011년 6월 30일)

펴낸곳 | 도서출판 가연
주 소 | 서울시마포구 월드컵북로 4길 77, 3층 (동교동 ANT빌딩)
전 화 | 02-858-2217
팩 스 | 02-858-2219
ISBN | 978-89-6897-062-7 03810

vol.2

허즈번드

황한영
장편 소설

차 례

Chapter 15

다시 원점

그는 평소와 달리 일찌감치 회사를 나섰다.

정 실장은 물론이고 김 기사까지 떼어놓고 개인적으로 은밀하게 향한 곳은 청담동에 위치한 주얼리 숍이었다. 미경이 즐겨 다니는 곳이라 썩 내키지는 않았지만 결혼 예물을 맞춘 곳이라 어쩔 수 없었다.

"안녕하세요, 박 대표님!"

가게 안으로 들어서자 그를 알아본 매니저가 쏜살같이 달려 나왔다.

"차 한 잔 드릴까요?"

"차는 됐습니다. 그보다 반지를 봤으면 하는데."

"여성 반지 말씀이신가요?"

그가 턱을 까닥이자 매니저는 곧장 반짝이는 반지들이 진열된 곳으로 그를 안내했다.

"실례지만, 선물 받으시는 분의 나이대가 어떻게 되시는지 알 수 있을까요?"

"스물여섯."

매니저의 동공이 살짝 흔들리는 걸 캐치한 그는 말을 덧붙였다.

"사이즈는 정확하게 모르겠는데. 결혼반지를 여기에서 맞췄으니 기록이 남아 있을 것 같아서 그냥 왔습니다."

"그럼요. 물론입니다."

티 나게 얼굴이 밝아진 매니저가 진열장을 열어 반지를 가리켰다.

"저번에 뵈었을 때 사모님의 이미지가 청초하시다고 생각했었거든요. 그래서 제 생각엔 이런 디자인이 어울리실 것 같은데, 어떠세요? 이 라인이 요즘 제일 잘나가는 제품들이기도 하고요."

"음. 너무 화려한 것 같은데."

"아, 사모님 취향이 심플 쪽이셨군요. 그럼 이쪽 라인은 어떠세요?"

"이건 너무 심플한 것 같고."

그가 두 번 고개를 내젓자 베테랑 매니저가 눈치껏 진열장에서 손을 뗐다. 그러곤 영업용 미소를 방긋 지으며 묻는다.

"혹시 원하시는 디자인이 따로 있으시면 말씀해주세요. 가장 부합한 걸로 찾아드릴게요. 급하지 않으신 거면 특별 주문도 가능하고요."

원하는 디자인이라…….

조명 빛을 받아 번쩍거리는 수많은 반지를 눈으로 쓱 한번 훑은
그가 이내 말했다.

"끼고 있어도 끼고 있는 줄 모를 정도로 편하지만, 남들이 봤을
땐 확 티가 나는 걸로."

순간 매니저의 입가가 미세하게 떨렸지만, 그는 더없이 진지한
얼굴이었다.

* * *

숍을 나온 그는 곧장 차에 올라타 시동을 걸었다. 들어갈 때와
달리 그의 입가는 꽤 느슨해져 있었다.

"유별난 사모님들을 많이 상대해서 그런가. 꽤 유능한 것 같군."

타인에 대한 칭찬에 인색한 그였지만 이번만큼은 인정하지 않
을 수가 없었다. 매니저는 제가 생각해도 괴짜 같은 설명을 정확
하게 이해하고 적당한 디자인의 반지를 보여주었다. 얇은 링을 따
라 전체적으로 작은 다이아들이 촘촘히 박혀 있는, 심플하면서도
눈에 들어오는 디자인이었다. 꽤 마음에 들어 바로 예약을 하고
나오는 길이었다. 최대한 빨리 세공해달라는 요청도 잊지 않았다.

'나야 보는 눈이 많아서 어쩔 수 없지만, 당신은 안 껴도 돼. 아
니, 그편이 좋겠군. 반지 알이 꽤 커서 거슬릴 테니까.'

어젯밤, 여자 앞에서는 시침을 뚝 뗐지만 사실은 토씨 하나 틀리지 않고 정확하게 기억하고 있었다. 결혼식 날 제가 했던 말을. 이렇게 제 발등을 찍게 될 줄 알았으면 그런 말 따위 하지 않는 건데. 뒤늦게 후회했지만 이미 엎질러진 물이었다. 그래도 다행인 건 원상태로 되돌릴 순 없겠지만, 수습할 방법이 영 없지는 않았다.

"그 정도면 불편해서 못 끼겠단 말은 못 하겠지."

그는 짐짓 심술궂게 웃으며 엑셀을 밟았다.

도로 위를 부드럽게 달리던 차가 도착한 곳은 회사가 아닌 여자가 일하는 레스토랑 앞이었다. 시동을 끄고 시간을 확인했다. 정확하게 네 시가 되기 5분 전이었다. 일부러 그녀의 퇴근 시간에 맞춰 동선을 짰다.

그 나사 하나 빠진 것 같은 꼬맹이와는 아무런 사이도 아니라던 말을 못 믿는 건 아니었지만, 그래도 두 눈으로 다시 한 번 직접 확인해야 제 마음이 한결 편해질 것 같았다. 그는 의자 등받이에 등을 기댄 채 차 앞 유리창 너머로 보이는 레스토랑 입구를 주시했다. 그런데 10분이 지나도 20분이 지나도 여자의 모습은 나타나지 않았다.

"설마 벌써 퇴근한 건가."

정확하게 30분을 채웠을 때, 그는 여자에게 전화를 걸었다. 신호음이 한참 흘렀지만 여자의 목소리는 끝내 들을 수 없었다. 검게 변한 액정을 물끄러미 내려다보다 결국 차에서 내렸다.

"어? 안녕하세요!"

레스토랑 안으로 들어서자 그를 알아본 직원이 놀란 얼굴로 인사했다.

"안녕하십니까."

그도 정중하게 고개를 숙였다. 어쨌거나 아내의 직장 동료이니 예의를 갖춘 것이었다.

"은서 언니 찾아오신 거예요?"

"벌써 퇴근했습니까?"

"아, 그게……."

대답을 머뭇거리는 직원의 얼굴엔 곤란한 기색이 역력했다. 왠지 느낌이 좋지 않다. 그는 정색하고 되물었다.

"지금 어디 있습니까?"

"그게 지금 좀……."

"어디 있습니까."

매섭게 쏘아붙이자 직원은 어쩔 수 없다는 얼굴로 말했다.

"……2층이요."

대답을 듣자마자 그는 2층으로 빠르게 걸음을 옮겼다. 계단을 오르자 곧바로 그의 시야에 창가 테이블 고객을 응대하고 있는 여자의 뒷모습이 들어왔다. 그런데 어쩐지 분위기가 묘했다. 등지고 있어서 여자의 표정은 보이지 않았지만, 그녀와 마주 보고 있는 고객의 얼굴에 짜증이 가득 서려 있는 것처럼 보였다.

"이년이 어디서 꼬박꼬박 말대꾸야?!"

그가 분위기를 채 파악하기도 전에 일어난 일이었다. 흥분한 기색이 역력한 중년의 여성이 바락바락 악을 내지르며 자신의 앞에 있던 물컵을 집어 들었다.

설마?

생각하는 순간이었다.

좌륵-

물벼락 소리와 함께 투명한 물방울이 허공으로 흩날렸다.

* * *

뚝뚝-

내리깐 시야에 바닥으로 떨어지는 물방울이 보였다. 조금 전까지 진상 고객의 억지로 인해 미열이 오르던 머리도 차갑게 식었다. 드라마에서 이런 장면을 봤던 것 같은데…….

왠지 현실감이 들지 않아 멍하니 눈만 껌뻑일 때였다. 별안간 발걸음 소리가 가까워지는가 싶더니 이내 그녀의 어깨가 붙들렸다. 그와 동시에 은은한 향기가 훅 끼쳐왔다. 낯설지 않은 향수 냄새였다. 설마, 하고 고개를 들었다. 대체 언제 온 건지, 저를 끌어안고 있는 남자의 날카로운 옆모습이 보였다.

이 남자가 여긴 왜?

의문을 떠올릴 새도 없었다. 그녀를 끌어안은 팔의 반대쪽 팔이 불쑥 앞으로 나가는가 싶더니 테이블 위에 있던 와인잔을 집어 들었다.

그러곤 1초의 망설임도 없이 곧바로 좌륵-

"꺄악!!!!!!"

고막을 찢을 듯 날카로운 비명이 울려 퍼졌다. 검붉은 와인을 뒤집어쓴 여자가 자리에서 벌떡 일어났다. 숍에 가서 비싼 돈 주고 세팅받은 머리칼을 타고 내려간 검붉은 액체가 값비싼 블라우스 위로 핏자국처럼 번지기 시작했다.

"당신 미쳤어?!"

그녀를 향해 있던 신경질적인 시선이 남자에게로 고스란히 옮겨갔다. 그 순간 어떤 힘이 그녀를 끌어당기듯 현실로 돌려놓았다. 이건 브라운관 너머에서 방영되는 막장 드라마 따위가 아니었다. 제가 속한 현실이었다. 심지어 남자의 등장으로 일이 매우 커지기까지 했다.

맙소사……!

현실을 인지하는 순간 눈앞이 캄캄해지는 듯했다. 은서는 눈을 질끈 감았다 떴다. 결코 제힘으로는 수습할 수 없을 난장판이 조금 전보다 생생하게 눈에 들어오는 듯했다. 그녀가 물을 맞는 걸보고 놀라 달려왔던 매니저도 그가 저지른 일에 당황한 듯 입을 쩍 벌리고 있었다.

"아줌마가 한 짓이랑 똑같은 짓을 했는데, 왜. 당하니까 기분 나쁜가 보지?"

"뭐……? 아줌마? 감히, 내가 누군 줄 알고!"

'감히'라는 말에 남자의 입술이 삐딱하게 호를 그렸다.

"그러는 아줌마는 내가 누군 줄 알고?"

결코 지지 않는다. 오히려 남자의 당당하다 못해 매서운 기에 밀리는 건 여자 쪽이었다.

"내, 내가 이 꼴을 당하고도 가, 가만히 있을 것 같아?"

"잘됐군. 이쪽 역시 이 꼴을 당하고도 가만히 있을 생각은 전혀 없거든."

건조한 목소리를 뱉어낸 남자는 자신의 지갑을 꺼내 명함 한 장을 빼 여자에게 건넸다. 그의 기에 눌려 엉겁결에 받아든 명함을 확인하던 여자의 눈이 휘둥그레 커진다.

"……태한 ……그룹?"

남자의 정체를 확인한 여자가 믿을 수 없다는 듯 작게 중얼거렸다. 명함을 쥔 손이 덜덜 떨리고 있었다. 적잖이 충격을 받은 것 같았다. 불과 5초 전까지만 해도 기세 좋게 번뜩이던 매서운 두 눈도 마치 바람 앞의 등불처럼 거세게 흔들리기 시작했다.

"이후 이야기는 내 변호사랑 하도록 하고."

그런 여자에게서 무심히 시선을 뗀 남자가 은서의 어깨를 붙든 손에 힘을 주며 매니저를 바라보았다.

"이 사람, 데려가겠습니다."

정중한 어투였지만 결코 허락을 구하는 투는 아니었다.

"네? 아, 네. 그, 그러세요."

진상 고객이 그랬던 것처럼 매니저 역시 그의 기에 눌려 고개를 주억거렸다. 매니저의 대답이 떨어지기가 무섭게 남자는 1층으로 내려가는 계단을 향해 걸음을 옮겼다. 그의 품에 안겨 있던 그녀 역시도 덩달아 걸음을 옮길 수밖에 없었다. 남자의 걸음이 너무 빨라 보폭을 맞추기가 힘들었지만 차마 걸음을 멈추지는 못했다.

* * *

도대체 어떻게 집까지 왔는지 모르겠다. 집으로 오는 차 안에서 냉기를 넘어서 살기를 풍기는 남자의 기세에 눌려 숨마저 편히 쉬지 못했다. 그건 집으로 들어와서도 마찬가지였다. 거실 소파에 그녀를 앉힌 남자는 바로 맞은편 자리에 앉았다. 학창 시절 교무실에 불려갔을 때보다도 훨씬 더 불편한 공기가 두 사람을 에워쌌다.

"저……."

이대로 가다가는 질식할 것만 같아 조심스레 운을 떼는 순간이었다. 그녀보다 조금 더 빠르게 남자가 말했다.

"당장 그만둬."

은서가 눈을 동그랗게 뜨고 마주 보자, 그가 미간을 좁힌다.

"뭘 그렇게 놀라? 설마 그 꼴을 당하고도 계속할 생각이었던 건 아니지?"

남자의 매서운 시선이 그녀를 스윽 훑어 내려갔다. 애초에 컵에 든 물 양 자체가 그리 많지 않았던 것도 있고, 날씨 또한 아직은 후덥지근했기에 젖은 옷과 머리는 이미 말라 있었지만, 몰골이 부스스 엉망인 건 어쩔 수 없었다.

그녀는 엉켜 있는 모발 끝을 만지작거리며 변명하듯 말했다.

"……처음 겪은 일이에요."

남자의 눈썹이 씰룩인다.

"그걸 지금 말이라고 해?"

"그 아주머니가 워낙 예민한 편이에요. 다른 고객들은 전혀 그렇지 않고요."

"그래서, 계속 다니겠다고?"

"그럴 생각이에요."

고집스러운 대답에 남자가 버럭 소리를 내질렀다.

"송은서!"

불벼락처럼 떨어진 음성에 은서는 저도 모르게 어깨를 흠칫 떨었다. 남자는 화난 음성을 이어갔다.

"아무래도 당신의 위치를 잊고 사는 모양인데, 당신 내 아내야. 태한 그룹 사모님이라고! 그런 사람이 뭣도 안 되는 여자 앞에서 이년 저년 소리 들으면서 물벼락을 맞았다는 게 소문이라도 난다고 생각해봐. 내 꼴이 얼마나 우스워지겠어? 태한 그룹 이미지는?"

태한을 얘기하는 남자의 눈빛이 열기 그득한 음성과는 달리 서늘하게 식는 것을 보며 은서는 아랫입술을 잘근 씹었다.

자신의 남편, 그리고 태한 그룹…….

이 일이 거기까지 영향을 미칠 수도 있을 거라는 생각까지는 미처 하지 못했었다.

"미안해요. 생각이 짧았어요."

"이제라도 알았다면 당장 그만둬."

"박신우 씨……."

"사회생활이 하고 싶은 거면 차라리 그럴듯한 사업을 해."

"……."

"특별히 관심 있는 분야는 없어? 레스토랑은 차릴 생각 없다고 했었고. 그럼 카페는 어때? 아니면 꽃집? 말만 해. 뭐가 됐든 당장 준비해줄 테니까."

그리 말하는 남자의 얼굴은 세상에서 가장 단호해 보였다. 재고의 여지 따위 전혀 없다는 듯.남자가 무슨 말을 하는 건지 모르지 않았다. 그의 처지에서는 당연히 저렇게밖에 말을 할 수 없다는 것도 알고 있었다. 어쩌면 이 일은 제가 한발 물러나는 게 맞을지도 몰랐다. 그러나 이상하게도 그리 생각하는 머리와는 달리 입은 꼼짝도 하지 않았다. 처음으로 동료라고 부를 수 있는 사람들이 생겼다. 처음으로 가현을 제외한 다른 사람들과 웃으며 일상적인 대화를 나눌 수 있게 됐다.

새장에 갇혀 평생을 꿈꿔왔던 삶을, 이제야 하루하루 살아갈 수 있게 됐는데…….

입안이 바싹바싹 말라서 은서는 마른침을 꼴깍 삼켰다.

내가 어떤 마음으로 이 일을 하고 있는지 설명하면 이해해주지 않을까. 아니, 이해까진 못 해주더라도 제 처지를 불쌍하다 여겨 한 번쯤 눈감아줄 수는 있지 않을까. 저도 모르게 섣부른 기대감이 드는 것이다. 이 남자는 황 회장과는 다를 테니까, 하는.

"조심할게요."

한참을 망설이다 겨우 뱉은 말에 남자의 눈썹이 추켜 올라가는 게 보였다. 그게 무엇을 뜻하는지 알아들었으면서도 은서는 두 눈을 질끈 감고 계속해서 말을 이어갔다.

"제가 태한 그룹이랑 관련돼 있다는 거 들키지 않도록. 오늘 같은 일도 겪지 않도록. 다 조심할게요. 그러니까……."

"도대체 왜 이렇게 쓸데없는 고집을 부려?!"

귀에 꽂히는 짜증스러운 음성에 은서는 감은 눈을 떴다. 그녀를 바라보고 있던 남자와 시선이 딱 마주쳤다. 목소리에 그러했듯 남자의 두 눈에도 짜증이 한껏 담겨 있었다. 그와 동시에 은서의 얼굴이 허옇게 질려갔다. 저를 바라보는 남자의 눈빛이 황 회장의 그것과 닮아 보였기 때문이다.

네 의견 따위는 언제나 무시해도 된다고. 너 따위에게 사람대접 해줄 생각 없다고. 세운의 이름에 먹칠할 생각 말고, 그저 눈 감고 귀 막고 시키는 대로만 살아가라던…….

그때와 다를 바가 없었다. '세운'에서 '태한'으로 그저 바뀌었을 뿐, 여전히 자신은 제 목소리를 내면 안 되는 것이다. 저도 모르게 손끝이 벌벌 떨려오기 시작해 은서는 주먹을 말아 쥐었다. 한동안 잊고 있었던 음습한 그림자가 발끝부터 스멀스멀 기어올라 그녀를 잠식해가기 시작했다. 마치 평창동 거실 한복판에 서 있는 듯한 기분이었다.

"고집을 부리는 건, 박신우 씨도 마찬가지인 거 아닌가요?"

자꾸만 아래를 향하던 고개를 빳빳이 들고서 남자를 바라보았다.

"아니, 오히려 자신의 뜻을 따르라고 강요하는 건 내가 아니라 박신우 씨죠. 저는 적어도 무턱대고 제 의견을 따라달라고 하진 않았으니까요."

"뭐?"

"앞으론 조심하겠다고요. 그런데 이번 한 번만 그냥 넘어가 달라는 게 그렇게 어려워요? 어차피 제가 태한 그룹 사람인 거. 박신우 씨 아내인 거. 아무도 몰라요. 오늘도 박신우 씨가 굳이 나서지 않았다면 제가 물벼락 맞는 걸로 끝났을 거고요."

"송은서."

그만하라는 듯 뱉어진 제 이름에도, 은서는 멈추지 못하고 속에 있는 말을 쏟아냈다.

"내가 태한의 이름에 먹칠하지 않는 이상, 사생활에 간섭하지 않겠다고 먼저 말했던 건 박신우 씨였어요. 그리고 나는 아직 태한에 먹칠하지 않았다고 생각해요. 앞으로도 그러기 위해 최선을 다할 생각이고요."

말이 끝나기가 무섭게 그의 붉은 입술이 삐딱해졌다. 하, 입술을 비집고 버석한 헛웃음이 흘러나온다.

"아주 대단한 사생활 나셨군. 그런데 내가 분명히 말하지 않았나? 그딴 어설픈 부부 놀이는 이제 끝이라고."

남자는 평생을 꿈꿔왔던 생활을 너무도 쉽게 비웃고 있었다. 꼭 저를 부정당한 것만 같아 울컥하고 감정이 치솟았다. 반발심이 생겼다.

"전 동의한 적 없어요."

그녀는 일부러 삐딱하게 대꾸했다.

"동의?"

낮게 되묻는 남자의 눈빛이 일순 서늘하게 가라앉았다.

"아, 그래. 맞아."

그의 입술을 비집고 눈빛만큼이나 서늘한 목소리가 흘러나왔다.

"당신은 동의한 적 없었지."

남자의 입술이 위로 한껏 말려 올라갔다. 하지만 웃고 있는 입술과는 달리 새카만 눈동자는 짙은 감정으로 크게 일렁이고 있었다. 그게 어떤 감정인지 명확하게 드러나지는 않았다. 화가 난 것 같기도 했고 상처를 받은 것 같기도 했다.

잠깐, 상처라고……?

'거절하면 어떻게 되는 걸까?'

'상처받겠지. 지금까지 네게 거절당한 수많은 남자가 그랬던 것

처럼.'

아……!

가현과의 대화를 떠올린 은서는 뒤늦게야 자신이 뱉은 말이 그에게 다른 의도로 들렸을 수도 있다는 것을 깨달았다. 그런 뜻은 아니었는데. 어울리지도 않게 삐딱하게 뻗대던 얼굴 위로 당혹감이 빠르게 스쳐 지나갔다.

변명이라도 해야 하는 걸까. 머뭇거리는 사이 남자가 자리에서 스윽 일어났다.

"잘 알아들었어."

그의 서늘한 시선이 그녀에게 꽂혔다.

"당신 대답."

상황이 제가 의도했던 것과 달리 뭔가 잘못 돌아가고 있다는 건 깨달았지만, 돌아서는 남자를 붙잡지는 못했다.

* * *

밤이 깊었지만 그는 좀처럼 잠들 수 없었다. 그렇다고 평소처럼 일할 기분도 아니었다. 어떻게든 잠에 빠져들기 위해 양을 한 천 마리쯤 세었을까. 결코 쉽게 잠들 수 없을 거라는 걸 직감한 그는 결국 감은 눈을 번쩍 떴다.

"빌어먹을!"

욕지거리가 절로 나왔다. 검은 천장과 눈싸움이라도 하듯 노려보다 상체를 벌떡 일으켰다. 도저히 송장처럼 가만히 누워 있을 기분이 아니었다.

'전 동의한 적 없어요.'

꼭 동굴에 들어와 있는 것처럼 여자의 목소리가 크게 울렸다. 그는 고개를 젖혀 다시금 새카만 천장을 바라보았다.

"여태 기다린 대가가 고작……."

차마 말을 끝마치지 못하고 입술을 비틀었다. 솔직히 말하자면 이따위 결과에 대해서는 눈곱만큼도 상상해본 적이 없었다. 늦어지더라도 결국엔 긍정의 대답을 듣게 될 거라 믿어 의심치 않았었다. 그런데 이제 보니 완전히 제 착각이었다.

사실 돌이켜 보면 그랬다.

제게 꼬박꼬박 밥을 차려준 것도 저를 위해서가 아니라 본인이 좋아서 한 거였고. 방긋방긋 웃어 준 것도 저를 위해서가 아니라 술 때문이었다. 그의 가슴을 뜨겁게 만들었던 위로 또한 그랬다. 본인의 경험 때문에 그냥 동조해준 걸 테다.

그런데, 그런 '호의'와 '호감'을 헷갈리다니.

지금 드는 배신감 비슷한 이 감정마저 사치였다. 지금 이 상황은, 자신의 엄청난 착각이 불러온 결과였을 뿐이다.

"하. 꼴 한번 우습게 됐네."

삐딱하게 말려 올라간 입술을 비집고 헛웃음이 흐른다. 그는 털썩 침대에 다시금 몸을 눕혔다. 푹신한 이불이 등허리를 감싸 안았음에도 딱딱한 바닥에 누운 것처럼 불편했다.

그는 미간을 잔뜩 찌푸린 채 두 눈을 질끈 감았다.

"접자, 접어. 어울리지도 않는 이따위 감정."

어려울 건 없었다. 절절하게 사랑한 건 아니었으니까. 다른 여자들과 다르게 느껴지는 모습에 잠깐 호기심이 생긴 것뿐이리라. 이런 호기심 따위 금방 식을 테다. 애초에 이렇게 시작된 관계였다. 태한 그룹과 세운 그룹의 결탁이 가져올 수많은 이득을 위해 엮였을 뿐.

일반적인 결혼이었다면 이 상황이 큰 문제가 됐을지도 모르겠지만, 그들의 결혼에서는 아무런 영향을 끼치지 않는다. 제 감정이 깊어졌든, 제 아내는 거절했든. 태한과 세운이 손을 잡았다는 것은 이미 공식적으로 발표가 난 일이었으니까 말이다.

두 회사의 주가는 뛰었고, 그로 인해 파생된 여러 가지 보너스가 착실히 쌓이는 중이었다. 그리고 그것들 덕분에 가장 큰 이득을 본 건, 다른 누구도 아닌 바로 자신이었다. 그저 허울뿐인 쇼윈도 부부로 살아가는 건, 제가 그토록 원했던 결혼 생활이지 않았던가.

바뀌는 건 없다. 원점으로 돌아갈 뿐.

그래. 그냥 그렇게 생각하면 될 일이었다.

* * *

"언니!"

버스에서 이제 막 내렸을 때였다. 낯설지 않은 목소리가 은서의 뒤통수에 꽂혔다. 고개를 돌리자 윤주가 이쪽으로 쪼르르 달려오는 게 보였다.

"괜찮아요?"

"응. 괜찮아."

은서가 고개를 끄덕이자 윤주가 작게 안도의 한숨을 내쉬었다. 진심으로 그녀를 걱정한 눈치였다. 고마운 마음에 은서는 엷게 웃어 보였다.

두 사람은 나란히 레스토랑을 향해 걸음을 옮기며 대화를 나눴다.

"어제 얼마나 놀랐다고요."

"나 때문에 미안."

"이게 왜 언니 때문이에요? 사과할 사람은 그 아줌마죠. 말도 안 되는 걸로 태클 거는 거 가게 안에 있던 사람들이 전부 들었는데."

씩씩하게 대꾸하는 윤주의 말에 은서는 속으로 안도의 한숨을 내쉬었다. 그렇게 생각해준다니 다행이었다. 어제 일을 너무 크게 벌린 것 같아 내심 걱정했는데, 태한 그룹에 대해서 묻지 않는 걸 보니 고객이 별다른 말을 하지 않은 모양이었다.

"오히려 나서서 언니 편 못 들어준 내가 더 미안해요. 그 아줌마가 들어올 때 준호 오빠한테 진상이라고 귀띔을 듣긴 했는데, 그렇게까지 진상일 줄은 몰랐어요. 덕분에 제시간에 퇴근도 못하고, 언니는 폭언에 물벼락까지 맞고……. 어휴. 다신 안 왔으면 좋겠어요, 그 망할 아줌마!"

어제 일을 곱씹던 윤주가 분노로 몸을 부르르 떨었다. 은서는 이미 상대해본 적 있는 고객이었지만 윤주는 어제가 처음이었다.

"그래도 어제 좀 영화 같긴 했어요."

"영화?"

"오빠분이 타이밍 좋게 나타났잖아요. 마치 영화처럼."

"아……."

"그 아줌마가 오빠분 카리스마에 겁나서 꼼짝 못 하는 거 보니까 어찌나 속이 시원하던지. 그리고 마지막에 언니 데리고 나가는 모습은 꼭 백마 탄 왕자님 같았어요!"

꿈꾸는 얼굴로 손뼉까지 짝 치는 윤주를 보며 은서는 아랫입술을 질끈 깨물었다. 윤주의 말이 맞았다. 어제 그의 행동은 저를 위한 행동이었다. 그녀를 골리려고 일부러 일을 키운 게 아니라. 사실 그녀 역시 그의 앞에서 기세가 꺾인 여자를 봤을 때 한편으로는 속이 시원하다는 생각도 했었다. 아마 그가 아니었다면 그녀는 물을 뒤집어쓴 채로 죄송합니다, 고개를 숙여야 했을 것이다. 잘못한 게 없음에도 불구하고.

그래. 확실히 도움을 받았다. 그런데 그런 남자에게 고맙다는 말은커녕…….

어젯밤 서늘하게 돌아서던 남자의 뒷모습을 떠올리자 가슴 한편이 뻐근해져 온다. 은서는 손을 들어 제 가슴을 꾸욱 눌렀다. 밤새도록 계속된 기분 나쁜 통증이었다.

"근데 언니네는 남매 사이가 좋은가 봐요."

윤주의 말에 은서는 하마터면 헛웃음을 흘릴 뻔했다. 어제오늘, 저를 향해 찬바람을 쌩쌩 일으키던 남자의 모습을 봤다면 절대로 이런 말을 하지 못했을 것이다. 아니, 오늘은 아예 얼굴도 볼 수 없었다.

그가 이미 출근했다는 사실을 알게 된 건, 기껏 준비한 아침이 차갑게 식었을 때였다. 늘 같은 시간에 나오는 남자가 소식이 없자 의아한 생각이 들어 직접 방문을 두드렸다. 돌아오는 대답이 없어서 조심스럽게 방문을 열었을 때 그녀를 맞이해준 건 횅한 공기뿐이었다.

"사실은 저도 오빠가 하나 있거든요. 그래서 대입을 해봤는데, 제가 어제 언니랑 같은 상황에 처해 있었어도 우리 오빠는 그렇게 멋지게 구해주진 않았을 거란 확신이 들더라고요."

"저기, 윤주야."

별안간 은서가 걸음을 뚝 멈췄다. 그러자 조잘조잘 떠들던 윤주 역시 덩달아 걸음을 멈추며 무슨 일이냐는 듯 그녀를 바라보았다.

"사실은 너한테 제대로 말 못한 게 있는데……."

"뭔데요?"

호기심 어린 윤주의 시선에 은서는 잠깐 망설이다 이내 말했다.

"오빠 아니야."

"네?"

"어제 그 남자랑 나, 남매 아니라고."

"그게 무슨 말이에요? 남매가 아니면요? 그럼 언니랑은 무슨 관곈데요?"

놀라 되묻는 윤주의 얼굴 위로 남자의 얼굴이 겹쳐 보인다. 내가 왜 당신의 오빠로 소개돼야 했던 거냐며, 서운해하던 그 얼굴이.

아아, 이젠 나도 모르겠다.

은서는 두 눈을 질끈 감고 고백했다.

"내 남편이야."

＊ ＊ ＊

퇴근 후 집으로 들어온 은서는 곧장 침대에 쓰러졌다.

오늘은 평소와 달리 조용한 날이었음에도 불구하고 유난히 피로감이 짙었다. 아니, '불구하고'가 아니라 '하필이면'이었다. 하필이면 오늘따라 가게가 조용해서 그녀는 피로할 수밖에 없었다. 출근길에 윤주에게 한 고백은 가게를 들어서자마자 군대의 기상송처럼 널리널리 퍼져나갔다.

그녀가 유부녀였으며 심지어 어제 가게에 나타났던 그 멋진 남자가 남편이라는 사실은, 평소엔 교류가 없던 주방 직원들까지 홀로 나오게 만들었다. 심지어는 사적인 대화를 잘 나누지 않는 매니저마저 꼬치꼬치 캐물었을 정도였다.

오늘 하루 가게의 직원들 중 그녀를 괴롭히지 않은 건 오직 준호 하나뿐이었다. 준호는 오히려 오늘따라 말이 없었다. 제가 아니라도 괴롭힐 사람이 많아서 한발 물러나준 건지는 모르겠지만 말이다.

어쨌든, 온종일 질문 공세에 시달리면서 괜히 얘기했나 짙은 후회도 했었다. 그러나 막상 퇴근하고 집에 돌아와 생각해보니 속이 이렇게 후련할 수가 없다. 은서는 감은 눈을 번쩍 떴다. 후련함과 동시에 생겨난 빈 공간으로 남자가 비집고 들어온 탓이었다.

이 사실을 얘기하면 남자는 어떤 표정을 지을까.

원했던 거니까 싫어하진 않겠지. 물론 그렇다고 기뻐하지도 않겠지만. 그래도 어제 틀어진 분위기를 되돌릴 수 있는 물꼬가 될 수는 있지 않을까.

"어제 일은 꼭 사과해야지. 고마웠다는 말도 하고."

속으로 다짐한 은서는 고개를 들어 시간을 확인했다.

이제 곧 있으면 남자에게서 문자가 올 시간이었다. 오늘은 일찍 퇴근해, 라든지. 오늘은 늦을 것 같아, 라든지.

"일찍 퇴근했으면 좋겠는데……."

휴대폰을 꼬옥 그러쥔 채 남자의 연락을 기다렸다. 하지만 시간이 지나도 남자에게선 아무런 연락도 없었다.

Chapter 16
응급상황

계절이 바뀌었다.

오후 느직이 따갑게 내리쬐던 햇볕이 뒤로 넘어가고 나면 더욱와 닿았다. 유독 뜨겁게 느껴졌던 여름이 정말로 가고 가을이 찾아왔다는 것. 택시에서 내리자 바람이 훅 불어왔다. 얇은 블라우스 안으로 제법 서늘한 가을 공기가 스며든다. 오소소 소름이돋아났다. 은서는 양팔로 제 몸을 끌어안으며 천천히 걸음을 옮겼다.

하늘 높은 줄 모르고 솟아 있는 새카만 대문을 마주하고 서자 등골이 조금 더 서늘해지는 기분이었다. 불과 며칠 전까지만 하더라도 조금만 걸어도 땀이 삐질 났었던 것 같은데, 그 시간들이 마치 거짓말처럼 느껴질 정도였다.

"카디건을 하나 챙겨 입고 나올 걸 그랬나……."

몸을 작게 떨고는 겨우 손을 뻗어 초인종을 눌렀다.

"저예요."

말을 끝내기가 무섭게 철컹, 닫혀 있던 대문이 열렸다. 은서는 바로 들어가지 못하고 머뭇거렸다. 활짝 열려 있는 대문 너머가 마치 빛 한줄기 들지 않는 심해의 포식자가 벌리고 있는 아가리 속 같다는 생각이 들어서였다.

하지만 피할 수 있는 건 아니었다. 결국 두 눈을 질끈 감고 안으로 들어섰다. 정원을 두르고 있는 커다란 나무들이 저마다 울긋불긋 옷을 갈아입은 탓일까. 고작 세 달 만에 다시 찾은 집이 너무도 낯설게 느껴졌다. 아니, 단 한 번도 이 집이 낯설지 않았던 적은 없었던가.

쓴 입맛을 다시며 정원을 반쯤 가로질렀을 때였다. 저 멀리서 달려오는 인영이 보인다.

"아가씨!"

진숙이었다. 잔뜩 경직돼 있던 은서의 얼굴 근육이 그제야 느슨하게 풀렸다.

"어서 와요! 잘 왔어요!"

진숙이 그녀를 꽈악 끌어안았다. 그러고는 잠시 떨어지며 그녀를 살피듯 바라봤다.

"그동안 잘 지냈어요? 어디 아픈 데는 없고? 밥은 잘 먹고 다니고?"

"진정 좀 하세요. 그러다가 숨넘어가겠어요."

"내가 지금 진정하게 생겼어요? 이게 얼마 만에 보는 얼굴인데!"

슬쩍 흘겨보는 눈에서 서운함이 느껴진다. 그럴 수밖에 없는 것이, 결혼을 한 지 벌써 세 달이 넘어가고 있었지만 그녀가 평창동 집에 찾아온 건 이번이 처음이었다. 이번에도 아마 추석이 아니었다면 절대 찾아오지 않았을 것이다. 사실 오늘도 어떻게든 피해 보려고 머리를 굴려보기도 했었다. 결국엔 변명거리를 찾지 못해 이렇게 오게 됐지만.

"죄송해요. 한번은 찾아왔어야 했는데."

"오기 싫은 게 당연하지, 뭐. 여기 와서 뭐 좋은 꼴 본다고. 아가씨만 잘 지내고 있으면 나는 다 괜찮아요."

진숙은 충분히 이해한다는 듯 말했지만 그래도 미안한 마음이 드는 건 어쩔 수 없다. 은서는 최대한 입꼬리를 높게 말아 올리며 예쁘게 웃어 보였다.

"네. 아줌마. 저, 아주 잘 지냈어요."

"그러게. 정말로 얼굴이 전보다 훨씬 좋아 보이기는 하네요."

안심했다는 듯 고개를 끄덕이는 진숙의 눈시울이 붉어졌다. 그동안 얼마나 제 걱정을 했는지 뻔히 보였다. 이번에는 은서가 먼저 진숙의 야윈 어깨를 가볍게 끌어안았다.

"아주머니도 잘 지내셨죠?"

"나야 늘 그렇죠, 뭐. 아가씨가 없어서 많이 허전했던 것만 빼면⋯⋯."

말끝에 물기가 그득했다. 은서는 한 발 뒤로 물러서며 진숙과 시선을 맞췄다.

"보고 싶었어요, 많이."

"어머, 웬일이래. 우리 아가씨가 립서비스도 다 해주고. 결혼하면 철든다더니, 정말인가 보네요."

호호호. 일부러 더 밝게 웃으며 진숙은 시린 코끝을 훔쳤다.

"근데 시댁으로 안 가고 바로 여기로 와도 정말 괜찮아요?"

일찌감치 미경에게서 이번 추석은 안 와도 된다는 연락을 받았다. 첫 임신인 데다가 나이도 제법 있어 그런지 꽤 힘든 시기를 보내고 있다고 했다. 손님을 맞을 정신이 없어 이번엔 조용히 넘어가는 게 좋을 것 같다고. 안정되면 그때 집으로 한번 오는 게 어떻겠냐는 말에 은서는 네, 하고 대답했다.

"시댁 어른들이 먼저 그러라고 하셨어요. 기독교라 차례 안 지내신다고요."

"특이한 분들이시네요. 차례를 안 지낸다 하더라도 명절인데, 아들 내외더러 안 와도 된다고 하고."

고개를 갸웃하는 진숙에게 사실은 종교의 문제가 아니라, 이쪽 못잖은 복잡한 가정사 때문이라고 이유를 말을 하려다 말았다. 이런 말을 하면 진숙은 괜한 걱정을 할 게 뻔했다. 물론 기독교라 차례를 지내지 않는다는 것도 거짓말은 아니었다.

"요즘은 며느리를 불편하게 생각하는 시부모님들이 많대요."

"그런 시부모면 완전 땡큐죠. 이제 보니 우리 아가씨가 시집을 정말 잘 간 것 같네."

은서는 그러게요, 하고 작게 웃었다. 두 사람은 사이좋은 모녀처럼 손을 꼬옥 붙들고 집으로 향했다. 조심스럽게 들어선 집 안은 고요했다.

"집에 아무도 없어요?"

"큰 사모님이랑 작은 사모님은 같이 외출하셨고, 사장님은 퇴근 전이에요. 추석 전날이라도 회사가 워낙 바쁘니까."

아, 하고 은서는 고개를 끄덕였다. 동시에 긴장감에 부풀었던 가슴이 포옥 가라앉았다.

"재욱이는요? 아침에 도착했다고 연락받았는데."

"시차 적응이 안 되는지 아직도 자고 있어요. 점심도 안 먹고 지금까지 쭉."

"곧 배고파서 일어나겠네요."

"그래서 안 깨우고 있어요."

두 사람은 서로 마주 보며 작게 웃었다. 은서는 집 안을 한 바퀴 둘러보다가 음식 냄새가 풍겨오는 주방을 가리켰다.

"제가 뭐 도와드릴 건 없어요?"

"없어요."

진숙은 단번에 고개를 내저었다.

"여기까지 오느라 고생했을 텐데, 얼른 올라가서 쉬어요. 방은 그대로예요."

제가 없는 시간 동안 빈방을 쓸고 닦았을 진숙에겐 미안한 말이었지만, 평생을 살아온 제 방임에도 딱히 정이 남아 있지는 않았다.

그 정도로 이 집에서 견뎌냈던 26년의 시간이 그녀에게는 지옥이었던 것이다.

"고생 전혀 안 했어요."

은서는 싱긋 웃으며 말을 돌렸다.

"여기까지 택시로 30분밖에 안 걸렸는데요, 뭘."

"아이참! 정말로 됐다니까 그러네."

고집스럽게 주방으로 향하려는 은서의 어깨를 진숙 역시 고집스럽게 붙들었다.

"혹시 저 못 미더워서 그러시는 거예요? 그런 거라면 걱정 안 하셔도 돼요. 저 실력 꽤 늘었어요. 칼질도 이젠 제법 잘해요."

"그런 게 아니라 정말로 도울 게 없어서 그래요. 음식 준비 다 끝났어요."

"그럼 뒷정리라도 도울게요. 그것도 잘해요."

"아니. 못 보던 사이에 고집이 왜 이렇게 세졌어요?"

진숙이 못 말리겠다는 듯 고개를 내저을 때였다. 초인종 소리가 울렸다. 진숙의 눈이 둥그렇게 커졌다.

"큰 사모님이랑 작은 사모님 오셨나 보네!"

헐레벌떡 현관으로 달려가는 진숙의 뒷모습을 바라보는 은서의 얼굴이 삽시간에 굳어버렸다. 옅게 서려 있던 미소는 오간 데 없었다. 현관 앞에 서서 황 회장을 기다리는 짧은 시간이 영원처럼 느껴졌다. 벌을 서듯 뻣뻣하게 서 있는데 현관문이 열리고 황 회장과 며느리가 들어왔다.

"안녕하셨어요."

은서는 두 사람을 향해 고개를 꾸벅 숙였다.

"그래."

그녀의 새어머니는 무뚝뚝하게 인사를 받고는 휙 스쳐 지나갔다. 늘 그랬던 것처럼.

"박 대표는?"

황 회장이 휑한 그녀의 뒤편을 흘긋 보며 물었다.

"같이 안 온 게야?"

"네."

"언제 오겠다고 하든?"

은서는 바로 대답하지 못하고 마른침을 꼴깍 삼켰다.

"내일 저녁에 평창동으로 가려고요."

어젯밤 늦게 귀가한 남자의 뒤를 졸졸 따르며 넌지시 말을 걸어봤었다.

"시댁에 안 가게 됐다고 했더니, 그럼 일찍 와서 하룻밤 자고 아침에 차례 지내는 게 어떻겠냐고 회장, 아니, 할머니께서 말씀하셔서요. 박신우 씨는……."

"마음대로 해."

정작 중요한 용건을 꺼내기도 전에 남자는 무심한 투로 말했다. 그러고는 시선도 주지 않고 곧장 자신의 방으로 향했다. 은서는 닫힌 방문만 물끄러미 바라볼 수밖에 없었다. 그날 이후 계속 이런 식이었다. 그는 그녀가 마치 투명 인간이라도 되는 것처럼 행동했다.

그녀가 먼저 말을 걸어보려고 해도 어제처럼 이런 식으로 무시하기 일쑤였다. 어찌나 찬바람이 부는지 입을 떼기도 겁이 났다. 밥도 함께 먹지 않았다. 아니, 식사는커녕 얼굴을 마주치기도 어려웠다. 아침은 바쁘다며 일찍 나섰고, 저녁은 밖에서 챙겨 먹고 늦게 들어왔다.

1박 2일이 넘는 일정의 출장도 말없이 훌쩍 떠났다. 며칠 만에 겨우 보는 얼굴에 그녀가 질문했을 때서야 그는 무뚝뚝하게 출장 다녀왔어. 했다. 최근 은서는 결혼 초반 때보다 오히려 남자와 훨씬 더 멀어진 기분이었다. 아니, 기분이 아니라 현실이 그랬다.

"아무래도 이번엔 못 올 것 같아요."

그녀의 대답에 황 회장의 눈썹이 치켜 올라간다.

"뭐? 왜?"

"요즘 많이 바쁜 것 같더라고요……."

말도 못 꺼내봤다는 말은 차마 할 수가 없어서 은서는 대충 둘러댔다.

"그럼 내일 아침에 오겠다는 게야?"

"……."

은서는 대답 대신 아랫입술을 슬그머니 물었다. 침묵에서 답을 읽은 듯 황 회장의 눈에서 불길이 치솟았다.

"결혼 후 인사 한 번 안 오는 것도 그러려니 넘어갔거늘. 이런 날도 일이 먼저라고? 다른 날도 아니고 결혼하고 첫 명절에?"

황 회장은 기가 막힌다는 듯 허, 코웃음을 쳤다. 지금까지는 별말이 없기에 괜찮은 줄 알았는데, 이제 보니 얼굴을 코빼기도 비추지 않는 손녀사위가 못내 괘씸했던 모양이었다. 은서는 속으로 뜨끔했다. 사실 결혼 후 인사를 오지 않은 이유는 오롯이 그녀 때문이었다.

"우리 집은 안 가도 돼. 특별한 경우가 아닌 한 왕래할 일 없을 거야. 딱히 며느리 노릇을 바라지도 않을 거고."

결혼 초기, 남자가 먼저 이 부분에 대해 운을 뗐었다.

"물론 이건 우리 집 상황일 뿐이야. 우리 집 분위기가 이렇다고 해서 당신 집까지 그러라고 강요하는 건 아니니까, 부담 갖지 말고 언제든 얘기해. 쇼윈도 부부라도 해야 할 도리는 할 생각이니까."

그리 말하는 남자에게 저희 집도 괜찮아요, 얘기했던 건 은서였다. 그리고 그녀는 황 회장이 이 문제에 대해 따지거든 시댁 핑계를 대면되겠다고, 마음 편하게 생각했었다.
"알만도 하다, 알만해."
황 회장은 여전히 벙어리처럼 입을 다문 채 고개만 푹 숙이고 있는 은서를 못마땅하게 바라보며 목소리를 키웠다.
"마누라가 좋았어 봐! 처갓집 말뚝에 절도 하지."
"……"
"넌 도대체가 잘하는 게 뭐야? 제 어미는 멀쩡한 남자 꼬셔내는 요망한 재주라도 하나 있었지. 하여튼 하등 쓸모가 없다니까!"
쯧, 황 회장이 혀를 차는 그때였다. 또다시 초인종이 울렸다. 가장 먼저 반응을 보인 건 진숙이었다. 은서의 옆에 서서 황 회장의 날 선 폭언을 함께 듣고 있던 진숙이 놀란 얼굴로 고개를 갸웃했다.

"이상하네. 사장님이 초인종을 누르실 리가 없는데……."

의아해하며 현관으로 달려 나간 진숙이 인터폰을 확인하더니 한층 더 놀란 눈이 되어 황 회장을 향해 소리쳤다.

"큰 사모님. 박 대표님 오셨어요!"

* * *

활짝 열린 현관문 안으로 들어섰을 때, 여자는 그 어느 누구보다 놀란 눈으로 저를 바라보았다. 아마 제가 이 자리에 나타날 거란 생각은 눈곱만큼도 하지 못했던 모양이었다. 사실 그건 그 역시 마찬가지였다. 어젯밤 여자의 말을 들었을 때까지만 해도 이곳에 올 생각은 전혀 없었다.

태어나서 지금까지 단 한 번도 여자를 마음에 담아본 적이 없었다. 그러니 당연하게도 마음에 담은 여자를 어떻게 해야 떨칠 수 있는지도 알 수가 없었다. 해서 그가 택한 건 정공법이었다. 눈에서 멀어지면 마음에서 멀어진다고. 최근 그는 열심히 여자를 피하는 중이었다.

아직까지는 딱히 효과를 봤다는 생각은 안 들지만, 그래도 얼굴을 마주하고 그날 일을 떠올리는 것보단 마음이 한결 편하긴 했다. 그런데 오늘 회사에 출근해서 가만 생각해보니 쇼윈도 부부로 지낸다 하더라도 도리는 다해야 하는 게 아닌가 싶은 마음이 드는 것이다.

이런 날까지 피하면 오히려 제 감정이 아직 정리가 되지 않았음을 더 인정하는 꼴이 되는 게 아닐까. 거짓말이 어설픈 그 여자가 이 상황에 대해 적당한 말로 둘러댈 수는 있을까. 고민 끝에 어쩔 수 없이 무거운 걸음을 옮겼다.

"어서 와요, 박 대표."

"바쁘단 핑계로 인사가 늦었습니다, 회장님."

황 회장을 향해 그는 정중하게 허리를 꾸벅 숙였다.

"신경 쓸 거 없어. 우리 박 대표가 진짜 바쁜 사람이라는 거, 내가 더 잘 아는데. 그래도 오늘까지 바쁘다고 못 봤으면 꽤 섭섭할 뻔했어."

"아무리 바빠도 오늘은 꼭 시간을 내야죠. 다른 날도 아니고 결혼하고 첫 명절인데요."

여자가 뱉어놓은 어설픈 거짓말에 대해 제법 능숙하게 받아친 그는 들고 있던 쇼핑백을 건넸다.

"별건 아닌데, 회장님께서 좋아하신다고 들었습니다."

내용물을 확인한 황 회장이 눈을 둥그렇게 떴다.

"어머, 이건 구하기 힘들었을 텐데?"

"다행히도 제 비서가 유능한 사람이라서 그리 어렵지는 않았습니다."

그의 능청에 황 회장은 마음에 든다는 듯 호호, 웃었다.

"그런데 아버님은요?"

"송 사장은 아직. 아마 곧 도착하지 싶은데, 배 많이 고파요?"

"아닙니다. 빨리 인사를 드려야 할 것 같아서 여쭤본 겁니다. 그럼 어머님께 먼저 인사를 드려야겠네요."

"됐어요. 번거롭게 뭐하러. 나중에 같이해요."

웃으며 대답한 황 회장은 그의 아내를 불렀다.

"박 대표랑 같이 위에 올라가 있으렴. 송 사장 오면 내가 부를 테니까."

황 회장을 따라 그의 시선 역시 자신의 아내에게로 향했다. 놀라움이 가신 여자의 얼굴은 어딘지 모르게 경직돼 보였다. 여자를 따라 2층으로 올라갔다. 여자는 2층 거실로 그를 안내했다.

"커피 내어올까요?"

그가 소파에 앉자 여자가 물었다.

"됐어."

"네."

여자는 쭈뼛거리며 그와 멀찌감치 떨어진 곳에 엉덩이를 붙였다. 그는 눈으로 2층을 대충 훑었다. 온통 원목으로 되어 있어서인지 자신의 집과는 달리 분위기가 약간 어두워 보였다. 여자의 취향은 저와 비슷했으니, 이 집은 온전히 황 회장의 취향대로 꾸며진 모양이었다.

문득 이 집에서 평생을 살았던 여자의 방이 궁금해졌다. 제 취향과 닮았을까. 아니면 그 방마저도 황 회장의 취향대로 꾸며져 있을까. 저도 모르게 상상하다가 이내 고개를 내저었다. 쓸데없는 호기심이었다. 제 아내에 대해서는 머리털 하나라도 궁금해해서는 안 될 일이었다. 늘 작은 생각이 꼬리에 꼬리를 물고 커져 결국 하루 종일 저를 괴롭혀대곤 했다. 그런 불상사를 방지하려면 아예 시작을 말아야 했다.

"안 올 거라고 생각했어요."

정적을 비집고 흘러나온 여자의 작은 목소리에 그는 시선을 바로 했다.

오랜만에 여자의 얼굴이 제대로 눈에 들어왔다. 조금 전과 달리 긴장이 풀린 얼굴이다.

"와줘서 고마워요."

"고마워할 거 없어. 말 그대로 호적상 남편으로서의 도리를 하러 왔을 뿐이니까."

"……그래도요. 그래도 고마워요."

여자가 작게 중얼거렸을 때였다. 방문 하나가 벌컥 열리더니 머리에 까치집을 지은 남자 하나가 나타났다. 언젠가 모임에서 얼핏 본 얼굴이었다. 그땐 이런 식으로 다시 만나게 될 줄은 눈곱만큼도 상상하지 못했었지만 말이다.

"누나아!"

아직 잠이 완전히 가시지 않은 두 눈을 비비던 재욱이 여자를 발견하곤 빠르게 이쪽으로 달려왔다. 재욱은 곧바로 소파에 앉아 있는 누나를 끌어안았다. 여자 역시 웃으며 동생의 어깨를 토닥였다.

"언제 왔어?"

"얼마 안 됐어."

"왔으면 바로 깨우지 그랬어."

"뭐하러 그래. 오랜 비행 때문에 피곤할 텐데. 점심도 안 먹었다기에 곧 배고파서 일어나겠구나, 했어."

배다른 남매임에도 불구하고 사이가 좋다는 얘기는 들었지만, 두 사람은 그가 상상했던 것보다 훨씬 더 가까워 보였다. 이산가족 상봉 장면을 방불케 하는 재회의 장면을 물끄러미 바라보고 있는데, 문득 재욱과 시선이 마주쳤다.

뒤늦게 그의 존재를 눈치챈 듯 반쯤 감겨 있던 눈이 둥그렇게 커진다. 그제야 재욱은 여자에게서 떨어졌다. 그는 자리에서 일어났다.

"우리 구면이지?"

"예. 아마도요."

"이렇게 보니까 느낌이 다르네. 반가워, 처남."

"아, 네."

그가 먼저 내민 손을 재욱은 어색하게 붙잡았다.

"누나한테서 얘기 많이 들었어."

가볍게 악수를 나누며 예의상 한마디를 던졌다. 그러자 잠이 완전히 깬 얼굴의 재욱이 심드렁한 투로 말했다.

"그러세요? 저는 누나한테 매형 얘기 전혀 못 들었는데."

잡았던 손을 바지에 스윽 닦아내는 재욱의 눈빛이 삐딱했다. 그 시선엔 그를 향한 적대감이 슬쩍 드러나 있었다. 아니, 적의를 숨길 생각이 전혀 없어 보였다.

"그도 그럴 게 두 사람 정략결혼이잖아요. 억지로 한."

설마 제 누나를 야수한테 잡혀간 미녀쯤으로 생각하는 걸까. 정작 푸대접을 받으며 살고 있는 게 누군데. 띠동갑에서 아주 조금 모자란, 열한 살이나 어린 녀석의 도발에 넘어가는 게 얼마나 유치한 건지 잘 알면서도 왠지 억울한 마음이 울컥 치미는 건 어쩔 수 없다.

"스물한 살이라고 했던가? 어려서 그런지 당돌하네."

"저보다 훨씬 나이가 많으시니 양해 좀 부탁드려요. 제가 나이도 어린 데다가 최근에 외국물만 계속 먹었더니 '당돌'과 '싸가지'의 개념이 조금 흐릿해져서요."

녀석은 제 행동이 싸가지 없는 행동으로 보인다는 걸 정확하게 인지하고 있는 게 분명했다. 조금도 지지 않으려고 덤벼드는 풋내 나는 객기가 그의 이마 주름을 깊게 만들었을 때였다. 중간에 끼어서 두 남자의 눈치를 보던 여자가 제 동생을 향해 소리쳤다.

"송재욱!"

그제야 재욱은 삐딱한 시선을 거둬들였다.

"대체 왜 그래?"

"내가 뭘."

"너 정말……."

"아, 배고프다! 엄마, 할머니. 우리 밥 언제 먹어요?"

여자의 눈길을 능청스레 피하며 재욱은 아래로 내려갔다. 동생의 모습이 더 이상 보이지 않았을 때 여자는 그의 눈치를 보다가 조심스럽게 입술을 뗐다.

"미안해요. 제가 대신 사과할게요. 원래 저런 애가 아닌데……."

도대체 나에 대해서 뭐라고 하고 다니기에 당신 친구고, 동생이고 이러는 건데? 오히려 불쌍한 취급을 받아야 하는 건, 당신이 아니라 나 아니야? 그는 목구멍 끝까지 차올라 있는 말을 애써 삼켜내며 불퉁하게 한마디를 뱉어냈다.

"당신은 편들어주는 사람 많아서 좋겠어."

여자는 뭔가 말하려는 듯 입술을 달싹였지만, 곧 어색한 얼굴로 아랫입술을 물었다.

* * *

　새로운 가족 구성원이 된 그를 위해 특별히 신경 썼다는 저녁 식사는 진수성찬이었다. 30년 넘게 세운가의 크고 작은 살림을 도맡아왔다는 진숙의 음식 솜씨는 가히 예술이었다. 최근 아침 점심 저녁 세끼를 모두 밖에서 해결했던지라 더 그렇게 느껴지는지도 몰랐다.

　맛있는 걸 먹고 자란 사람들이 맛있는 걸 만들 수 있다는 얘기를 들은 적이 있는데, 제 아내도 그런 케이스인 것 같다고 생각했다. 그러나 오랜만에 맛보는 집밥을 마냥 즐길 순 없었다. 식사를 하는 내내 느껴지던 왠지 모를 위화감 때문이었다. 그리고 그것은 식사를 끝내고 차를 마시던 자리에서 명확하게 정체를 드러냈다.

　쨍그랑-

　요란한 소리가 너른 거실을 갈랐다. 재욱이 테이블 정중앙에 놓여 있던 화병을 치우려다가 떨어뜨린 것이었다. 딱딱한 바닥으로 곤두박질친 화병은 산산조각이 났고 날카로운 유리 조각이 사방으로 튀었다.

　그는 눈살을 찌푸렸다. 하필이면 형광등 불빛 아래에서 반짝이던 유리 파편 하나가 바로 옆자리에 앉아 있던 여자의 발등에 꽂히는 장면을 목격한 탓이었다. 유난히 새하얀 피부 위로 금세 새빨간 핏방울이 맺혀 오른다.

　"송⋯⋯."

　"어머, 우리 종손!"

　그가 입을 떼려는 찰나 맞은편에서 황 회장의 새된 음성이 터져

나왔다. 놀란 황 회장이 자리에서 벌떡 일어나 이쪽으로 다가오더니 여자의 어깨를 밀치고서는 재욱을 이리저리 살피기 시작했다.

"괜찮은 게야?!"

"네. 괜찮아요. 저보단 누나가……."

"속단 말고 제대로 좀 살펴봐! 혹시 다쳤으면 어쩌려고! 깨진 유리가 얼마나 위험한데!"

화병이 깨지는 순간 재욱의 엄청난 반사 신경을 황 회장은 정녕 못 본 걸까. 아니, 설사 못 봤다고 하더라도 지금 재욱의 모습은 너무도 멀쩡해 보이는데 말이다. 황당함에 호들갑을 떨어대는 황 회장을 보고 있는데, 그의 시야에 여자가 슬그머니 발등을 숨기는 게 들어온다.

그의 시선이 휙 돌아갔다. 발등에 유리 파편을 꽂은 채로 제 동생을 걱정하는 황 회장을 바라보는 여자의 얼굴은 무감하기 그지없어 보였다. 그래서 더 기가 막혔다. 이 집의 실세인 황 회장의 유별난 종손 타령. 제 누나를 의식하면서도 어쩌지 못하는 재욱. 딸에겐 시선도 주지 않고 아들에게만 시선이 고정돼 있는 장인과 장모. 그리고 이 모든 상황을 덤덤하게 받아들이고 있는 여자까지.

결코 상식적인 그림은 아니었다.

가만히 상황을 읽는 그의 눈이 낮게 가라앉았다. 추상화처럼 애매하게만 느껴졌던 그림이 이제야 명확하게 눈에 들어오는 듯했다.

"송은서!"

별안간 허공을 가르는 날카로운 음성에 가족들의 시선이 모두 그를 향해 쏠렸다. 여자 역시 마찬가지였다. 놀란 듯 눈을 크게 뜨고 그를 바라본다.

"괜찮아?"

"아, 네. 괜찮아요."

어째서 이 여자의 대답은 늘 하나뿐인 걸까. 지긋지긋하게까지 들리는 괜찮다는 말에 신우는 눈썹을 추켜세우며 여자의 종아리를 덥석 잡아들었다.

"이렇게 피가 철철 나는데 괜찮긴 뭐가 괜찮아?"

"철철이라고 할 것까진……."

"안 되겠다. 당장 병원부터 가자."

"네?"

당황하며 저를 바라보는 시선이 느껴졌지만, 그는 아랑곳하지 않고 자리에서 일어나 여자의 무릎 뒤편과 허리를 받쳐 들고는 번쩍 안아 올렸다. 신음 같은 옅은 비명과 함께 여자의 몸이 허공으로 둥실 떠올랐다.

"박신우 씨, 잠깐만요."

"가만있어."

바동거리는 여자의 몸을 끌어안은 채로 그는 몸을 돌려 가족들을 바라보았다. 다들 벙찐 얼굴로 이쪽을 바라보고 있었다. 그들을 향해 그는 무심하게 말했다.

"죄송하지만 저희 먼저 가보겠습니다. 보시다시피 이 사람 상태가 매우 심각해서 말입니다."

* * *

남자의 손에 이끌려 도착한 곳은 정말로 대학병원 응급실이었다. 응급실 간판이 보이는 순간 당황한 은서가 얌전히 정면만 바라보고 있던 고개를 휙 틀어 운전석의 남자를 보았다.

"설마 응급실에 가겠다는 거예요?"

"보면 알잖아."

"그 정도는 아니에요."

"그건 당신이 아니라 의사가 결정할 부분이고."

틀린 말은 아니었다. 다만 의사 역시 그녀와 생각이 다르지 않을 거라는 게 문제지.

"집으로 가요. 유리만 뽑고 약 바르면 돼요."

그녀의 말에도 남자는 들은 체도 않고 병원 주차장에 차를 댔다.

이건 진짜 아닌 것 같은데…….

시동을 끄고 차에서 내리는 남자를 보며, 은서는 어깨에서부터 사선으로 떨어지는 안전벨트를 슬그머니 붙들었다. 돌아 나온 남자가 조수석 문을 벌컥 열었다. 그러곤 상체를 숙여 그녀의 안전벨트를 풀었다. 탁, 하는 소리와 함께 붙들고 있던 안전벨트가 그녀의 손에서 미끄러지듯 빠져나갔다.

"저기……."

다시 한 번 제 의견을 피력하려고 하는 순간이었다. 남자의 양팔이 그녀의 등과 무릎 사이로 훅 들어온 건. 무슨 상황인지 인지도 하기 전에 남자는 그대로 그녀를 안아 들었다. 순식간에 차에서 빠져나온 그녀의 눈높이가 평소보다 훌쩍 높아졌다.

"내, 내려줘요."

말까지 더듬으며 바동댔지만 남자는 끄떡도 하지 않고 응급실 입구를 향해 걸음을 옮기기 시작했다. 그의 긴 다리 탓에 그저 눈 한번 감았다 떴을 뿐인데 어느덧 응급실 안이었다. 휠체어나 응급베드가 아닌 건장한 남자의 품에 공주님처럼 안겨 들어오는 그녀의 등장에 응급실 안에 있던 사람들의 호기심 어린 시선이 쏠렸다.

유리가 박힌 발등보다 사람들의 시선이 꽂히는 뺨이 더 따갑게 느껴질 정도였다. 고집스럽게 힘이 들어간 남자의 턱을 보고 있자니 내려달라는 말 역시 씨알도 먹히지 않을 것 같다. 체념한 은서는 그저 두 눈을 질끈 감았다. 그나마 사람이 많지 않아서 다행이었다.

남자는 빈 침대 앞에 도착했을 때서야 그녀를 내려주었다.

"누워 있어."

그리 말하는 그의 얼굴은 지금까지 봤던 얼굴 중에서 가장 무서웠다. 그 포스가 얼마나 짙은지 도저히 그의 말을 거역할 용기가 나질 않아서 은서는 얌전히 침대에 누웠다. 그는 발치에 곱게 개켜져 있는 이불을 펼쳐 덮어주고는 벽에 삐딱하게 기대선 채로 입구를 노려보기 시작했다.

그렇게 흰 천장만 바라본 지 얼마나 됐을까. 처음엔 미미했던 발등의 통증이 조금씩 짙어지기 시작했다. 환부가 따끔한 수준을 넘어서 발등 전체가 얼얼해지는 느낌이었다. 도대체 치료는 언제 하는 걸까. 박혀있는 유리 정도는 그냥 내 손으로 뽑으면 안 되는 건가. 너무 아픈데.

혼자 멍하니 생각하는데 별안간 남자의 목소리가 귀에 꽂혔다.

"김 박사님!"

김 박사님이라니?

'내 주치의인 김 박사님이 다녀가셨어.'

언젠가 남자가 했던 말이 떠올라 설마, 하는 마음에 은서가 고개를 들어 옆을 바라보았다. 응급실 입구 쪽에서 하얗게 질린 얼굴로 헐레벌떡 달려오는 백발의 신사가 보였다. 이쪽으로 곧장 직진해오는 걸 보니 저분이 아마도 그가 말하는 '김 박사님'인 것 같았다.

"어떻게 된 일이야?"

거친 숨을 몰아쉬는 김 박사의 질문에 남자가 척, 어딘가를 가리켰다.

"발을 좀 다쳤습니다."

김 박사와 은서의 시선이 동시에 남자의 손끝을 향해 따라갔다. 그 끝에는 이불 밖으로 빼꼼 나온 새하얀 발이 있었다. 새빨간 핏자국이 찔끔 묻어 있는. 김 박사는 그녀의 발등을 보고는 기가 막힌 얼굴을 했다. 아무래도 고작 발등에 유리 파편이 박혔을 뿐이라는 상황 설명을 전혀 듣지 못한 듯했다.

"저게 끝이야? 다른 다친 곳은 없고?"

"없습니다."

남자의 당당한 대답에 은서는 두 눈을 질끈 감았다. 도저히 김 박사의 얼굴을 볼 자신이 없어서였다. 조금 전 그에게 안겨 응급실에 들어왔을 때와는 비교도 할 수 없을 정도로 얼굴이 화끈거렸다.

"인석아! 응급 상황이라며?"

"제가 손을 쓸 수 없으니 응급 상황이죠. 링거 바늘은 뺄 수 있어도, 유리 빼는 건 안 해봤습니다."

끝까지 당당한 남자를 보며 김 박사가 하얗게 센 눈썹을 위로 추켜세웠다.

"너 오늘이 내가 한 달 만에 겨우 쉬는 날이라는 거 알아, 몰라?"

"몰랐지만, 만약 알았다고 해도 박사님께 연락드렸을 겁니다. 다시 한 번 말씀드리지만 제 처지에선 응급 상황이니까요."

"내가 전생에 무슨 죄를 지었기에……."

고개를 절레절레 내저은 김 박사는 남자와 더 이상의 대화가 통하지 않을 거라고 판단한 듯 은서의 옆으로 다가섰다. 가까워진 인기척에 은서는 어쩔 수 없이 눈을 뜨고 상체를 일으켰다.

"반가워요. 박 대표 주치의 김석읍니다."

"안녕하세요. 박사님. 전에 도와주셨단 얘기 들었어요. 늦었지만 정말 감사합니다."

고개를 꾸벅 숙이자 김 박사가 허허, 사람 좋은 웃음을 흘렸다.

"정략결혼이라고 해서 조금 걱정했는데, 이제 보니 내가 괜한 걱정을 했나 봅니다. 저 녀석이 제 아내를 이렇게까지 끔찍이 생각하고 있는 줄은 몰랐네요."

칭찬만은 아닌 것 같았다. 은서는 손을 들어 다시금 화끈해지는 뺨을 감쌌다. 김 박사는 곧장 간호사를 호출해 처치를 시작했다. 소독한 후에 조명을 밝히고 핀셋으로 유리를 뽑아냈다. 날카로운 유리 파편이 뽑혀나가자 상처가 벌어지며 피가 솟아오르기 시작했다. 꽤 많은 양이었다.

"상처가 생각보다 깊네. 병원으로 오길 잘했어."

얼른 환부에 거즈를 갖다 대며 김 박사가 말했다.

"거봐요, 응급상황이었다니까요."

흰 거즈가 붉은 피로 물드는 것을 보며 남자는 기세등등했고, 은서는 민망함에 다시 한 번 고개를 푹 숙여야만 했다. 남자의 등쌀에 김 박사는 몇 번이나 남은 유리 조각이 없는지 확인을 한 다음에야 약을 바르고 붕대를 감았다. 사실 붕대까지는 감을 필요가 없었지만, 이번에도 역시 남자가 하도 고집을 부리는 바람에 어쩔 수가 없었다.

"이런 걸 보고 과잉 진료라고 하는 거야."

누런 붕대가 칭칭 감겨 있는 그녀의 발등을 내려다보며 김 박사가 혀를 쯧, 찼다. 은서는 지금 당장 쥐구멍이라도 있으면 숨고 싶은 심정이었지만, 남자는 그제야 굳어 있던 얼굴을 풀고 김 박사를 향해 고개를 숙였다.

"감사합니다, 박사님."

"고마워할 거 없어. 네 말대로 응급 상황으로 치고, 비번이었으니 출장비까지 더해서 아주 제대로 청구할 생각이니까."

장난스럽게 말을 받아친 김 박사는 남자의 어깨를 가볍게 툭 쳤다. 그러곤 은서에게 연휴가 끝나면 병원에 한 번 더 와서 소독할 것을 당부한 다음 자리를 비켰다.

"우리 집으로 갈 거야."

멀어지는 김 박사의 뒷모습을 멍하니 보고 있는데 남자가 불쑥 말했다. 은서가 고개를 들자 그는 다시 한 번 설명했다.

"당신 친정이 아니라 우리 집으로 갈 거라고."

"아……."

무슨 말인지 알아듣긴 했지만 은서는 선뜻 대답하지 못했다. 사실 평창동 집으로 돌아가고 싶지는 않았지만 그래도 내일이 추석 당일이라는 게 못내 걸렸다. 그런 그녀의 속을 읽었는지 남자가 말을 덧붙인다.

"당신 하나 없다고 조상님이 서운해하진 않을 테니, 쓸데없는 걱정 말고 당신 상태나 걱정해."

내심 듣고 싶었던 말이었다. 그의 말대로 쓸데없는 걱정을 할 필요도, 고집을 피울 이유도 전혀 없었다.

"알았어요."

은서는 고개를 끄덕였다. 순순한 대답에 남자는 만족스럽다는 듯한 얼굴을 했다. 여러모로 이곳에 들어올 때와 달리 마음이 한결 편해졌다. 은서가 침대에서 내려오려는데 남자가 그녀의 어깨를 붙잡았다. 그러곤 턱을 까딱해 보인다.

"안겨."

"네?"

"안기라고."

설마 또 아까처럼 저를 안고 가겠다는 뜻인 걸까.

은서의 얼굴에 경악이 서렸다. 그녀는 얼른 고개를 내저었다.

"그냥 걸어갈게요."

"고집 피우지 말고 안겨."

"붕대를 감아서 그렇지 정말 멀쩡해요. 걸을 수 있어요."

"당신 신발 차에 두고 왔어."

"맨발로 가면 돼요."

거듭 거절하자 남자의 눈썹이 꿈틀거렸다.

"멀쩡한 발마저 붕대 감고 싶어?"

걱정이 아니라 협박처럼 들리는 건 제 기분 탓인 걸까. 짙은 시선으로 저를 바라보는 남자는, 마치 인간의 힘으로는 결코 피할 수 없는 운명 같았다. 은서는 거절 대신 길게 한숨을 내쉬었다.

Chapter 17

쇼윈도 부부의 결말

여자의 방은 두 번째였다. 공통점이 있다면 그때나 지금도 여자의 상태가 썩 좋지 않았다는 것이다. 여자는 병원에서부터 계속 내려달라고 애원했지만, 그는 그녀의 말을 무시한 채 침대 앞까지 걸어와서야 내려주었다. 한참 만에 제 발로 바닥을 딛게 된 여자는 작게 안도의 숨을 쉬었다.

그는 방을 나서지 않고 그 자리에 우뚝 선 채로 여자를 내려다 보았다. 정확하게는 붕대가 칭칭 감겨 있는 여자의 왼쪽 다리를. 빤한 시선을 느낀 듯 여자가 슬그머니 발을 뒤로 감췄다.그런 여자의 모습 위로 조금 전 봤던 장면이 겹쳐 오른다. 그의 눈빛이 다시금 차게 식었다.

"대체 언제부터야?"

대뜸 묻자 여자가 눈을 들었다. 연갈색 눈동자가 미세하게 흔들리는 게 보인다. 아무래도 그가 한 말의 뜻을 단번에 알아들은 모양이었다. 그럼에도 입술은 쉽게 열리지 않았다. 죽은 조개처럼 꽉 닫힌 여자의 입술을 직시하며 그는 다시 한 번 물었다.

"언제부터냐고. 그 집에서 그딴 취급당하면서 살아온 게."

'가족'의 정의는 집안마다 제각각일 수밖에 없다. 특히나 이쪽 세계는 워낙 별의별 일이 많은지라 일반인들이 으레 생각하는 화목한 가정이 특이 케이스이기도 했다. 핑계를 대자면 자신의 집 역시도 썩 정상적인 분위기는 아니었다. 그래서 전혀 눈치채지 못했다. 밀쳐진 여자가 피나는 발등을 조용히 숨기는 모습을 보기 전까지는.

"1년? 2년?"

"……."

"스무 살 때부터야? 그보다 더 아래? 아니면 당신 동생이 태어난 후?"

"……."

"설마, 처음부터 그랬던 거야?"

"……."

여자는 거듭되는 질문에 곤란한 듯 시선을 이리저리 굴리다 이내 긴 속눈썹을 내리깔았다. 여자의 침묵은 긍정이었다.

태어나던 그 순간부터.

그 사실이 뾰족한 바늘이 되어 풍선처럼 부풀어 오른 그의 인내심을 푹 찔렀다.

"송은서!"

더는 참지 못하고 바락 소리를 내질렀다. 그제야 여자가 내리깔고 있던 눈을 천천히 들어 그를 바라보았다. 여자는 평소와 다름없는 표정이었다. 마치 아무 일도 없었다는 듯. 아니, 그런 일쯤은 늘 있었던 일이라는 듯. 여자는 더없이 덤덤해 보였다.

"……전 괜찮아요."

한참 만에 붉은 입술을 비집고 나온 말은, 그의 예상에서 한 치도 벗어남이 없는 말이었다. 당연히 그 소리가 나올 줄 알았다. 제 아내는 그 말밖에 할 줄 모르는 여자였으니까. 그래서 더 화가 나는 것이었다. 삽시간에 그의 눈에서 불길이 치솟았다.

"제발, 그 망할 괜찮다는 말 좀 집어치워!"

거친 단어 선택에 여자의 어깨가 흠칫 떨리는 게 보였지만, 그는 아랑곳하지 않고 목에 핏대까지 세우며 소리쳤다.

"당신이 괜찮다고 말하면 정말 괜찮은 것처럼 보여. 그게 사람을 얼마나 미치게 만드는 줄 알아?! 대체 얼마나 더 나를 모자란 놈 취급할 생각이야? 도대체 내가 얼마나 더 못난 놈이 돼야 당신 속이 시원할 거냐고!"

속에 있는 소리를 다 내지르고 난 그는 턱을 쳐들어 천장을 바라보며 거친 숨을 몰아쉬었다. 어찌나 있는 힘껏 목청을 키웠는지 얼굴이 터질 듯 했다. 불규칙하게 뛰던 심장 역시 터질 것 같은 건 마찬가지였다.

사실, 여자를 향해 소리쳤지만 정말은 자신에게 하는 말이었다. 지금까지 그는 늘 괜찮다 입버릇처럼 말하는 이 여자가 정말로 괜찮은 줄로만 알았다. 어째서 의심 한번 해보지 않았던 걸까.

아무리 그래도 제 아내인데, 심지어는 마음에 담은 여자인데. 그런 것 하나 눈치채지 못했던 자신의 무심함에 못 견딜 정도로 화가 치솟았다. 아니, 솔직하게 말하자면 전혀 눈치채지 못했던 건 아니었다. 어딘가 이상하다는 생각을 얼핏 했었다. 그러니 외면했다고 하는 것이 정답이리라. 파헤치면 귀찮아질 것 같아서 본능적으로 피했던 것이다.

송은서가 왜 인형처럼 구는지. 왜 평범한 삶을 유독 더 동경하는 건지. 고작 레스토랑 서빙 알바에 왜 그렇게까지 집착을 하는 건지……. 조각을 잃어버려 군데군데 뻥 뚫린 퍼즐처럼 어딘가 이상하다고 생각하면서도 의심해볼 생각은 하지 않았다. 이제 와서 돌이켜보면 그 이유는 너무도 뻔했는데.

……빌어먹을! 아무것도 몰랐던 주제에 진심은 무슨 놈의 진심!

차마 밖으로 내뱉지 못하고 속으로 씹어뱉듯 소리쳤다. 이제 와서 화를 낸다고 해결될 문제가 아니라는 건 알고 있었다. 이건, 그저 뒤늦은 자기혐오였으며 길 잃은 감정일 뿐이었다. 평소 저답지 않게 과하게 달아오른 이 감정은 지금 상황에서 하등 도움이 되지 않았다. 오히려 위로가 필요한 여자에겐 독이 될지도 몰랐다.

그러니 누그러뜨려야 마땅하다는 걸 머리로는 알겠는데, 그게 좀처럼 쉽지가 않다. 그는 고개를 바로 하며 주먹을 꽈악 그러쥐었다. 단정하게 다듬어진 짧은 손톱이 생살을 묵직하게 파고들었지만 통증은 전혀 느껴지지 않았다.

"도대체 당신은 왜 맨날 괜찮다고 하는 거야? 당신이 무슨 로봇이나 인형이야?"

언성을 높이지 않으려 겨우 잇새로 목소리를 짜내듯 뱉어냈다. 억지로 삼켜낸 감정이 열이 되어 목덜미를 덮쳐왔다.

"아프면 아프다고 말해. 서러우면 서럽다고 말하라고. 내 앞에 선 잘만 하면서 왜 그 자리에선 벙어리처럼 그러고 있어? 왜 그런 취급을 받고도 가만히 있느냐 말이야! 나이를 먹었다고 해서 상처를 받지 않은 건 아니라며? 나한텐 잘도……!"

하.

차마 말을 끝마치지 못하고 아랫입술을 짓이기듯 깨물었다. 화를 낼 상대가 틀렸다는 걸 알면서도 자꾸만 속에서 솟구치는 열을 도저히 컨트롤할 자신이 없어서였다. 더 지껄여봐야 안 해도 될 말을 해서 여자에게 상처줄 게 뻔했다. 상황은 의심할 여지 없이 너무도 투명했다. 여자는 잘못한 게 없었다. 오히려 잘못하고 있는 건 자신이었다. 피해자에게 넌 도대체 왜 그걸 피하지 못했 냐고 화를 내는 건, 명백한 2차 가해였으니까.

"미안해."

그는 목구멍까지 차오른 불구덩이를 애써 삼켜내며 말했다.

"내가 말이 심했어. 조금 전까지도 실컷 내질러놓고 이런 말 하는 것도 웃긴 것 같지만……."

그의 뒤늦은 고해성사에 여자는 작게 고개를 내저었다.

"아뇨. 오히려 고마워요."

고맙다고?

생뚱맞게 들리는 말에 고개를 들자 여자가 조심스럽게 손을 뻗어 그의 손을 잡았다. 예상치 못한 스킨십에 널뛰던 심장이 철렁

했다. 그는 미약하게 흔들리는 시선을 여자에게로 고정했다. 여자는 그를 빤히 바라보고 있었다. 말간 여자의 두 눈을 보고 있자니 제어가 어려울 정도로 멋대로 내달리던 감정이 조금은 차분해지는 듯했다.

"고마울 건 또 뭐야."

이성이 돌아오자 조금 전까지 흥분했던 것이 민망해져서 괜히 불퉁 내뱉었다. 그럼에도 여자는 핀잔을 주기는커녕 차분하게 받아쳤다.

"나 대신 화내준 거잖아요. 내가 못 내니까."

"알고는 있어?"

"잘 알고 있어요. 그래서 고맙다고요."

제가 사과를 해야 할 상황이 분명한데 엉뚱하게 감사 인사를 전해 듣자 이루 말할 수 없을 정도로 민망해졌다. 철판을 깔고서 불퉁거리는 말도 더는 뱉어낼 자신이 없었다.

"박신우 씨."

할 말을 잃은 그가 입을 꾹 다물자 여자가 눈가를 살짝 접으며 말했다.

"그런데 나, 정말로 괜찮은 척하는 거 아니에요."

또 그 소리냐는 말이 울컥하고 목구멍까지 차올랐지만 뱉어내지는 않았다. 마주하고 있는 여자의 얼굴이 전에 없이 너무도 초연하게 보이는 탓이었다.

"어릴 땐 많이 울었어요. 당연히 괜찮을 리가 없었고. 하루하루가 고통이었어요. 그런데 이젠 안 그래요. 더 이상 슬프지가 않아요. 화도 안 나요. 그저 사소한 일처럼 느껴져요. 별로 대수롭지 않은."

"……."

"아마도 무뎌졌나 봐요. 이제 거기로 돌아가지 않아도 된다는
안심 때문에 더 그런 걸지도 모르겠지만요. 아무튼, 지금은 정말
로 괜찮아요."

그는 턱을 악다물었다. 지금껏 짜증스럽게만 들리던 괜찮다는
말이 이번에는 가슴을 아프게 내려친 탓이었다. 무뎌졌다는 여자
를 비난할 순 없었다. 자신과의 결혼으로 그 집을 떠나와 안심된
다는 여자를 더 이상 다그칠 수는 없었다.

자신은 그녀가 괜찮다고 말했을 때 짜증을 내는 대신 여린 등을
토닥여줬어야 했었다. 몰랐다는 말이 과연 면죄부가 될 수 있을
까. 쇼윈도 부부로 시작했다는 것이 변명이 될 수 있을까. 삐딱하
게 기운 입가에 흐린 조소가 걸렸다. 이제 보니 그녀가 제 진심을
거절한 것이 당연한 걸지도 모른다는 생각이 든다.

"그래도 박신우 씨가 나 대신 화를 내주니까 속이 조금 시원하
긴 한 것 같아요. 특히 아까 평창동 집에서요. 티는 못 냈지만."

여자가 입매를 끌어올리며 웃었다. 후련하다는 듯이. 송은서는
예쁜 얼굴이었다. 특히나 웃는 얼굴은 여느 여자 연예인들과 비
교해도 우위에 있을 정도로 예뻤다. 객관적으로 봐도 그럴 테지
만 콩깍지가 쓰인 그의 눈에는 더욱 그래 보였다. 저도 모르게 여
자의 미소를 넋 놓고 감상하던 그는 뒤늦게 정신을 차리고 애써
미간을 좁혔다.

"지금 웃음이 나와?"

"울 상황은 아니잖아요."

뭐가 문제냐는 듯 덤덤하게 저를 바라보는 여자의 시선에 그의 미간이 탁 풀어졌다. 완전히 전의 상실이었다.

"당신은 정말⋯⋯."

하긴. 애초에 제가 화를 낼 상황도 아니었던가. 졌다는 듯 길게 한숨을 내쉰 그는 어지러운 제 정신만큼이나 흐트러진 머리칼을 이마 뒤로 쓸어 넘겼다. 그러면서 아직 채 정리되지 않은 감정의 곁가지들을 쳐냈다. 남은 결론은 의외로 단순했다.

"앞으로 그 집에 절대 혼자 갈 생각하지 마."

둥글게 커지는 여자의 눈을 보며 그가 말을 덧붙였다.

"꼭 가야 할 일이 생기면 무조건 나한테 먼저 얘기해. 알겠어?"

"말하면요⋯⋯?"

"스케줄 조정할 거야."

"스케줄이요?"

"몰랐으면 몰랐지, 내 두 눈으로 뻔히 다 봤는데 어떻게 혼자 보낼 수가 있겠어?"

여자의 눈이 조금 더 늘어났다.

"같이 가주겠다는 뜻이에요?"

"그래."

"갈 일이 생길 때마다?"

"그때마다."

확인시켜주듯 꼬박꼬박 대답하던 그는 문득 울컥하고 치솟는 뭔가에 인상을 찌푸렸다.

"예전부터 생각한 건데 말이야. 당신은 도대체 날 뭐라고 생각하는 거야?"

순간 여자의 얼굴에 당황하는 기색이 역력하게 떠오른다. 그 모습을 보자 한층 더 기분이 상한다. 그는 못마땅해 죽겠다는 듯 눈썹을 추켜세우고서 말을 이었다.

"당신 눈에 내가 어떻게 보이는 건지, 가끔은 궁금하다 못해 무서울 때가 있어. 알아?"

본인이 생각해도 조금 너무했다 싶은 건지 여자는 어색한 얼굴로 사과했다.

"오해하게 만들었다면 미안해요. 그런 뜻은 아니었어요."

사과를 받았는데도 기분이 풀리기는커녕 더 울컥하는 건 무엇 때문일까. 그는 삐딱하게 받아쳤다.

"그럼 어떤 뜻인데?"

"박신우 씨는 바쁜 사람인데, 괜히 저 때문에 무리하는 것 같아서요."

"이제 와서 내 걱정해주는 척하는 거야?"

"척이 아니라⋯⋯."

난감하다는 듯 말끝을 흐리는 여자를 보며 그는 심드렁하게 대꾸했다.

"어차피 그 시간엔 일 못 할 게 뻔해. 나 없는 데서 당신이 그런 꼴 당하고 있다고 생각하면 속이 뒤집어질 테니까."

말을 끝마치기가 무섭게 여자가 또다시 작게 웃었다. 이번에도 역시 예쁜 미소였다. 웃는 얼굴을 보니까 좋은데, 그런 감정과 비례해서 더 못마땅해졌다. 애써 외면했던 감정이 다시금 고개를 쳐드는 것이다. 도대체 왜 자꾸 유혹하는 건데? 받아주지도 않을 거면서.

입 밖으론 결코 뱉어내지 못할 불평을 속으로 쏟아내며 그는 이마를 찌푸렸다.

"왜 또 웃어?"

"왠지 든든해서요."

그게 무슨 뜻이냐는 듯 바라보자 여자는 설명을 보탰다.

"처음으로 내 편이 생긴 느낌이에요. 다들 '남의 편'이라고 해서 남편이라던데."

그리 말하며 여자는 또 한 번 싱긋 웃었다. 하지만 그는 따라 웃지 못했다. 말간 그 얼굴을 보고 있자니 뱃속이 저려온다. 그와 동시에 깊숙이 숨겨 뒀던 짙은 감정도 스멀스멀 올라오기 시작했다.

위험했다. 이대로 가다간 또 쓸데없는 말을 하게 될지도 몰랐다. 그렇게 되면 거의 한 달 만에 겨우 풀어진 분위기가 또 냉각될 테다. 그건 원치 않았다. 오늘 보니 잃은 것만 많고 정작 중요한 제 감정은 제자리걸음이었음을 깨달았다. 그렇다면 굳이 돌아갈 필요가 있을까.

"갈게. 쉬어."

그는 솟구치는 감정을 애써 억누르며 돌아섰다.

* * *

"박신우 씨."

돌아서는 남자의 등을 보는데 저도 모르게 입이 열렸다. 멈춰 선 남자가 돌아봤다. 할 말이 남았어? 귀찮다는 듯 바라보는 시선에 은서는 주먹을 살짝 그러쥐었다. 괜히 잡았나, 잠깐 후회가 들었지만 이내 각오를 다잡으며 남자를 똑바로 바라보았다. 지금이 아니면 왠지 남자와 이전으로 돌아가게 될 것만 같아서였다. 대화는커녕 한집에 살고 있는지 실감이 나지 않을 정도로 삭막한 분위기로.

"화는 다 풀린 거예요?"

"뭐?"

"그동안 화났었잖아요. 나한테."

남자의 눈썹이 씰룩였다.

"그런 적 없어."

"그럴 리가."

무의식에서 반사적으로 나온 대꾸였다. 놀란 은서가 뒤늦게 입술을 다물었지만 그의 눈썹은 이미 한층 더 높게 추켜 올라간 후였다.

"안 났다니까?"

그는 이 주제가 별로 내키지 않는 모양이었다. 하지만 그래서 더 은서는 이 순간을 놓칠 수가 없었다.

"우리 대화 좀 해요."

"대화?"

"오해를 풀고 싶어요."

잠깐 그녀의 두 눈을 물끄러미 내려다보던 남자는 이내 단호하게 대답했다.

"오해한 거 없어."

"있어요."

"……."

"있다고요. 박신우 씨가 오해한 거."

시선을 피하지 않고 다시 한 번 고집스럽게 말을 덧붙이자 남자가 하, 하고 숨을 뱉었다. 그러고는 아예 몸을 틀어 침대 맞은편에 놓여 있는 1인용 소파에 털썩 엉덩이를 붙인다.

"그래. 어디 한번 말해봐. 도대체 내가 뭘 오해한 건지 들어나 보게."

남자는 등받이에 등을 깊숙이 기대며 긴 다리를 척 꼬았다. 정면으로 시선이 부딪혔다. 길게 찢어진 그의 눈매가 날카롭게 빛났다. 그 눈빛이 별거 아니기만 해봐. 경고하는 것 같아서 은서는 저도 모르게 마른침을 꼴깍 삼켰다.

"……그날이요."

조심스럽게 운을 떼자 남자가 까칠하게 말을 받았다.

"당신이 날 찼던 날 말이지."

이렇게 나올 줄 알았다. 은서는 눈을 크게 뜨고 항변했다.

"내가 언제요? 그런 적 없어요."

"피해자는 있는데 가해자는 없다는 건가?"

남자의 오해가 깊을 거라 예상하기는 했지만 이건 제가 생각했던 것보다 훨씬 더 삐딱한 반응이었다. 쉽지 않은 대화가 될 것 같다는 직감에 은서는 속으로 작게 한숨을 집어삼켰다.

"방금 말한 오해가 바로 그 부분이에요. 다시 한 번 말하지만, 전 찬 적 없어요. 박신우 씨가 오해한 거예요."

"그래. 정확하게 말하자면 당신이 찬 건 아니지. 내가 알아서 떨어져 나간 거니까."

"……."

"물론, 떨어져 나가 달라고 말을 한 건 당신이었고."

삐딱하게 그녀를 바라보는 남자의 눈빛은 고집스러웠다. 도저히 그녀의 말을 들으려는 것 같지 않았다. 화는 나지 않았다. 화를 낼 처지가 아니었다. 남자의 말대로 그는 피해자였고 자신은 가해자였다. 제아무리 오해가 있었다고 해도 그것만큼은 변하지 않는 사실이었다.

"그땐 제가 말이 너무 심했어요. 너무 속상해서 저도 모르게 말이 막 나갔어요."

뒤늦은 사과의 말에 그는 턱을 살짝 쳐들었다. 은서는 변명을 이어갔다.

"박신우 씨에겐 다르게 들렸을 수도 있다는 걸 뒤늦게 깨달았어요. 바로 사과하고 싶었는데, 그 이후로 계속 절 피해서 할 수가 없었어요. 박신우 씨한텐 핑계처럼 들릴지도 모르겠지만…… 정말 그랬어요."

남자는 끝까지 아무런 반응도 보이지 않고 가만히 듣고만 있었다. 새카만 두 눈을 들여다봤지만 그 안에 담긴 생각을 읽을 수는 없었다. 왠지 이미 내정자를 점찍어둔 면접관의 앞에 서서 구직을 위해 노력하는 것 같은 기분이 들었지만, 은서는 포기하지 않고 말했다.

"미안해요. 그날 일은. 너무 늦어버렸지만 그래도 계속 사과하고 싶었어요."

손바닥에 땀이 났다. 그녀는 남자의 눈치를 살피며 주먹을 쥐었다 폈다.

"이유가 뭐야?"

눈을 가늘게 뜨고 그 행동을 바라보던 남자가 불쑥 물었다.

"네?"

"이제 와서 굳이 사과하는 이유."

"다시…… 잘 지냈으면 좋겠어요."

"잘 지내는 게 어떤 건데?"

"예전처럼이요."

"예전처럼?"

은서는 고개를 끄덕였다.

"박신우 씨가 제가 해준 밥을 맛있게 먹어줬으면 좋겠어요. 없던 일도 만들어가며 집에 늦게 들어오는 것도 그만했음 좋겠고. 늦으면 늦는다, 빨리 오면 빨리 온다, 문자도 해줬으면 좋겠어요. 그리고 출장간다는 것도 미리 말해서 걱정 안 시켰으면 좋겠고. 이런 저런 사소한 대화도……."

말을 하면서도 바라는 게 너무 많은가 걱정이 될 정도로 술술 말이 흘러나왔다. 하지만 속에 있는 말을 다 할 순 없었다. 말을 채 끝내기도 전에 남자가 가차 없이 끊어낸 탓이었다.

"미안하지만 그건 불가능해."

더없이 단호한 음성에 은서의 눈빛이 흔들렸다. 이렇게까지 단호하게 거절당할 줄은 몰랐다. 분위기가 꽤 풀렸다고 생각했는데……. 순전히 제 착각이었나 보다. 당혹감을 숨기지 못하고 흔들리는 시선을 내리까는데, 머리 위로 남자의 음성이 떨어졌다.

"난 여전히 당신이 좋거든."

마치 뒤통수라도 한 대 얻어맞은 느낌이었다. 흔들리던 동공이 크게 확장됐다. 설마 이 상황에서 또다시 고백을 들을 거란 생각은 전혀 하지 못했던 것이다. 아주 느릿하게 시선을 들어 올리는데, 그녀를 빤히 바라보고 있던 남자와 시선이 마주쳤다.

"당신을 보는 게 힘들어."

그녀의 두 눈을 똑바로 바라보며 남자는 덤덤하게 말을 이어갔다.

"보고 있으면 손잡고 싶고, 안고 싶고…… 또."

"……."

"키스하고 싶어지니까."

은서는 저도 모르게 숨을 참았다. 거리가 제법 있지만 바로 앞까지 다가와 있는 것처럼 남자의 향기가 짙게 느껴졌다. 그저 시선만 마주하고 있을 뿐인데 이미 키스를 당하기라도 한 것처럼 호흡이 가빠오고 심장이 빠르게 뛰어댔다.

"이번에는 내가 시간이 필요해."

얼어붙어 아무 말도 하지 못하는 그녀를 향해 그는 여전히 덤덤한 얼굴로 말했다.

"얼마나 걸릴지. 과연 시간이 걸린다고 이 마음이 사그라지기는 할지. 지금에서 확신할 수는 없지만 말이야."

할 말이 끝났다는 듯 남자가 자리에서 일어났다. 그러곤 또다시 그녀에게 등을 보였다. 한걸음, 한걸음. 멀어지는 그의 뒷모습에 그녀는 마음이 점점 조급해져 오는 걸 느꼈다. 이윽고 문 앞에 다다른 남자의 손이 문고리에 닿기 직전이었다. 은서가 자리에서 벌떡 일어나며 다급하게 외쳤다.

"하면, 되잖아요."

멈칫. 문고리에 닿지 못한 손이 허공에서 굳었다.

"손잡고 싶으면 잡아요. 안고 싶으면 안고. 키스하고 싶으면……
그것도 해요."

잠깐 굳어 있던 남자가 이내 천천히 뒤를 돌아봤다. 기름칠이 안
된 로봇처럼 삐거덕거리는 움직임이었다.

"송은서."

완전히 몸을 튼 남자는 자못 놀란 얼굴이었다. 그녀를 바라보는
눈은 휘둥그레 커져 있었고, 목덜미 역시 붉게 달아올라 있었다.

"지금, 당신이 무슨 소릴 하는지 알고 있는 거야……?"

되묻는 말끝에 떨림이 고스란히 묻어났다. 그리고 그 떨림은 그
녀에게까지 전염되었다.

"대답이 너무 늦어서 미안해요."

"……."

"내 마음이 어떤지 나도 몰라서 대답을 못했어요. 박신우 씨 마
음이 진심인 걸 알아서 더 쉽지 않았어요. 또 핑계처럼 들릴지도
모르겠지만 이번에도 진심이에요."

남자가 긴 다리를 이용해 성큼성큼 그녀의 앞으로 다가왔다. 두
사람은 금방 가까워졌다. 한 뼘도 안 되는 거리에서 그는 걸음을
멈추고 그녀를 내려다봤다.

"지금은 알고?"

가까이에서 마주한 남자의 시선은 짙고 무거웠지만, 그녀는 대
답을 망설이지 않았다.

"알아요."

"어떤데. 지금 당신 마음은?"

이어질 그녀의 대답을 기다리는 남자의 눈동자에 기대감이 차

올랐다. 저 기대를 내가 충족시켜주지 못하면 어떡하지. 괜한 걱정이 들어 은서는 시선을 아래로 내리깔며 느릿하게 대답했다.

"나도…… 하고 싶어요."

"뭘?"

"……키스……."

굳이 보지 않아도 알 수 있었다. 제 얼굴이 지금 얼마나 새빨갛게 달아올라 있을지. 그리고 차마 볼 자신이 없었다. 지금 남자가 어떤 얼굴로 저를 내려다보고 있을지. 그럼에도 더 이상 피할 수는 없었다. 적어도 지금 자신은 그래선 안 됐다.

겨우겨우 용기를 끌어모아 은서는 천천히 고개를 들어 떨리는 눈으로 남자를 올려다봤다. 남자의 표정은 묘했다. 그녀로서는 읽을 수가 없었다.

"이걸론…… 부족해요?"

시험지를 내고 나서 정답을 기다리는 학생처럼 떨고 있는 그녀를 딱딱하게 내려다보던 남자의 입꼬리가 슬며시 말려 올라갔다.

"아니. 충분해."

말이 끝나는 것과 동시에 그는 허리를 살짝 숙이며 그녀와 시선을 맞춰왔다. 허공에서 부딪힌 시선이 얽혀 들어갔다. 저를 잡아먹을 듯 바라보는 짙은 시선에 숨이 막힐 것 같았지만 은서는 그 시선을 피할 수가 없었다.

남자가 손을 뻗어 그녀의 머리칼을 귀 뒤로 부드럽게 쓸어 넘겼다. 남자의 뭉툭한 손끝이 귓바퀴를 훑어 내려오며 귓불을 툭 건드렸다. 전기에 감전되기라도 한 듯 찌릿한 느낌이 온몸을 관통했다. 남자의 눈가가 살짝 접혔다. 부드럽게 미소를 짓고 있었지만 새카만 눈동자는 한층 더 짙어졌다.

이번에도 숨을 쉬지 못하면 질식할지도 모르겠다는 생각에 슬쩍 시선을 피하려고 할 때였다. 귓불에 닿아 있던 남자의 손이 그녀의 턱을 부드럽게 감싸 쥐며 자신을 보게 만들었다. 미처 피하지 못한 시선은 다시 뜨겁게 얽혀 들어갔다. 그가 엄지로 그녀의 아랫입술을 지그시 눌러왔다.

"후회 안 할 자신 있어?"

확인하듯 되묻는 중저음의 목소리가 듣기 좋았다.

"안 해요."

은서는 조금도 망설이지 않고 곧바로 대답했다.

"쇼윈도 부부는 이제 끝이야."

그래요, 끝내요.

이번에도 역시 망설일 생각은 전혀 없었지만 대답은 할 수가 없었다. 입술을 달싹이기도 전에 남자가 자신의 입술을 겹쳐온 탓이었다. 남자는 살짝 벌어진 그녀의 입술을 한꺼번에 물었다. 말캉한 혀끝이 아랫입술과 윗입술을 동시에 희롱했다.

미처 뱉지 못한 말이 남자의 입속으로 빨려 들어갔다. 그는 옅게 흐르는 신음까지 타액과 함께 모조리 삼켜냈다. 남자가 가녀린 허리를 한 손으로 단단하게 받치며 끌어당겼다. 엉거주춤 서 있던 그녀의 상체가 바로 펴지며 고개가 쳐들렸다.

형광등 불빛을 등지고 있음에도 어쩐지 그의 얼굴은 눈이 부셔서 은서는 두 눈을 질끈 감았다. 벌써 세 번째 키스였지만 좀처럼 적응이 되지 않았다. 여전히 그녀는 서툴렀고 남자는 집요했다. 질척한 것이 그녀의 혀를 휘감고는 뽑아낼 듯이 강하게 빨아 당겼다. 혀와 함께 영혼까지 빨려 들어가는 듯했다.

"으으음……."

현란한 혀 놀림에 아찔한 감각이 온몸을 지배해왔다. 절로 다리에 힘이 풀렸다. 잊고 있던 발등의 통증도 느껴지기 시작했다. 도저히 두 다리로 서서 그의 뜨거운 키스를 받아내는 게 힘들 것 같다는 생각이 들었을 때였다. 마치 그녀의 생각을 읽기라도 한 듯 남자가 그녀의 어깨를 부드럽게 밀었다.

강한 힘은 아니었지만 풀려 있던 그녀의 몸은 뒤로 풀썩 넘어갔다. 등에 부드러운 이불의 감촉이 닿는 순간까지도 두 입술은 붙어 있었고 그의 희롱은 끊임없이 이어졌다. 허리를 감싸고 있던 남자의 손이 여린 등허리를 부드럽게 어루만졌다. 척추 하나하나를 자극하는 손길에 저도 모르게 몸이 들썩이는 찰나 빠져나온 손이 자연스럽게 블라우스 안으로 침입했다.

"읏!"

서늘한 손끝이 납작한 배를 쓸어 올리는 순간 은서는 옅은 신음과 함께 고개를 쳐들었다. 생경한 감각에 온몸에 소름이 오소소 돋아났다. 감은 눈을 뜨자 코앞에 멈춰 있는 남자의 얼굴이 시야 가득 들어온다. 저를 가둬두고 있는 그의 새카만 눈동자가 겨울바다의 파도처럼 크게 일렁였다. 이대로면 그 파도에 고스란히 삼켜질 것 같다는 공포감이 발끝부터 빠르게 피어올랐다.

"잠깐."

배를 훑고 올라온 남자의 손은 이미 브래지어에 닿아 있었다. 그 아래에 숨어 있는 말캉한 살에 닿기 바로 직전에 은서는 다급하게 팔을 들어 그의 손목을 탁, 붙들었다.

"잠깐만요……."

제 행동을 저지하는 그녀를 내려다보는 그의 눈매가 한층 더 날카로워졌다.

"설마."

붉은 입술이 느릿하게 벌어지며 탁한 음성을 뱉어냈다.

"여기서 멈추라는 건 아니겠지?"

"……박신우 씨."

애원하듯 바라보자 남자가 미간을 확 좁혔다. 반듯하던 이마가 덩달아 종잇장처럼 구겨졌다.

"당신 정말로 날 말려 죽일 생각이야? 내가 지금까지 얼마나 참았는데 여기서 멈추라고? 지금 누구 놀려? 날 미치도록 증오하는 사람도 이런 짓은 못 할 것 같은데. 안 그래?"

궁지에 몰린 맹수처럼 낮게 으르렁거리는 음성에 은서는 아랫입술을 지그시 물었다. 도저히 멈춰달라는 말을 할 수가 없었다. 그리 말하는 남자가 정말로 곧 죽을 것처럼 보였기 때문이다. 이미 바닥을 드러낸 남자의 인내심이 그녀의 눈에도 훤히 보이는 듯했다.

사실 어렴풋이 느끼고 있었다. 지금까지 저를 볼 때마다 남자가 뭔가를 참고 있다는 것을. 본인의 말대로 그 안에는 이러한 행위 역시 포함이 되어 있을 거라는 것까지도. 경험은 전혀 없지만 그렇다고 아예 무지한 것도 아니었다. 오히려 가현이 늘 강의하듯 이것저것 알려준 덕에 이론은 남들보다 빠삭한 편일지도 몰랐다.

허락을 갈구하는 남자의 얼굴 위로 여태껏 가현에게서 들었던 수많은 단어가 빠르게 튀어 올랐다. 너무 정신이 없어서 눈앞이 빙빙 돌 정도였다. 잠깐 머뭇거리던 은서는 이내 두 눈을 질끈 감았다. 그의 손목을 제지하던 손이 이불 위로 투욱, 떨어졌다.

* * *

그는 여자의 머뭇거림에 대해서 크게 신경 쓰지 않았다. 으레 있는 내숭이라고 생각했다. 그럴 수밖에 없는 것이 침대 위에서, 이 분위기에서, 멈추라는 것이 가당키나 하단 말인가. 그녀의 붉은 입술 사이로 흘러나온 '키스'라는 단어를 들었을 때부터 이미 스위치가 눌러진 상태였다. 자신의 이성으로는 도저히 제지할 수가 없을 정도로 심히 달아올라 있었다.

그는 얌전해진 여자의 이마에 입술을 내렸다. 동그란 이마에 부드럽게 닿았다 떨어졌다. 양 눈썹과 미간, 코끝, 인중, 입술, 턱에 차례로 도장을 찍으며 내려온 입술은 새하얀 목덜미에서 멈췄다. 송은서 특유의 달콤한 향기가 코끝을 듬뿍 적셨다. 짙은 단내에 눈앞이 아찔해지며 아랫배가 비틀리듯이 조여 왔다.

단 것은 딱 질색이었지만 이 향기만큼은 예외였다.

향기에 홀린 듯 그는 여자의 목덜미를 핥아 올렸다. 아이처럼 보드라운 여자의 피부는 아이스크림보다도 훨씬 달았다.

"으응."

여자의 붉은 입술을 비집고 옅은 신음이 터져 나왔다. 그의 귓가에서 열기와 함께 흩어진 그것은 고막뿐만 아니라 바짝 긴장한 아래까지 강하게 자극했다. 블라우스 단추를 풀어내는 손길이 한층 더 조급해진다. 제 마음을 인정하는 그 순간부터 본능적

72

으로 치솟던 욕구를 내도록 풀지 못하고 참아 내왔으니 그럴 수밖에 없었다.

블라우스를 벗겨낸 그는 곧바로 브래지어 끈을 풀었다. 툭, 하는 소리와 함께 안에 숨겨져 있던 볼륨이 여실히 드러났다. 손바닥이 보드라운 살결을 뭉근히 눌렀다.

위화감을 느낀 건 바로 그 순간이었다.

순간적으로 뇌리를 빠르게 스치는 어떠한 생각에 그는 멈칫, 손길을 멈추고 제 아래에 깔려 있는 여자를 내려다봤다. 그의 시선을 사로잡은 건 형광등 불빛을 받아 탐스럽게 빛나는 여체보다도 두 눈을 질끈 감고 있는 여자의 얼굴 표정이었다. 턱을 악다물고 있는 그녀의 입가가 바르르 떨리고 있었다.

그는 시선을 조금 더 내렸다. 허리춤에 딱 붙어 있는 그녀의 작은 손이 주먹을 꽈악 말아 쥐고 있는 게 보인다.

"설마, 당신……?"

아니지? 응?

도저히 믿을 수가 없다는 듯 떨리는 그의 음성에 여자가 감고 있던 눈을 천천히 떴다. 기다란 속눈썹 아래로 드러난 연갈색 눈동자에 그의 모습이 비쳤다. 그리고 이내 꽉 닫혀 있던 입술이 느릿하게 달싹인다.

"처음이에요."

그 순간이었다. 누군가가 그의 머리 위로 찬물을 확 끼얹은 것처럼 정신이 확 든다. 아니, 뇌 회로가 완전히 멈췄다고 하는 편이 더 맞을까.

"그게 무슨……."

말도 제대로 나오지 않았다. 왠지 숨이 막혀 그는 억지로 숨을 하, 뱉어냈다. 처음이라니. 이 말도 안 되는 상황을 어떻게 받아들여야 하는 걸까. 재미없는 농담 말라며 헛웃음을 흘리고 싶었지만, 여자의 얼굴은 도저히 거짓말을 하는 것 같지가 않았다.

어째서……?

커다란 물음표가 머릿속에 둥 떠올랐다. 본능적으로는 알겠는데 머리는 쉽게 납득하지 못했다. 마른하늘에 날벼락을 맞는다면 이런 느낌일까. 그는 멍한 얼굴로 느리게 눈을 껌뻑였다. 캄캄해진 눈앞으로 여자를 처음 만났던 순간부터 지금까지의 모든 장면들이 파노라마처럼 스쳐 지나간다. 클럽에서 마주쳤던 순간, 상견례 자리, 결혼식장, 술기운에 퍼부었던 키스, 그리고…….

젠장할!

아름다운 결혼 생활이 아닌 줄은 알고 있었지만 이렇게까지 제멋대로였을 줄이야. 더 이상 떠올리는 게 겁날 정도로 엉망이었다. 뒤늦은 후회가 그의 뒷목을 매섭게 후려친다. 늦어도 너무 늦은 후회였다. 멈춰 있던 뇌 회로가 빠르게 움직이기 시작했다. 답이 나올 것 같지 않은 문제였지만 그래도 포기 않고 거듭 계산을 하던 그때였다. 여자가 손을 뻗어 그의 목덜미를 감싸 안았다.

흠칫, 놀란 그가 여자를 바라보았다.

"괜찮아요."

흔들리는 그의 눈동자를 똑바로 바라보며 여자가 차분한 음성을 뱉어냈다.

"너무 아프지만 않게 안아줘요……."

그 순간, 복잡하던 그의 머릿속이 또 한 번 텅 비었다.

평생 살아오면서 들어본 말 중에서 이보다 더 야한 말이 또 있었던가. 애써 잠잠해졌던 그의 아래가 한순간에 다시금 빳빳하게 고개를 쳐들었다. 여자가 절대 괜찮을 리가 없다는 걸 알면서. 참아야 한다는 걸 알면서도. 제 의지와는 무관하게 입이 절로 움직였다.

"정말 괜찮겠어……?"

"네. 괜찮아요."

입에 붙은 말버릇을 또 한 번 뱉어낸 여자는 각오를 다잡은 듯 결연한 표정이었다. 하지만 경직된 입가에는 긴장감이 만연해 있었다. 그런 여자를 내려다보는 그의 목울대가 크게 일렁였다. 맹수에게 쫓겨 막다른 길에 내몰린 토끼가 결국 제 목숨을 포기하는 것처럼 초연해 보이는 저 얼굴이, 어째서 이토록 사랑스럽게 느껴지는 걸까.

정말이지 이상한 일이 아닐 수 없었다. 긴장을 숨기지 못하고 떨리는 눈빛이, 입가가 그 어떤 유혹보다도 더 그를 뜨겁게 달구는 것이다.

"지금이 아니면 나 못 멈출 거야. 자신 없어."

그는 여자를 향해 바짝 다가갔다. 움찔거리는 귓가에 대고 속삭이듯 경고했다.

"그러니까 이게 당신에겐 마지막 기회가 될 거야."

"……."

"정말 감당할 수 있겠어?"

그의 음습한 숨결이 닿은 새하얀 목덜미가 붉게 달아올랐다.

마지막 기회라는 말에 여자는 잠깐 머뭇거리는가 싶더니 이내 결심한 듯 짧게 숨을 뱉어냈다.

끄덕, 대답 대신 나온 작은 고갯짓이 아슬아슬 매달려 있던 그의 이성의 끈을 싹둑 잘라냈다. 동시에 머릿속을 어지럽히던 잡생각들과 걱정 역시 한순간에 날아갔다.

그는 1초도 더 망설이지 않고 여자의 입술을 집어삼켰다.

자연스럽게 벌어지는 틈을 비집고 들어가 수줍게 숨어 있는 말캉한 살덩이를 자극했다. 뜨거운 열기와 타액은 금방 섞여 들어갔다. 조금 전보다 훨씬 더 뜨거운 키스를 퍼부으며 허리에 둘러진 치마를 붙들었다. 옆 라인에 박혀 있는 지퍼를 낑낑거리며 내리다 결국 조급함을 감추지 못하고 치마와 팬티를 한꺼번에 끌어내렸다.

훅 끼쳤을 한기에 흠칫, 여자의 몸이 경직되는 게 느껴진다.

"쉬이. 긴장 풀어."

그는 여자의 도톰한 귓불을 잘근잘근 씹으며 굳어 있는 여체를 달래듯이 어루만져갔다. 보드라운 살결이 그의 손에 부드럽게 감겨들었다.

"으응……."

꽉 다문 입술을 비집고 흘러나오는 간드러진 신음이 그를 더욱 부채질했다. 제 한 몸을 다 태울 듯 뜨겁게 타오르는 욕망을 누르지 못하고 봉긋 솟아 있는 뽀얀 피부 위로 입술을 내렸다.가슴에서도 단내가 났다. 아니, 달지 않은 구석이 없었다. 질릴 때까지 희롱하던 입술을 내려 여자의 이곳저곳을 집요하게 맛보는 사이 그는 지독한 단내에 취해버렸다.

집요한 애무에 송장처럼 경직돼 있던 여자의 몸은 어느덧 꽤 많이 풀어져 있었다.

뜨겁게 달아오른 살결이 말캉거리며 피부에 감겨오는 촉감에 그는 턱을 악다물었다. 한계였다. 그는 자신의 옷을 훌러덩 벗어냈다. 맞붙어 있던 그의 몸이 떨어지자 반사적으로 눈을 뜬 여자는 이내 제 눈앞에 적나라하게 드러난 그의 맨몸에 다시금 눈을 질끈 감았다.

"왜 몰래 보고 그래? 대놓고 감상해도 괜찮은데."

그 모양새가 퍽이나 귀엽게 보여 그는 다시금 그녀의 위로 몸을 겹치며 짓궂게 웃었다. 운동으로 다져진 탄탄한 살결이 여자의 보드라운 피부를 뭉근히 누르자 여자의 기다란 속눈썹이 바르르 떨려온다.

"응? 봐도 괜찮다니까?"

"……안 봐요."

"왜? 어디 내놓기 부끄러운 몸은 아닐 텐데. 이 정도면 꽤 괜찮지 않아?"

긴장을 풀어주기 위해 일부러 더 짓궂은 농담을 던졌지만 별로 효과를 보지는 못했다. 절대로 눈을 뜨지 않겠노라 단단히 각오를 하기라도 한 듯 두 눈을 질끈 감고 있는 여자의 몸은 여전히 떨리고 있었다.

"송은서."

그가 흐트러진 그녀의 머리칼을 쓸며 다정한 음성을 뱉어냈다.

"나 좀 봐."

여자는 그제야 천천히 속눈썹을 들어 올렸다. 마주한 눈동자가 바람 앞의 등불처럼 거세게 흔들리고 있었다.

"무서워?"

"……조금요……."

늘 괜찮다고만 하더니 이번엔 웬일로 솔직한 대답이었다. 퍽이
나 가련하게까지 느껴졌다. 하지만 안타깝게도 그는 경고했던 대
로 도저히 멈출 수가 없었다. 지금 그가 할 수 있는 건 단 하나였
다. 불안한 그녀의 마음을 달래는 것.

"안 아프게 할게."

그게 과연 제가 조심한다고 될 일인지는 모르겠지만 말이다.

어쨌든 여자를 안심시키는 데엔 성공한 것 같았다. 잔뜩 그러모
아져 있던 미간이 풀어졌다. 그는 이 타이밍을 놓치지 않고 곧장
여자의 다리 사이에 자세를 잡았다. 허리를 살짝 숙이고 몸을 겹
쳤다. 탄탄한 피부에 보드라운 살결이 뭉근히 눌려지는 순간 여
자가 흣, 신음을 흘리며 작게 몸을 떨었다.

서서히 걱정이 되기 시작한다. 정말로 괜찮은 건가.

맞닿은 피부로 떨림의 강도가 고스란히 전해지자, 온몸을 지배
하고 있던 본능을 비집고 이성이 빼꼼 고개를 내민 것이다.

"들어가도 돼……?"

그는 조심스럽게 허락을 구했다. 물론 거절을 들을 용기는 먼지
한 톨만큼도 없었다. 다행히도 여자는 단단히 각오를 한 모양이
었다. 두 눈을 질끈 감으며 작게 고개를 끄덕였다. 예쁘게 접힌 눈
가가 바르르 떨렸다.

허락이 떨어지는 것과 동시에 그는 망설임 없이 여자의 안으로
들어갔다. 더 이상 지체했다가는 큰일이 날 것 같아 마음이 조급
했던 탓이다.

"아웃!"

약속했던 것과 달리 자비 없는 침입에 천장을 찌르는 신음과 함께 여자의 허리가 삽시간에 튕겨 올랐다. 그러나 당황한 건 그녀뿐만이 아니었다. 상상했던 것 이상으로 자극적인 느낌에 그 역시 놀랐다.

"읏."

절로 이마가 찌푸려지며 입술을 비집고 탁한 신음이 흘러나왔다. 어찌나 조여 오는지, 혹시라도 제 몸이 절단나는 건 아니겠지 하는 말도 안 되는 걱정이 들 정도였다. 그는 작게 심호흡을 했다. 아프게 느껴질 정도로 한쪽으로 쏠려 있는 온 감각을 겨우 진정시키고 나서야 여자를 살폈다.

"괜찮아?"

제 아래에서 바들바들 떨고 있는 여자를 향해 습관처럼 질문을 던진 그의 입가에 문득 조소가 맺혔다. 어떤 대답이 나올지 뻔히 알고 있으면서도 마치 걱정하듯 같잖은 질문을 했다는 게 스스로도 어이가 없었다.

"······으, 네. 괜찮아요······."

역시나. 제 예상에서 한 치도 벗어남이 없는 대답이었다.

그는 전혀 괜찮지 않은 얼굴로 괜찮다 말하는 여자를 물끄러미 내려다보았다. 발갛게 상기돼 있는 양 뺨이 꼭 복숭아 같다. 사람이 어쩜 이렇게 사랑스러울 수가 있을까. 저도 모르게 감상을 떠올리고는 뒤늦게 흠칫 놀랐다.

사랑스럽다, 라니.

태어나서 뭔가를 사랑스럽다고 생각한 건 처음이었다. 아니, 사랑이라는 단어 자체가 낯설었다. 그런데 여자를 보고선 너무도 자연스럽게 떠오른 것이다. 집요하게 쏟아지는 그의 시선이 부담스러운지 여자가 시선을 슬쩍 피했다. 양 뺨이 한층 더 붉어졌다. 아까부터 속에서 간질거리던 감정이 스멀스멀 기어오르는가 싶더니 삽시간에 그를 잠식해왔다. 결국 참지 못하고 허리를 숙여 여자의 둥근 이마에 입술을 내렸다.

초옥, 촉.

자잘한 키스를 한껏 퍼부으며 그는 더없이 다정한 음성을 내뱉었다.

"사랑해."

지금 이 순간 뱉지 않고서는 도저히 견딜 수 없을 것 같은…….

"사랑해. 송은서."

저조차도 인지하지 못했던 뜨거운 진심이었다.

Chapter 18

호칭 정리

　은서는 묵직한 느낌에 눈을 떴다. 가장 먼저 보이는 건 익숙한 자신의 방 천장이었고, 그다음으로 보이는 건 제 가슴께에 걸쳐져 있는 남자의 팔이었다. 남자는 그녀를 꼬옥 끌어안고 있었다. 어젯밤 잠들기 전엔 분명 각자 천장을 바라보고 정 자세로 잠들었던 것 같은데, 언제부터 이런 자세였던 걸까.

　목덜미에 바짝 다가와 있는 남자의 숨결이 전해졌다. 은서는 저도 모르게 숨을 참았다. 피부에 닿는 뜨끈한 온기가 온몸의 세포 하나하나를 자극하는 듯했다. 마치 어제 제 몸을 어루만지던 그의 손끝처럼 섬세하고 집요하게.

순간 어제의 기억이 고스란히 떠올랐다. 등허리를 타고 소름이
끼치면서 솜털이 쭈뼛 선다.

"눈 뜨자마자 무슨 생각을 하는 거야, 난……."

자조하듯 중얼거린 은서는 조심스럽게 남자의 팔을 내리고 침
대를 벗어났다. 바닥에 발을 딛고 일어나는데 윽, 하고 절로 신음
이 흐른다. 허리를 기준으로 두고 그 아래로 뻐근한 통증이 느껴
졌다. 꼭 전날 무리해서 운동한 탓에 근육통이 온 것 같은 느낌
이었다.

자꾸만 굽혀지는 허리를 애써 바로 펴며 침대 위를 바라보았다.
제 침대의 반을 차지한 채로 곤히 잠들어 있는 남자의 모습이 낯
설었다. 특유의 날카로운 눈매가 보이지 않아서인지 긴 속눈썹을
내리깔고 있는 남자의 얼굴은 순해 보였다. 어젯밤 저를 탐하던
남자와 동일 인물이라는 생각이 들지 않을 정도다.

잠든 남자의 얼굴을 감상하다 이내 조심스레 방을 빠져나왔다.
그녀가 향한 곳은 2층 복도 끝에 있는 욕실이었다. 평소엔 거의
사용하지 않는 곳이었지만, 혹여나 방에 딸린 욕실을 쓰면 잠든
남자를 깨울까 싶어 택한 것이었다. 욕실 한편을 차지하고 있는
커다란 욕조에 물을 받기 시작했다. 뜨거운 물이 콸콸 쏟아지며
욕조 바닥을 때려댔다.

선반에 진열된 입욕제 하나를 꺼내 욕조에 던져 넣었다. 쏟아지
는 물줄기에 섞여 오렌지빛이 퍼져나가기 시작했다. 코끝을 자극
하는 상큼한 시트러스 향에 벌써부터 개운해지는 느낌이었다. 어
제는 샤워할 정신도, 기력도 없어서 그대로 잠들었다.

수건에 물을 적셔와 제 몸을 닦아주는 남자의 손길을, 민망했지만 얌전히 받아들였다. 사양할 힘도 없었다. 감겨 있는 붕대를 풀고 상처 부위에 방수밴드를 야무지게 붙였다. 벌써 3분의 1 정도 차오른 물을 보며 욕조에 걸터앉았다.

"으……."

신음이 절로 흐른다. 벽에 등을 기대며 한숨을 내쉬었다.

이런 기분을 느껴본 적이 있었다. 고3. 제 인생에서 가장 체력이 떨어졌던 해에 학교에서 진행했던 체력장을 치렀던 바로 그다음 날이 딱 이랬던 것 같다. 어제의 행위를 떠올려보면 운동에 가깝기는 했다. 다만, 제가 아니라 그의 처지에서 봤을 경우였다.

자신은 가만히 누워 그의 움직임을 받아들였을 뿐이었다. 딱히 한 건 없는데 왜 그렇게 피곤하고 힘이 부치던지. 저조차도 이해할 수가 없다.

"그 사람은 괜찮으려나……."

문득 잘 자고 있던 제 남편이 걱정이 된다. 그럴 수밖에 없는 게, 저와 반대로 그는 어제 침대 위에서도 매우 힘들어 보였었다. 흐트러진 머리칼을 타고 굵은 땀방울이 뚝뚝 그녀의 피부 위로 떨어지는데, 빗방울을 맞는 기분이 들었을 정도였다.

'괜찮아? 아프진 않고? 아프면 얘기해. 억지로 참지 말고.'

잔뜩 상기된 얼굴로 남자는 수없이 그녀의 상태를 확인했다. 그런 그를 보며 은서는 박신우 씨야말로 괜찮아요? 묻고 싶었다. 그러나 저를 걱정하는 그의 눈빛이 너무 진지해 보여서 차마 묻지 못하고 괜찮아요. 고개만 끄덕였다. 어젯밤 그녀는 그가 저를 소중히 여기고 있다는 것을 피부로 느낄 수 있었다. 이 역시 처음 느껴보는 생경한 감정이었다.

'사랑해. 송은서.'
'당신이 생각하는 것보다 훨씬 더.'

특히나 그의 기습 고백을 들었을 땐 가슴이 터질 듯했다. '사랑'이라는 말이 늘 무겁게만 느껴졌는데, 이상하게도 부담스럽기는커녕 가슴이 설렜다. 차마 나도요. 하고 대답하지는 못했지만. 늘 텅 비어 있던 가슴 안으로 무언가가 뜨겁게 차올랐다. 단 한 번도 느껴보지 못한 벅찬 감정에 허우적거리느라 첫 경험이었지만 그 순간만큼은 정말 아픈 줄도 몰랐다.

그나저나.

"완전 속전속결이네……."

은서는 헛웃음을 흘렸다. 이제 와서 뒷북이기는 했지만 사실 조금 당황스럽긴 했다. 그를 향한 제 마음을 깨달은 지 얼마 되지도 않았는데, 곧바로 하룻밤을 보내게 될 줄이야. 어젠 꼭 몰아치는 폭풍우에 휘말린 느낌이었다.

생각해보면 처음부터 그랬던 것 같다. 결혼식 날 보여주기식의 입맞춤도. 그가 술에 취해 입을 맞춰왔던 그때에도. 갑작스러웠던 두 번째 키스도. 모두 그랬다. 제 의지와는 상관없이 휘말리는 느낌이었지만 단 한 번도 싫다는 생각은 해본 적이 없었다.

원래 남녀 관계라는 게 다 이런 걸까. 마음이 가면 당연히 몸도 따라가게 되는…….

욕조에 발을 넣기도 전인데 벌써부터 몸에 열이 오른다. 은서는 수도꼭지 방향을 반대쪽으로 틀었다.

콸콸콸.

냉수가 쏟아지기 시작했다.

* * *

그가 눈을 떴을 때 세상은 이미 훤하게 밝아져 있었다. 얼굴로 쏟아지는 햇살에 절로 찡그려지는 눈을 비비며 상체를 일으켰다. 어젯밤 격렬하게 운동한 탓일까. 아니면 꽤 오랜 시간 품고 있던 마음의 짐을 떨쳐낸 덕분일까. 최근 한동안은 또다시 기승을 부리는 불면증 때문에 잠을 설쳤었는데, 오랜만에 푹 잤다. 모처럼 아침에 느껴보는 개운함이었다.

잠을 떨치고 바라본 옆자리는 텅 비어 있었다. 곧바로 시계를 확인했다. 오전 아홉 시였다.

"하여튼 부지런하다니까."

왠지 지금쯤 여자가 뭘 하고 있을지 알 것 같아 입술을 비집고 설핏 웃음이 흐른다. 기지개를 크게 켜고 자리에서 일어났다. 침대를 벗어난 그의 시야에 문득 젖혀진 이불이 눈에 들어온다. 새하얀 이불 위엔 어제의 흔적이 고스란히 남아 있었다. 어젯밤 급한 대로 물티슈로 닦아냈지만 붉은 자국을 완전히 지워낼 순 없었다.

흐릿하게 번진 자국을 내려다보는 그의 시선이 짙어졌다.

'처음이에요.'

지금껏 종잡을 수 없는 행동들의 연속에 그저 이상한 여자라고만 생각했었다. 그런데 그랬던 이유가 '아무것도 몰라서'였을 줄이야. 지금에서야 흩어져 있던 퍼즐 조각들이 딱딱 맞아떨어진다.

그것도 모르고 난 지금껏…….

미간이 절로 찌푸려졌다. 지난날에 대한 후회가 파도처럼 밀려들었다. 여자는 이번에도 역시 괜찮다고 했지만, 그는 자신을 쉽게 용서할 수가 없을 것 같았다.

"하, 뭐 눈에는 뭐만 보인다더니……."

그는 자조적으로 중얼거렸다. 새삼 옛말 틀린 게 없다는 생각이 든다. 앞으로 어떻게 그걸 다 갚아줘야 할지. 아니, 제가 갚아줄 수 있기나 한 건지 모르겠다. 거칠게 마른세수를 한 그는 혈흔이 묻어 있는 이불을 걷어내 품에 안아 들고서 여자의 방을 나섰다.

1층으로 내려가는 계단에 발을 디딘 순간부터 공기 중에 퍼져 있는 음식 냄새가 그의 후각을 자극해왔다. 역시나 예상대로였다. 거실 한편에 놓여 있는 세탁물 수거 박스에 이불을 놓아두고 곧장 주방으로 향했다. 평소와 다름없이 분주한 여자의 모습이 보인다.

원래 저 얼굴이었던가. 하루아침에 눈코입이 달라졌을 리가 없는데 새삼스레 여자의 얼굴이 어딘가 달라 보이는 건 왜일까. 주방 입구에 선 채로 잠깐 동안 그녀의 모습을 감상하던 그는 이내 주방 안으로 성큼 들어섰다.

"언제 일어났어?"

뒤에서 불쑥 들려오는 목소리에 여자가 휙 고개를 돌려 그를 바라본다.

"일어났어요? 전 한 시간 전쯤에 일어났어요."

"깨우지 그랬어."

"쉬는 날이라 그냥 뒀는데. 혹시 아침에 급한 일 있었어요?"

"아니. 그런 건 아닌데."

그래도 아침에 눈 떴을 때 혼자가 아니라 당신이 있었으면 더 좋았을 뻔했어. 차마 뒷말을 뱉어내지 못하고 삼켜낸 그는 자연스럽게 말을 돌렸다.

"몸은 좀 어때. 괜찮아?"

"네. 괜찮아요."

"또 습관처럼 괜찮다고 하지 말고. 정말로 괜찮은 거야?"

"정말로 괜찮아요. 믿어줘요."

믿어 달라는 대답에도 그는 좀처럼 의심의 눈길을 거둬들이지 못했다. 여자의 몸이 얼마나 긴장을 하고 있는지, 저를 받아들이는 게 얼마나 버거운지. 연결된 상태에서 그는 생생하게 느낄 수 있었다. 제멋대로 탐하다가는 작은 몸이 부서지는 건 아닐까, 겁이 날 정도였다.

제 딴에는 그런 여자를 배려하려 애쓰긴 했지만 워낙에 배려라는 단어와는 담을 쌓고 살던 인생이었다. 참아야 한다는 머리와는 달리 감당 안 될 정도로 터져 나오는 욕망을 완전히 억누를 순 없었다.

"그러는 박신우 씨는 괜찮아요?"

"뭐가?"

"어제……"

말을 하려다 말고 여자는 아랫입술을 물었다.

"어제 뭐?"

"아니에요. 아무것도."

고개를 내젓고는 시선을 돌린다.

"얼른 씻고 와요. 밥 먹게."

담담한 목소리와 달리 그녀의 귓불은 붉게 달아올랐다. 그 모습을 보고 있자니 아래쪽으로 급격하게 피가 쏠리는 게 느껴진다. 어제 그렇게 쏟아냈으면서도 부족한 모양이었다. 물론 조심하느라 마음껏 표출하지 못하긴 했다.

아니, 그래도 그렇지……

스스로가 생각해봐도 이 순간은 기가 막힐 따름이었다. 역시 사람은 간사한 동물이라는 것을, 새삼스럽게 온 피부로 느낀 그는 난감한 기색으로 돌아섰다. 벌써부터 앞으로가 걱정이 된다.

* * *

식사를 끝내고 뒷정리를 하는데 남자가 고무장갑을 집어 들었다.

"설거지는 내가 할게."

은서는 재빠르게 남자의 옆으로 다가서며 고개를 내저었다.

"아니에요. 제가 할게요."

"매번 얻어먹기만 했던 것 같아서 양심에 찔려서 그래."

"마음만 받을게요."

단호하게 거절하자 남자의 입이 불만스럽게 튀어나왔다. 은서는 달래듯 말했다.

"정말로 제가 하는 게 편해서 그래요. 어차피 식기세척기가 다 해줘서 별로 할 것도 없고요."

기어코 고무장갑을 뺏어 들자 남자는 어쩔 수 없다는 듯 물러섰다. 시무룩한 얼굴이 마치 먹던 사탕을 뺏긴 아이처럼 보여 은서는 슬쩍 한마디를 더했다.

"그럼 커피 한 잔 타줄래요?"

그는 기다렸다는 듯이 냉큼 커피머신 앞으로 다가섰다.

"아이스? 핫?"

"뜨거운 걸로. 고마워요."

그녀가 애벌 설거지를 끝내고 식기세척기를 가동했을 때쯤 남자가 내린 커피도 완성되었다. 뽀얀 김이 폴폴 나는 뜨거운 커피 한 잔과 얼음이 가득 담긴 아이스 커피 한 잔이었다. 그는 본인은 한겨울에도 따뜻한 음료는 즐기지 않는다며 머그컵에 넘칠 듯 얼음을 가득 채웠다. 각자 커피 한 잔을 손에 들고서 주방을 나선 두 사람은 거실 소파에 나란히 자리를 잡았다. 커다란 통유리 너머에서 따스한 햇볕이 쏟아지듯 들어왔다. 게다가 코를 흠뻑 적시는 커피 향까지. 왠지 온몸이 노곤해지는 느낌이었다.

"여유롭네."

그가 느긋하게 소파에 등을 기대며 말했다.

"그러게요."

은서 역시 동감한다며 고개를 끄덕였다.

"그런데 정말 이래도 되나 싶어요."

"안 될 건 뭐야?"

"추석이잖아요, 오늘."

명절 당일이면 평창동 집은 늘 많은 사람으로 복작거렸다. 평소엔 바빠서 얼굴을 보기 힘들던 먼 친척들까지 조상님이 아닌 황 회장에게 얼굴도장을 찍기 위해 기어코 찾아왔기 때문이다. 그간 잘 지내셨냐고. 바빴다고. 새롭지 않은 안부 인사가 오가고, 역시나 새로울 것 없는 수다가 이어졌다.

그들의 최대 관심사는 단연 황 회장이 사랑해 마지않는 손자, 재욱이었다. 재욱이는 요즘, 재욱이는 그래서, 재욱이는……. 그녀는 그 사이에서 자리를 피하지도 못하고 그렇다고 끼지도 못한 채 멍하니 앉아 머릿속으로 숫자를 세곤 했다. 친척들의 질문 세례에 난감한 표정을 짓고 있는 재욱을 보며 오늘만큼은 나보다 네 처지가 더 안쓰럽구나, 주제넘게 연민하면서.

"근자감이야, 그거."

"근자감이요?"

"근거 없는 자신감. 몰라?"

"잘은 모르겠지만 좋은 소리가 아닌 건 알겠네요."

그녀가 뚱하게 대답하자 남자는 아무튼, 하고 말했다.

"조상님들은 당신이 있든 없든 전혀 신경 안 쓴다니까."

"그걸 박신우 씨가 어떻게 알아요?"

"신경 썼으면 적어도 지금껏 그렇게 살아오게 내버려두진 않았겠지."

툭 내뱉듯 말한 그는 뒤늦게 아차, 싶은 얼굴로 그녀를 바라보았다. 남자의 두 눈엔 전에 없던 동정심이 담겨 있었다. 제 생각을 해준다는 게 고마우면서도 한편으론 제 처지가 그에게 동정을 살 수밖에 없다는 사실이 씁쓸했다. 은서는 괜찮다는 듯 엷게 웃어 보이고는 커피를 한 모금 마셨다.

남자는 급격하게 가라앉은 분위기를 수습하려는 듯 이런저런 말을 걸었다. 별 대수롭지 않은 말들이었지만 노력이 가상해서 은서는 꼬박꼬박 대답하며 맞장구를 쳐주었다. 그와 시답잖은 수다를 떨다 보니 어느덧 커피가 바닥을 보였다. 마지막 한 방울까지 털어 넣은 은서는 빈 잔을 테이블에 내려놓다가 저도 모르게 풋, 하고 웃음을 흘렸다.

"갑자기 왜 웃어?"

스스로가 생각해도 뜬금없는 웃음이긴 했다. 은서는 멋쩍은 얼굴로 커피잔을 매만졌다.

"아뇨. 그냥⋯⋯."

"그냥, 뭐?"

남자의 눈이 호기심에 반짝였다. 은서는 잠깐 머뭇거리다 이내 말했다.

"사실 오늘 아침에 눈 떴을 땐, 하늘과 땅이 뒤바뀔 정도로 엄청난 변화가 있을 것 같았거든요. 천지개벽이라고 해야 하나. 그런데 걱정했던 거랑은 달리 평소랑 크게 다르지 않아서요. 박신우 씨도, 나도, 세상도."

필터를 거르지 않고 속에 있는 말을 다 뱉어놓고 나니 왠지 민망해져서 은서는 작게 웃었다.

"괜히 혼자 지레 겁먹었나 봐요. 별거 없는데."

그때였다.

"안심하긴 이를 텐데."

의미 모를 말을 뱉은 그가 훅 다가왔다. 그러곤 놀랄 새도 없이 그녀의 입술을 집어삼켰다. 갈라진 틈을 비집고 미끄덩거리는 살덩이가 밀려 들어왔다. 짙은 커피 향을 머금은 혀가 차가웠다. 그것은 그녀의 고른 치열을 훑다가 수줍게 숨어 있는 혀를 찾아 옭아맸고 집요하게 빨아 당겼다.

그가 머금고 있던 냉기가 열기 그득한 그녀의 입안을 한바탕 정신없이 헤집었다. 그의 온도는 조금 높아졌고 그녀의 온도는 딱 그만큼 낮아졌다.

"이런 게 일상이 될 거야."

네 번째 키스는 짧고 굵었다. 남자가 입술을 떼며 은서에게 경고하듯 말했다.

"어젯밤 같은 일도 마찬가지고."

짙은 시선을 유지한 채 그가 손을 뻗어 타액이 번들거리는 그녀의 입술을 엄지로 가볍게 훑었다. 남자의 손끝이 지나간 자리가 데인 듯 뜨거워졌다. 어젯밤이 떠올라서인지, 저를 바라보는 그의 시선이 너무 짙어서인지, 손끝이 야릇하게 움직여서인지, 아니면 전부 해당되는 건지. 은서는 키스를 나눌 때보다 지금이 훨씬 더 민망하게 느껴졌다.

입술뿐만 아니라 얼굴로도 홧홧하게 열이 오른다. 새빨개진 얼굴을 반대로 휙 틀고 손으로 부채질을 하자 남자는 피식 웃었다. 그의 여유로움이 왠지 얄밉게 느껴져서 은서는 보란 듯이 부채질하는 손동작을 조금 더 빨리했다.

"그나저나 우리 호칭 정리부터 하는 게 어때?"

얼굴에 올랐던 열이 반쯤 내려갔을 때, 그가 문득 말했다.

"호칭 정리요?"

은서는 고개를 돌려 그를 바라보았다.

"설마 앞으로도 계속 박신우 씨, 하고 부를 생각이었어?"

물론 그럴 생각이었다. 은서가 대답 대신 빤히 바라보자 그가 눈썹을 찌푸렸다.

"신우 씨도 아니고 박신우 씨라니. 너무 딱딱하잖아."

그런가. 지금껏 호칭에 대해선 별생각이 없었던지라 은서가 가만히 고민해보는데 남자가 묻는다.

"여보, 어때?"

"네? 여보……요?"

농담이죠? 경악 깃든 눈빛으로 바라봤지만 그는 더없이 진지해 보였다.

"아니면 남편? 아니다, 남편이라는 단어도 좀 딱딱해. 당신 말대로 꼭 남의 편이라고 들리는 것 같아. 음, 서방님은 어때. 너무 고전적인가? 그럼 그냥 흔하게 자기야? 달링? 내 사랑?"

겨우 식한 얼굴이 다시금 달아오르기 시작했다. 그가 예시로 들어준 것 중 어느 것 하나 선뜻 고를 수 있는 게 없었다. 지금껏 연애 한 번 해본 적 없어 이런 쪽으론 면역력이 전혀 없는 상태였다. 게다가 본래 성격 자체가 애교 있는 편이 못됐다.

아니, 잠깐…….

순간 은서의 눈이 가늘어졌다. 뭔가가 이상하다 싶었기 때문이다. 지금까지 봐왔던 남자의 성격 역시 자신과 별반 다르지 않아 보였다. 여보, 자기, 달링. 이런 호칭을 듣는 걸 분명 달가워할 것 같지 않은데 말이다.

"지금 저 놀리는 거죠?"

"놀리다니? 나는 충분히 진지하게 말하고 있어."

"그럼 정말로 저런 호칭으로 불리고 싶다는 거예요?"

"물론, 여태까지는 저런 호칭으로 불려본 적도 없고 듣고 싶지도 않았어. 오버스러운 건 딱 질색이거든."

그럼 그렇지. 은서가 속으로 안심하는데 아직 끝나지 않은 그의 말이 뒤통수를 가볍게 때려왔다.

"그런데 송은서잖아. 당신 입에서 나오면 왠지 다 들을 만할 것 같아. 뭐가 됐든 박신우 씨, 라고 불리는 것보단 훨씬 나을 테고."

남자는 본인의 말대로 더없이 진지해 보였다. 놀리려는 게 아니라 정말로 그녀의 입에서 나오는 저 닭살스러운 호칭들이 듣고 싶은 것이다. 당혹감에 은서의 입이 절로 벌어지던 그때였다. 타이밍 좋게 전화벨이 울렸다. 그녀의 휴대폰이었다. 은서는 눈을 반짝였다. 전화벨 소리가 마치 저를 구원하기 위해 하늘에서 내려준 동아줄처럼 느껴졌다.

"이런 중요한 때에 대체 누구야?"

못마땅하다는 듯 눈썹을 실룩이는 남자를 외면한 채 그녀는 냉큼 휴대폰을 집어 들었다. 구세주의 정체는 재욱이었다.

* * *

아파트 입구를 나서자 재욱의 목소리가 들려왔다.

"누나!"

소리가 나는 쪽을 바라보자 재욱이 손을 방방 흔들고 있는 게 보인다. 은서는 재빠르게 재욱에게 다가섰다.

"여긴 웬일이야. 무슨 일 있어?"

"걱정돼서 왔지. 발은 좀 어때?"

재욱의 시선이 그녀의 왼발에 닿았다. 커다란 반창고를 떡하니 붙이고 있는 그녀의 발등을 바라보는 재욱의 얼굴이 급격하게 어두워졌다. 이럴 줄 알았으면 운동화를 신고 나올 걸 그랬다. 운동화에 발을 구겨 넣자니 발등에 통증이 느껴져서 슬리퍼를 신고 나왔는데, 조금만 참을걸. 그래도 붕대를 감은 꼴을 안 보인 게 천만다행이라고 생각하며, 은서는 왼발을 슬그머니 뒤로 숨기며 고개를 내저었다.

"멀쩡해. 별거 아니었어."

"별거 아니긴! 아까 보니까 제대로 걷지도 못하는 것 같은데. 병원은 다녀왔어?"

근육통 때문에 어정쩡하게 걷는 걸 재욱이 오해한 모양이었다. 그렇다고 솔직하게 말을 할 수도 없어 은서는 어색하게 웃으며 대답했다.

"어제 곧바로 응급실 갔었어. 의사 선생님한테 치료도 제대로 받았고."

"정말이야?"

"그래. 정말로. 그보다 이러고 있지 말고 일단 어디 좀 앉자. 바로 옆에 공원 있어."

은서는 아파트 단지 내의 공원으로 재욱을 안내했다. 외부인은 철저하게 출입이 불가능한 공간이라 평소엔 아이들이 조잘거리며 뛰어놀곤 했는데 오늘은 개미 한 마리 보이지 않을 정도로 조용했다.

입구에서 얼마쯤 더 들어가 나무 그늘에 놓여 있는 벤치에 자리
를 잡았다. 선선하게 불어오는 가을바람이 기분 좋게 두 사람의
머리칼을 흐트러뜨렸다.

"할머니…… 화 많이 나셨지?"

운을 먼저 뗀 건 은서였다. 그녀가 걱정스럽다는 듯 바라보자 재
욱이 고개를 내저었다.

"걱정 안 해도 돼. 별로 화 안 나셨어."

그랬을 리가 없다. 황 회장이 어떤 사람인데. 황 회장에게 제가
어떤 존재인데. 감히 어제 그렇게 집을 나섰으니 화병으로 당장
몸져눕지 않았다면 다행이었다. 재욱이 저를 안심시키려 거짓말
을 한다는 걸 뻔히 알았지만 은서는 굳이 따지지 않고 넘어갔다.

"차례는 잘 지냈어? 이번에도 사람들 많이 왔지?"

"그렇지, 뭐."

"네가 고생했겠네."

은서가 옅게 웃어 보였다. 하지만 재욱은 따라 웃지 못했다. 오
히려 그녀의 미소를 물끄러미 바라보는 얼굴엔 그늘이 짙게 드
리웠다.

"누나. 미안해."

뜬금없는 사과에 은서가 무슨 소리냐는 듯 바라보자 재욱이 미
간을 일그러뜨리며 말을 덧붙였다.

"매번 미안하단 소리밖에 못 해서, 그것도 미안해."

"재욱아……."

"어제 확실히 깨달았어. 지금까지 나는 누나한테 전혀 힘이 되

지 못했다는 걸."

　재욱은 그녀와 시선을 마주할 자신이 없다는 듯 고개를 푹 숙였다.

　"그 남자가 누나 데리고 나가는데, 그제야 정신이 번쩍 들더라. 왜 나는 단 한 번도 누나를 꺼내줘야겠단 생각은 못 했을까. 잘못됐다는 걸 알면서도 나서지 못하고 지켜만 봤어. 차마 할머니를 거역할 용기가 없었던 것 같아. 찌질하게도…….."

　차마 말을 잇지 못하고 흐리는 목소리가 잔뜩 젖어 있었다.

　"그런 말 하지 마, 재욱아."

　은서는 손을 뻗어 재욱의 떨리는 손을 부드럽게 감싸 쥐었다.

　"예전부터 누누이 말하지만 네가 미안해할 이유 전혀 없어."

　"……."

　"오히려 네 덕분에 내가 그 집에서 숨 쉴 수 있었던 거야. 나는 늘 너한테 고마워."

　다정한 음성에 재욱이 천천히 고개를 들었다. 시뻘겋게 달아오른 흰자위는 금방이라도 눈물을 떨어뜨릴 것 같았지만, 재욱은 애써 참아내며 억지로 입매를 올렸다.

　"누나는 너무 착해서 탈이야. 그렇게 착해빠져서 이 험한 세상을 어떻게 살아가려고 그래?"

　"뭐래. 내가 너보다 다섯 살이나 더 많거든?"

　"외모만 보면 내가 누나보다 훨씬 더 오빠 같거든?"

　"그게 자랑이야?"

　"……아니. 그건 아니지."

　두 사람은 서로를 마주 본 채로 푸훗, 웃었다. 재욱은 고개를 들어 청명한 가을 하늘을 바라보았다. 그런 재욱을 따라 은서 역시 고개를 들어 올렸다.

"그 여자랑은 정리했대?"

"그 여자?"

"결혼 전에 만난다고 소문났던 여자 말이야."

아……. 그랬었지, 참.

은서는 눈을 느리게 깜빡였다. 결혼 전에 그에게 여자가 있다는 소문을 저도 분명히 들었는데, 어느덧 완전히 잊고 있었다. 문득 목뒤가 뻐근해져 와서 은서는 고개를 바로 했다. 재욱이 그녀를 바라보고 있었다.

대답을 기다리는 듯한 시선에 그녀는 잠깐 머뭇거리다가 이내 고개를 끄덕였다. 거짓말을 하는 건 내키지 않았지만, 그렇다고 솔직하게 대답하면 재욱이 한바탕 난리를 칠 게 뻔했기 때문에 어쩔 수가 없었다.

"그렇다면 다행이고."

다행히도 재욱은 의심하지 않는 것 같았다.

"솔직히 나 그 소문 때문에 지금까지 그 남자가 영 마음에 안 들었거든. 그런데 어제 보니까, 누나한테 진심인 것 같더라."

처음으로 남자에 관한 얘기를 하는 재욱의 목소리가 담담했다. 늘 짜증이나 불만이 가득 섞여 있었는데 말이다.

"누나는 어때. 그 남자랑 사는 거."

확인하듯 바라보는 재욱의 눈빛에 은서는 최대한 밝게 웃으며 대답했다.

"걱정 안 해도 돼. 나 정말로 잘 지내고 있어."

그런 그녀를 빤히 바라보던 재욱은 이내 덤덤하게 말했다.

"그 남자한테 전해줘. 내가 건방지게 굴어서 죄송했다고. 다음에 한국 들어오면 남자끼리 술 한잔 같이하자고. 그땐…… 매형이라고 부르겠다고."

* * *

주말까지 합쳐져 5일이나 주어졌던 긴 연휴는 눈 깜짝할 새에 지나갔다. 정신을 차렸을 땐 어느덧 연휴의 마지막 날이었다. 두 사람은 나름대로 그 시간을 알차게 보냈다. 함께 장을 보고, 식사를 하고, 디저트를 먹으며 수다를 떨었다. 하루는 날을 잡고 연휴라 오지 않는 도우미 아주머니를 대신해 청소도 함께했다. 대부분의 시간을 함께 보냈다. 남자가 일하는 동안 그녀는 그의 서재 한편에 놓인 소파에 앉아 그가 골라준 책을 읽었다.

"재밌어?"

"딱히 재밌진 않은데, 읽을 만해요."

"다 읽고 나면 요약해서 말해줘. 난 너무 지루해서 못 읽겠더라고."

"재밌는 책이라면서요?"

"당신한텐 재미있을지도 모르겠다는 거였어. 그래도 읽을 만하다고 하니 다행이야."

남자와 자연스럽게 농담 따먹기를 하고 또 마주 보고 웃는 것이 아직 조금 어색하기는 했지만, 그래도 이젠 나름대로 제법 부부 같았다. 그가 원했던 대로 호칭도 정리했다. 며칠간 길고 긴 토론을 한 끝에 결국 두 사람은 합의점을 찾았다. 서로 한발 물러나기로 한 것이었다. 당첨된 호칭은 '신우 씨'였다. 남자는 못내 떨떠름해 하는 것 같았지만 그래도 박신우 씨라고 불리는 것보단 낫겠지, 하고 수긍했다.

"나는 뭐라고 부를까?"
"전 지금까지가 좋아요. 아니, 꼭 그랬으면 좋겠어요."

남자는 이번에도 역시나 못마땅해 하는 눈치였지만, 은서의 간절한 눈빛에 못 이기는 척 고개를 끄덕여주었다.

화장대에 앉아 얼굴에 스킨로션을 바르고 있는데 예고도 없이 방문이 벌컥 열렸다. 자연스럽게 제 방으로 들어오는 남자의 모습이 이젠 별로 놀랍지도 않았다. 은서는 남자에게 짧게 향했던 시선을 바로 한 채 얼굴을 두드리며 크림을 흡수시켰다.

처음 함께 밤을 보낸 이후로 남자는 매일 밤 그녀의 방을 찾았다. 물론 거기까진 괜찮았다. 문제는, 거기서 끝나는 법이 결코 없다는 것이었다. 형광등을 끄는 것과 동시에 반대로 남자의 스위치는 켜졌다. 그는 사춘기 소년처럼 쉽게 타올랐다. 키스는커녕 손등만 살짝 스쳐도 예민하게 반응했다.

덕분에 은서는 근육통이 채 가시기도 전에 또 다른 근육통을 맞아야만 했다. 그걸 4일 연속으로 겪다 보니 이제 어쩌면 영원히 낫지 않을지도 모르겠다는 생각이 들 정도였다. 물론 남자와 한 몸이 된다는 게 싫은 건 아니었지만, 그래도 체력적으로 너무 힘들다 보니 피하고 싶어지는 건 어쩔 수 없었다.

"무슨 용건이에요?"

답지 않게 제 눈치를 보며 쭈뼛쭈뼛 옆에 서는 남자를 보지도 않고서 은서는 쌀쌀맞게 물었다.

"오늘은 얌전히 손만 잡고 잘게."

"어제도 아마 그렇게 말했었죠."

"이번엔 정말이야. 믿어줘."

딱히 믿음은 가지 않았지만 은서는 속아줄 수밖에 없었다. 이러나저러나 어차피 결론은 같을 게 뻔했다. 내쫓아낸다고 해서 순순히 내쫓길 남자가 아니었으니까 말이다.

"또 분위기 잡으면 오늘은 바로 내쫓아 낼 거예요. 알겠죠?"

"걱정 마. 진짜 안 그럴게."

그녀의 허락이 떨어지기가 무섭게 남자는 냉큼 침대에 올라가 한 자리를 차지했다. 그러고는 옆자리를 툭툭 친다.

"얼른 와."

침대에 누워 그녀를 기다리는 모습이 마치 자신의 침대인 듯 자연스러웠다. 은서는 못 말린다는 듯 낮게 한숨을 내쉬고는 무드등을 켜고 형광등 불을 껐다. 사양하는데도 남자는 굳이 팔베개를 해주겠다고 고집을 피웠다. 결국 은서는 그의 품에 안기다시피 누워야만 했다. 다행히도 그의 품은 넓어서 많이 불편하진 않았다.

쿵쿵쿵.

일정하게 뛰는 남자의 심장 소리를 듣고 있는데 문득 얼마 전 재욱이 했던 말이 떠오른다.

'그 여자랑은 정리했대?'
'결혼 전에 만난다고 소문났던 여자 말이야.'

사실 그 날 이후로 지금까지 한 번도 잊은 적이 없었다. 틈만 나면 이런 식으로 문득문득 떠오르곤 했다. 아직도 남자에게 그 일에 관해 물어보지 못했다. 확인하고 싶은 마음은 굴뚝같았지만, 정작 적절한 타이밍이 왔을 땐 본드 칠이라도 한 듯 입이 떨어지질 않아서였다.

최근 그와의 생활은 평화롭기 그지없었다. 아니, 평화로움을 넘어서 행복했다. 그의 너른 품이 좋았다. 달콤한 체향이 좋았고, 그와 함께 보내는 긴 밤이 좋았다. 몸을 어루만지는 다정하면서도 짙은 욕망이 담긴 뜨거운 손길이 좋았고, 그가 제 안에 들어올 때마다 가득 차는 그 느낌이 좋았다.

천지개벽이 이루어진 건 아니었지만 확실히 많은 것이 달라져 있었다. 물론 좋은 쪽으로. 그러니 괜한 얘기로 긁어 부스럼을 만들까 겁이 날 수밖에 없었다. 그리고 무엇보다 본능적으로 느낄 수 있었다. 재욱의 말처럼 저를 향한 남자의 눈이 진심이라는 것을. 열 길 물속은 알아도 한 길 사람 속은 모르는 거라고 했지만, 밑도 끝도 없는 믿음이 있었다.자신의 남편이 다른 여자를 품으면서 저까지 품는, 그런 최저의 남자는 아닐 거라는 믿음.

지나간 과거겠지. 은서는 혼자 답을 내렸다.

심지어 몰랐던 것도 아닌 데다가 애초에 쇼윈도 부부로 시작하

지 않았던가. 이제 와 진심이 됐다고 과거에 대해 추궁하는 건 우
스운 일이었다. 사실 저 외모에, 저 능력에, 저 재력에, 지금껏 여
자를 못 만나봤다는 게 더 이상한 거고.

"무슨 생각해?"

복잡한 머릿속을 애써 떨쳐내고 있는데, 문득 남자가 그녀의 정
수리에 뭉근하게 턱을 괴며 물어왔다.

"그냥요. 내일 아침 반찬은 뭘 해야 좋을까, 하고."

"뭘 그런 걸 그렇게 진지하게 고민하고 그래."

"신우 씨가 몰라서 그렇지. 주부들은 원래 반찬 걱정을 제일 많
이 해요."

"누가 그런 말을?"

"카페에 있는 많은 주부가 그래요."

"카페?"

"주부들을 위한 인터넷 카펜데, 요리나 살림 등등 정보를 많이
얻을 수 있다고 해서 가입했거든요."

머리 위로 남자의 낮은 웃음소리가 떨어졌다. 듣기 좋은 웃음
이었다.

"다른 주부들은 모르겠지만, 당신만큼은 그런 쓸데없는 걱정
하지 마."

그가 몸을 살짝 뒤로 빼며 그녀와 시선을 맞춰왔다.

"당신이 해주는 거면 아침에 라면을 끓여줘도 맛있게 먹을 테
니까."

"정말이에요?"

"응. 정말로."

"후회하지 마요."

"후회 안 해."

"내일 당장 장부터 봐야겠어요. 매운 라면도 사고, 짜장 라면도 사고, 볶음 라면도 사고. 한가득 사 와야지."

일부러 심술궂게 말했지만 남자는 얼마든지. 하고 여유를 부릴 뿐이었다. 정말로 내일 아침엔 라면을 끓여줘 버릴까. 은서가 진지하게 생각할 때였다. 남자가 입을 열었다.

"그나저나 우리 방 합치는 게 어때?"

"방을요?"

"옛말에 자고로 부부는 한방을 쓰고 한 이불을 덮고 자야 한다고 했어. 그 카페에 그런 말은 없었어?"

"전혀요."

은서가 단호하게 대답하자 남자는 크흠 헛기침을 하며 아무튼, 하고 말을 이어갔다.

"매번 당신 방 찾아올 때마다 눈치 봐야 하는 것도 사실 웃기잖아. 쇼윈도 부부가 아니라 제대로 시작했으면 원래 한방을 썼을 텐데. 내 말이 틀렸어?"

남자는 가끔 황당할 정도로 뻔뻔하게 굴기는 했지만, 그렇다고 틀린 말을 한 적은 단 한 번도 없었다. 은서는 잠깐 생각하다 입을 열었다.

"방을 어떻게 합치자는 거예요?"

"이미 각자 방에 짐이 많으니까 완전히 합치는 건 무리일 것 같고. 빈방을 정해서 적당히 합치거나, 아니면 두 방 중 한 곳을 정해서 잠만 같이 자거나. 사실 한 침대를 쓴다는 것에 의의가 있는 거니까."

기다렸다는 듯이 계획이 술술 나오는 걸 보니, 아무래도 지금 갑자기 떠오른 생각은 아니었던 모양이다.

"근데 마지막 방법은 지금이랑 같은 거 아니에요?"

"무슨 소리야. 완전히 다르지. 내가 밤마다 더 이상 당신 눈치를 안 봐도 되는 건데."

아, 그렇구나. 은서는 납득하며 고개를 끄덕였다.

"내가 봤을 땐 우리 상황에선 마지막 방법이 제일 효율적인 것 같은데. 당신 생각은 어때?"

"저도 같은 생각이에요."

"그럼 방법은 그렇게 하는 걸로 하고. 방은 어떻게 할까? 당신이 편할 대로 해. 나는 당신 방에도 이미 익숙해져서 어디든 괜찮아."

남자는 조금도 생각할 틈을 주지 않고 몰아붙였다. 그것도 마치 그녀를 위해 자신이 엄청난 배려를 해주겠다는 듯이. 얼떨결에 그래요, 하고 대답한 은서의 시야에 슬쩍 올라가는 남자의 입매가 들어왔다.

어쩌면 처음부터 답은 이미 정해져 있었던 게 아닐까⋯⋯.

왠지 사기를 당한 것처럼 찝찝한 기분이 들어 은서가 다시 한 번 상황을 곱씹어 보려는데, 문득 잠옷 원피스 아래로 바람이 통하는 게 느껴진다. 결코 낯설지 않은 느낌이었다. 은서는 재빠르게 허벅지 위로 슬그머니 올라오던 남자의 손목을 탁, 잡아 제지했다. 그러고는 눈을 세모로 뜨고 그를 쏘아보았다.

"손만 잡고 잔다고 하지 않았어요?"

"그건 아까고. 지금은 상황이 달라졌잖아."

처음부터 이렇게 되리라 예상했지만 남자의 반응만큼은 예상 외였다. 어제처럼 있는 아양 없는 아양 다 떨어가며 저를 달랠 줄 알았는데, 웬걸. 너무도 뻔뻔하게 나오는 남자를 보며 은서는 기가 막혀 되물었다.

"대체 뭐가 달라졌다는 거예요?"

뾰족한 질문에 그는 잡힌 손을 가볍게 빼내며 그녀의 위로 올라타듯 다가왔다. 그러곤 마치 키스할 것처럼 훅 다가오더니 귓가에 속삭였다.

"잊었어?"

뜨거운 숨결이 귓가에서 흩어진다.

"이젠 여기가 더 이상 '송은서 방'이 아니라 '우리 방'이 됐다는 거."

기적의 논리가 아닐 수 없었다. 말문이 턱 막힌 은서의 입술을 비집고 허, 하고 실소가 흘렀다. 그녀의 체념을 알아차린 것처럼 남자가 목덜미에 입술을 내렸다. 할짝. 혀끝을 세워 여린 피부를 핥는 촉감에 온몸의 솜털이 쭈뼛 섰다.

은서는 두 눈을 질끈 감았다.

오늘 밤도 아주 길 것 같은 예감이 든다.

Chapter 19
사모님의 품격

은서는 아침 일찍 집을 나섰다. 그가 굳이 자신의 출근길에 병원
에 데려다주겠다고 우긴 탓이었다.

'당신이 병원에 들어가는 모습을 내 두 눈으로 똑똑히 봐야 안
심할 것 같아서 그래. 안 그러면 병원엘 제때 가기는 했는지, 또
괜찮다고 방치하고 있는 건 아닐지, 계속 신경 쓰느라 일에 집중
을 못 할 거야.'

그렇게까지 말하는데 어떻게 고집을 피울 수가 있겠는가. 덕분에 은서는 진료 시간이 시작되자마자 첫 번째 순서로 치료를 받을 수 있었다. 치료라고 해봐야 간단한 소독과 상처의 상태를 확인하는 게 전부였다. 젊은 의사는 상처가 잘 아물고 있다고, 물이 안 들어가게만 해주면 금방 나을 거라 했다. 딸랑 반창고 하나 붙어 있는 발등을 운동화에 조심스럽게 집어넣으며 은서는 낮게 중얼거렸다.

　"이 정도면 그냥 집에서 내가 소독했어도 됐을 것 같은데…….
역시 김 박사님한테 안 가길 잘했어."

　사실 병원에 오는 내내 남자는 꼭 김 박사님께 상처를 보여주라고 신신당부를 했었다. 그런데 응급실에서의 일이 떠올라 민망했던지라 그의 말을 무시하고 데스크에서 연결해주는 외과 의사에게 진료를 받은 것이었다. 병원에서 나온 은서는 곧장 레스토랑으로 향했다.

　코앞에서 버스를 놓치면서도 굳이 달려가지 않았다. 다음 버스를 기다리는 여유까지 부렸는데도 평소 출근 시간보다 조금 이른 시간에 도착했다. 레스토랑 입구에 도착한 그녀의 시야에 보안카드를 찍고 있는 매니저의 뒷모습이 들어왔다.

　"매니저님."

　친근한 부름에 이제 막 가게 문을 열고 들어가려던 매니저가 뒤를 돌아보았다.

　"아, 은서 씨."

　"안녕하세요."

　"응. 좋은 아침. 근데 오늘따라 일찍 왔네?"

의아해하는 매니저를 향해 은서는 어색하게 웃어 보였다.

"네, 좀…… 일이 있어서요."

나란히 레스토랑 안으로 들어간 두 사람은 유니폼을 갈아입고 본격적으로 오픈 준비를 시작했다. 구석구석 불을 밝히고 마감 때 테이블 위에 올려두었던 의자들을 내렸다. 흐트러진 열을 정리하고 있는데 물에 젖은 밀대 두 개를 챙겨온 매니저가 하나를 은서에게 내밀며 물었다.

"연휴는 잘 보냈어?"

"네. 전 잘 보냈어요. 매니저님도 잘 보내셨죠?"

"나는 전쟁이었지. 음식 하랴, 애들 케어하랴. 남편이 하나도 안 도와줘서."

그리 말하며 젖은 밀대를 바닥에 퍼억, 내려찍는 매니저의 얼굴은 정말로 전쟁에서 살아 돌아온 병사처럼 보였다.

"고생하셨겠네요."

그녀가 할 수 있는 건 심심한 위로의 말을 건네는 것뿐이었다. 매니저는 고맙다며 싱긋 웃었다.

"은서 씨는 이번이 결혼하고 첫 명절이랬나?"

"네."

"이런. 내가 번데기 앞에서 주름잡았네. 은서 씨야말로 고생했을 텐데."

고생은커녕 평생을 살면서 보내온 명절 중 가장 몸과 마음을 편하게 보냈지만, 은서는 그저 옅게 웃을 뿐이었다. 그때였다. 별안간 뭔가가 떠올랐다는 듯 매니저가 손뼉을 짝, 치며 은서를 바라보았다.

"참! 은서 씨 오늘이 마지막 날이었던가?"

"네. 맞아요."

"맞구나, 오늘. 연휴 때문에 정신이 없어서 까먹고 있었네."

일을 그만두기로 마음을 먹은 건, 한 달 전 한바탕 난리가 났던 그때였다. 남자에게 계속 다닐 거라며 고집을 부렸던 그 날, 은서는 밤새도록 그가 했던 말을 곱씹어봤었다. 그리고 남자의 말 중 틀린 말이 하나도 없었음을 결국 인정하게 됐다. 그녀는 제 감정을 배제한 채 최대한 객관적으로 상황을 보려고 노력했다. 그러자 역시 제가 그만두는 게 맞는다는 답이 나왔던 것이다.

"아쉽네. 정 많이 들었는데."

"식사하러 자주 올게요."

"그래. 그 영화배우 같은 남편분이랑 같이 꼭 와. 서비스 팍팍 챙겨줄게."

* * *

"······안 왔다고요?"

휴대폰을 쥔 그의 얼굴이 딱딱하게 굳어졌다. 이제 막 김 박사에게서 오늘 자신의 아내를 만나지 못했다는 이야기를 들은 참이었다. 기가 막혔다. 분명히 병원 앞에서 내려주고 왔는데. 들어가는 척 저를 속였다는 말인가? 굳이 왜?

도대체가 이해를 할 수 없는 여자의 행보에 그가 가만히 머리를 굴리고 있는데, 잠깐 조용해졌던 휴대폰 너머에서 김 박사의 목소리가 다시금 흘러나온다.

─아, 지금 간호사한테 전달받았는데. 오긴 왔네. 근데 외과 의사한테 진료를 받고 간 모양이야.

김 박사는 그와 박 회장의 주치의이기는 했지만, 정식적으로는 소화기내과 전문의였다. 그제야 그의 얼굴이 풀어졌다. 굳이 김 박사를 찾지 않고 조용히 치료를 받고 나갔다는 점이 지극히 송은서답다고 생각했다.

"그랬군요. 아무래도 폐를 끼친다고 생각했나 봅니다."

─다행스럽게도 네 녀석 와이프는 정상인가 보구나.

"그게 무슨 말씀이세요. 저는 비정상이라는 겁니까?"

─너는 그럼 지금 네가 이러는 게 정상인 것 같아? 고작 와이프 발등 상처가 걱정돼서 아침 댓바람부터 굳이 나한테 전화를 걸어 확인하는 게?

"고작이라뇨. 박사님이 그때 상처가 꽤 깊다고 하셨던 거 벌써 잊으셨어요?"

─허, 참. 난 네가 아버지를 쏙 빼닮았다고 생각했는데, 이제 보니 단단히 잘못 본 것 같구나. 이렇게 팔불출일 줄은 상상도 못했지 뭐야.

쯧, 혀를 차는 김 박사의 말에 그는 재빠르게 항변했다.

"언제는 저더러 너무 무뚝뚝하다고 하셨잖아요? 알아서 잘 챙겨주라고."

─아니 그걸 지금 말이라고 하는 거야? 정도라는 걸 알아야지, 인석아!

기가 차다는 듯 버럭 호통을 친 김 박사는 아침부터 사람 혈압 올리지 말고 용건 없으면 끊어! 하고는 전화를 뚝 끊었다. 매정하게 끊어진 휴대폰을 빤히 내려다보던 그의 입매가 삐뚜름하게 올라갔다.

"팔불출이라……."

피식, 입술을 비집고 헛웃음이 흘렀다. 자신이 이런 말을 듣게 될 줄은 김 박사뿐만 아니라 자신조차 단 한 번도 상상하지 못했었다. 황당하긴 했지만 썩 나쁘지는 않았다. 냉혈한, 싸가지, 지독한 개인주의자. 늘 들어오던 수식어들과는 전혀 다른 어감이라 왠지 색다르기도 했고.

그가 휴대폰을 책상 위에 내려놓는데 노크 소리가 들려왔다. 문을 열고 들어오는 건 정 실장이었다.

"대표님. 소장 오늘 발송된다고 합니다."

"소장?"

"네. 사모님 관련된……."

정 실장이 그의 눈치를 보며 말끝을 흐렸다. 그제야 그는 아, 하고 입을 딱 다물었다. 뒤늦게 생각이 났다. 유쾌하지 못한 장면이 눈앞을 스쳐 지나가자 느슨해졌던 그의 얼굴이 와락 찌푸려진다.

"꽤 오래 걸렸군. 내가 깜빡하고 있을 정도로."

"죄송합니다. 법무팀이 최근 쾌통 쪽 일로 바빴던지라 일 처리가 조금 늦은 것 같습니다."

그는 의자 등받이에 깊숙하게 몸을 기대며 서늘한 음성을 뱉어 냈다.

"법무팀에 확실히 전해줘. 이 문제 역시 쾌통 계약 건 만큼 중요하니까 신경 쓰라고."

* * *

　퇴근 시간.

　유니폼을 갈아입은 후 캐비닛에 있는 짐을 챙기고 있는데 끼익, 문이 열리는 소리가 들렸다.인기척에 고개를 돌리자 터벅터벅 들어오는 준호의 모습이 보인다.

　"짐 챙기는 중이야?"

　"응."

　"내가 뭐 도와줄 건 없어?"

　"괜찮아. 챙길 것도 별로 없어."

　짐이라고 해봐야 양치 도구와 고무줄, 일할 때 신어야 해서 급하게 구입한 굽이 높은 샌들이 전부였다. 작은 쇼핑백 하나를 꽉 채우자 캐비닛이 텅 비었다. 은서는 쭈그리고 앉았던 몸을 일으키며 준호를 바라보았다. 허공에서 마주친 시선이 왠지 어색했다. 그 시선을 먼저 피한 건 준호였다. 은서의 눈이 가늘어졌다. 어쩐지 공기의 흐름이 한층 더 어색해진 느낌이었다. 최근 준호와 함께 있으면 늘 이런 식이었다.

　"준호야."

　발끝에 시선을 둔 채로 의미 없이 바닥을 툭툭 치는 준호를 물끄러미 바라보던 은서가 조심스레 물었다.

　"전부터 묻고 싶었는데, 혹시 내가 너한테 뭐 잘못한 거 있어?"

　툭. 발끝이 멈췄다. 준호가 천천히 고개를 들어 그녀와 시선을 맞추었다.

　1초. 2초. 3초…….

오랜만에 제대로 마주해서인지 절 바라보는 준호의 눈빛이 낯설었다.

"왜."

느릿하게 준호의 입술이 달싹였다.

"그렇게 생각하는데?"

"아니, 그냥……. 왠지 요즘 네가 날 피하는 것 같아서."

"이유는 모르고?"

"으응? 정말로 내가 뭐 잘못한 거야?"

은서의 눈이 휘둥그레졌다. 이런 결과를 도출할 줄은 몰랐다. 느낌이 이상해서 그냥 한번 던져본 말이었는데. 얼굴에 고스란히 떠오른 난감한 기색에 준호가 하, 하고 낮게 한숨을 내쉬었다.

"누나. 평소에 둔하단 소리 많이 듣지?"

"……들어보긴 했는데."

"한두 번이 아닐 텐데? 아마도 내가 아는 사람 중에 누나가 제일 둔할걸."

"그게 무슨 뜻이야?"

"말 그대로."

"그러니까, 내가 둔해서 잘못한 것도 모르고 넘어갔다는 거야?"

"글쎄."

"뭐야, 도대체. 내가 너한테 뭘 잘못한 건데. 응? 말을 해줘야 알지."

은서가 답답하다는 듯 묻자, 준호가 그녀의 두 눈을 빤히 바라보다 이내 어깨를 가볍게 으쓱해 보인다.

"없어."

"뭐?"

"누나 잘못한 거 없다고. 내가 그냥 농담한 거야. 이렇게 그냥 보내주려니 아쉬워서."

준호는 피식, 웃었지만 은서는 따라 웃지 못했다. 조금 전 준호가 보여준 눈빛은 결코 농담이 아니었다. 둔한 그녀조차 알 수 있을 정도로 짙은 시선이었다. 그러나 캐묻지는 못했다. 마주한 준호의 얼굴이 굳어 있던 조금 전과 달리 마치 신발에 묻은 흙을 툭툭 털어낸 듯 후련해 보였기 때문이다.

"누나. 그동안 고생했어."

준호가 그녀를 향해 손을 척 내밀었다. 악수를 하자는 듯.

"일은 그만두지만, 그래도 앞으로 종종 볼 수 있는 거지? 회식 있을 때 가현 누나랑 같이 꼭 와."

눈가를 접고 예쁘게 웃는 얼굴이 예전과 다름없었다. 은서는 대답 대신 준호의 손을 맞잡으며 화답의 미소를 지어 보였다.

* * *

마지막 날이라 모든 직원과 일일이 아쉬움이 가득 담긴 인사를 하느라 평소보다 늦게 가게를 나섰다. 섭섭하면서도 한편으로는 홀가분하기도 한 마음이 발걸음에 고스란히 반영되었다. 가벼운 걸음을 느릿하게 옮기고 있을 때였다. 문득 뒤에서 목소리가 들려왔다.

"저기요!"

어쩐지 저를 향하는 것 같아서 은서는 걸음을 멈추고 뒤를 돌아봤다. 그와 동시에 흠칫, 은서의 어깨가 떨려왔다. 저만치서 낯설지 않은 얼굴이 저를 향해 허겁지겁 달려오고 있었다. 한 달 전 그녀에게 물을 끼얹었던 그 여자였다.

"……무슨, 일이세요?"

코앞까지 다가온 여자를 보며 은서는 저도 모르게 본능적으로 주춤 물러섰다. 도대체 오늘은 또 무슨 말을 하려고. 만날 때마다 좋지 않은 기억만 있었기에 여자를 바라보는 은서의 눈엔 경계심이 가득했다. 그런데 별안간 여자가 풀썩, 그녀의 앞에서 무릎을 꿇는 게 아닌가.

예상치 못한 돌발 상황에 그녀의 눈이 둥그렇게 커졌다.

"지금 뭐 하시는 거예요? 얼른 일어나세요."

당황한 은서가 다급하게 외쳤지만 여자는 들은 체도 않고 그녀를 바라볼 뿐이었다. 길 한복판이었다. 지나가는 사람들의 시선이 이쪽으로 쏠리기 시작했지만 여자는 일어날 생각이 전혀 없어 보였다.

"무슨 일인지 모르겠지만, 일단 일어나세요. 일어나서……."

"내가 잘못했어요."

말허리를 자르며 불쑥 뱉어진 사과의 말에 은서의 입이 딱 다물어졌다. 그런 은서를 바라보며 여자가 두 손을 모아 싹싹 빌기 시작했다.

"죽을죄를 지었어요. 이렇게 빌게요. 무릎을 꿇으라면 백 번, 천 번도 꿇을게요. 제발…… 나 좀 살려줘요."

* * *

택시는 하늘을 찌를 듯 우뚝 솟아 있는 고층 빌딩 앞에서 멈췄다. 택시에서 내린 은서는 고개를 한껏 위로 쳐들었다. 목이 아플 정도로 젖혔지만 끝이 보이지 않을 정도로 건물이 높았다. 층수를 가늠하지도 못하고 시선을 바로 했다. 빌딩 입구에 커다랗게 놓여 있는 비석 위에 선명하게 각인 되어 있는 글씨가 눈에 들어온다.

태한 그룹.

조금 전, 길바닥에서 저를 붙들고 늘어지는 여자를 겨우 돌려보낸 후 은서는 남자에게 전화를 걸었다.

"저예요."

ㅡ알아. 내가 설마 당신 목소리 하나 구분 못 할까 봐.

"할 말이 있어서 전화했어요. 지금 통화 가능해요?"

ㅡ지금쯤 퇴근했겠네?

"맞아요. 근데 그보다……."

ㅡ회사로 바로 와.

"네? 회사로요?"

ㅡ남편 회사가 어디에 붙어 있는지 정도는 알고 있겠지? 모르면 검색해보고.

잠깐만요, 붙잡기도 전에 그는 바쁘다며 통화를 멋대로 종료했다. 검게 변한 액정을 내려다보며 은서는 눈만 껌뻑였다. 제 말은 들어볼 생각도 않고 마치 기다렸다는 듯 회사로 오라는 말이 당황스러우면서도 영 찝찝했다. 그러나 이 찝찝함을 풀려면 그의 회사로 가는 수밖에 없었다. 선택지는 달랑 하나였다. 고민할 것도 없이 은서는 곧장 택시를 잡아탔다.

그의 회사는 꼭 고급스러운 백화점 같았다. 크고 웅장한 회전문을 통과하자 반짝거리는 로비가 나타났다. 1층 구석에 위치한 자그마한 커피숍에서부터 흘러나오는 갓 볶은 원두 향을 맡으며 은서는 주위를 크게 한번 둘러보았다. 정장을 입은 사람들이 저마다 바쁘게 오가고 있었다. 그들은 모두 목에 대롱 매달고 있는 아이디카드를 이용해 출입구를 드나들었다.

"오면 안 되는 곳에 온 듯한 느낌인데……."

태한의 규모를 결코 얕잡아 본 건 아니었지만 제가 생각했던 것보다 훨씬 더 대단한 것 같았다. 괜스레 위축된 은서가 땅에 발이 박힌 듯 멍하니 멈춰 서 있을 때였다. 입구에서 나오고 있는 사람들 틈바구니에서 익숙한 얼굴이 나타났다. 정 실장이었다.

"어서 오세요, 사모님."

그녀를 발견하곤 얼른 달려 나온 정 실장이 정중하게 꾸벅 고개를 숙였다.

"안녕하세요, 정 실장님."

"가시죠. 대표님께서 기다리고 계십니다."

정 실장의 안내에 은서는 무거운 발걸음을 느릿하게 뗐다. 대표실 비서 중에서도 실세인 그를 알아본 직원들이 흘끗거리며 이쪽을 바라보는 게 느껴졌다. 물론 그 시선들의 끝은 그런 정 실장이 로비까지 직접 내려와 정중하게 모셔가고 있는 정체불명의 인물인 그녀에게로 향해 있었다.

언젠가 겪어본 적 있는 시선들이었다. 그때와 다른 점 한 가지 있다면, 최 점장과 달리 정 실장은 '사모님'이라는 말을 그녀의 귀에만 들릴 정도로 작게 속삭이듯 말했다는 것이었다. 따가운 시선들은 두 사람이 올라탄 임원진 엘리베이터의 문이 닫혔을 때서야 완벽하게 차단됐다. 빠르게 바뀌는 LED판을 바라보며 은서는 속으로 작게 한숨을 내쉬었다. 허나, 아직 안심하긴 일렀다.

"안녕하세요, 사모님."

"안녕하세요."

"안녕하십니까."

정 실장을 따라 들어선 대표실. 그의 방으로 가려면 꼭 거쳐야 하는 관문인 비서실로 들어섰을 때, 일하고 있던 직원들이 기다렸다는 듯 자리에서 벌떡 일어나 그녀에게 꾸벅 허리를 숙였다.

"아, 네. 안녕하세요."

저를 향한 검은 머리통들을 보며 당황한 은서 역시 덩달아 허리를 90도로 꾸벅 숙였다. 다행히도 비서실 직원들은 대놓고 그녀를 쳐다보진 않았지만, 그래도 부담스럽기는 마찬가지였다. 흘끗, 흘끗, 곁눈질하는 시선에는 아까와 별반 다르지 않게 호기심이 그득했다.

똑똑-

"대표님. 사모님 오셨습니다."

정 실장은 말과 함께 닫혀 있던 문을 활짝 열었다. 뒤에서 등을 떠미는 듯한 시선에 은서는 주춤거리며 안으로 들어섰다. 완전히 방 안으로 들어오기가 무섭게 탁, 뒤에서 문이 닫혔다.

"왔어? 잠깐만 기다려."

흘긋 그녀에게 시선을 준 남자는 금세 다시 태블릿 피시를 바라보았다. 액정을 두드리는 손길이 급해 보였다. 문 앞에 멈춰 선 채

은서는 그의 모습을 물끄러미 바라보았다. 서재에서 일하는 모습은 자주 봤지만, 이렇게 보니 또 새로웠다.

은서는 잘 빚어놓은 조각 같은 남자의 옆모습을 넋 놓고 바라봤다. 아무래도 콩깍지가 제대로 쓰인 모양이었다. 집중하느라 미간에 살짝 잡힌 주름마저 멋있게 느껴지는 걸 보면. 단정하게 걷어 올린 셔츠 소매 아래로 드러난 팔뚝에 돋아난 핏줄에 그녀가 저도 모르게 마른침을 꼴깍 삼켰을 때였다. 태블릿에 꽂혀 있던 시선을 들어 남자가 그녀를 바라본 것은. 도둑이 제 발 저리다고 했던가. 예고도 없이 허공에서 딱 마주친 시선에 놀란 은서가 헛기침을 했다.

"왜 그래?"

"아뇨. 갑자기 사레가 들려서."

은서는 괜스레 크흠, 하고 목을 한 번 더 가다듬었다.

"발은 좀 어때."

그녀가 지금까지 무슨 생각을 했는지 알 리 없는 남자가 다정한 얼굴로 다가왔다. 은서는 애써 표정 관리를 하며 대답했다.

"많이 아물었대요. 물만 조심하면 될 거라고요."

"김 박사님한테 안 갔다며?"

"어떻게 알았어요?"

놀라며 되묻자 남자는 다 아는 수가 있지, 했다.

"앞으론 사소한 거라도 김 박사님을 통하도록 해. 그래야 앞으로 건강상에 무슨 일이 생겼을 때 대처하기가 쉬워져."

"그렇지만 오늘은 너무 사소해서……."

"민폐 끼친다고 생각할 거 없어. 내 건강뿐만 아니라 당신 건강도 태한에 중요하기 때문에 오히려 번거롭더라도 꼭 김 박사님에게 가야 하는 거니까."

'태한'이라는 카드를 꺼내면 그녀는 늘 할 말이 없어졌다. 치사하다고 생각하면서도 은서는 알았어요. 고개를 끄덕였다.

"그나저나 당신을 여기에서 보니 왠지 새롭네."

별안간 남자의 눈빛이 짙어졌다. 그가 기다란 그녀의 머리칼을 귀 뒤로 쓸어 넘기며 천천히 상체를 숙였다. 부담스러울 정도로 잘생긴 남자의 얼굴이 서서히 가까워지기 시작했다. 어쩐지 낯설지 않은 분위기였다.

"뭐, 뭐 하는 거예요?"

은서가 주춤 뒤로 물러나자 남자는 한쪽 입꼬리를 말아 올리며 말했다.

"괜찮아. 방해하지 말라고 미리 말해뒀으니까."

능글맞게 말을 뱉은 남자가 별안간 그녀의 허리를 끌어안더니 자신의 쪽으로 바짝 끌어당겼다. 그녀의 작은 몸은 너른 그의 품에 쏙 안겼다. 은서의 두 눈이 동그랗게 커졌다.

"설마, 여기서 뭔가를…… 하려는 건 아니죠?"

"안 될 건 또 뭐야."

"신우…… 읍!"

말릴 새도 없이 그가 발그스름한 양 뺨을 감싸며 그녀의 입술 위로 자신의 입술을 내렸다. 윗입술과 아랫입술을 혀끝으로 끈질기게 희롱하며 틈을 비집고 들어오려 용을 썼다. 결국 꽉 닫혀 있던 그녀의 입술이 먼저 항복을 외치며 문을 활짝 열어주었다. 기다렸다는 듯 침입해온 남자의 혀는 그녀의 입안을 정신없이 휘저어댔다.

"으응……."

타액이 섞여드는 질척이는 소리와 맞붙은 입술 틈을 비집고 간간이 새어 나오는 야릇한 신음이 그녀의 귓바퀴를 휘감았다. 아랫배가 조여들며 머릿속이 아찔해진다. 은서는 마치 뭔가에 홀린 듯 팔을 뻗어 남자의 목을 감았다. 덕분에 두 사람의 몸이 조금 더 밀착됐다. 그녀의 납작한 배가 단단해진 남자를 뭉근하게 자극했다. 그것이 그의 스위치를 누른 듯 기세가 한층 더 강해졌다.

어느덧 이곳이 어디인지 잊은 듯 두 사람은 짙은 키스에 몰입했다. 남자는 머리칼 안으로 손을 집어넣어 작은 머리통을 단단하게 받쳐 들고는 그녀의 말캉한 혀를 마치 뽑을 듯 빨아 당겼다.

조금 더. 조금만 더.

아무리 마셔도 갈증이 해소되지 않는 바닷물을 마시는 것처럼 그는 계속해서 그녀를 원해왔다. 거칠게 다가오는 남자의 기세에 자연스럽게 뒤로 점점 밀리던 그녀의 몸이 이내 풀썩 소파 위로 쓰러졌다. 블라우스 너머로 닿는 가죽의 온도가 서늘했다. 달아오른 몸과 대비되어 더 차갑게 느껴졌다. 등줄기를 타고 소름이 쫙 돋아나는 듯했다. 은서는 뒤늦게 정신을 차리고 눈을 번쩍 떴다.

하지만 그녀와 달리 남자는 여전히 열기에 취해 있었다. 커다란 손이 치마 안으로 훅 들어왔다. 거침 없는 남자의 손길에 놀란 은서는 필사적으로 그의 가슴팍을 밀어내기 시작했다.

"우읍……! 읍!"

밀어내는 걸로도 모자라 온몸으로 거부를 했을 때서야 그는 떨어졌다. 그렇게나 집요하게 탐해놓고도 남자는 여전히 아쉬운 눈치였다. 혀로 부어오른 자신의 아랫입술을 훑으며 짙게 일렁이는 시선으로 그녀를 내려다봤다.

그는 마치 맛있는 먹잇감을 눈앞에 두고 군침을 흘리는 맹수 같았다. 자칫하면 당장이라도 다시 덮쳐올 기세였다. 은서는 허리까지 말려 올라간 치마를 황급히 내리며 자리에서 벌떡 일어났다. 그러고는 남자가 있는 반대 방향으로 뒷걸음질을 치며 낮게 소리쳤다.

"정신 차려요! 여기 신우 씨 사무실이에요. 밖에 직원들도 있고요!"

혹여나 밖에 들릴까 싶어 크게 소리를 내지도 못하면서, 어떻게든 그를 설득해보려는 필사적인 그녀의 모습에 남자는 이성을 찾으려는 듯 후, 하고 낮게 한숨을 내쉬었다. 그러고는 답답하다는 듯 넥타이를 잡아 끌어내리며 뒤로 돌아섰다.

"조금만 더 기다려. 곧 퇴근이니까 같이 저녁 먹고 들어가게."

여전히 열기 그득한 음성이었다. 혹시라도 겨우 삭인 그를 자극하게 될까 싶어 은서는 숨을 죽인 채 소파에 엉덩이를 붙였다.

* * *

은서가 남자를 찾아온 목적을 떠올린 건, 서울 야경이 훤히 내려다보이는 레스토랑에서 스테이크를 썰던 순간이었다. 칼질을 뚝 멈춘 은서가 눈을 동그랗게 떴다. 사무실에서부터 시작된 그의 엄청난 기세에 완전히 잊고 있었다. 미쳤어, 진짜. 잊을 걸 잊어야지! 정작 중요한 용건은 까맣게 잊고서 고기나 썰고 있었다니.

스스로도 기가 찼다.

탁.

은서는 들고 있던 나이프를 테이블 위에 내려놓고 맞은편의 남자를 보았다.

"나, 할 말 있어요."

짐짓 진지하게 말을 꺼냈음에도 불구하고 남자는 그녀에게 시선도 주지 않고 제 할 일에 집중하고 있을 뿐이었다. 고작 고깃덩이를 썰고 있을 뿐인데 우아해 보이기까지 하는 남자를 못마땅하게 바라보며 은서는 다시 한 번 말했다.

"할 말 있다니까요?"

그제야 남자는 고개를 들어 그녀와 시선을 마주했다.

"그때 그 고객님 기억해요?"

"고객님은 무슨."

앞뒤 잘라진 말이었지만 남자는 곧바로 알아들은 듯 입매를 삐딱하게 비틀었다.

"그 꼴을 당해놓고도 '님' 자를 붙이고 싶어?"

역시나. 그는 자신이 무엇 때문에 찾아온 건지 처음부터 다 알고 있었다. 그런데도 계속 모르는 척 시침을 떼고 있었단 말이지……. 은서는 속으로 낮게 한숨을 내쉬었다. 고집스러운 남자의 얼굴을 보고 있자니 아무래도 쉽지 않을 것 같다고 생각했다.

"고소, 취하해줘요."

"썰렁한 농담하지 마."

말을 꺼내기가 무섭게 남자는 단칼에 거절했다. 당황스럽지는 않았다. 이미 그가 이렇게 나오리라는 건 예상하고 있었다.

"그 고객님이……."

"'님'은 빼라니까."

"알았어요. 고객님이 아닌 그 고객이, 오늘 레스토랑으로 찾아
왔었어요."

"무슨 낯짝으로."

남자는 콧방귀를 꼈다. '님'을 빼라는 본인의 요구를 수용했음에
도 여전히 못마땅한 얼굴이었다.

"본인이 잘못했대요."

"지나가던 초등학생을 붙잡고 물어도 알 일이야."

"미안하다고, 좀 살려달라고. 무릎까지 꿇었어요."

"처절하군."

무릎을 꿇었다는 말에도 남자는 전혀 놀라는 기색 없이 무심하
기 짝이 없는 감상을 툭 내뱉었다. 그러곤 칼질을 할 때보다 한층
더 우아한 동작으로 스테이크를 쿡 찍어 입으로 가져간다. 빤한 그
녀의 시선에도 느긋하게 고기를 씹고 삼킨 후에야 그는 다시금 시
선을 들며 입을 열었다.

"그 전엔?"

"네?"

"그전에도 찾아와서 사과했었냐고. 한 달이나 지났는데."

되묻는 남자의 눈빛이 앞에 놓인 칼날처럼 날카로웠다.

"그건……."

은서가 선뜻 대답하지 못하자 그는 그럴 줄 알았다는 듯 코웃
음을 쳤다.

"괜히 동정할 거 없어."

남자는 들고 있던 포크를 내려놓으며 단호하게 말했다.

"진심으로 당신한테 미안해서가 아니라, 이제 와서 본인이 엿 될 것 같으니까 겁나서 부랴부랴 사과하러 온 것뿐일 테니까."

그리 말하는 얼굴이 더없이 냉정했다. 그저 마주 보고 있는 것만으로도 무서워 어깨가 흠칫 떨릴 정도였다. 죄를 지은 것도 없는데 말이다. 그러고 보니 원래 이 남자는 이런 얼굴이었던 것도 같다. 최근에 그가 워낙 살갑게 굴어서 제가 잠깐 잊고 지냈을 뿐.

"뭐가 됐든 상관없어요."

은서는 그의 기세에 눌린 티를 내지 않으려 애써 표정 관리를 하며 차분하게 말했다.

"사과를 받았다는 게 중요한 거라고 생각해요. 솔직히 말하자면 벌써 잊고 지내고 있었고."

"확실히 기억력이 엉망인 것 같긴 하군. 내가 했던 말도 벌써 잊은 걸 보니."

그는 눈썹을 추켜세웠다.

"당신 내 아내야. 태한의 사모님이라고. 당신이 당한 모욕은 곧 태한이 당한 모욕이라고 내가 몇 번을 말해야 해?"

"걱정 말아요. 그 사실은 잊지 않았으니까. 잘 알고 있고, 앞으로는 특히나 더 조심할 생각이에요."

"그런데?"

"이번 일에서 그건 좀 억지잖아요. 그 고객은 아무것도 몰랐을 텐데."

"몰랐다고 해서 죄가 없어지는 건 아니지."

늘 그랬듯이 그의 말은 틀리지 않았고 이번에도 그녀는 말문이 막혔다. 할 말을 잃은 그녀가 아랫입술을 지그시 깨물자 그가 한 층 누그러진 음성으로 말을 뱉는다.

"나는 당신이 더 이상 참고 살지 않았으면 좋겠어."

무슨 뜻인지 모르는 건 아니었다. 은서는 고개를 끄덕였다.

"알았어요. 당신 말대로 앞으론 참고 살지 않을게요."

순순한 대답에 그의 표정이 풀어지는 걸 보며 은서는 재빠르게 말을 덧붙였다.

"대신 이번 한 번만 넘어가줘요."

"뭐?"

잠깐 풀어지나 싶었던 남자의 얼굴이 종잇장처럼 형편없이 구겨진다. 하! 그는 헛웃음을 크게 뱉어냈다.

"당신, 혹시 착한 아이 콤플렉스라도 있어? 그런 거면 당장 병원부터 가. 병이야, 그거."

"괜한 소란 피우지 않고 조용히 넘어가고 싶어서 그런 거예요. 그냥 우리만 눈 감고 넘어가주면 되는 건데, 고소니 뭐니 일 크게 벌릴 필요 없잖아요."

"당신은 신경 안 써도 돼. 법무팀에서 다 알아서 할 테니까."

대화는 계속해서 제자리걸음이었다. 아무래도 그는 양보할 생각이 전혀 없는 듯했다. 하지만 이쪽도 물러설 생각은 없었다. 그의 말대로 착한 아이 콤플렉스가 있어서 이러는 건 아니었다. 그 여자가 잘못한 건 사실이었으나, 그에 따른 벌이 과하단 생각이 들어서였다. 제 앞에서 무릎을 꿇고 미안했다, 사과한 걸로 충분했다.

사실 그에겐 차마 말하지 못했지만 폭언엔 이미 익숙해져 있는 터라 여자의 폭언은 대수롭지 않았다. 물벼락도 마찬가지였다. 용서 못 할 것도 없었다. 무엇보다 거짓된 사과라고 확신하는 남자와 달리 그녀는 그렇게 생각하지 않는다는 것이었다. 찾아온 여자는 그녀의 바짓가랑이를 붙잡고 눈물을 보였었다. 고소장 때문에 이혼을 당하게 생겼다고 했다.

하나 있는 딸을 이혼 가정에서 키우게 할 순 없지 않느냐고. 한 번만 선처를 해주면 앞으론 절대 그러지 않겠다고⋯⋯. 처절하게 우는 여자의 얼굴에선 지난날의 모습이 전혀 떠오르지 않았다.

"저, 아르바이트 그만뒀어요."

갑작스러운 선언에 짜증이 잔뜩 서려 있던 남자의 눈이 살짝 커진다.

"오늘이 마지막 날이었어요."

"갑자기 왜?"

"갑자기는 아니에요. 그때 신우 씨 얘기 듣고 고민해봤는데 역시 그만두는 게 맞는 것 같아서 결정했어요. 바로 그만두지 못했던 건 대신할 사람을 구하느라 그랬고요."

남자는 길 가다가 뒤통수를 한 대 얻어맞기라도 한 것처럼 황당해했다.

"왜 진작 말하지 않았어? 내가 그 일 때문에 얼마나 속이 뒤집어졌는지 모르진 않았을 텐데."

"기회를 줘야 말하죠."

"기회?"

"벌써 잊었어요? 신우 씨가 먼저 날 투명 인간 취급했던 거."

"아⋯⋯."

이번엔 그녀의 승리였다. 똑같이 갚아주자 할 말이 없는지 그는 괜스레 헛기침을 했다.

"일단, 지나간 일은 넘어가기로 하고."

멋대로 결정한 남자가 말을 이었다.

"혹시라도 나 때문에 그런 결정 한 거면 안 그래도 돼. 당신이 굳이 그 생활을 고집 피운 이유를 이젠 나도 아니까. 납득할 수 있어."

"아뇨. 안 할래요. 신우 씨 말대로 나는 태한 그룹 박신우 대표 아내잖아요."

"비꼬는 거야?"

"그런 의도는 아니었는데, 혹시 찔렸어요?"

장난스럽게 묻자 남자는 허, 하고 숨을 뱉었다.

"그래. 마음껏 갖고 놀아. 실컷 놀고 제자리에만 놔둬줘."

아까의 기세는 어딜 가고 제 눈치를 보는 남자를 보며 은서는 작게 웃었다.

"그래서 앞으론 어떻게 할 생각이야? 계속 집에만 있는 건 당신 성격에 무리일 거 아니야."

"아직 거기까진 생각 안 해봤어요. 천천히 진짜 하고 싶은 일을 찾아보려고요."

"내 도움이 필요하면 언제든 얘기해."

"고마워요."

잔뜩 날 서 있던 공기가 어느덧 부드럽게 풀어졌다. 굳어 있던 남자의 표정도 마찬가지였다.은서는 기회를 놓치지 않고 이때다 싶어 얼른 말했다.

"앞으로 두 번 다신 이런 일 없을 거예요. 약속할게요. 그러니까 이번 한 번만 그냥 넘어가줘요. 네?"

"또 그 소리야?"

지겹다는 듯 짜증스레 미간을 좁히던 남자는 잠깐 고민하는 듯하다 이내 한숨을 내쉬었다.

"알았어. 이번엔 당신 뜻대로 해."

남자는 여전히 내키지 않는다는 얼굴로 긍정의 말을 전했다. 은서의 얼굴이 환해지려 할 때였다. 그가 말을 덧붙였다.

"대신 조건이 하나 있어."

"조건이요……?"

대체 뭘까. 왠지 심상치 않게 들려 마른침을 꼴깍 삼키는데 남자의 말이 이어졌다.

"주말에 데이트해."

Chapter 20

첫 데이트

이 나이를 먹고 여기에 오게 될 줄이야.

제 덩치만 한 너구리 캐릭터의 입간판을 바라보는 신우의 얼굴
이 멍했다. 끌려온 것도 아니고 제 발로 여기까지 왔음에도 불구
하고 마주한 현실이 도무지 믿어지질 않는다. 데이트 장소를 정하
는 결정권을 여자에게 넘겨준 게 실수였다.

'대가성 데이트인데 정말로 내 마음대로 해도 돼요?'

여자는 몇 번이고 확인하듯 되물었었다. 그때 알아봤어야 했는데……

"줄 계속 늘어나는 것 같아요. 우리도 얼른 가요!"

뒤늦게 후회하는 그와 달리 여자의 목소리엔 들뜬 기색이 역력했다. 표정도 마찬가지였다. 아마도 지금까지 본 것 중에 가장 밝은 얼굴이 아닐까. 여자의 입에서 놀이동산이라는 말이 나왔을 때, 그는 제가 잘못 들었나 했었다. 왠지 송은서와는 어울리지 않는 장소라는 생각이 들어서였다.

"김밥이 좋아요, 샌드위치가 좋아요?"

"갑자기 그건 왜?"

"내일 도시락 싸 가려고요."

김밥과 샌드위치 사이에서 진지하게 고민하는 여자를 향해 그는 단호하게 고개를 내저었다.

"사 먹으면 되는데 뭐하러 짐을 늘려."

여자는 금방 수긍했다.

"그래요, 그럼."

놀이동산과 도시락이라니. 혹시 일부러 저를 골려주려고 그러는 건가. 잠깐 합리적인 의심까지 했었는데, 지금 보니 그녀는 진심으로 놀이동산에 오고 싶었던 것 같다. 저렇게 좋을까. 마치 오랜만에 산책 나온 강아지처럼 신나 하는 여자의 얼굴을 보고 있자니 내내 굳어 있던 그의 입가 역시 절로 느슨해진다.

"천천히 가. 그러다 넘어질라."

그는 앞장서는 그녀를 따라 걸음을 옮겼다. 이른 시간이었지만 입장을 기다리는 줄이 꽤 길었다. 세상엔 참으로 부지런한 인간들이 많다고 생각하며 그는 주위를 훑었다. 간혹 자신들처럼 데이트를 즐기려는 커플들도 있었지만, 대부분은 어린아이가 포함된 가족 단위였다.

여기저기서 아이들의 웃음소리와 울음소리가 번갈아 그의 귀를 때려댔다. 줄을 선 지 1분도 채 되지 않았건만 벌써부터 두통이 느껴지기 시작한다. 그는 짝다리를 짚고 선 채 뜨끈하게 열이 오른 이마를 문질렀다. 시끄러운 것을 질색하는 그에게 아이들의 울음소리는 소음 공해나 다름없었다.

"사람 정말 많네요. 주말이라 그런가."

"그러게 그냥 통으로 빌리자니까."

짜증이 살짝 섞인 목소리에 여자가 눈을 세모로 떴다.

"또 그 소리예요?"

"한 번밖에 얘기 안 했어."

"한 번이라고요?"

여자는 어이가 없다는 듯 되물었고, 머쓱해진 그는 콧등을 씰룩였다. 사실 데이트 장소를 놀이동산으로 결정한 후로 은근슬쩍 그녀의 의중을 떠보긴 했었다. 물론 그때마다 단칼에 거절당했었고.

"스케일이 남다를 수밖에 없다는 건 잘 알겠는데, 제발 헛돈 좀 그만 써요. 고작 둘이서 데이트 한번 하는데 얼마를 쓰려는 거예요, 대체."

여자는 기다렸다는 듯이 잔소리를 쏟아냈다. 아무래도 크루즈 때부터 벼르고 있었던 모양이다. 그는 피식, 웃었다. 자신의 통장에 들어 있는 돈이 얼마인지 관심도 없는 그에게 돈을 아끼라 충고하는 사람은 평생 살면서 처음이었다. 부모에게도 듣지 못한 잔소리가 새로웠다.

"지금 바가지 긁는 거야?"

"그래요. 바가지 긁는 거예요."

여자는 선뜻 수긍했다.

"너무 막 쓰면 재정 관리 앞으로 제가 할 거니까. 이제 그런 줄 알아요."

퍽이나 무서운 경고였다. 그는 한쪽 입꼬리를 슬쩍 말아 올리며 물었다.

"수학 잘했어?"

"지금 그 얘기가 왜 나와요?"

"미리 알아둬야 할 거 아냐. 어쩌면 앞으로 내 통장을 맡기게 될지도 모르는데."

장난스런 그의 말에 여자는 새침하게 대꾸했다.

"문과엔 '수포자'가 많다는 거 알죠? 나도 그중 하나였어요. 그러니까 통장 뺏기지 않는 게 좋을 거예요."

이번엔 진심으로 조금 무서워졌다. 그는 삐딱하게 섰던 자세를 바로 했다.

"어? 저것 좀 봐요."

반짝이는 눈으로 주위를 둘러보던 여자가 그의 뒤편을 척 가리
켰다. 그는 여자의 손끝을 따라 시선을 옮겼다. 입장료와 그 외
의 다양한 프로모션에 대한 설명이 적혀 있는 안내문이 보인다.

"자유이용권 끊으면 마음껏 탈 수 있대요! 우리도 자유이용권
끊어요."

자유이용권이라니. 그가 미간을 좁혔다. 들어가기도 전인데 벌
써부터 진이 다 빠지는 기분이었다.

"대체 뭘 얼마나 많이 타겠다는 거야?"

"마음 같아선 있는 거 다 타고 싶은데. 가능할까요?"

"말이 되는 소릴 해. 무슨……."

문득 뇌리를 스치는 생각에 그는 말을 하다 말고 그녀를 바라
보았다.

"설마 놀이동산이 처음인 건 아니지?"

"맞아요."

"뭐?"

"놀이동산 처음 온 거 맞다구요."

어느 정도는 예상했던 대답이었음에도 불구하고 입이 벌어지는
건 어쩔 수 없었다.

"지방에 살았던 것도 아니고 쭉 서울에 살았으면서, 처음이라
고?"

심지어 지금은 놀이동산을 질색하는 그조차도 어린 시절 놀이
동산에 온 경험이 몇 번이나 있었다. 어린이들에게 놀이동산이란
홍보 문구 그대로 꿈과 희망의 장소였고, 그 시절 그에게도 별반

다르지 않았다. 박 회장은 바빠서 함께하지 못했지만 어머니를 졸라가며 이것저것 탔던 기억이 아직도 생생했다.

"어릴 땐 안 좋아했어? 지금은 이렇게 좋아하면서."

"꼭 한번 와보고 싶었어요. 그런데……."

여자는 말끝을 흐렸지만 뒷말은 굳이 듣지 않아도 알 것 같았다. 그의 얼굴이 딱딱하게 굳는 걸 보며 그녀는 얼른 화제 전환을 했다.

"곧 우리 차례예요."

말이 끝나기가 무섭게 바로 앞사람이 입장권을 구입했다. 옷자락을 잡아끄는 손길에 그는 못 이기는 척 데스크 앞에 섰다. 여자가 원했던 대로 자유이용권 두 장을 샀다. 표를 건네자 여자의 얼굴이 활짝 폈다.

"이게 자유이용권이에요?"

반짝이는 눈으로 고작 손바닥보다 작은 종이를 이리저리 살펴댄다. 그런 여자의 얼굴을 가만히 보고 있자니 자연스럽게 궁금해져오는 것이다. 놀이동산이 가고 싶었다던 어린 송은서는 어떤 얼굴이었을까, 하고.

여자를 처음 봤던 순간을 떠올렸다. 감정 없는 인형 같던 그 얼굴을 떠올리자 가슴 한편이 뻐근해져 온다. 턱을 악다문 그는 여자의 손을 낚아채듯 잡았다.

"앞으로 나랑 같이해."

풀어지지 않도록 단단하게 깍지를 꼈다.

"못 해봤던 거. 하고 싶었던 거. 뭐가 됐든 전부 다."

대답 대신 싱긋, 예쁘게 웃는 여자를 보며 그는 속으로 다짐했다. 오늘처럼 웃게만 해주겠노라고.

* * *

두 사람이 놀이동산을 나온 건, 하늘이 캄캄해지고 난 후였다. 모든 놀이기구를 다 섭렵하겠다던 원대한 꿈은 이루지 못했지만, 그래도 재미있다고 소문이 난 것들은 거의 대부분 함께 즐길 수 있었다.

차창 밖으로 빠르게 흘러가는 네온사인을 감상하던 은서는 고개를 돌려 운전석을 바라보았다. 운전에 집중하고 있는 남자의 머리 위로 삐죽 튀어나와 있는 고양이 귀가 단번에 시선을 사로잡았다. 놀이동산 입구에서 구입한 동물 머리띠였는데, 생각했던 것보다 핑크색 귀가 그에게 위화감 없이 꽤 잘 어울린다.

하긴. 패션의 완성은 얼굴이라는 말도 있지 않은가. 저 외모에 뭔들 안 어울릴까. 그녀가 동물 머리띠를 두 개 집어 들었을 때 남자는 질색했었다. 그러나 동물 머리띠를 쓰고 놀이동산을 누비는 게 로망이었다는 그녀의 말에 결국 본인 손으로 직접 머리띠를 썼다.

"언제까지 써야 해?"
"아직 10분도 안 지났거든요?"
"10분이면 충분하지 않아?"
"한참 멀었어요."

당장이라도 벗어 던지고 싶어 하는 눈치였지만 은서는 모르는
척했다.

"사람들이 다 나만 쳐다보는 것 같아. 꼭 동물원 원숭이가 된
느낌이야."

남자는 쉴 새 없이 투덜거렸지만 그래도 끝까지 머리띠를 벗지
는 않았다. 하고 싶다는 건 다 해주겠다던 그 말을 지키려는 듯 보
였다. 인간은 적응하는 동물이라고 했던가. 하늘이 어두워질 즈
음 그는 머리띠에 완전히 적응한 것처럼 신경을 쓰지 않는가 싶더
니, 급기야는 집으로 돌아가는 지금까지 그 상태를 유지하고 있
는 중이었다. 정작 그녀는 불편해서 진작 벗어 던졌는데 말이다.
  아무래도 그는 자신이 그렇게 질색하던 머리띠를 쓰고 있다는
것을 인지하지 못하고 있는 것 같았다. 놀이동산에 혼을 두고 오
기라도 한 걸까. 터지려는 웃음을 애써 참으며 은서는 크흠, 목을
가다듬고는 말을 뱉었다.
  "많이 힘들죠?"
  마침 차가 신호에 걸리고 남자가 이쪽을 돌아보며 대답했다.
  "전혀. 끄떡없어."
  오늘 제 남편에 대해 한 가지 더 알게 된 사실이 있었다. 왼쪽
입술 끝을 살짝 끌어올리고 눈을 한 번 깜빡. 거짓말하기 직전의
습관이었다.

"이거 재미있을 것 같지 않아요?"

"줄이 너무 길지 않아?"

"그만큼 재미있다는 뜻 아닐까요?"

"글쎄. 괜한 군중 심리일 수도 있지."

"혹시 타기 싫은 거예요?"

"아냐. 타자. 재미있겠네."

놀이기구를 타기 직전에 한 번.

"신우 씨……. 괜찮아요?"

"물론이지. 멀쩡해."

"좀 쉴까요?"

"됐어. 여기 있는 놀이기구 다 타고 싶다며. 그러려면 부지런히 움직여야지."

놀이기구를 타고 난 뒤 하얗게 질린 얼굴로 한 번.

"아까 신우 씨 바이킹도 힘들게 탔는데. 아무래도 롤러코스터는 무리겠죠?"

"누가 바이킹을 힘들게 탔다고 그래?"

"아니라고요?"

"그래. 전혀 힘들지 않았어."

"정말로?"

"몇 번을 말해? 내가 꼬맹이들도 다 타는 놀이기구 따위를 무서워할 사람으로 보여?"

"알았어요. 그럼 바로 롤러코스터 타러 갈까요?"

"……앞장서."

롤러코스터를 향해 후들거리던 다리를 옮기며 또 한 번. 그냥 놀이기구 같은 거 잘 못 탄다고, 한마디만 하면 되는데 남자는 끝까지 쓸데없는 자존심을 부려댔다. 처음엔 그의 눈치를 살피던 은서도 나중엔 에라, 모르겠다. 하고 이것저것 마음껏 탔다.

덕분에 놀이동산을 나설 때 남자는 거의 초주검인 상태였다. 동물 머리띠를 하고 있다는 것조차 인지하지 못할 정도로. 아까 놀이동산에서 질리도록 봤던 것과 다름없는 남자의 표정에 은서의 입가가 바르르 떨렸다. 웃음을 참는다는 게 이렇게 힘든 일인지 미처 몰랐는데.

"다크서클이 턱까지 내려왔는데요?"

"원래 있었어."

"그냥 솔직하게 말해도 돼요. 온종일 놀이동산에서 보냈으니까 피곤한 게 당연하죠. 못 타는 놀이기구를 억지로 탔다는 게 아니라."

"아니, 정말로 쌩쌩하다니까 그러네."

일부러 빠져나갈 구석을 만들어줬는데도 남자는 끝까지 고집을 부렸다.

"정 못 믿겠으면 조금 있다 침대 위에서 두고 봐. 내 체력이 얼마나 좋은지 확실히 알려줄 테니까."

날카로운 눈매를 치뜨며 말했을 때, 은서는 결국 참았던 웃음을 푸후훗! 크게 터뜨리고 말았다. 고양이 귀를 쫑긋 세운 남자의 입에서 '침대'라는 단어가 나오자 더는 참을 수가 없었던 것이다.

"갑자기 왜 그렇게 웃어? 웃을 포인트가 어디 있다고."

이 와중에도 눈치를 못 챈 모양이다. 은서는 끅끅거리며 검지로 그의 머리 위를 가리켰다. 정확하게 말하자면 남자의 머리 위에 뾰족 솟아나 있는 고양이 귀에.

"내 머리? 머리가 왜……."

여전히 의아하다는 듯 머리를 더듬던 남자의 표정이 별안간 딱딱하게 굳었다. 손등이 고양이 귀에 닿은 것이었다. 그제야 자신의 꼴을 인지했는지, 그는 거울도 보지 않고 곧바로 머리띠를 벗어냈다.

"알면서 말 안 해준 이유가 뭐야? 이러고 집까지 들어갔으면 어쩔 뻔했어."

"미안해요. 근데 귀여워서."

"귀엽다고? 지금 그거 나한테 쓴 표현 맞아?"

그는 기가 막힌다는 듯 인상을 찌푸리며 뒷좌석으로 머리띠를 툭 던졌다.

"귀엽다는 말 듣기 싫어요? 칭찬이었는데."

"아니. 그런 게 아니라, 그냥 조금 당황스러워서. 머리털 나고 처음 들어보는 말이라."

"어렸을 때도요?"

"잘생겼다는 말만 지겹도록 들었었지."

잘난 척하는 모습이 왠지 얄미웠지만 딱히 반박할 순 없었다. 어릴 때 모습을 보지는 못했지만, 지금 이 완벽한 외모가 어느 날 갑자기 뚝딱 만들어진 건 아닐 테니까 말이다. 그러고 보니 궁금해진다. 남편의 어린 시절이. 앨범을 보여 달라고 해야겠다, 생각하는 사이 신호가 바뀌고 차가 부드럽게 출발했다.

"손."

콘솔박스 위에 오른손을 올린 그가 손가락을 까딱했다. 시선은 여전히 정면을 향해 있었다.

"달라고요?"

남자는 대답 대신 고개를 끄덕였다. 은서는 얌전히 그의 손 위에 자신의 손을 올렸다. 그가 그녀의 손을 부드럽게 감싸 쥐었다.

"운전하는 데 방해 안 돼요?"

"사고 안 낼 테니 걱정 마."

자신만만한 말처럼 그는 한 손으로도 유려하게 운전을 이어갔다. 그가 운전에 집중하는 동안 은서는 겹쳐진 두 손을 물끄러미 내려다보았다. 남자의 손은 크고 따뜻했다. 손바닥으로 전해지는 그의 온기가 온몸을 따뜻하게 데워주었다. 은서는 고개를 돌려 창가를 바라보았다. 어쩐지 얼굴까지 열이 오르는 것 같았다. 더 한 것도 했지만 여전히 그와 스킨십을 할 때면 가슴이 떨리는 건 어쩔 수 없나 보다. 기분 좋은 설렘이었다.

* * *

뜨거운 드라이어 바람에 바짝 마른 머리칼을 대충 틀어 묶고서 파우더 룸을 나서려는 순간이었다. 문득 뇌리를 스치는 생각에 은서는 멈칫 걸음을 멈췄다. 잠깐 망설이다 다시 돌아와 화장대 아래를 살폈다. 검은색의 납작한 상자를 발견하곤 꺼내 들었다. 뚜껑을 열자 곱게 접힌 흰 슬립이 나타났다. 가현이 결혼 선물로 준 것이었다.

좌륵-

들어 올린 슬립이 허공에서 펼쳐졌다. 끈이 지나치게 얇다는 것과 가슴 쪽이 조금 과하게 파져 있다는 것을 제외하면 지금 제가 입고 있는 잠옷과 별반 다르지 않은 모양새였다. 그럼에도 어쩐지 멀게만 느껴지는 이유는…… 이것을 선물하며 가현이 덧붙였던 말 때문이리라.

'시작은 정략결혼이지만, 혹시 알아? 선남선녀가 한집에서 살다 보면 어느 순간 눈 맞게 될지도. 그때 입으라고 샀어. 눈이 맞게 되면 분명 몸까지 맞대게 될 테니까.'

그땐 대체 무슨 소릴 하는 거냐고. 그럴 일 없을 거라고. 가현에게 장담했었다. 그런데 지금은……. 한참을 망설이며 슬립을 바라보고 있던 눈동자가 어느 순간 결연하게 빛났다. 그녀는 잠옷과 브래지어를 벗은 후 슬립으로 갈아입었다. 보드라운 실크 원단이 몸에 착 감기는 느낌이 낯설게 느껴졌다. 특히나 가슴 부분이 너무 허전했다.

"……편하긴 한데."

훤히 드러난 가슴골에 다시금 고민이 됐지만, 이내 고개를 내저었다. 오늘 하루는 온통 그녀를 위해 그가 노력했던 시간들이었다. 이번엔 제가 그를 위해 노력해야 할 차례였다.

"그래. 그게 인지상정이지."

고개까지 끄덕이며 마음을 다잡은 은서는 비장하게 파우더 룸을 나섰다. 그러나 방으로 들어온 그녀를 맞은 건, 고민했던 시간을 무색하게 만드는 광경이었다. 집에 도착하자마자 빠르게 잘 준비를 끝마치고 그녀의 방으로 쳐들어와서는, 자신의 체력을 증명해 보이고 싶다며 빨리 씻고 나오라고 닦달까지 했던 남자는 침대에 대자로 뻗어 있었다.

"자요……?"

돌아오는 대답은 없었다.

하. 은서의 입술을 비집고 허탈한 숨이 흘렀다. 기껏 각오하고 나왔건만. 어쩐지 실망스럽기까지 했다.

"하긴. 피곤할 만도 하지."

워낙 바쁜 남자였다. 최근 아주 가까이에서 지켜본 바로, 그의 하루는 48시간이라도 모자랄 것 같았다. 잠든 새벽에도 휴대폰이 울리곤 했다. 모두 무시할 수 없는 비상 연락들이었다. 명절 연휴에도 그는 일에서 자유로울 수 없었다. 그런 와중에도 어떻게든 짬을 내서 저와 시간을 보내려 한다는 걸 알고 있었다. 오늘 놀이동산 데이트 역시 그가 무리를 했기 때문에 가능했던 것이리라.

피곤한 몸을 이끌고서도 군말 없이 온종일 저와 함께해주었던 오늘 모습을 떠올리자, 안쓰럽다는 생각과 함께 벅찬 감정이 넘칠 듯이 차오른다.

고마워요. 나 정말 행복했어.

감동이 넘실거리는 눈으로 잠든 남자를 바라보던 은서는 마치 자석에 이끌리듯 그의 반듯한 이마에 입술을 내렸다. 초옥. 가볍게 닿았던 입술이 떨어지던 그때였다.

타악–

언제 깬 건지 남자가 그녀의 손목을 붙들었다.

"!"

놀란 은서의 눈이 둥그렇게 커졌다.

"잠든 거…… 아니었어요?"

"그래서 덮치려고 했던 거야? 잠든 줄 알고?"

나른하게 흘러나오는 목소리가 지나치게 섹시했다. 등 뒤로 소름이 쫙 돋는 느낌에 은서는 작게 어깨를 떨었다.

"덮치긴 누가……."

그녀가 주춤 뒤로 물러나려 하자 그가 잡고 있던 손목을 가볍게 잡아당겼다. 그와 동시에 그녀의 상체가 기우뚱 그를 향해 기울었다.

"어딜 가? 깨웠으면 책임을 져야지."

"잠든 척한 거였잖아요."

"잠 말고. 당신이 깨운 건 여기야."

그가 척 가리킨 곳은 복부 아래쪽이었다. 그의 말대로 바지 앞섶이 한껏 부풀어 올라 있었다. 왠지 억울해졌다. 아니, 대체 내가 뭘 했다고……. 그때였다. 그녀의 시선이 머물러 있는 곳이 조금 더 팽창하는 게 느껴졌다. 뒤늦게 제가 어딜 뚫어져라 보고 있었는지를 깨달은 은서가 당황하며 아래를 향했던 시선을 재빠르게 들어 올렸다. 그러자 이번엔 그녀를 빤히 응시하고 있던 그와 시선이 딱 마주친다.

"책임져."

단호한 한마디와 함께 그의 새카만 눈동자가 위험하게 빛났다.

"신우 씨 지금 빚쟁이 같은 거 알아요? 떼인 돈 받으러 온."

"설마. 이렇게 잘생기고 젠틀한 빚쟁이가 있으려고."

씨익, 웃어 보인 그는 그녀의 허리를 끌어당겼다. 은서의 몸이 완전히 그의 몸 위로 밀착됐다. 그가 도톰한 입술을 가볍게 빨아 당기며 그녀의 몸을 옆으로 밀었다. 순식간에 자세가 바뀌었다. 그녀의 등엔 이불이 닿았고 정면으로는 그의 얼굴이 보였다. 그녀를 내려다보는 그의 눈빛이 짙었다.

"근데 이건 못 보던 잠옷 같은데?"

당연히 그가 못 알아볼 리 없다 생각했지만, 막상 이렇게 대놓고 물으니 얼굴이 화끈거리는 건 어쩔 수 없다.

……너무 오버를 한 걸까.

슬립을 입을 때까지만 해도 단단했던 각오가 흐물댔다.

"혹시 오늘 일에 대한 상이야?"

"몰라요."

민망함에 괜히 새침하게 대꾸하자 남자가 피식, 웃는다.

"영광인데? 날 위해서 이런 섹시한 잠옷을 입어줬다니."

그의 노골적인 시선이 가슴에 새겨진 레이스에 닿았다.

"매우 감동적이야. 진심으로."

짙은 시선으로 바라보며 그는 마치 그림 그리듯 손끝으로 그 위로 드러난 가슴을 부드럽게 쓸었다. 은서가 살짝 어깨를 움츠리자 그는 손을 뗐다. 그러고는 그녀를 빤히 내려 보며 묻는다.

"근데 미안해서 어떡하지?"

"왜요?"

"금방 벗겨버릴 거니까."

말을 끝내는 것과 동시에 남자는 정말로 그녀의 옷을 훌러덩 벗겨냈다. 단추도, 지퍼도 없는 슬립은 단숨에 바닥으로 떨어졌다. 맨살에 찬 공기가 닿았다. 하지만 허전하다는 느낌도 허무하다는 생각도 들지 않았다. 그가 곧바로 그녀의 살결에 입술을 내렸기 때문이다.

열기를 머금은 그의 입술이 둥근 어깨라인을 부드럽게 훑기 시작했다. 쇄골, 윗가슴, 복부, 허벅지…… 차근차근 내려오며 온몸에 자잘한 키스를 퍼부어댔다. 전혀 급할 것 없다는 듯 느릿하면서도 집요한 애무에 뽀얀 살이 붉게 물들어가기 시작했다. 간지러움과 야릇한 감각이 뒤섞여 아랫배가 조여들었다.

"아앗…… 거긴……!"

그의 뜨거운 숨결이 예민한 살에 닿는 순간 소름이 쫙 돋아났다. 그녀는 당황하며 다리를 오므렸다.

"그거 알아? 당신 몸은 그 어디도 예쁘지 않은 곳이 없다는 거."

"신우 씨, 제발……."

"그리고 단내가 나. 맛보지 않고는 도저히 못 배길 정도로."

그녀의 제지를 가볍게 뿌리치며 그는 얼굴을 묻었다. 찌릿한 감각에 은서의 허리가 팅기듯 들썩였다. 그는 양손으로 골반을 붙들어 그녀의 몸을 단단하게 고정시켰다. 강한 남자의 힘에 은서는 옴짝달싹도 하지 못한 채 그의 뜨거운 열기를 고스란히 받아들일 수밖에 없었다. 온몸이 뙤약볕 아래의 아이스크림처럼 하릴없이 녹아내리는 기분이었다.

그녀에게 더 이상 저지할 힘도 남지 않을 때까지 그는 고개를 들지 않았다.

"으으응……."

집요한 애무에 달아오른 몸은 금세 그를 받아들일 준비를 끝냈다. 하루하루 지날수록 그 시간은 단축되고 있었다. 이러다간 제가 굳이 뭘 하지 않아도, 시도 때도 없이 불타오르는 그의 몸처럼 저도 그렇게 되는 건 아닐까. 걱정마저 들 정도였다.

그녀가 준비됐다는 것을 확인한 그는 그제야 고개를 들었다. 그러고는 그녀와 눈을 마주친 채로 번들거리는 입술을 혀끝으로 가볍게 훑었다. 그 모습이 너무도 외설적으로 느껴져 은서는 두 눈을 질끈 감았다. 그가 귀엽다는 듯 피식, 옅게 웃었다.

"당신이 그럴수록 나는 더 미친다는 것만 알아둬."

왠지 겁나는 대사였다. 은서는 감은 눈을 번쩍 떴다. 몸을 일으킨 그가 자신의 옷을 벗기 시작했다. 과하지 않은 근육이 잘 잡힌 탄탄한 몸매가 형광등 불빛 아래에서 반짝였다. 그가 자연스럽게 그녀의 다리 사이에 자리를 잡는 걸 보며 은서는 다시 한 번 두 눈을 질끈 감았다.

"들어간다."

예고와 함께 거침없이 그녀의 몸을 가르며 들어온 그는 턱을 악 다물며 낮게 신음을 흘렸다. 터질 듯이 꽉 차는 느낌에 은서 역시 입술을 깨물며 옅은 신음을 흘려보냈다. 결합된 채로 그는 바르르 떨리는 기다란 속눈썹 위에 키스를 내렸다.

쪽옥, 쪽.

두 눈꺼풀 위에 차례대로 입을 맞춘 후에야 천천히 허리를 움직이기 시작했다. 배려가 느껴지는 부드러운 움직임이었다. 아래에 깔린 그녀의 몸 역시 리듬에 맞춰 울렁거렸다. 탄탄한 그의 맨살이 보드라운 그녀의 피부를 부드럽게 스쳐 지나가기를 몇 번. 긴 장감에 뻣뻣하게 굳었던 몸은 어느새 말랑하게 풀어져 있었다.

"송은서."

그의 부름에 은서는 감았던 눈꺼풀을 천천히 들어 올렸다.

"괜찮아?"

그는 이쯤에서 꼭 그녀의 상태를 확인하곤 했다. 안 괜찮다고 해도 결코 멈출 수 없을 것처럼 금방이라도 폭발할 것 같은 얼굴을 하고서. 대답 대신 작게 고개를 끄덕이자 그가 허리를 숙여 입을 맞춰왔다. 은서는 자연스럽게 입술을 벌리며 팔을 뻗어 그의 목을 끌어안았다. 몸과 마음이 동시에 그를 기꺼이 받아들이고 있었다.

Chapter 21

내 남자의 비즈니스

두 사람의 일상은 강물처럼 잔잔하게 흘러갔다.

한 침대에서 눈감고 눈뜨는 것이 마치 숨 쉬는 것처럼 자연스러워지고. 서로 몰랐던 잠버릇에 대해 알게 되고. 영화 취향이 다르다는 걸 깨닫고. 산보단 바다를 더 선호한다는 공통점을 찾는 사이 계절은 바뀌어 있었다. 어느덧 겨울의 초입이었다.

"참."

아침 식사를 하던 신우는 문득 떠오른 생각에 입을 뗐다.

"내가 어제 말을 한다는 게 정신이 없어서 깜빡했는데, 오늘 시간 괜찮아?"

"시간이요?"

"일정 말이야. 할 일 있어?"

여자는 잠깐 생각하는가 싶더니 이내 대답했다.

"대청소하기로 했어요. 아주머니랑 같이."

"그거, 미룰 수 있지?"

"안 될 건 없는데……."

여자가 고개를 갸웃했다.

"왜요? 오늘 무슨 일 있어요?"

"나랑 같이 갈 데가 있어."

"어디요?"

"기업인의 밤. 일종의 자선 파티야."

'파티'라는 말에 여자의 얼굴이 경직되는 게 뻔히 보인다. 그는 말을 덧붙였다.

"어렵게 생각할 거 없어. 말이 파티지 그냥 얼굴도장만 찍으면 되는 자리야."

그럼에도 그녀의 표정은 풀어질 생각을 않았다.

"제가 가야 하는 자리예요?"

"파트너 동반이야. 물론 혼자 가도 되는데, 부부는 보통 함께 참석하는 분위기라."

"그런 자린 참석해본 적이 없어서 불편한데……."

본인의 말대로 여자의 얼굴엔 벌써부터 불편한 기색이 역력했다. 그는 낮게 한숨을 내쉬었다.

"나도 웬만하면 그러라고 하고 싶은데, 이번엔 웬만하지가 않네."

최근 몇 달간 결혼을 핑계로 문규네 패거리들을 피해왔었다. 그런데 그게 오히려 미약한 불씨에 바람을 불어넣은 격이 된 모양이었다. 그들은 그의 결혼 생활에 대해 무척이나 궁금해했다. 저들끼리 만날 때마다 그 화두를 안줏거리 삼는다고 했다. 그중에서도 가장 궁금해하는 건, 단연 그의 아내인 송은서였다.

―네가 사생활에 대해 유독 예민하다는 걸 우리가 왜 모르겠냐. 그래도 이건 아니지. 결혼하고 한 번도 인사를 안 시키는 게 말이 되냐? 나만 그러는 게 아니라 다들 섭섭해 죽겠다고 난리야.

어제저녁, 뜬금없이 전화를 건 문규가 섭섭함을 토로했다.

―우리도 집들이까진 바라지도 않아. 대신 기업인의 밤에 네 아내도 같이 데려와. 어차피 부부 동반이고, 별로 어려운 일 아니잖아?

마치 크나큰 선심을 썼다는 듯 말했지만 그는 단칼에 거절했다. 제 아내가 그런 자리를 즐기지 않으리라는 건, 굳이 묻지 않아도 알 수 있기 때문이다. 그러나 문규는 끈질겼다. 이번에 데려오지 않으면 모임에서 아예 빼버리겠다는 초강수까지 뒀다. 협박이나 마찬가지였다.

물론 태한이 모임에서 빠지면 가장 아쉬울 건 그들이었다. 허나 그의 처지 역시 별반 다르지는 않았다. 내일이 없다는 듯 저렴하게 노는 방식은 영 마음에 들지 않았지만, 그래 봬도 다들 사업에 있어서는 한가락 하는 녀석들이었다.

사적인 자리에서 쌓은 인맥을 이용해 은밀하게 도움을 주고받는 일이 있을 수밖에 없었다. 그 때문에 여태까지 억지로 어울렸던

것이고. 결국 그는 어쩔 수 없이 문규의 제안을 수락했다.사실 안
그래도 이쯤에서 한 번 정도는 달래줘야겠다 생각하던 참이었다.

"불편할 일 없도록 내가 당신 옆에 딱 붙어 있을게. 이번 한 번
만 부탁해."

정중한 부탁이었다.

곤란하다는 듯 시선을 굴리던 여자는 이내 작게 한숨을 쉬며
대답했다.

"어쩔 수 없죠. 알겠어요."

* * *

"사모님, 다 왔습니다."

김 기사의 말에 은서는 감았던 눈을 떴다. 분명 창밖을 바라보
고 있었는데 어느덧 저도 모르게 잠에 빠져든 모양이었다.

하긴, 그럴 수밖에……

남자에게서 한 통의 전화를 받은 건, 지금으로부터 5시간 전이
었다.

─청소 끝났지?

"네. 아주머니도 이제 막 가셨어요."

─타이밍 딱 좋네. 대충 준비해서 집 앞으로 나와.

"지금 바로요?"

─지금 출발해야 시간이 얼추 맞을 것 같아. 다 알아서 해줄 테
니 당신이 따로 신경 쓸 건 없을 거고.

무슨 시간을 얘기하는 건지, 뭘 다 알아서 해준다는 건지. 앞뒤 잘라먹은 말을 채 해독하기도 전에 휴대폰 너머에서 남자의 목소리가 이어졌다.

─아무튼, 지금 내려가면 김 기사가 기다리고 있을 거야. 아파트 입구에 검은 차. 아! 당신 김 기사 얼굴 모르던가? 혹시 모르니까 차 기종이랑 번호판 문자로 보낼게. 꼭 확인하고 타.

주위가 소란스러운 걸 보니 남자는 바쁜 와중에 짬을 내 전화를 건 것 같았다. 본인 할 말만 끝내고 전화를 뚝 끊었다. 결국 은서는 얼떨떨한 상태로 집을 나서야만 했다. 다 알아서 해줄 테니 신경 쓸 거 없다는 그의 말은 사실이었다. 그녀가 입 한 번 뗄 필요 없이 모든 것이 알아서 척척 진행되었다.

처음으로 김 기사의 차가 선 곳은 외관부터 고급스러움이 철철 넘치는 에스테틱이었다. 황 회장이 다니는 곳보다 훨씬 더 그래 보였다. 철저한 회원제로 VIP들을 상대로만 운영되고 있다는 그곳에서 은서는 전신마사지와 피부 관리를 받았다.

그다음은 헤어숍이었다. TV에도 워낙 자주 나와 별로 관심 없는 그녀조차도 알고 있을 정도로 유명한 헤어디자이너에게 직접 머리 손질을 받았고, 여배우들을 전담으로 한다는 메이크업아티스트에게 메이크업을 받았다. 정작 제가 한 일은 아무것도 없었는데, 온종일 놀이동산에서 시간을 보냈던 날보다 피곤하게 느껴지는 건 어째서일까…….

은서는 뻑뻑한 눈을 껌뻑이며 차창 너머로 보이는 건물을 응시했다. 특이한 외관이 디자이너의 독특한 감각을 여실히 표현해주고 있는 듯했다. 어떤 디자이너의 매장인지는 모르겠지만 남자가 고른 것이니 분명 유명한 사람일 테다. 지금까지 거쳐 온 두 군데의 숍이 모두 그랬던 것처럼. 벌써부터 피로감이 훅 끼쳐와 그녀는 낮게 한숨을 내쉬었다.

"여기가 마지막인 거죠?"

"네. 대표님께서 곧 이곳으로 오실 예정입니다."

"오늘 고생 많으셨어요, 김 기사님."

초면에 함께 고생한 김 기사에게 감사 인사를 전하고 숍 안으로 터덜터덜 들어갔다.

"저희 선생님께서 하필 해외 출장 중이시라, 부득이하게 제가 안내하게 된 점 양해 부탁드려요."

앞서 그랬듯 이번에도 역시 그녀를 알아본 직원이 기다렸다는 듯 인사를 건넸다. 어색하게 웃어 보인 후 은서는 매니저라고 자신을 소개한 직원을 따라 걸음을 옮겼다.

"특별히 선호하는 취향이 있으신가요?"

"……아뇨."

"그럼 제가 몇 벌 추천해드려도 될까요?"

네, 하고 은서의 대답이 떨어지기가 무섭게 직원은 빠르게 그녀의 전신을 스캔했다. 그러곤 금세 몇 벌의 드레스를 골라왔다.

"피부가 워낙 희고 몸매가 좋으셔서 다 잘 어울리시겠지만, 저는 특별히 이 드레스를 추천드려요. 오늘 헤어와 메이크업에는 이 드레스가 가장 잘 어울릴 것 같은데, 어떻게 생각하세요?"

직원이 추천한다며 가리킨 것은 몸매가 고스란히 드러날 듯 타이트한 보랏빛 드레스였다. 그리 과한 디자인은 아니었지만 가슴 쪽이 조금 파여 있기는 했다. 그리고 아래쪽에 절개가 길게 들어가 있어서 다리가 훤히 드러날 것 같았다.

그녀의 취향과는 아주 거리가 멀었지만, 그렇다는 건 곧 그의 취향에 가깝다는 말이기도 했다. 그와 자신의 취향은 아주 극과 극을 달리고 있었으니까 말이다. 잠깐 망설이던 은서는 이내 보랏빛 드레스를 골랐다. 이 분야에선 누구보다 프로페셔널할 직원의 추천 때문만은 아니었다.

한 번쯤은 그가 원하는 스타일의 옷을 입어 봐도 괜찮지 않을까, 하는 생각 때문이었다. 최근에 그가 제게 많은 걸 맞춰주고 있었으니까. 옷 입는 걸 도와주겠다는 직원의 호의를 사양하고 은서는 탈의실로 향했다.

체형은 마른 편이었지만 바스트와 골반이 있는 편이라 옷이 제법 타이트했다. 이래서 직원이 도와주겠다고 했던 거구나, 생각이 들 정도였다. 낑낑거리며 겨우 옷을 갈아입은 은서는 바로 서서 전신 거울을 바라보았다. 짙은 화장과 높게 틀어 올린 올림머리, 몸에 딱 붙는 드레스까지. 거울 속 여자가 어쩐지 낯설게 느껴진다.

그때였다. 휴대폰이 울렸다.

거울에서 시선을 떼고 탈의실 안 테이블 위에 올려두었던 휴대폰을 확인했다. 가현의 전화였다.

−송은서!

여보세요, 라는 말을 꺼내기도 전에 가현의 다급한 목소리가 흘러나왔다.

―너 어디야. 집이야?

"아니. 볼일이 있어서 밖에 나왔어."

―볼일이라는 거 언제 끝나는데? 끝나고 바로 볼 수 있어?

"미안. 오늘은 무리야. 신우 씨랑 같이 모임에 가야 하거든."

―신우 씨? 네 남편 말하는 거야?

깜짝 놀라며 되묻는 가현의 예리함에 은서는 뜨끔했다. 최근 며칠간 일어난 일을 친구에게는 아직 말하지 못했다.

―뭐야. 대체 언제부터 그렇게 친근하게 부르기 시작했어?

"……어쩌다 보니 그렇게 됐어."

―뭐가 어떻게 되면 하루아침에 이렇게 바뀔 수가 있는 거야?

"자세한 얘긴 다음에 만나면 할게."

민망함에 은서가 헛기침을 작게 하는데, 휴대폰 너머에서 긴 한숨 소리가 흘러나온다. 탄식처럼 느껴지는 그 한숨이 왠지 묘하게 느껴져서 은서는 눈을 크게 떴다.

"가현아. 혹시 너 무슨 일 있는 거야?"

―내가 아니라…….

말을 끝맺지 못하고 가현은 다시금 후, 하고 한숨을 크게 내쉬었다.

―지금 사진 하나 보낼 테니까, 전화 끊지 말고 바로 확인해봐.

"사진?"

뜬금없는 화제에 은서가 고개를 갸웃하는데, 바로 알람 소리가 들려왔다. 귀에서 휴대폰을 떼고 액정을 확인했다. 휴대폰 가득 떠 있는 사진 속엔 식사를 하는 남녀의 모습이 보였다. 도대체 이게 무슨 사진이지? 별 대수롭지 않게 사진을 다시 한 번 확인하는 순간이었다.

"……!"

별안간 은서의 눈이 동그랗게 커졌다. 숨도 턱 막혀왔다. 지금 제가 뭘 보고 있는 건지, 도무지 믿을 수가 없어 확대까지 해봤지만 변하는 건 없었다. 흔들리는 눈빛이 사진 속 남자의 얼굴에서 좀처럼 벗어나질 못하고 있을 때였다. 수화기 너머에서 가현의 조심스러운 목소리가 흘러나온다.

ㅡ……네 남편, 맞지?

* * *

행사가 열리는 장소는 호텔이었다. 입구에서 직원에게 발레파킹을 맡기고 두 사람은 나란히 로비로 들어섰다. 제법 규모가 있는 행사인지라 호텔 안이 꽤 북적거렸다. 엘리베이터를 향해 곧장 걷는데 사람들의 시선이 이쪽으로 힐끔힐끔 향하는 게 느껴진다.

지겹도록 겪은 익숙한 시선이었지만 어쩐지 평소와는 조금 느낌이 달랐다. 그 시선의 종착지가 평소와 달리 제가 아니라 옆에 있는 여자에게 꽂히고 있는 탓이었다. 제법 짙은 화장과 몸매를 고스란히 드러낸 보랏빛 원피스 차림. 웬일인지 오늘따라 완전히 제 취향으로 꾸미고 나온 여자는 평소보다 몇 배로 아름다웠다. 사실 조금 전 숍에 들어가서 여자와 마주했을 때 그는 숨이 멎는 줄 알았다. 첫눈에 반한다는 게 이런 느낌일까, 싶었다.

새삼스레 다시 한 번 여자에게 반해버린 것 같았다.

"이쪽으로 와."

엘리베이터 앞에 멈춰선 그는 여자의 어깨를 슬그머니 끌어당겨 자신의 오른편에 세웠다. 그러고는 온몸으로 불쾌한 시선을 차단했다. 이 여자가 내 여자다, 과시하고 싶은 마음도 솔직히 없잖아 있었지만 그보다는 소유욕이 훨씬 더 강했다. 그는 아주 잠깐 동안 실내에 들어온다고 차에 두고 내렸던 외투를 지금이라도 챙겨 와서 입혀야 하나, 하고 진지하게 고민까지 했다.

내가 이렇게 유치한 놈이었던가…….

이 여자를 마음에 담은 후로 그는 여태 몰랐던 제 자신과 마주하고 있었다. 부족한 인내심, 유치함, 조급함, 좀처럼 제어가 불가능한 욕망까지. 마치 양파 껍질을 까듯이 하루가 다르게 드러나는 새로운 면모에 자신조차 당황스러울 정도였다.

입이 바짝 말랐다. 마른침을 삼켜내며 그는 짙은 시선으로 자신의 아내를 내려다보았다. 볼록한 이마, 오똑한 코, 탐스러운 입술, 가녀린 목선……. 그림 같은 여자의 옆모습을 찬찬히 훑어 내려가고 있을 때였다. 문득 그의 눈매가 가늘어진다.

"송은서."

낮은 부름에 그녀가 고개를 돌려 그를 바라보았다. 그와 동시에 그의 눈매가 사납게 추켜 올라갔다. 정면으로 보니 안색이 한층 더 나빠 보인다. 원래도 하얀 얼굴이라 인지하지 못했는데, 자세히 보니 하얗다 못해 허옇게 질려 있다는 게 화장을 했음에도 여실히 드러나고 있었다.

"어디 안 좋아? 안색이 너무 안 좋은 것 같은데."

"점심때 먹은 게 좀 체한 것 같아요."

"뭐?"

때마침 엘리베이터가 도착했다.

자연스럽게 앞으로 향하는 여자의 손목을 그가 탁, 붙들었다. 여자의 몸이 빙글 돌아섰다.

"그런 거면 진작 얘길 했어야지!"

"걱정할 정도는 아니에요."

"아니긴 뭐가 아니야? 거울은 보고 얘기하는 거야?"

"약 먹었으니 금방 괜찮아질 거예요."

여자의 괜찮다는 말 중엔 9할 이상이 괜찮지 않다는 뜻임을 너무도 잘 알고 있었다. 그는 손을 뻗어 그녀의 앞머리 너머에 숨어 있던 이마를 짚었다.

"열은 없는데……."

"거봐요. 괜찮다니까."

가볍게 대꾸한 여자는 팔을 뻗어 닫히려는 엘리베이터 문을 잡았다.

"얼른 가요. 중요한 자리라면서요."

"중요하다곤 안 했어."

여자를 따라 어쩔 수 없이 엘리베이터에 올라탄 그는 혀를 쯧 찼다. 그녀의 얼굴은 환한 조명 아래에서 한층 더 파리하게 보였다. 이럴 줄 알았으면 문규네 패거리에게 제가 좀 더 시달리는 건데. 뒤늦게 후회가 든다. 변신한 그녀의 모습을 넋 놓고 보느라 미처 컨디션의 난조를 눈치채지 못한 제 잘못이었다.

"안 좋으면 바로 얘기해. 괜히 참지 말고. 알았지?"

"그럴게요."

거듭 확인을 받았지만 그는 표정을 풀지 못했다. 분명 안 괜찮아도 끝까지 괜찮다 말할 여자였다. 그들이 도착했을 때 넓은 홀 안은 곧 시작할 행사 준비로 분주해 보였다. 행사를 기다리며 사람들은 삼삼오오 모여 저마다 인사를 나누고 있었다. 대부분이 아는 얼굴이었다. 개중에 그를 알아본 이들이 인사를 하기 위해 다가왔지만, 그는 정중하게 양해를 구하며 구석진 자리로 여자를 데려갔다.

"물 가져다줄까? 아니면 주스?"

"둘 다 됐어요. 목 안 말라요."

그는 빈자리에 여자를 앉히면서 생각했다. 조만간 보약을 한 재 지어 먹여야겠다고.

"힘들면 꼭 말해. 알겠지?"

"알겠어요. 꼭 말할게요."

여자는 순순히 고개를 끄덕였다.

"난 신경 쓰지 말고 사람들하고 인사 나눠요. 방금 보니까 신우 씨랑 인사하고 싶어 하는 사람들 많은 것 같던데."

"지금은 비즈니스보다 당신이랑 한 약속이 더 중요해."

"약속이요?"

"불편할 일 없게 당신 옆에 딱 붙어 있겠다고 했잖아."

까맣게 잊고 있었다는 듯 여자는 아, 하고 작게 입을 벌렸다.

그때였다. 뒤에서 익숙한 목소리가 알은 체를 해온 것은.

"여, 박 대표!"

······젠장.

등허리를 타고 오르는 불길한 예감에 그는 느릿하게 뒤를 돌아보았다. 역시나 반갑다는 듯 손을 흔들며 이쪽으로 오고 있는 건,

문규와 종훈이었다.

"워후! 진짜로 같이 왔네."

그의 뒤편에 앉아 있던 여자를 발견한 녀석들의 눈빛이 하이에나의 그것처럼 번쩍 빛났다. 녀석들은 그를 지나쳐 곧장 여자에게 다가가 인사를 건넸다.

"결혼식에서 뵀을 때보다 훨씬 더 아름다우십니다. 하마터면 박 대표가 와이프가 아니라 애인을 데려왔다고 오해할 뻔했네요."

"결혼하고도 꽁꽁 숨기기에 왜 그러나 했는데, 지금 보니 이해가 됩니다. 이렇게 예쁜 와이프면 저라도 불안해서 다른 사람 안 보여줬을 것 같아요."

하하하. 시답잖은 농담을 던지며 녀석들은 재미있다며 웃어댔다. 그리고 여자는 어색하게 미소를 짓는 것으로 그들의 인사에 화답했다.

"쓸데없는 소리 할 거면 저리 가라. 지금 컨디션 안 좋은 거 안 보여?"

그가 그녀의 앞을 막아서며 두 사람에게 핀잔을 줬을 때였다. 여자가 슬그머니 자리에서 일어났다. 그가 바라보자 화장실이요, 작게 입 모양으로 말했다. 자리를 피하고 싶어 하는 것 같았다. 그는 선뜻 고개를 끄덕였다.

"그동안 모임 안 나왔던 거 이해해주마. 불타는 신혼 보내느라 우리가 생각이나 났겠냐."

여자가 자리를 비우자 문규가 능글맞게 웃으며 그의 어깨를 툭 쳤다.

"알면 앞으론 제발 좀 귀찮게 하지 마."

그가 제 어깨에 닿은 문규의 손을 툭 쳐내며 무심하게 대꾸했다. 그러자 문규의 눈이 둥그렇게 커졌다.

"올. 뭐야. 인정하는 거야?"

"뭐가."

"너 전에는 정략결혼이라고 관심 없는 척했었잖아."

척이 아니라 그 당시엔 진심이었다. 이렇게 될 줄은 꿈에도 몰랐던, 제 자신에 대해서 눈곱만큼도 몰랐던, 애송이 같던 시절엔 그랬다.

"아하!"

문득 생각났다는 듯 종훈이 입을 크게 벌렸다.

"그래서 그런 소문이 도는 건가?"

"소문?"

"요즘 방송가에서 네가 윤예슬이랑 쫑 났다는 소문이 도나 보더라고. 소문 돈 지 꽤 됐다던데, 넌 몰랐어?"

아…….

순간, 신우의 얼굴에 난감한 기색이 스쳤다.

완전히 잊고 있었다. 어느 순간부터 제 아내에게 온 신경이 집중돼 있었던 터라, 예슬에 대해 떠올릴 겨를이 없었다. 마지막 만남 이후로 그쪽에서도 조용했기에 더욱 그랬다. 예슬은 눈치가 빠르고 계산이 확실한 여자였다. 이쯤 되면 대충 눈치를 챘을지도 모르겠다. 그러니 이렇게 조용한 걸 테다.

그래도 제대로 마침표를 찍긴 해야 했다. 나중에 딴소리라도 하게 되면 그의 처지가 매우 곤란해진다. 물론 예슬이라면 쿨하게 정리할 거라 생각되지만, 그래도 사람 일은 모르는 법이었다. 특

하나 이 일을 제 아내가 어쩌다 알게 되기라도 하면……. 벌써부터 눈앞이 캄캄해진다. 그가 속으로 한숨을 길게 내쉬었을 때였다. 그의 눈치를 보고 있던 문규가 장난스럽게 웃으며 그의 옆구리를 쿡 찔렀다.

"어이, 우리한테만 솔직하게 말해봐. 뜬소문이야, 아님 진짜로 정리한 거야?"

문규의 눈이 지나치게 반짝이고 있었다. 예전부터 예슬에 대해 관심을 보이더니 진심이었던 모양이었다. 그는 짜증스럽게 얼굴을 구기고는, 대답 대신 정색하고 으름장을 놨다.

"행여나 내 아내 앞에서 허튼소리 했다간, 내가 가만히 안 둘 줄 알아. 알겠어?"

농담이라곤 먼지만큼도 섞이지 않은 서늘한 목소리가 공기를 무겁게 갈랐다. 그와 동시에 실실 웃던 녀석들의 입이 딱 다물어졌다.

* * *

찬물에 손을 씻은 후 수도꼭지를 잠갔다. 고개를 들어 거울을 바라보았다.

"……심하긴 하네."

은서는 중얼거렸다. 남자가 왜 그토록 제 걱정을 했는지 알 것도 같았다. 거울 속 여자는 제가 봐도 정말로 많이 아픈 것처럼 보였다. 표정이 굳어 있어서 더 그런 게 아닐까. 웃으면 조금 괜찮지 않을까. 이런 자리에서 이 꼴로 돌아다닐 순 없는 노릇이라 입꼬리를 애써 끌어올려 봤다. 하지만 입가가 바들바들 떨리기만 할 뿐이었다. 차라리 무표정한 게 더 나을 성싶었다.

"하아……."

빠른 포기와 함께 은서는 길게 한숨을 내쉬었다. 티를 내지 않으려고 했는데 좀처럼 표정을 숨길 수가 없다. 아까 봤던 사진 한 장이 계속해서 눈에 밟히는 탓이었다. 사진 속에서 낯선 여자와 함께 다정하게 식사를 하고 있는 남자는, 자신의 남편이었다.

—네 남편, 진짜 미친 거 아니야? 너한테 진심이니 뭐니 해놓고, 뒤에선 이런 짓이나 하고 돌아다니고!

"비즈니스겠지. 식사 정도야 할 수 있잖아."

—하! 비즈니스는 개뿔! 이 가게가 어떤 가게인 줄 알아? 요즘 SNS에서 분위기 좋은 데이트 장소로 핫한 레스토랑이야! 젊은 애들 바글거리는! 그런데 여기서 무슨 비즈니스를 한다고!

흥분해서 길길이 날뛰는 가현에겐 뭔가 오해가 있는 거겠지, 라며 차분하게 대꾸했지만 그녀 역시 혼란스럽긴 마찬가지였다.

과연 정말 오해인 걸까…….

그런 게 아닐 거라고 생각하면서도 왠지 모르게 불안한 건 어쩔 수 없었다.

만약, 오해가 아니라면……?

다시금 숨이 턱 막혀온다. 은서는 두 눈을 질끈 감았다가 느릿하게 떴다. 거울 속 여자의 흔들리는 연갈색 눈동자를 빤히 응시하며 은서는 다짐했다. 더 이상은 피하지 않아야겠다고. 어떤 대답을 듣게 되더라도. 심호흡을 짧게 하고 화장실을 나섰다. 길게 펼쳐진 복도를 천천히 걷고 있는데, 문득 그녀의 귓가에 익숙한 이름이 들려왔다.

"하여튼, 박신우 그 자식 여자 복 하나는 완전히 타고났다니까."

"그러게 말이야."

뚝. 걸음을 멈췄다. 코너 반대쪽이라 말을 하는 상대의 얼굴은 보이지 않았지만, 목소리를 들어보니 아까 인사를 했던 두 사람인 것 같았다. 왠지 이 타이밍에 제가 나타나면 안 될 것 같아 걸음을 멈추고 숨을 죽이는데, 그들의 대화가 이어졌다.

"세운의 공주님이 진짜 공주님이었을 줄 누가 알았겠냐? 아직도 말도 안 되는 소문 돌고 있다던데."

"박신우는 알고 있었던 거 아니야? 태한이 정보력은 워낙 막강하잖아."

"에이, 그건 아닐걸. 결혼 직전까지도 제 아내가 될 사람에 대해서 그런 소문이 돌고 있다는 것 자체도 몰랐잖아."

일부러 인적이 드문 화장실을 찾아온 터라 주위가 고요해서인지 그들의 목소리가 또렷하게 귀를 파고들었다.

"연기한 거 아닐까?"

"박신우가 뭐가 아쉬워서 우리 앞에서 연기를 해."

"하긴. 그건 그러네."

"근데 오늘 보니까 윤예슬보다 훨씬 낫더라. 청순하기만 한 줄 알았더니, 섹시하기까지 해. 안 그래?"

저에 대해 이러쿵저러쿵 떠드는 말보다 '윤예슬'이라는 이름 석 자가 훨씬 더 크게 귀에 꽂힌다. 아까 가현이 보내준 사진 속에서 그와 함께 찍혀 있던 여자의 이름이었다.

"욕심 많은 놈, 완전히 양손에 떡을 쥐고 있네. 이럴 거면 그때 내가 달라고 할 때 너그럽게 줄 것이지."

"아직도 미련 못 버렸냐?"

"미련이 아니라 너무 궁금하니까 그렇지. 도대체 뭔 기술이 있기에 천하의 박신우를 후렸는지, 넌 안 궁금하다고?"

"뭐, 나도 궁금하긴 한데……."

"거봐. 다들 같은 마음이면서 아닌 척하는 거라니까!"

"네가 너무 지나치게 솔직한 건 아니고?"

"음흉한 것보단 낫지! 아무튼, 솔직히 와이프가 저 정도면 윤예슬은 나 줘도 되지 않냐?"

"아서라. 박신우한테 익숙해진 윤예슬이 너를 거들떠나 보겠냐?"

"야! 내가 뭐 어때서!"

"거울을 봐. 양심 없는 놈아."

"죽는다, 진짜."

낄낄거리는 웃음소리가 복도에 낮게 깔렸다. 웃는 두 사람과 달리 은서의 표정은 어둡기 그지없었다. 본능적으로 더 이상 들으면 안 될 것 같다는 생각이 들었다. 자리를 피하려고 하는데, 다시금 이어지는 대화가 그녀의 발목을 붙잡았다.

"그나저나 방금 무서운 얼굴로 우리 입단속 시키는 거 봤냐?"

"쟨 잘생겼는데 인상이 유독 더럽긴 해. 화를 낸 것도 아니고 정색만 했을 뿐인데, 오금이 다 저리더라."

"새끼, 결혼 전엔 당당하게 두 집 살림하겠다더니. 그래도 막상 결혼하고 나니 겁은 나나 보지?"

……역시, 듣지 말았어야 했다.

이미 늦어버린 것 같았지만, 은서는 황급히 몸을 돌려 다시금 화장실로 돌아갔다. 안으로 들어서기가 무섭게 다리에 힘이 풀려 하마터면 바닥에 주저앉을 뻔했다. 겨우 벽을 짚고 기대섰다. 오한이 든 듯 온몸이 덜덜 떨려왔다. 떨리는 입술을 질끈 깨물며 양팔로 몸을 감싸 안았다. 방금 들었던 대화들이 이명처럼 귓가를 울려댔다.

* * *

잠결에 뒤척이던 그는 옆자리가 허전함을 느끼고 눈을 떴다.

아직 캄캄한 밤이었다.

주위를 둘러본 그는 손바닥으로 옆자리를 더듬었다. 온기가 전혀 느껴지지 않았다.

"안 자고 어딜 간 거야."

의아하게 생각하며 그는 방을 나섰다. 곧장 1층으로 내려가려는데 2층 야외 테라스에서 희미한 불빛이 흘러나오는 게 보인다. 그는 불빛을 따라 걸었다. 여자는 난간에 기댄 채 밖을 바라보고 있었다. 깊은 생각에 잠긴 듯, 그가 바로 옆에 다가섰을 때까지도 인기척을 전혀 느끼지 못했다.

"무슨 생각을 하기에 내가 온 줄도 몰라?"

목소리를 뱉어내자 여자는 그제야 흠칫 놀라며 옆을 돌아봤다. 아득하던 눈동자가 그를 담았다.

"여기서 뭐하고 있어?"

"그냥요. 잠이 안 와서."

"그럼 뭐라도 걸쳐 입고 나오지 그랬어. 공기가 이렇게 찬데 감기라도 걸리면 어쩌려고. 컨디션도 안 좋다면서."

둥근 어깨를 부드럽게 감싸려 할 때였다. 여자가 슬쩍 몸을 피하며 그를 빤히 바라봤다.

"나, 물어볼 게 있어요."

"뭔데?"

"솔직하게 대답해주겠다고 약속해줘요."

여자의 눈빛이 결연해 보였다. 도대체 무슨 소릴 하려고. 왠지 겁이 났지만 그는 고개를 끄덕였다. 그럼에도 여자는 선뜻 입을 열지 못했다. 길어지는 망설임에 그의 심장이 쪼그라들기 시작했을 때였다. 드디어 닫혀 있던 입술이 열렸다.

"……아직도, 만나고 있어요?"

"그게 무슨 말이야?"

"윤예슬이라는 가수."

일순 그의 눈이 둥그렇게 커졌다.

이미 불편한 내용이겠거니 예상하기는 했지만, 설마 이 내용일 줄이야. 길 가다가 얼굴도 모르는 이에게 뒤통수를 한 대 세게 얻어맞은 것처럼 무척이나 당황스러웠다.

"그걸 어떻게……."

차마 끝마치지 못한 말끝이 공기 중으로 흩어졌다. 그때였다. 문득 문규와 종훈의 얼굴이 눈앞에 떠오른 것은.

"그 녀석들이야?!"

화가 실린 음성이 튀어나왔다. 혹시라도 일이 이렇게 될까 봐 입
조심하라고 경고까지 했건만. 기어코 녀석들이 사고를 친 모양
이었다. 확신하고 있는 그를 향해 여자는 작게 고개를 내저었다.

"결혼 전부터 알고 있었어요."

조금 전 여자의 입에서 뜬금없이 예슬이라는 이름이 나왔을 때
만큼이나 당황스러웠다.

"⋯⋯알고 있었다고?"

"만나는 여자 있다는 소문, 들었어요. 유명하던데요."

여자의 목소리는 평소와 다름없이 덤덤했다. 그러나 도둑이 제
발 저리다고 했던가. 그의 귀에는 꼭 그녀가 비아냥대는 것처럼
들린다. 얼굴로 열이 솟구쳐 올랐다. 정말이지 그녀가 그 일에 대
해 알고 있으리라고는 눈곱만큼도 상상하지 못했었다. 진작 알
았다면⋯⋯. 그는 당혹감을 감추지 못하고 되물었다.

"대체 지금까지 왜 아무 말 안 했던 거야?"

"처음엔 상관없다고 생각했었어요. 어차피 정략결혼일 뿐이었
으니까. 처음부터 각자의 사생활에 간섭하지 않기로도 했었고요.
그리고 지금은⋯⋯."

여자는 잠깐 말을 끊고 그를 바라보았다. 연갈색 눈동자가 미약
하게 흔들리고 있었다.

"과거이겠거니, 생각했어요. 당연히 정리하지 않았을까. 이제 더
이상 쇼윈도 부부가 아니니까."

난 당신을 믿었다고. 그런데 고작 돌아오는 게 이런 거냐고. 원망
이 담긴 여자의 시선에 그는 낮게 한숨을 내쉬며 말했다.

"그런 거 아니야."

"뭐가 아니라는 건데요? 진심이라던 당신 말을 믿었던 내 미련함이? 아니면 당연히 과거 정도는 정리했을 거라 생각했던 내 미련함이?"

이번엔 의심할 여지가 없었다. 여자는 대놓고 화를 내고 있었다. 당연한 반응이었다. 본인을 기만했다고 생각하고 있을 테니.

환장하겠네, 진짜.

도대체 어디서부터 잘못된 건지. 무슨 말부터 해야 하는 건지. 알 수가 없었다. 미간을 와락 구기며 그는 거칠게 마른세수를 했다. 마치 털실 뭉텅이가 엉켜버린 것처럼 머릿속이 뒤죽박죽이었다. 그는 한참 만에야 입을 열었다.

"⋯⋯오해야."

수많은 고민 끝에 겨우 뱉은 한마디가 고작 '오해야'라니. 자신조차도 어이가 없었다. 여자 역시 설명이 더 필요하다는 듯한 얼굴이었다.

"아니, 그러니까."

어쩐지 목이 막혀 그는 다시 한 번 짤막하게 한숨을 내쉰 후 말을 이어갔다.

"윤예슬과의 일은 과거라고 할 것도 없고, 정리를 하고 말고 할 것도 없었어. 애초에 당신이 생각하는 그런 사이가 아니었어."

"그러면요? 무슨 사이였는데요?"

"쇼윈도였어."

"쇼윈도?"

"그래. 서로 필요에 의한 비즈니스 관계."

"우리가 그랬던 것처럼 말이죠?"

빈정거리는 어투에 순간 말문이 턱 막혔다. 하지만 입을 다물고 있을 순 없었다. 그는 순식간에 지하까지 숨어버린 목소리를 억지로 끌어올리며 침착하게 설명했다.

"윤예슬은 방송가에서 써먹을 태한이란 빽이 필요했고, 나는 태한을 탐내며 끊임없이 다가오는 여자들을 막을 방패가 필요했어. 나로서는 그 여자들을 상대하는 것보단 목적이 명확한 윤예슬을 상대하는 게 훨씬 덜 번거로운 일이었으니까. 그래서 그딴 염문이 도는 것도 신경 쓰지 않았던 거야. 오히려 그걸 이용했었고."

한 치의 거짓도 없는 진실만 얘기했지만 여자는 영 믿지 못하는 눈치였다. 미칠 듯 가슴이 답답해졌다. 당장 제 속을 뒤집어 까서 보여줄 수 있다면 얼마나 좋을까. 그는 후, 하고 크게 한숨을 내쉬며 거칠게 마른세수를 했다.

"알고 있어. 당신 귀엔 지금 변명으로밖에 들리지 않을 거라는 걸. 그런데 한 치의 거짓도 없는 사실이야. 제발 믿어줘."

애원 같은 그의 말에 여자는 느리게 눈을 감았다 떴다. 그를 따라 기다란 속눈썹이 우아하게 너울거렸다.

"설사 그 말이 다 사실이라고 해도, 오래 만났다고 들었어요. 우리가 쇼윈도에서 진짜가 된 것처럼 그쪽도 그러지 않았을 거라고. 내가 그걸 어떻게 믿죠?"

설마, 내가 당신에게 했던 것처럼 다른 여자에게도 했을 거라 생각하는 거냐고. 대체 나를 뭐로 보는 거냐고. 울컥 화가 치솟았지만 입도 벙긋할 수 없었다. 합리적인 의심이었다. 그녀의 말대로 자그마치 4년이었다. 제3자인 그녀의 처지에선 당연히 찝찝하고 의심이 들 수밖에 없는 시간들이었다. 상황을 바꿔 놓고 생각해

보면 저라도 그랬을 것이다. 아니, 분명 그녀보다 훨씬 더 했겠지.

돌겠네, 진짜……!

도대체 이 상황을 어떻게 해결해야 할까. 백지가 되어버린 머리가 좀처럼 움직이질 않는다. 그는 이 상황이 너무도 당황스러웠다. 사업을 하면서 키워온 위기 대처능력이 대단하다 자부했었는데 말이다. 굴러가지 않는 머리를 억지로 굴리려 애쓸 때였다. 문득 뭔가가 뇌리를 빠르게 스쳐 지나갔다.

"증거!"

그는 다급하게 외쳤다.

"그래, 증거가 있어. 내가 윤예슬과 비즈니스 관계였을 뿐이라는 증거."

여자는 아무런 반응도 보이지 않았다. 그는 마음이 조급해져 다시 한 번 말했다.

"시간을 조금만 줘. 당신이 납득할 수 있도록 명명백백하게 밝힐게."

간절한 눈빛에 여자는 낮게 숨을 내쉬었다.

"알았어요. 그럼 그 증거라는 걸 보여줘요."

끝까지 안 믿으면 어떡하지 걱정했는데, 그래도 기회라는 걸 주는 것 같아 안심하는 순간이었다. 여자의 목소리가 이어졌다.

"그리고 그때까진 각방 쓰는 게 좋겠어요."

지금껏 들어본 적 없는 서늘한 목소리였다.

Chapter 22

끝과 시작

"대표님. 괜찮으세요?"

책상 위에 얼음이 가득 든 아메리카노 한 잔을 내려놓으며 정 실장이 그의 안색을 살피며 물었다.

"뭐가?"

"얼굴이…… 많이 안 좋으신데요."

"아, 요즘 잠을 별로 못 자서 그래."

대수롭지 않게 대답하며 커피를 입으로 가져갔다. 한 번에 반쯤 들이켜고 내려놓는데, 정 실장은 여전히 걱정스러운 얼굴로 그를 보며 말했다.

"한동안 잘 주무시는 것 같더니, 또 불면증이 심해지신 겁니까? 김 박사님께 연락을……."

"아니야. 이제 다 끝났어."

무슨 말이냐는 듯 바라보는 정 실장의 시선이 느껴졌지만, 그는 이만 나가보라는 손짓을 했다. 잠이 부족한 탓에 입을 여는 것조차도 귀찮았다. 정 실장이 나가고 그는 남은 커피를 다 털어 넣은 뒤 의자 등받이에 깊숙이 몸을 기댔다. 책상 위 거울에 오롯이 비치는 제 모습이 영 수척해 보이긴 했다.

불면증 때문이 아니었다. 여자에게 보여줄 증거 수집을 하느라 3일 밤을 꼬박 새운 것이었다.통신사에 연락해 몇 년 치 주고받은 문자와 통화 내역을 받아내고, 비상사태를 대비해 녹음해두었던 파일들을 한데 모으는 일은 생각보다 훨씬 더 번거로웠다. 지극히 사적인 문제였기에 정 실장에게 시키지 못하고, 퇴근 후 짬이 나는 시간을 이용해 직접 하느라 더 고생스러웠던 걸지도 모르겠다.

"이럴 줄 알았으면 계약서를 써두는 건데……."

어차피 끝이 있을 관계이니 괜한 흔적을 남기지 않으려 했던 것이었다. 그런데 그것이 이렇게 제 발목을 잡게 될 줄은 몰랐다. 또한 호텔 방 내부에 CCTV가 없는 것 역시 유감이었다. 호텔에 드나든 증거는 차고 넘치는데 안에서 아무 일도 없었다는 증거는 도저히 찾을 수가 없었다. 없는 걸 만들어낼 수도 없는 터라 그 부분은 통째로 누락시켜야만 했다. 여자가 제발 그 부분을 의심하지 않기를 간절히 바랄 뿐이었다. 물론 이 정도만 해도 제 결백은 충분히 밝힐 순 있을 것이었다.

어쨌든, 작년에 진행했던 몇천억짜리 프로젝트 때보다 몇 배나 더 심혈을 기울인 결과물은 오늘 아침에 무사히 완성되었다. 덕분에 출근 직전 여자에게 녹음 파일이 포함된 PPT를 태블릿과 함께 통째로 넘길 수 있었다.

"이게 뭐예요?"
"내 결백을 증명할 증거 자료."

여자는 표정 없는 얼굴로 태블릿을 받아들었다. 그러고는 한마디도 하지 않고 식사를 시작했다. 식사를 끝내고는 설거지는 나중에 하겠다며 곧장 2층으로 향했다. 말을 붙일 틈은 조금도 주지 않았다. 지금껏 살아오면서 그 누구의 눈치도 본 적 없었건만, 요즘은 제 아내의 눈치를 살피느라 눈알이 다 아플 지경이었다.

그날 이후로 계속 이런 식이었다. 여자에게선 찬바람이 쌩 불었다. 차라리 화를 낸다면 좋을 텐데 투명인간 취급을 당하니 답답해서 죽을 맛이었다. 하지만 입이 열 개라도 그는 이 상황에 대해 할 말이 없었다. 이 사태를 만든 원인 제공자가 자신이라는 것부터가 문제였지만, 무엇보다도 그녀의 지금 행동이 일전에 제가 했던 것과 다르지 않았기 때문이었다.

"이래서 인류가 늘 타임머신을 갈망하나 보군."

그는 쓰게 웃었다. 아마도 지금 이 순간, 세상에서 가장 타임머신을 원하는 건 바로 자신이지 않을까. 후회스러운 게 한두가지가 아니었다. 마음 같아서는 그녀를 처음 만난 그 순간부터 지금까지의 모든 시간들을 싹 지우고 새로 시작하고 싶었다. 그럴 수만 있다면 악마에게 영혼이라도 팔 수 있을 것 같은데.

낮게 한숨을 내쉰 그는 손바닥으로 거칠게 마른세수를 했다. 그러고는 휴대폰을 들고 어디론가 전화를 걸었다. 상대방은 금방 전화를 받았다. 여보세요, 라는 말을 듣기도 전에 그는 제 할 말부터 내뱉었다.

"나야. 오늘 꼭 좀 봤으면 싶은데."

더 늦기 전에 지금이라도 바로잡을 수 있는 건 바로잡아야만 했다.

* * *

이제 막 약속 장소에 도착한 예슬이 자리에 앉았을 때였다. 숨을 돌릴 틈도 주지 않고 그가 말했다.

"이쯤에서 그만 정리하자."

고요한 정적을 뚫고 더없이 깔끔한 목소리가 방 안을 울렸다. 그의 말투는 마치 바닥에 어질러진 물건들을 정리하자는 듯 가벼웠다. 반면 예슬은 발아래가 무너지는 듯 아찔한 기분이었다.

"갑자기…… 그게 무슨 말이야?"

그녀는 애써 입술 끝을 끌어올리며 되물었다. 그러나 돌아오는 대답은 가차 없었다.

"갑자기가 아니라는 건 네가 더 잘 알고 있을 거라고 생각하는데?"

바들거리던 입매가 힘없이 제자리로 돌아왔다. 따갑게 느껴질 정도로 냉정한 시선에 예슬은 아랫입술을 질끈 깨물었다. 그의 말이 맞았다. 이미 오래전부터 예상하고 있었다. 그가 먼저 만나자고 연락한 것은 처음이었음에도 불구하고 전혀 기쁘지 않았던 건. 아니, 오히려 다른 핑계를 대서라도 만나고 싶지 않았던 건……. 오늘 이 순간이 오리라는 걸 예감했기 때문이었다.

"……한동안은 조금 더 이용당해 주겠다며. 괜찮다고 했잖아."

"상황이 바뀌었어."

"무슨 상황이 어떻게 바뀌었는데?"

"내가 언제는 너한테 그런 것까지 일일이 보고했던가?"

예슬의 입이 딱 다물렸다. 저를 바라보는 그의 눈빛이 평소와 전혀 달랐다. 꼭 처음 만났던 그때로 돌아간 느낌이었다. 일개 딴따라인 저를 바라보는 무심한 눈빛에 온몸이 얼어붙어 숨조차 제대로 쉴 수가 없었던 그때로…….

"애초에 이런 관계였잖아. 둘 중 하나라도 끝내자고 하면 언제든 끝나는."

"……."

"그리고 넌 이미 혼자 힘으론 절대 올라갈 수 없었던 그 자리까지 올라갔어. 지금 끝난다 해도 네가 손해 볼 건 전혀 없다는 뜻이야. 내 말이 틀려?"

더 이상 욕심내지 말고 이쯤에서 깔끔하게 떨어지라는 뜻이었다. 이번에도 그의 말은 틀리지 않았다. 사실 그와의 관계에서 그녀는 주는 것 없이 얻기만 해왔다. 그의 은혜는 이미 넘칠 듯 받았다. 말문이 막힌 예슬이 입을 다물고 있자, 그는 볼일이 끝났다는 듯 자리에서 일어났다.

"그동안 수고했어."

새털처럼 가벼운 음성이 머리 위로 떨어졌다. 이제야 제대로 실감이 났다. 이 관계가 끝이 난다는 것이. 이 남자가 진심으로 저를 버리려 한다는 것이.

"……잠시만!"

그가 방을 나서기 직전이었다. 멍하니 허공을 바라보던 예슬이 소리쳤다. 그가 걸음을 뚝 멈추고 그녀를 돌아보았다.

"할 말 있어?"

여전히 냉정한 눈빛과 목소리였다. 마음 같아선 바짓가랑이라도 붙들고 싶었지만 그가 뿜어내는 냉기에 몸이 얼어붙어 움직일 수가 없었다.

"오빠 말은 잘 알겠어. 그런데…….."

예슬은 심호흡을 크게 한 후 천천히 말을 뱉었다.

"이건, 너무 일방적이잖아."

원망 어린 말투에 그의 눈썹이 씰룩였다.

"설마 내가 너한테 허락이라도 받았어야 한다고 말하는 건 아니지?"

"오빠……."

"내 입에서 끝이라는 말이 나오면, 그땐 깔끔하게 떨어져 나가겠다고 단언하지 않았던가? 그래서 내가 네 손을 잡아줬던 것 같은데."

기억하고 있었다. 분명 제 입으로 그리 말했었다. 시간이 지난다고 제 마음이 변하게 될 줄은, 그땐 몰랐으니까…….

"네가 지금 이 수준에서 만족하지 못하리라는 건 알고 있어. 그런데 내 도움은 여기까지야. 앞으론 네가 직접 해. 충분히 가능할 테니까. 똑똑하잖아, 너."

한층 누그러진 음성이었다. 하지만 예슬을 달래는 그의 어투에 오히려 가슴이 더 엉망진창으로 무너져 내리는 듯했다. 흰자위가 시뻘겋게 달아오르더니 투명한 눈물이 금세 차오른다.

"갑자기 이러는 이유가 혹시 아내 때문이야?"

순간 그의 새카만 눈동자에 작게 동요가 일었다. 아니라는 대답을 바랐건만. 예슬은 아랫입술을 아프도록 질끈 깨물었다.

"그게 중요한가?"

"중요해."

이런 식으로 내 마음을 고백하게 될 줄은 몰랐는데……. 예슬은 서러운 눈물이 그렁한 두 눈을 질끈 감으며 가슴에 오랫동안 담아뒀던 말을 조심스럽게 꺼냈다.

"……내가 오빠를 사랑하니까."

감은 눈꺼풀 아래로 눈물방울이 또르륵, 뺨을 타고 흘러내렸다.

"아주 오랫동안, 사랑하고 있었어."

분명, 처음엔 철저하게 비즈니스였다.

성공할 수만 있다면 스폰서가 아니라 스폰서 할아버지의 바짓가랑이라도 붙들고 늘어질 수 있었다. 그 정도로 그녀는 성공이 간절했다. 사업이 망하자 가족들을 버리고 자살을 택한 아버지. 손에 물 한 방울 묻혀본 적 없던 여린 어머니. 철없이 친구들과 어울려 사고만 치고 다니던 어린 동생. 한순간에 엉망진창이 된 집안을 일으킬 수 있는 건, 자신뿐이었다. 그러나 현실은 생각했던 것보다 훨씬 더 가혹했다.

기획사 대표에게 부탁해 겨우 잡은 자리에서 제 할아버지뻘 되는 남자가 냄새나는 입으로 제 살결을 빨아댔을 때, 그녀는 도저히 참지 못하고 자리를 박차고 나왔다. 당연히 그 결과는 최악이었다. 한바탕 난리가 났다. 호텔 방에 홀로 남은 최 회장은 태어나 처음 겪는 모욕이라며 길길이 날뛰었고, 대표는 엉망진창인 차림으로 도망쳐 나온 그녀의 뺨을 세게 후려갈겼다.

"내가 너한테 들인 돈이 얼마인 줄이나 알아?! 당장 최 회장한테 가서 싹싹 빌어. 발바닥을 핥기라도 하란 말이야! 아니면 최 회장보다 훨씬 더 막강한 스폰서를 네가 직접 물어오도록 하든가! 딱 한 달 주겠어. 이도 저도 안 된다 싶으면 곧바로 술집에 팔아넘길 테니까 그렇게 알아."

맞은 뺨이 아프고, 제 처지가 못 견디게 서러웠지만 누구도 원망할 순 없었다. 제가 원해서 만든 자리였고, 제가 걷어찬 자리였으므로. 대표의 처지에서는 저로 인해 막대한 손해를 입게 된 것이 맞았다.

"네가 결정해. 자존심이고 뭐고 다 버리고 이 상황을 정리하는 게 나을지, 아니면 술집에 팔려가서 뭣도 아닌 남자들한테 헐값에 몸을 대주는 게 나을지."

선택의 여지는 없었다. 최악의 상황을 면하기 위해 제 발로 다시 최 회장을 찾아가야만 했다.무릎까지 꿇고 사정했지만 그는 냉담

했다. 용서는커녕 가래 섞인 침 덩어리가 얼굴에 내던져졌다. 연예계 생활은 이제 끝인 줄 알라는 협박과 함께. 저를 벌레만도 못하다는 듯 바라보는 최 회장에겐 재고의 여지가 전혀 없어 보였다. 그녀는 그때 처음으로 아버지가 왜 그런 극단적인 선택을 했는지, 이해할 수 있었다.

한 달. 대표가 말했던 시간이 다가오고 있었다. 그러다 우연찮은 기회로 태한 그룹의 대표인 그를 만나게 됐다. 하늘이 마지막 기회를 준 거라 생각했다. 이 사람이 아니면 내 인생은 끝이야. 물에 빠져 허우적대다 눈앞에 던져진 구명줄을 발견한 것처럼 필사적으로 그를 붙잡았다.

"아무것도 원하지 않아요. 그냥 당신 이름만 빌려줘요."

"내 이름이라. 재미있군. 그런데 그렇게 되면 내가 얻게 되는 건 뭐지?"

"제가 줄 수 있는 건 뭐든지요. 몸도 마음도. 그게 설사 영혼이라 할지라도. 다 드릴게요."

방법이 없었기에 미친 척하고 내지르긴 했지만 그가 제안을 받아들일 거라는 기대는 하지 않았다. 그럴 수밖에 없는 것이, 그에겐 굳이 스폰까지 해주며 저를 안지 않더라도 알아서 달려들 여자들이 줄을 서 있다는 걸 그녀도 모르지 않았기 때문이다.

"그런 건 필요 없는데."

역시나. 너무 뻔한 결과라 실망스럽지도 않았다. 그럼에도 포기할 수 없어 다시 한 번 매달려보려는데, 그의 말이 이어졌다.

"나도 당신 이름만 빌리도록 하지. 아주 공평하게 말이야."

그녀에게 그는 구원, 그 자체였다. 그러나 사람은 간사한 동물이라고 하던가. 급한 불을 끄고 그의 덕분에 원하던 자리까지 올라서고 봤더니, 이제는 더한 것이 욕심나는 것이었다. 이름을 넘어서 박신우라는 남자 자체가 갖고 싶어졌다. 어찌 보면 너무도 당연한 결과가 아닐 수 없었다. 그는 너무도 매력적인 남자였으니까.

"나 결혼해."

처음으로 그에게서 결혼한다는 소식을 전해 들었을 때, 눈앞이 캄캄해지면서 심장이 철렁했다. 하늘이 무너지고 땅이 꺼지는 느낌이었다. 그제야 그를 향한 자신의 마음이 얼마나 깊은지 깨달을 수 있었다. 진심으로 그를 사랑하고 있었다.
그나마 다행인 건, 그의 결혼이 그저 정략결혼이었으며 자신과의 관계를 정리할 생각이 없다는 것이었다. 그래서 안심할 수 있었다. 하늘은 아직까지 제 편이라 믿었다. 물론 감히 제가 욕심내선 안 될 사람이라는 것쯤은 알고 있었다. 그의 옆자리에 서는 건 언감생심 꿈꿔본 적도 없었다.
그저 지금처럼만…… . 딱 이 거리만 유지한 채로 그의 옆에 있고 싶었던 건데…… .

너무 안일했던 걸까. 아니, 그조차도 제겐 욕심이었던 걸까.

"제발, 내게도 딱 한 번만 기회를 줘."

예슬은 감은 눈을 뜨고 그를 바라보았다.

"4년이야. 1년도 2년도 아니고 자그마치 4년. 이대로 끝나면 내가 너무 억울하잖아. 응? 오빠가 내 마음을 알게 되면 부담스러워할까 봐 내 진심 한번 못 내비쳤는데……."

말을 채 끝내기도 전에 그의 무뚝뚝한 음성이 허공을 갈랐다.

"그게, 날 위해서였다는 건가?"

젖은 눈으로 바라보는 시야가 흐렸지만, 저를 바라보고 있는 그의 얼굴이 목소리만큼이나 냉정하다는 것은 알 수 있었다.

"이제 와서 어울리지도 않는 내숭 집어치우고 윤예슬답게 솔직하게 얘기해."

"……."

"겁이 났던 거잖아. 진작 알았다면, 지금이 아니라 그때 바로 끝났을 테니까. 네가 원하는 걸 다 얻기도 전에."

틀린 말은 아니었다. 하지만 그게 전부인 것도 아니었다. 그는 지금 철저히 그녀의 진심을 왜곡하고 있었다. 거절보다도 훨씬 더 끔찍한 반응이었다.

"어떻게……. 오빠가 나한테 이럴 수가 있어?"

내가 어떻게 키워온 마음인데. 어떤 마음으로 뱉어낸 고백인데. 4년을 기다린 대가가 고작 이런 결과일 줄이야. 너무 서러워서 입술을 비집고 원망 어린 음성이 절로 흐른다.

"난 오빠가 여자를 원하게 된다면, 그땐 당연히 날 선택할 거라 생각했어. 그래서 지금까지 잠자코 기다렸던 건데……. 귀찮은 여자라 생각되지 않으려 매번 숨죽이고 오빠 눈치 봐가면서……."

하지만 제겐 원망도 허락되지 않은 모양이었다. 속에 있는 말을 다 쏟아내기도 전에 그가 서늘한 음성으로 그녀의 말허리를 끊었다.

"왜 날 원망해? 혼자 착각한 건 넌데."

"……."

"내가 널 헷갈리게 한 적이 단 한 번이라도 있었나?"

이제 그만 인정해야 했다. 더 이상 자신이 알던 박신우는 존재하지 않는다는 걸. 그녀를 바라보고 있는 그의 눈동자엔 그 어떤 감정도 담겨 있지 않았다.

"괜한 미련 남기지 말고 마음 정리 깨끗하게 해. 널 위해서 하는 말이야."

잔인하게 가슴을 할퀴는 한마디를 끝으로 그는 방을 나섰다. 탁. 문이 닫히는 소리가 그의 음성만큼이나 냉정하게 느껴졌다. 그와 동시에 그녀는 무너져 내렸다. 그는 늘 무뚝뚝했지만 이렇게까지 제게 냉정한 적은 없었다. 그래서 저 혼자 특별한 존재라고 착각했었나 보다. 그의 말대로 그는 헷갈리게 한 적이 단 한 번도 없었는데.

예슬은 두 눈을 질끈 감았다.

혹시 꿈은 아닐까. 지독한 악몽을 꾸고 있는 건 아닐까…….

도저히 이 현실을 받아들일 수가 없었다.

* * *

은서는 마른걸레를 손에 쥔 채 2층을 한 바퀴 빙 돌았다. 먹이를 찾는 하이에나처럼 반짝이던 눈빛은 금세 식어버렸다. 최근 틈만 나면 쓸고 닦아댔더니 먼지 한 톨 보이지 않았다. 원래도 깔끔한 편이긴 했지만 그렇다고 청소에 취미가 있는 건 아니었다. 결벽증은 더더욱 아니었고.그런데 집에 있자니 딱히 할 게 없어 시작한 청소가 의외로 흥미로웠다. 특히나 청소에 집중하는 동안만큼은 그 어떤 생각도 하지 않을 수 있어 좋았다.

"1층은 청소해야 할 곳이 꽤 있을 텐데……."

계단 아래를 내려다보며 잠깐 동안 망설이던 은서는 이내 고개를 내저었다. 그날 이후로 남자와는 아직 냉전 중이었다. 아니, 냉전이라기보다는 일방적으로 그녀가 피하고 있다는 것이 훨씬 더 맞는 말이리라.

어쨌든 이 상황에서 남자의 공간인 1층을 청소하는 건 오버였다. 빠르게 포기한 은서는 걸레를 제자리에 내려놓고 방으로 향했다. 침대에 벌러덩 드러누워 무료한 눈동자를 굴리고 있는데, 문득 한쪽 벽면을 차지하고 있는 일자 선반 위가 시야에 들어온다. 그곳엔 최근 며칠 동안 남자에게서 받은 선물들이 쪼르르 열지어 놓여 있었다.

첫날은 명품백, 둘째 날은 또 다른 명품백, 셋째 날은 명품구두, 넷째 날은 다이아가 촘촘히 박혀 있는 목걸이와 귀걸이 세트……. 그 모든 게 돈이 있다고 해도 쉽게 구할 수 없다는 한정판이었다. 남자의 정성이 느껴지기는 했다. 하지만 그렇다고 그녀의 성에 찰 정도는 아니었다. 고맙다는 말 한마디 없이 그 모든 걸 무심히 받아들었더니, 결국 어제는 앞엣것들이 안 먹힌다는 것을 깨달았

느지 뜬금없이 커다란 꽃다발을 사 왔다.

"웬 꽃이에요?"
"그냥. 지나가다 보는데 눈에 들어와서……."

사실 선물을 받으면서 기분이 좋기는커녕 오히려 반대였다. 의도부터가 순수하지 않았을뿐더러 원체 사치품에는 별로 관심이 없어서 더 그랬다. 그런데 어제 그가 태어나서 본인이 직접 꽃을 산 건 처음이라며 어색해하는 얼굴로 꽃을 내밀었을 때, 은서는 냉전 중이라는 사실도 잊고 저도 모르게 활짝 웃어버릴 뻔했다.

그녀가 가장 좋아하는 샛노란 국화꽃이었다. 퐁퐁 국화라고도 불리는 이 꽃은 시중에서 쉽게 구할 수 있는 것이 아니었다. 실룩이는 입매를 애써 다잡으며 전과 마찬가지로 뾰루퉁하게 꽃다발을 받아들긴 했지만 내심 궁금했다. 수많은 꽃 가운데 어떻게 이걸 골랐을까. 심지어는 제가 가장 좋아하는 노란색으로. 다시 생각해봐도 엄청난 우연이 아닐 수 없었다. 길 가다가 벼락 맞을 확률보단 낮겠지만.

"벼락보다야 꽃이 훨씬 낫긴 하지."

은서는 작게 웃으며 침대 머리맡에 놓여 있는 화병에 꽂힌 꽃잎을 가볍게 훑었다. 보드라운 꽃잎이 손바닥에 닿으며 향긋한 꽃 냄새가 은은하게 퍼져나갔다.

"이쯤 되면 마음고생 그만 시키고 용서해주라는 하늘의 뜻인 건가……."

며칠 전 남자는 PPT를 건넸다. 자신의 결백을 증명할 증거라고 했다. 누가 사업하는 사람 아니랄까 봐. 꼬박 3일 밤낮 동안 고생해서 만들었다는 PPT는 직관적인 디자인부터 간결한 내용까지, 정말로 완벽했다. 대학 시절 조별 과제 때 수없이 봐왔던 것들과는 비교도 되지 않을 정도로 전문성이 느껴졌다.

그리고 그것엔 정말로 그의 결백이 고스란히 담겨 있었다. 4년 동안 나눈 대화들은 처음부터 건조했고 별거 없었다. 주기적으로 만남을 갖기는 했지만 의무에 의한 것이었다. 그의 말대로 쇼윈도, 그 이상도 이하도 아닌 것 같았다. 뉘앙스와 내용, 그 모든 걸 조합해보고 그녀가 직접 내린 결론이었다.

녹음된 통화 내역 파일도 있었지만 듣지 않았다. 굳이 그게 아니더라도 이미 오해는 풀 수 있었다. 그 이상으로 그의 사생활에 대해 알아내고 싶은 마음은 없었다. 그 순간부터 화는 이미 다 풀려 있었다. 사실 애초부터 그를 의심하는 마음보다는 믿는 마음이 조금 더 컸었다. 분명 이렇게까지 오랫동안 화를 낼 필요는 없는 일이었다.

그럼에도 불구하고 굳이 화해할 의지를 보이지 않는 건, 최근 제 눈치를 보는 그를 보는 게 은근히 즐거워서였다. 그가 알게 된다면 또 기막혀하겠지만, 꼭 잘못을 저지른 후 주인에게 혼날까 봐 풀이 죽어 있는 대형견 같아서 귀엽기까지 했다. 또한 일전에 있었던 일에 대한 복수이기도 했다. 눈에는 눈, 이에는 이. 라는 말도 있지 않던가.

"벌써부터 마음 편하게 해줄 순 없지. 난 그때 무려 한 달이나 마음 졸였었는데."

26년을 살아오면서 이번에 처음으로 빼꼼 고개를 내민 심술궂은 자아가 흥, 콧방귀를 뀌었을 때였다. 휴대폰이 울렸다. 급하게 확인한 액정엔 저장되어 있지 않은 전화번호가 떠 있었다.

"무슨 전화지……?"

좁디좁은 인맥의 소유자인지라 저장되지 않은 번호로 연락을 받을 일이 거의 없었다. 대부분 스팸이거나 잘못 걸려온 전화였다. 평소 같았으면 그냥 무시했을 일이었다. 그런데 오늘따라 이상하게 거절을 누르기가 찝찝한 것이다. 왠지 모를 불안함까지 느껴졌다. 집요하게 울리는 휴대폰을 내려다보며 은서는 마른침을 꼴깍 삼켰다. 심장이 콩콩 불안정하게 뛰기 시작했다.

* * *

그녀를 태운 택시는 도심 한가운데에 자리한 커다란 한옥 건물 앞에서 멈춰 섰다. 고급스럽기로 유명한 한정식 가게였다. 기와가 올라간 대문은 활짝 열려 있었다. 어쩐지 발걸음이 떨어지지 않아 은서는 그 자리에 멈춰선 채, 문턱 넘어 보이는 풍경을 물끄러미 바라보았다.

3시. 점심이든 저녁이든, 식사를 하기에는 어중간한 시간이었다. 심지어는 든든하게 점심을 먹은 터라 배도 고프지 않았다. 그럼에도 불구하고 그녀가 이곳에 오게 된 것은 아까 걸려온 한 통의 전화 때문이었다.

─송은서 씨 휴대폰이죠?

잘못 걸려온 전화가 아니었다. 상대방의 입에서 나온 제 이름에 은서는 휴대폰을 고쳐 들었다.

"누구시죠?"

―윤예슬이에요.

"……누구, 라고요?"

―반응을 보니 이미 저에 대해서 알고 있나 보네요. 그렇다면 단
도직입적으로 말하죠. 잠깐 만났으면 해요. 그쪽 남편에 관해서
할 얘기가 있어요.

상대방의 목소리엔 여유로움이 한껏 묻어났다. 어쩐지 당당한
것 같기도 했다. 이미 남편의 결백은 증명됐다. 그녀는 제 두 눈
으로 확인한 것을 믿기로 했다. 굳이 이 여자에게 제 남편에 관련
된 이야기를 들을 이유가 없었다. 머리로는 무시하고 전화를 끊
어야 한다는 걸 알고 있었다. 그런데 몹쓸 호기심이 슬그머니 고
개를 쳐드는 것이었다.

결국 이성보단 본능의 승리였다.

은서는 직원의 안내를 받아 걸음을 옮겼다. 미닫이문이 열리자
먼저 와 있던 여자가 이쪽을 흘긋 바라본다. 은서의 미간이 살
짝 찌푸려졌다. 작은 얼굴의 반 이상을 가리는 커다란 선글라스
를 끼고 있어서 상대의 얼굴을 알아볼 수가 없었다. 여자의 얼굴
을 제대로 마주한 건, 그녀가 자리에 앉고 미닫이문이 닫혔을 때
였다. 그제야 여자는 선글라스를 벗어 테이블 위에 살포시 내려
놓았다.

눈에 띄게 화려한 미인이었다. 사실 연예계 쪽엔 관심이 전혀 없

었던지라 가현에게서 설명을 듣기 전까지는 가수인 줄도 몰랐었다. 이번에 윤예슬에 대해서 찾아보게 됐는데, 검색에서 가장 많이 걸리는 말이 '섹시의 대명사'였다. 실물을 보니 딱 그 말이 맞는 것 같았다. 왠지 제 남편의 취향인 옷들과 잘 어울릴 것 같은 외모였다.

"나랑 마주 보고 사이좋게 밥 먹을 기분 아닐 텐데, 여기로 불러서 미안해요."

무거운 침묵을 깨고 먼저 입을 연 건 예슬이었다.

"아시다시피 얼굴이 알려져 있는지라 이런 곳이 편해서요. 사실 누구 들어서 좋을 것 없는 대화 주제이기도 하고."

통화 때와 마찬가지로 예슬은 여유로워 보였다. 어떻게 보면 이 상황을 즐기는 것처럼 보이기도 했다.

"그런 건 아무래도 상관없어요."

"이해해줘서 고마워요."

"그런데 제 번호는 어떻게 알았어요?"

"아, 전화번호요? 그런 것쯤이야 별로 어려운 일도 아니죠."

예슬은 입꼬리를 말아 올리며 싱긋 웃었지만, 은서는 따라 웃지 못했다. 예슬에게서 전화를 받았던 그 순간부터 막연하게 떠오르던 부정적인 이미지가 형체를 또렷하게 드러낸 느낌이었다.

"실례되는 행동을 했으면서도 당당하시네요."

드물게 정색하며 꼬집어 말하자 예슬이 과하게 눈을 동그랗게 떴다.

"어머, 제가 멋대로 연락해서 기분 상했어요? 미안해요. 마음이 급하다 보니 그랬어요. 한시라도 빨리 만나야 할 것 같아서."

전혀 미안해하는 얼굴이 아니었다. 은서는 괜찮다는 말 대신 예슬을 빤히 바라보며 물었다.

"보자고 한 용건이 뭔가요?"

용건만 간단히 하자는 그녀의 말뜻을 알아들은 듯 예슬은 어깨를 으쓱하며 되물었다.

"오빠한테 제 얘기 들으셨죠?"

"들었어요."

"뭐라고 해요?"

"비즈니스 관계였다고요."

말이 끝나기가 무섭게 여자는 마치 아주 재미있는 얘기를 들은 것처럼 아하하하, 크게 웃었다.

"오빠가 그렇게 얘기해요?"

예슬의 웃음이 불쾌하게 느껴져 은서의 입가가 한층 더 딱딱하게 굳었다.

"아니라는 건가요?"

"나, 지금까지 오빠랑 호텔 방 수십 번 드나들었어요."

물끄러미 바라보자 예슬이 입가에 살포시 웃음을 머금은 채로 되묻는다.

"설마, 남녀가 밀실에 함께 있으면서 서로 얼굴만 감상했을 거라 생각하는 건 아니죠?"

설마, 했는데 역시나, 였다. 은서는 속으로 한숨을 낮게 쉬었다.

이로써 예슬이 굳이 절 만나자고 한 이유가 확실해졌다. 의도가 불순하기 그지없었지만 오히려 마음이 편해지는 듯했다. 경직돼 있던 입가가 느슨해졌다.

"이런 얘길, 굳이 나한테 하는 이유가 뭐예요?"

일말의 동요도 없이 차분하게 되묻자 예슬의 얼굴에 언뜻 당황한 기색이 스쳐 지나갔다. 그러나 금방 언제 그랬냐는 듯 여유로운 얼굴로 돌아온다.

"같은 여자로서 아무것도 모르고 있는 그쪽이 불쌍해서요."

불쌍이라…….

낯설지 않은 단어를 속으로 느릿하게 곱씹어보는데 예슬이 말을 덧붙였다.

"충고 하나 할게요. 그 남자, 너무 믿지 마요. 결국 상처받는 건 그쪽일 테니까."

충고하는 얼굴이 제법 진지했다. 하지만 딱히 그녀를 생각해서 하는 말은 아닌 것 같았다. 이미 자신이 상처받은 듯한 얼굴을 하고 있는 예슬을 보며, 연기는 안 하는 게 좋겠어요. 충고하고 싶은 걸 참으며 은서는 담담하게 대꾸했다.

"충고는 고마운데, 믿고 말고는 내가 결정해요. 그리고 나는 당연하게도 오늘 처음 본 윤예슬 씨보다 내 남편을 더 믿을 거고요."

시종일관 여유롭던 예슬의 얼굴이 순식간에 엉망으로 일그러지는 걸 보며 은서는 깔끔하게 자리에서 일어났다.

"할 말 끝났으면 먼저 일어날게요. 빨래 널러 가야 해서."

* * *

탁.

미닫이문이 닫히는 소리가 귀에 거슬렸다. 텅 빈 앞자리를 빤히 바라보던 예슬은 이내 헛웃음을 흘렸다.

"이렇게까지 했는데, 제 남편을 믿겠다고……?"

나이가 어리다는 얘기를 들었을 때부터 쉽게 생각했다. 마주한 얼굴은 제가 예상했던 대로 순진해 보이기 짝이 없었다. 딱 부모님의 뜻을 거역하지 못해 사랑 없는 정략결혼을 할 수밖에 없었을 온실 속의 화초처럼 보였다. 당연히 제 말에 휘둘릴 거라 생각했다. 그런데 웬걸. 어떤 말을 들어도 여자의 눈동자엔 흔들림이 조금도 없었다.

"대체 이게 뭐야. 정략결혼 아니었어……?"

제 예상과 전혀 다르게 흘러가는 흐름에 기가 막혔다. 지금 이 상황만 놓고 보자면, 꼭 제가 지극히 평범한 부부 사이를 갈라놓으려는 불륜녀가 된 것 같은 분위기였다. 고작 몇 달 만에 저토록 끈끈한 부부애가 생길 수 있단 말인가.

몇 달 전까지만 해도 두 사람은 전혀 모르는 사이였다. 그와 자신의 관계보다도 훨씬 더 철저한 비즈니스 관계. 분명 결혼 초기에만 해도 그와 가까운 건 호적상 아내가 아니라 바로 자신이었다. 오죽했으면 자신이 그에게 아내가 불쌍하다며 잘해주는 게 어떻겠느냐 충고까지 했을까.

그런데 어째서…….

주먹을 쥔 손이 바들바들 떨려온다. 이대론 저 혼자 낙동강 오리알 신세가 될 판이었다.

"아니, 절대로 그렇겐 안 되지."

입술을 잘근잘근 씹던 예슬은 휴대폰을 들고 연락처를 찾았다. 그러고는 곧바로 통화 버튼을 눌렀다. 전화는 다행히도 금방 연결됐다.

"기자님, 저예요."

흔들리지 않는다면 직접 흔들어주는 수밖에.

"요즘 좀 뜸하신 것 같던데……."

흔들리지 않고는 못 배길 만큼.

"특종 하나 안 필요하세요?"

예슬의 눈이 위험하게 반짝였다.

* * *

그녀는 평소와 다름없이 저녁 식사 후 뒷정리에 한창이었다. 식기세척기를 작동시키고 젖은 손을 수건에 닦아내는데 뒤통수에 따갑게 시선이 느껴졌다. 사실 아까부터 계속 느끼고 있었지만 모르는 척했다.

고개를 돌리자 역시나 아직 주방을 벗어나지 않은 남자가 보였다. 뒷정리를 돕겠다고 나섰지만 단칼에 거절당한 남자는 뭐 마려운 강아지처럼 초조한 눈으로 그녀를 빤히 바라보고 있었다. 어느 누가 태한의 박신우가 집에서 이렇게 제 아내의 눈치를 본다는 것을 상상이나 할 수 있을까. 투자자들에게 들키면 주가가 단숨에 하락하지 않을까 하는 걱정이 들 정도로 안쓰러운 모습이었다.

어쩌면 그는 그녀의 눈치를 보며 이것저것 사다 바친 값비싼 선물보다도 지금 자신의 눈빛이 훨씬 더 잘 먹힌다는 걸 알고 있는 건지도 모르겠다. 계산이 빠르고 손해 보는 일은 절대로 하지 않는 남자였으니까. 그의 계획이었는지는 모르겠지만, 어쨌든 마음이 약해진 은서는 속으로 낮게 한숨을 쉬고는 말했다.

"잠깐 앉아 봐요."

"응?"

"할 얘기 있어요."

은서가 식탁 의자에 앉자 남자 역시 기다렸다는 듯이 냉큼 그녀의 맞은편에 앉았다. 예슬과 만나고 돌아온 뒤로 계속 고민했었다. 그에게 이 사실을 말해야 하는지, 말아야 하는지. 고자질을 하는 것 같아서 찜찜하기도 하고 괜히 긁어 부스럼을 만드는 걸지도 모른다는 생각이 들어 망설여지긴 했지만, 그래도 그가 알고는 있어야 할 문제인 것 같다는 결론을 내렸다.

"오늘 윤예슬 씨 만나고 왔어요."

"뭐?"

제 예상대로 그는 전혀 모르고 있었던 눈치였다. 놀람보다도 충격을 받았다고 하는 것이 더 적절할 것 같은 그의 얼굴을 보며 은서는 담담하게 말을 이었다.

"그쪽에서 먼저 만나자고 연락이 왔어요. 신우 씨에 대해서 할 말이 있다고요."

"걔가 당신한테 할 말이 뭐가 있다고?"

"충고해주고 싶었대요. 신우 씨 믿지 말라고. 결국 저만 상처받을 거라고요."

"그게 무슨……."

"두 사람 그렇고 그런 사이였다던데요? 호텔 방도 수십 번 드나들었다고. 남녀가 밀실에 있는데 설마 정말 아무 일 없었을 거라 생각하냐고."

일순간 남자의 눈에서 불길이 치솟았다.

"이런, 미친!"

상스러운 욕을 내뱉은 그는 주먹을 말아 쥔 채 자리에서 벌떡 일어났다.

"어딜 가려고요?"

"윤예슬한테."

그는 지금 당장 예슬에게 달려가 불벼락을 내릴 기세였다. 말리지 않으면 정말로 큰일이 날 것 같단 느낌이 들어 은서는 그를 붙잡았다.

"걱정 마요. 그런 말 안 믿으니까."

차분한 음성에 활활 타오르던 불길이 순식간에 소강상태로 접어들었다. 은서는 말을 덧붙였다.

"명확한 증거 자료보다 그저 말 한마디에 흔들릴 정도로 멍청하진 않아요."

완벽한 마무리였다. 남자는 다시금 털썩 엉덩이를 붙였다.

"미안해. 내가 좀 더 정리를 깔끔하게 했어야 했는데."

고개를 푹 숙이며 사과하는 그의 새까만 머리통을 바라보며 은서는 담담하게 대꾸했다.

"어떤 식으로 정리를 했더라도 아마 결과는 같았을 거예요. 윤예슬 씨는 진심이었던 것 같으니까."

그가 슬쩍 시선을 들어 그녀를 보았다. 눈치를 보는 모양새였다.

"……그건, 나도 이번에 알았어."

"어떻게 그럴 수가 있어요? 오늘 만나보니까 딱히 연기를 잘하는 타입도 아닌 것 같던데."

합리적인 의심에 그는 난감하다는 듯 이마를 찌푸렸다.

"관심이 전혀 없었으니까. 예상도 못 했던 거지."

"그래도 그렇지. 신우 씨도 이런 쪽으로는 은근히 둔한 편인가 봐요."

"……당신한테 그런 소릴 들으니 기분이 이상하군."

그는 쓰게 한숨을 흘렸다.

"아무튼 다시 한 번 사과할게. 그리고 앞으로 다시는 이런 일 없도록 이번엔 제대로 정리할게."

어떤 방법으로요? 되묻고 싶었지만 은서는 그저 고개를 끄덕였다. 최근 제 앞에서는 순한 대형견처럼 굴고 있었지만 본성은 맹수에 가까운 남자였다. 어련히 알아서 잘할까 싶었다.

"그보다 이제 오해는 다 풀린 거야?"

"뭐, 일단은요."

그녀의 대답에 그의 새카만 눈이 유리구슬처럼 반짝였다.

"그럼 오늘 밤부턴 당신 방으로 가도 돼?"

순간 은서는 그의 뒤편으로 커다란 꼬리가 흔들거리는 걸 볼 수 있었다. 당황스러울 정도로 선명한 착시 현상이었다.

"그건 안 돼요."

단호한 거절에 그는 눈썹을 와락 찌푸렸다.

"도대체 왜?!"

되묻는 목소리엔 짜증이 가득 실려 있었다. 찌푸린 얼굴에도 문구가 또렷하게 새겨져 있었다. 나 욕구 불만입니다! 라고.

하긴. 그는 매일 사랑을 나눠도 부족하다며 하루에도 열두 번씩 달아오르던 남자였다. 그런데 최근에 잠자리는커녕 가벼운 스킨

십조차 허락하지 않으니 얼마나 속이 탈까. 마치 10대 같던 그의 뜨거운 욕망을 이미 피부로 느껴봤던 그녀였기에, 지금의 그가 이해 안 되는 건 아니었다. 그렇다고 해서 벌써 허락하고 싶은 마음은 전혀 없었지만 말이다.

"내 마음이에요."

무심한 은서의 대답에 그의 눈썹이 이번에는 아예 하늘을 찌를 듯 추켜 올라간다.

"아무 일 없다는 거 알겠다며? 믿는다며?"

"그거랑은 별개예요."

그로서는 이유가 타당하지 않다고 생각되는 모양이었다. 그는 조금 전까지 그녀의 눈치를 보던 건 까맣게 잊은 듯 구구절절 자신의 서러움을 토로하기 시작했다.

"정말 너무한 거 아니야? 당신은 하루하루 말라가는 내가 불쌍하지도 않아? 같이 자다가 혼자 자려니까 잠이 안 온다고. 불면증 때문에 일에 지장이 있을 정도야."

"원래 있었잖아요, 불면증."

"당신이랑 같이 잘 땐 잘 잤어."

뻔뻔한 대답에 그녀는 코웃음을 쳤다.

"그렇다고 쳐도 원래대로 돌아간 것뿐인 거 아니에요?"

"원래 줬다가 뺏는 게 더 나쁜 거 몰라?"

뭐 낀 놈이 성낸다고. 당당하게 되묻는 남자를 보며 은서는 눈을 세모로 뜨고 말했다.

"그러게. 누가 일을 이렇게 만들래요?"

뼈를 때리는 한마디에 그의 입이 딱 다물어졌다.

Chapter 23

뒤늦은 프러포즈

욕구 불만을 운동으로 풀어내는 건 별로 효과적이지 않은 방법 이라는 것을, 최근 그는 몸소 깨닫는 중이었다. 바쁜 와중에도 짬 을 내서 피트니스 클럽에 들러 한 시간씩 꼬박 달리고 있었지만, 제 몸은 도무지 식을 줄을 몰랐다.

제가 이렇게까지 뜨거운 남자였을 줄이야. 32년 만에 처음으로 알게 되었다. 여자가 벗고 달려들어도 끄떡없어서 오히려 문제가 있는 건 아닌가 혼자 생각한 적도 있었다. 그런데 웬걸.요즘엔 눈 길도 안 주는 제 아내를 볼 때마다 시도 때도 없이 불끈거리는 분신 때문에 아주 죽을 맛이었다.

반대로 제 아내는…….

'그러게. 누가 일을 이렇게 만들래요?'

냉정하게 저를 밀어내던 여자의 얼굴을 떠올리자 입술을 비집고 한숨이 절로 나온다. 깊은 곳에서부터 웅어리진 한이었다. 단호박도 이렇게 단단한 단호박이 또 있을까. 지은 죄가 있으니 큰소리도 못 내고……. 이래서 사람은 죄를 짓고 살면 안 된다는 건가 보다. 삶의 진리를 뒤늦게 깨달은 그가 미간을 찌푸렸을 때였다. 똑똑, 노크 소리가 들려왔다.

"들어와."

허락이 떨어지자 들어오는 건 정 실장이었다. 정 실장은 조금 전 그가 요청한 냉수를 가져다주었다. 받아들자마자 단숨에 물을 비워냈다. 그것만으로도 모자라 각얼음도 하나 입에 물고 와그작 씹었다. 이가 시릴 정도였지만 답답한 속은 그대로였다.

"정 실장."

"네, 대표님."

"내가 죽기 전에 타임머신이 개발될 수 있는 확률이 어느 정도라고 보나?"

"……타임머신이요?"

"그래. 과거로 시간 여행할 수 있는, 그거 말이야. 공상 과학 영화에 줄기차게 나오는 거."

"아마 매우 희박하지 않을까 싶습니다."

"그래. 그렇겠지."

냉철한 판단에 그는 심드렁하게 대꾸하며 얼음 하나를 더 씹었다.

"그보다…… 드릴 말씀이 있습니다."

그의 눈치를 보던 정 실장이 아주 조심스럽게 말했다. 눈치를 보니 뭔가 일이 터진 모양이었다. 짐작 가는 부분이 있긴 했다.

"무슨 일인데 그래?"

"윤예슬 씨에 관한 일입니다."

역시나. 예상했던 대로였다.

미간을 굳힌 그는 후, 낮게 한숨을 내쉬고는 대꾸했다.

"보고해."

안 그래도 오늘 중으로 해결할 생각이었다.

* * *

프라이버시가 철저하게 보장되는 한정식집. 예슬은 단골인 이곳에 이틀 연속으로 출근 도장을 찍고 있었다. 오늘은 오 기자와의 만남이었다.

"그러니까, 태한 그룹 박신우 대표랑 자기랑 그렇고 그런 사이였다는 거야?"

오 기자가 검지로 뿔테 안경을 슬쩍 올리며 되물었다.

"이미 알고 계시지 않았어요? 다들 알면서도 모르는 척해주는 건 줄 알았는데, 난."

"뭐, 의견이 분분했지. 연인 관계다, 혹은 그냥 스폰 관계다……."

그녀를 훑는 오 기자의 시선이 묘했다.

"연인 관계였어요."

예슬은 표정을 굳히고 단호하게 대답했다.

"돈은커녕 실핀 하나 지원받은 적 없고요."

"그건 그거대로 문제 아닌가? 연인 관계인데 실핀 하나 선물 못 받았다는 건 좀 이상하지 않나."

제법 날카로운 질문이었다.

"당연히 오빠는 이것저것 주고 싶어 했죠."

예슬은 애써 한껏 여유로운 척 대답했다.

"오해받기 싫다고 제가 안 받았어요. 돈 때문에 만나는 거 아니냐는 소리, 듣게 될 것 같았거든요."

"그러기엔 예슬 씨가 얻은 게 꽤 많지 않나?"

"그랬나요?"

"그러려고 은근히 흘리고 다닌 줄 알았는데."

면도가 제대로 되지 않은 까칠한 턱을 쓸며 그녀를 바라보는 오 기자의 눈빛은 오만하기 그지없었다.

"그럴 리가요."

예슬은 눈가를 예쁘게 접어 보였다.

"오해하신 거예요. 제가 숨기려고 얼마나 고생을 했는데. 세상에 비밀은 없다고. 결국 이렇게 돼버리긴 했지만요."

"흐응. 그랬어?"

기업인들 중에서는 대중들에게 꽤 알려진 태한 그룹의 박신우 대표와 지금은 조금 주춤하지만 불과 얼마 전까지만 해도 당대 최고로 불렸던 여가수의 염문설. 엄청난 스캔들거리가 아닐 수 없었다. 이런 대단한 특종을 당사자인 그녀가 직접 나서서 제공하겠다고 했다. 입에 떠먹여주겠다는 것과 다름없는 일이었다.

그런데 고맙습니다, 하고 절을 하지는 못할망정 마치 '갑'인 양 고고하게 구는 오 기자의 태도가 영 마음에 들지 않는다. 하지만 그렇다고 자리를 박차고 나설 수는 없었다. 사실 친분이 있는 여러 기자들에게 연락을 돌렸었다. 하지만 그들은 하나같이 난색을 보였다. 그 상대가 하필이면 태한 그룹이라는 것이 부담스럽다는 것이었다.

똑같은 이유로 차례차례 거절을 당하고 결국 마지막으로 연락한 게 오 기자였다. 평소 워낙 음흉한 구석이 있는 사람인지라 내키지 않았지만 선택의 여지가 없었다. 오 기자 역시 그 사실을 알기 때문에 저렇게 고자세로 나오는 것이리라. 이루 말할 수 없을 정도로 기분이 더러웠지만 참아야만 했다. 원하는 것을 얻으려면 이 정도쯤은 견딜 수 있었다.

예슬은 다시 한 번 바들거리는 입가를 바짝 끌어올리며 표정 관리를 했다.

"그래서. 어떤 식으로 기사를 내달라는 거야?"

드디어 본격적인 용건이 나왔다. 예슬은 가져온 서류 봉투를 내밀었다.

"그냥 이 안에 들어 있는 내용, 그대로의 사실만 기사로 내주시면 돼요."

오 기자는 서류 봉투 속 내용물을 확인했다. 스무 장이 넘는 자료들을 빠르게 눈대중으로 훑으며 말했다.

"그러니까 예슬 씨와 박 대표는 무려 4년이나 만났고, 결혼 후에도 만남을 유지했다. 몸과 마음을 다 바쳐서 사랑했지만 결국엔 비참하게 버려졌다는 건가?"

누가 기자 아니랄까 봐 완벽한 요약이었다. 물론 제가 어제 밤새 도록 유리한 쪽으로 편집을 아주 잘한 덕분이겠지만. 예슬은 흡족하다는 듯 고개를 끄덕였다.

"한낱 연예인이라 쉽게 생각했겠죠."

다시금 서류 봉투 안에 내용물을 대충 집어넣은 오 기자가 고개를 들어 예슬을 똑바로 바라보았다.

"이런 기사 하나 낸다고 태한이 타격을 입을 거라고 생각해? 오히려 예슬 씨 이미지만 망가지고 끝날 거야."

"그 정도는 알고 있어요. 각오도 하고 있고요."

"그런데도 굳이 이 일을 진행하겠다고?"

"그 사람이 아무 일도 없었다는 것처럼 행복하게 사는 꼴은 보고 싶지가 않아서 그래요. 세상에 알려지는 거. 그것만으로도 만족해요."

조금 더 정확하게 말하자면 신우가 아니라 어제 만난 그 여자의 얼굴이 무너지는 걸 보고 싶었다. 지금이야 제 남편을 믿는다곤 했지만, 과연 온 세상이 다 아니라고 떠들어댈 때도 그럴 수 있을까.

사람은 간사한 동물이었다. 공자가 아닌 이상 주위 분위기에 저도 모르게 휩쓸리기 마련이다.겨우 몇 달 같이 산 게 전부인 부부 사이엔 더욱더 쉬울 것이다. 남편을 믿는다던 그 말간 얼굴이 엉망이 되는 걸, 제 눈으로 직접 보지 못한다는 게 아쉬울 정도였다.

"여자가 한을 품으면 오뉴월에도 서리가 내린다더니. 역시 무섭네."

비장하게 빛나는 예슬의 눈빛을 캐치한 오 기자가 재미있다는 듯 입으로 가볍게 휘파람을 불었다. 그러곤 잠깐 화장실에 다녀오겠다며 자리에서 일어났다.

탁.

미닫이문이 닫히는 것과 동시에 예슬이 쓰고 있던 가면도 벗겨졌다. 예슬은 이마를 잔뜩 찌푸린 채 물을 들이켰다. 빈 잔을 신경질적으로 테이블 위에 내려놓고는 크게 심호흡을 했다.

"조금만 참자. 조금만 더."

다시 가면을 쓰기 위해 입가 근육을 풀기 시작했을 때였다. 닫혔던 미닫이문이 다시금 활짝 열렸다.

"빨리 오셨……!"

끝내지 못한 말이 허공으로 흩어졌다. 턱이 빠질 듯 크게 벌어진 입을 다물 생각도 못 한 채로 예슬은 성큼성큼 안으로 들어오는 신우를 바라보았다.

"여, 여긴…… 어떻게……."

마치 저승사자라도 마주한 듯 예슬의 두 눈이 공포에 질렸다. 아니, 지금 이 순간만큼은 그의 존재가 저승사자보다도 훨씬 무섭게 느껴졌다. 오 기자의 자리에 대신 앉은 신우가 턱짓으로 어딘가를 가리켰다. 시선을 따라가자 그녀의 휴대폰이 보인다. 이제 막 도착한 문자 한 통이 액정에 떠 있었다.

『미안해, 예슬 씨. 아무리 나라도 태한은 못 건드려. 납작 엎드려서 빌어. 그게 예슬 씨가 살 수 있는 유일한 방법일 거야.』

206

이런, 미친……!

휴대폰을 쥔 손이 바들바들 떨려왔다. 마음 같아선 당장 휴대폰을 집어 던지고 싶었지만, 마주 앉은 신우의 시선에 온몸이 얼어붙어 꼼짝도 할 수 없었다.

"상황 파악이 끝난 얼굴이네."

"오빠……."

"내가 사람을 잘못 봤나 봐. 이렇게 멍청할 줄 알았으면 그때 네 손을 잡지 않았을 텐데."

세상이 끝나는 듯 눈앞이 캄캄해진다. 예슬은 뻑뻑한 눈을 깜빡이며 다급하게 목소릴 냈다.

"……오빠, 잠깐만. 내 얘기 좀 들어줘. 이건……."

"닥쳐."

서늘한 일갈과 함께 날카로운 눈매가 사납게 번쩍였다.

"선은 넘지 말았어야지. 이깟 걸 얘기하는 게 아니야. 내 아내에게까지 찾아가서 헛소리를 정성껏 했다는 그 부분부터 넌 이미 아웃이었어."

'아웃'이라는 말이 꼭 사형 선고처럼 들렸다. 그녀의 온몸이 바들바들 떨리는 것을 건조하게 바라보며 그가 뭔가를 툭, 테이블 위로 내던졌다. 두터운 파일철이었다.

"여태까지 우리가 나눈 대화들이야. 보면 알겠지만 네가 스폰을 해달라고 요청하는 내용부터 지금까지 전부 기록돼 있고. 녹음 파일도 있으니까 원한다면 말해. 기꺼이 넘겨줄 테니."

"녹음…… 파일?"

"내가 설마 아무런 대비도 없이 비즈니스를 시작했을 거라 생각한 거야?"

그는 코웃음을 쳤다.

"싸울 생각이었으면, 적어도 상대가 어떤 사람인지는 제대로 알
아보고 덤볐어야지."

말끝에 흐른 서늘한 웃음이 그녀의 머리를 세게 내리쳤다. 예슬
은 주먹을 꽈악 그러쥐었다. 까맣게 잊고 있었다. 제가 상대하려
던 이가 얼마나 무서운 남자였는지를. 그제야 질투심에 눈멀어
외면했던 현실이 눈앞에 선명하게 드러나는 듯했다. 끔찍했다. 그
는, 감히 자신이 생채기 하나조차 멋대로 낼 수 없는 대단한 사람
이었다. 반대로 자신은······.

그리 멀지 않을 미래가 머릿속에 빠르게 그려졌다. 상상 속에서
그녀는 끝도 없는 나락으로 떨어지고 있었다. 분명한 건 상상에
서 그치지 않으리라는 것이었다. 아니, 어쩌면 현실이 더 끔찍할
지 몰랐다. 엄습하는 공포감에 이까지 달달 떨려오기 시작한다.

"······사랑해서 그랬어."

예슬은 젖은 눈으로 그를 바라보며 간절하게 빌듯이 말했다.

"내가······ 오빠를 너무 사랑해서······."

"그거 사랑 아니야."

그녀의 말허리를 단칼에 끊어내는 그의 음성은 그 어떤 때보다
도 단호했다.

"내가 해보니까 알겠더라."

"······."

"상대가 엿 되길 바라는 추잡한 마음이 어떻게 고귀한 사랑일
수가 있겠어. 안 그래?"

"……"

말문이 막힌 예슬은 아랫입술을 아프게 깨물었다. 비릿한 맛이 입안에 퍼졌지만 힘을 풀 수가 없었다. 제 감정을 부정당해서가 아니었다. 그의 입에서 '사랑'이라는 말이 나왔다는 것이 믿어지지 않아서였다.

자신의 아내를 사랑한다고. 자신 있게 말하는 그의 모습이 너무도 충격적이었다. 조금 전 그가 이 자리에 나타났던 그 순간보다도 훨씬 더. 그가 사랑이란 감정에 대해 전혀 모르는 남자라 믿었다. 그래서 제가 비집고 들어갈 틈이 없다고 생각해 지레 겁먹고 포기했었다. 그런데 지금 사랑을 얘기하는 그는…… 사랑에 빠진 남자의 얼굴이었다. 그것도 세상에서 가장 고귀한 사랑에 빠진.

"그래도 옛정을 생각해서 너한테 마지막으로 선택권을 줄게."

그는 눈가를 접으며 예쁘게 웃어 보였다.

"완전히 묻어줄까. 너 스스로 떠날래?"

그녀에게 처음으로 허락된 그의 미소는 너무도 잔인하기만 했다.

* * *

그는 오늘 늦는다고 했다. 한동안 정시에 퇴근해서 꼬박꼬박 집에서 밥을 먹어서 이상하다 싶었는데, 이제 슬슬 다시 회사가 바빠지는 모양이었다. 오랜만에 저녁에 무슨 반찬을 해야 할지 고민하지 않고 마음 편히 뒹굴거리다 보니 어느덧 저녁 시간이 훌쩍 지나 있었다.

시간을 확인하자 뒤늦게 허기가 느껴진다. 은서는 읽고 있던 책을 내려놓고 주방으로 향했다. 뭘 먹을지 고민하다 컵라면을 선택했다. 남자가 알게 되면 혼자 있을 때도 잘 챙겨 먹으라며 잔소리를 하겠지만 귀찮은 건 어쩔 수 없었다.

"빨리 먹고 흔적도 없이 치워 놓으면 되겠지, 뭐."

컵라면을 뜯어 뜨거운 물을 붓고 식탁에 앉았다. 시간을 체크해 놓고 4분을 기다리려는데 왠지 어색했다. 언제부터 그와 식사를 함께하는 게 익숙했다고. 최근에도 점심은 늘 혼자 먹었는데도 괜히 허전한 느낌이 드는 것이다.

잠깐 고민하다 트레이에 컵라면과 김치를 챙겨 들고 거실로 나왔다. TV를 틀었다. 연예계 소식을 전하는 프로그램이 한창이었다. 관심이 전혀 없는 분야였다. 무심하게 채널을 옮기려는 순간이었다. 화면에 시선을 사로잡는 붉은색 글씨가 커다랗게 떴다.

『단독! 윤예슬, 충격적인 은퇴 선언! 갑자기 왜?』

은서는 눈을 둥그렇게 뜨고 화면을 바라보았다. 제가 잘못 봤나 싶어서 다시 헤드라인을 읽어보려는데 화면이 빠르게 변했다. MC를 보는 중년 남성 배우의 모습이 클로즈업됐다.

－오늘은 연예계 전체를 뒤흔드는 충격적인 소식이 있었는데요. 바로 원탑 섹시 여가수 윤예슬 씨의 은퇴 선언입니다. 최근까지도 활동을 왕성히 하고 있던 그녀였기에 더욱 놀라울 수밖에 없는 상황입니다. 너무도 갑작스러운 은퇴 소식에 네티즌들은 결혼설, 임신설 등등 다양한 루머들까지 생성하고 있어 2차적으로 문

제가……

  소식을 전해주는 남자는 아나운서 못지않게 정확한 발음을 자랑했지만, 은서의 귀에는 제대로 들어오지 않았다. 그저 '은퇴'라는 단어만 크게 귓가를 울릴 뿐이었다.

  띠리릭—

  TV를 끄고 멍하니 앉아 있는데 도어 록이 풀리는 기계음이 고요한 집 안을 울렸다. 은서는 기다렸다는 듯 자리에서 벌떡 일어나 현관을 향해 달려갔다.

  "신우 씨! 알고 있었어요?"

  잘 다녀왔느냐는 인사를 생략하고 대뜸 질문부터 던지자, 이제 막 실내화로 갈아 신은 그가 무슨 소리냐는 듯 바라본다.

  "윤예슬 씨 은퇴 선언한 거!"

  제가 놀란 것만큼이나 깜짝 놀랄 줄 알았는데, 그는 별 대수롭지 않다는 듯 대꾸했다.

  "생각했던 것보다 빠르네."

  마치 이렇게 되리라는 걸 진작 알고 있었다는 듯한 반응이었다. 은서의 눈이 둥그렇게 커졌다. 바로 어제저녁 식사 자리에서 그가 했던 말이 떠올랐다.

  '정리했어.'

  '뭘요?'

  '윤예슬.'

그리 말한 남자는 식사를 이어갔다. 더 이상의 설명은 없었다. 은서 역시 별로 유쾌한 주제가 아니었기에 캐묻지 않았다. 그저 잘 해결됐나 보다, 앞으로 그런 일은 없겠구나, 생각했을 뿐.

설마…….

"이 일, 신우 씨가 그런 거예요?"

"글쎄."

그는 어깨를 가볍게 으쓱해 보였다.

"난 그저 보기를 두 개 줬을 뿐이야. 은퇴를 택한 건, 전적으로 그 애의 뜻이고."

또 다른 보기는 뭐였냐고 묻기도 겁이 났다. 분명 은퇴보다 훨씬 더한 선택지였겠지. 어쩐지 등 뒤가 서늘하게 느껴져 그녀는 저도 모르게 어깨를 움츠렸다.

"너무 과한 거 아니에요?"

"또 나왔네. 그 망할 병."

그는 못마땅하다는 듯 눈썹을 꿈틀거렸다.

"인과 관계를 분명하게 하도록 해. 먼저 과하게 나온 게 누구야? 나야, 저쪽이야?"

"……그건 그렇지만."

"나도 이렇게까지 할 생각은 없었어. 적어도 마지막 선만 안 넘었다면 말이야."

마지막 선.

그래. 다른 건 몰라도 예슬이 그녀를 찾아와 거짓을 고하며 이간질을 하려고 했던 일은 큰 잘못이 맞았다. 만약 그에게 자신의 결백을 입증할 만한 증거가 없었더라면, 분명 예슬에게 깜빡 속

앗을 테니까. 잘못을 했으니 벌을 받아야 하는 게 마땅한데, 왜 이렇게 마음 한편이 찝찝한 걸까. 예슬의 모략이 통하지 않아 결국은 대수롭지 않은 일이 되어버렸기 때문일까.

"나야 그렇다 치고……."

은서는 조금 걱정스럽다는 듯 그를 바라보았다.

"신우 씨는 정말 괜찮아요?"

"뭐가?"

"그래도 비즈니스든 뭐든 4년이나 함께했잖아요."

그는 뻐딱하게 서서 팔짱을 낀 채로 툭 던지듯 대답했다.

"그래서 이 정도로 봐준 거야."

봐준 게 이 정도라니. 냉정한 대답에 그녀의 눈에 서려 있던 걱정이 흔적도 없이 휘발됐다. 내가 지금 누굴 걱정한 거람. 은서는 스스로도 기가 막혀 고개를 절레절레 내저었다.

"왜 고개를 내저어?"

"그냥요. 새삼스레 내가 이렇게 무서운 사람이랑 살고 있었구나 싶어서."

"겁먹을 필요 없어. 당신 앞에선 발톱 한번 못 세우는 이빨 빠진 호랑이일 뿐이니까."

최근 순한 대형견처럼 굴긴 했지만 그래도 '이빨 빠진 호랑이'라는 표현은 납득할 수가 없어서 빤히 바라보자, 그가 길게 한숨을 내쉬며 말을 덧붙였다.

"지금도 봐. 매일 밤 당신 방으로 돌진하고 싶은 마음이 굴뚝인데도 불구하고, 당신한텐 한마디도 못하고 허벅지 찔러가며 꾹 참는 거."

난 또 뭐라고.

"또 그 소리예요?"

지겹다는 듯 눈을 세모로 뜨고 되묻자 그는 고개를 내저었다.

"걱정 마. 당신 방에서 재워달라고 조르는 거 아니니까. 기왕 참은 거 당신이 허락할 때까진 더 참아볼 생각이야."

그가 진지한 얼굴로 이런 말을 해도 딱히 믿음이 가지 않는 건, 지난 며칠 동안 제 방에 들어오려고 무던히 애썼던 전적이 화려했기 때문이리라.

"두고 볼게요."

은서가 으름장을 놓자 그는 그러라는 듯 어깨를 가볍게 으쓱해 보였다.

"근데 내일은 뭐 해? 바빠?"

"아뇨. 아무 일 없는데. 왜요?"

"그럼 나랑 데이트해."

은근슬쩍 손을 뻗어 그녀의 손을 맞잡은 그가 고개를 옆으로 까딱 기울이며 물었다.

"당신 방은 허락 못 해줘도 데이트 정도는 해줄 수 있지?"

* * *

은서는 그의 퇴근 시간에 맞춰 약속 장소로 향했다. 그가 문자로 알려준 곳은, 태한 그룹 계열사 호텔의 레스토랑이었다.

"데이트라더니, 저녁 먹자는 거였어?"

문자를 받은 순간 왠지 김이 폭 빠지는 듯했다. 물론 외식도 데이트라고 할 수는 있었다. 하지만 매일 먹는 밥 말고 다른 걸 했으면 더 좋지 않았을까. 다음번 데이트는 저번처럼 자신이 리드해야겠다고 생각하며 은서는 레스토랑 안으로 들어갔다. 입구에 들어서자 그녀를 알아본 듯 직원이 곧바로 다가왔다. 그가 미리 언질 해 둔 모양이었다.

"어서 오세요, 사모님. 대표님께선 먼저 오셔서 기다리고 계십니다."

이쯤 되면 '사모님'이라고 불리는 게 익숙해질 법도 한데, 은서는 아직도 들을 때마다 왠지 민망하고 머쓱했다. 이번에도 역시 어정쩡하게 인사를 받으며 직원의 뒤를 따랐다. 과연 그 호칭을 자연스럽게 들을 수 있는 날이 오기나 할지 의문이다.

직원이 안내한 곳은 레스토랑 내의 VIP룸이었다. 이 레스토랑엔 룸이 딱 세 개 있는데 그중에서도 이곳이 가장 인기가 좋았다. 창문 밖으로 보이는 서울 야경 뷰가 예술이라고 소문이 난 덕분이었다. 그녀도 이곳에 와본 적이 있었다. 비록 사람들이 칭찬해 마지않던 야경은 보지 못했지만…….

닫힌 문을 바라보는 동공이 미세하게 흔들렸다. 그녀는 잠깐 숨을 고르고 문을 열었다.

"왔어?"

그녀가 안으로 들어가자 그가 자리에서 벌떡 일어났다.

"일찍 왔네요. 많이 기다렸어요?"

"아니. 나도 온 지 얼마 안 됐어."

그가 그녀의 자리를 빼주었다. 은서는 웃으며 그의 매너를 받아들였다. 그녀가 앉는 걸 본 후에야 그도 자신의 자리로 돌아가 앉앉다. 둥그런 유리컵에 물을 따라 건네주며 그가 물었다.

"여기가 어딘지 기억나?"

그의 질문에 은서는 저도 모르게 풋, 하고 작게 웃음을 터뜨렸다. 그도 그럴 것이 자신 역시 조금 전 같은 생각을 떠올렸었다. 그는 이곳을 기억하고 있을까, 하고.

"당연히 기억하죠. 우리가 처음 만난 곳이잖아요."

대답이 만족스러웠는지 그는 흐뭇하게 웃었다.

"그때 시킨 음식 그대로 시켰어. 괜찮지?"

"좋아요. 그때 자리가 조금 불편했는데도 음식은 맛있었던 기억이 나요."

"나도 기억나. 당신 그때 아이스크림 접시까지 먹으려고 했었던 거."

그가 앞에 놓인 앞접시를 입으로 가져가 와그작와그작 먹는 시늉을 했다.

내가 저랬다고?

은서는 눈살을 찌푸리며 부정했다.

"그럴 리가. 과장이 심하네요."

"본 그대로 얘기한 건데?"

"그럼 머리가 나쁜 거고요. 나도 그날은 정확하게 기억하고 있는데, 분명히 그 정도는 아니었거든요?"

믿지 않게 눈을 흘기며 단호하게 말하자 그는 그래, 그런 걸로 하자. 하고 작게 웃었다.

"이제 와서 하는 말이지만."

들고 있던 접시를 제자리에 내려놓으며 그가 그녀를 빤히 바라보았다.

"솔직히…… 그때 나는 우리가 이렇게 될 거라곤 상상도 못 했었어."

말이 끝나는 것과 동시에 은서의 뇌리에도 그와의 첫 만남이 스쳤다. 건조하다 못해 썰렁하기까지 했던 그 날이. 이 남자와 결혼 생활을 정말 잘할 수 있을까. 걱정했었다. 자신도 없었다.그저 버 텨내야겠다고 생각했다. 평창동 집을 떠난다는 것만으로도 충분히 만족했었으니까.

그땐…… 정말로 이 결혼 생활에 대해서는 일말의 기대조차 없었다.

"그건 아마 점쟁이도 예상 못 했을걸요."

"하긴."

그는 동의한다는 듯 고개를 끄덕였다. 그러고는 아주 천천히 듣기 좋은 중저음의 목소리를 내뱉었다.

"어쨌든 난 내 와이프가 된 게 송은서라서, 정말로 다행이라고 생각해. 당신이 아니었다면 내가 이렇게까지 변하진 못했을 거라고 확신하거든. 그리고 나는 지금의 내 모습이 꽤 마음에 들어."

"……."

"당신은, 어때?"

되묻는 그의 새카만 눈동자엔 묘한 긴장감이 서려 있었다. 어쩐지 답은 이미 정해져 있고, 자신도 그 대답을 내놔야 할 것 같은 느낌이었다.

"나도 그렇게 생각해요."

이런 경우엔 청개구리 같은 심보가 드는 게 보통이겠지만 은서는 기꺼이 그가 원할 것 같은 대답을 해주었다. 물론, 진심이었다.

"사실 지금까지 몇 번이나 생각했어요. 내 남편이 신우 씨라서 다행이라고. 그리고 나도, 예전보다 많이 바뀐 지금 내 모습이 훨씬 더 마음에 들고요."

다행히도 제가 정답을 맞힌 모양이었다. 긴장감에 팽창해 있던 그의 동공이 한순간에 탁, 풀리는 게 보인다.

"다행이다."

"뭐가요?"

"솔직히 방금 엄청 마음 졸였거든. 당신은 나랑 생각이 다르다고 할까 봐."

그는 작게 한숨을 내쉬었다. 진심으로 안도하는 것 같았다.

"찔리는 구석이 있나 보죠?"

일부러 장난스럽게 물었다. 그러나 돌아오는 대답은 사뭇 진지했다.

"한둘이 아니지."

예상치 못한 대답에 살짝 당황해하는 그녀를 똑바로 응시하며 그는 마치 고해성사를 하듯 말을 이어갔다.

"내가 곰곰이 생각해봤는데, 당신과의 결혼 생활 중에서 좋았던 순간들을 제외하곤 전부 후회되는 순간들뿐이더라."

"뭐가 그렇게 후회가 되는데요?"

"여기서 당신을 처음 만났던 그 순간부터 지금까지. 내가 제멋대로 오해하고, 또 그래서 제멋대로 굴었던. 내 입으로 말하기도 부끄러울 정도인 그 모든 순간을, 후회해."

이상한 일이었다. 분명 같은 시간을 보냈는데 감상이 이렇게 다른 걸 보면. 은서는 지금 나온 그의 말에 결코 동의할 수 없었다. 그와의 결혼 생활을 떠올리면 그녀의 기억엔 좋은 순간들만 가득했다. 처음이라 당황스러웠던 적도 있었지만, 그래서 더 설렜고 가슴 벅찼으며 또 행복했었다.

물론 늘 좋기만 했다는 건 아니었다. 오해 때문에 다투기도 했고, 감정이 격해졌던 순간들도 분명 존재했다. 하지만 감정 없는 인형이냐는 소릴 들으며 평생을 살아왔던 그녀에겐 그런 순간들마저 하나하나가 모두 소중했다. 지금껏 하루하루를 버텨내기 급급했다. 아침에 눈을 뜨고 감는 그 순간까지, 오늘은 별일 없기를 기도하는 것. 그게 삶이라 여겼다.

그런데 이젠 살아가는 느낌이었다. 내가 주체가 되어 내 삶을 살아가는 느낌. 아침 메뉴를 고민하고 저녁 반찬을 고민하며, 그를 기다리고, 그와 맛있는 걸 먹고, 늦은 밤 그의 품에 안겨 별거 없는 서로의 하루를 공유하고, 그와 체온을 나누며 잠들 때면 괜스레 기대되는 것이다.

오늘보다 더 나은 내일이 오지 않을까, 하고.

'다녀올게.'

언젠가 그가 제 등에 대고 그리 말했던 그 순간부터 그런 날들의 연속이었다. 혼자 외롭게 버텨내는 게 아닌, 그와 함께 내일을 살아가는······.

그럼에도 은서는 차마 반박하지 못했다. 후회한다던 그의 진심이 그녀의 가슴에까지 무겁게 전해지는 탓이었다. 동의는 할 수 없었지만 그가 지금 어떤 마음으로 이런 말을 하는지 조금은 알 것 같기도 했다.

"마음 같아선 전 재산을 퍼부어서라도 타임머신이라는 걸 개발하고 싶었는데, 아무리 나라도 그건 도저히 안 되겠더라. 그래서 아쉬운 대로 당신한테 레드 썬, 해보려고."

"레드 썬이오?"

의미를 알 수 없는 말에 은서가 고개를 갸웃하자 그가 설명을 덧붙였다.

"자, 당신은 지금부터 타임머신을 타고 과거로 돌아온 거야. 그리고 우린 처음 만난 그 순간으로 돌아가서 다시 시작하는 거고."

말을 끝낸 남자가 레드 썬, 하고 그녀의 눈앞에서 손가락을 가볍게 튕겼다. 유치한 행동에 은서가 작게 웃었지만 그는 여전히 진지한 얼굴이었다. 덩달아 그녀 역시 진지하게 임할 수밖에 없을 정도로. 은서가 입가에 걸려 있던 미소를 거두어들였을 때였다. 그가 자리에서 일어나더니 그녀의 앞으로 다가왔다. 그러고는 털썩, 한쪽 무릎을 꿇고 앉았다.

"뭐하는 거예요?"

놀란 은서가 자리에서 일어나려고 하자 그가 손목을 잡아 그녀를 도로 자리에 앉히며 말했다.

"프러포즈하려고."

"……프러포즈요?"

프러포즈라는 건 결혼 전에 하는 이벤트가 아니던가. 결혼한 지가 몇 달이나 지났는데 이제 와서 도대체 무슨 프러포즈를 하겠다는 건지. 생뚱맞게 무슨 뜻이냐는 듯 바라보았지만, 그는 착실히 자신이 준비한 것을 꺼낼 뿐이었다. 그의 손에 들린 건 작은 상자였다.

달칵. 상자를 열자 형광등 불빛에 반사된 반지가 반짝, 빛을 냈다.

"손 줘봐."

은서가 선뜻 내밀지 못하고 머뭇거리자, 그가 직접 그녀의 손을 끌어당겨 네 번째 손가락에 반지를 끼웠다. 그가 준비한 반지는 딱 맞게 그녀의 손가락에 자리 잡았다. 마치 처음부터 그녀의 것이었던 것처럼 자연스러웠다.

"내가 직접 골랐어."

"신우 씨가요……?"

"어때. 마음에 들어?"

은서는 다시금 제 손에 끼워진 반지를 빤히 응시하다 이내 고개를 작게 끄덕였다. 작은 다이아가 촘촘하게 박혀 있는 반지는 심플하면서도 유니크한 느낌이라 정말로 예뻤다. 딱 그녀의 취향이었다. 처음으로 그의 안목이 감탄스러운 순간이었다.

"이 정도면 매일 껴도 안 불편하겠지?"

어쩐지 말에 뼈가 담겨 있는 느낌이었다. 뒤끝 있는 남자 같으니라고. 은서는 살풋 웃으며 다시 한 번 고개를 끄덕였다.

"안 뺄게요. 매일 낄게요."

두 번이나 거듭된 그녀의 대답에 만족한 듯 그의 입가가 느슨해졌다. 그는 그녀의 손을 잡아 자신의 가슴으로 가져갔다. 쿵쿵쿵. 크게 뛰는 그의 심장 박동이 손바닥으로 고스란히 전해졌다. 은서는 아마도 저를 향해 뛰고 있을 그 박동을 느끼기 위해 온 감각을 기울였다.

"하늘에 별도 달도 따다 주겠다는 헛소린 안 할게. 나는 앞으로 당신에겐 지킬 수 있는 약속만 하고 싶어."

"……."

"그래서 손에 물 한 방울 묻히지 않겠다는 약속도 못 해. 당신은 내가 당신이 해준 밥을 맛있게 먹는 걸 보는 게 좋다고 했으니까."

"……."

"울리지 않겠다는 약속도 못 해. 살다 보면 내가 당신을 슬프게 하는 날도 있을 거야. 물론, 그렇다고 울리겠다는 뜻은 절대 아니지만."

그는 얼른 변명하듯 말을 덧붙였다.

"그런 일이 생기지 않도록 노력할 거야. 당신이 슬픔의 눈물이 아니라 기쁨의 눈물만 흘릴 수 있도록, 하루하루 우리의 결혼 생활에 최선을 다할게."

담담하면서도 현실적인, 그래서 더 감동적으로 들리는 그의 고백은 계속해서 이어졌다.

"대신 이것 하나만큼은 장담할 수 있어. 언제 어디서나, 어떤 상황에서도 남의 편이 아니라 당신 편이 되어주겠다고."

"……."

"약속할게."

약속의 의미인 듯 그는 그녀가 낀 반지 위에 가볍게 입을 맞췄다 뗐다. 그러고는 그녀의 두 눈을 똑바로 응시하며 떨리는 목소리를 뱉어냈다.

"나랑…… 결혼해주겠어?"

떨리는 목소리가 그녀에게로 옮은 듯 가슴이 찌르르 떨려왔다.

222

그와 동시에 그의 입술이 닿았던 자리가 뒤늦게 불에 덴 듯 화끈거렸다. 은서는 저도 모르게 주먹을 꽈악 그러쥐고서 그를 바라보았다. 긴장하고 있는 그의 모습이 이해되지 않았다. 설마 제가 거절하리라 생각하진 않을 텐데 말이다. 그러나 얼마 안 가 그의 마음을 십분 이해할 수 있게 됐다. 막상 대답하려니 입술이 쉬이 떨어지질 않는 것이다. 저도 모르게 긴장하고 있었던 모양이었다.

"나는⋯⋯."

"⋯⋯."

"그러니까, 나는⋯⋯."

달싹이던 입술이 꾹 다물어졌다. 이미 답은 정해져 있음에도 불구하고 그 한마디가 너무도 어렵게 느껴졌다. 욕심이 나는 탓이었다. 뭐라고 대답을 해야 지금 이 마음이 그에게 전달될 수 있을까. 세상에 존재하는 그 어떤 말도 지금 이 마음을 100퍼센트 표현할 순 없을 것 같았다. 내가 받은 만큼 당신에게도 이 감동을 돌려주고 싶은데⋯⋯.

은서가 선뜻 대답하지 못하자 가만히 기다리고 있던 그의 새카만 눈동자가 희미하게 흔들리기 시작했다. 거절은 아닐 거라 생각하면서도 못내 불안했는지 그는 맞잡은 손을 살짝 흔들며 그녀의 이름을 부른다.

"송은서?"

그 순간이었다. 그녀가 허리를 숙여 그의 입술에 제 입술을 겹친 것은.

대답 대신이었다.

부디 지금 이 마음이 당신에게 전달되기를⋯⋯.

예상치 못한 그녀의 돌발 행동에 당황한 듯 멈칫하던 그는 이내 자연스럽게 입술을 살짝 벌려주었다. 그녀는 그 틈으로 조심스럽게 혀를 밀어 넣었다. 고른 치열을 천천히 훑고 말캉거리는 살덩이를 찾아 톡톡 건드렸다. 뜨거운 열기가 그득한 입안을 느릿하게 헤집기 시작했다.

지금까지 그와 했던 수많은 키스를 떠올리며 최선을 다해 흉내 냈지만, 서투른 건 어쩔 수 없었다. 그가 리드할 땐 물 흐르듯 자연스럽던 키스가 지금은 마치 버퍼링 걸린 컴퓨터처럼 버벅거려 댔다.

이게 과연 키스가 맞는 걸까…….

뒤늦게 근본적인 의문을 떠올린 그녀가 괜한 짓을 했나 보다, 생각하며 후회할 때였다. 더는 못 참아주겠던지 입술을 뗀 그가 그녀의 양 볼을 단단하게 붙잡으며 말했다.

"이제 보니 당신, 습득력이 영 별로인 것 같아. 그동안 내가 꽤 잘 가르쳐준 것 같은데 말이야."

가벼운 타박엔 장난기가 가득했지만, 사실이었던지라 민망한 건 어쩔 수 없었다. 은서의 뽀얀 뺨이 봉숭아 물들듯 붉게 물들었다.

"그건……."

"괜찮아."

어설픈 변명 따위는 필요 없다는 듯 그녀의 말허리를 가차 없이 끊어낸 그가 한쪽 입꼬리를 비스듬히 말아 올리며 말했다.

"오늘 마스터할 수 있도록 친절히 알려줄 테니까."

분명 웃는 얼굴인데 살벌하게 느껴지는 건 왤까. 경고 아닌 경고에 저도 모르게 흠칫하며 뒤로 피하려는데, 남자가 곧바로 그녀의 입술에 자신의 입술을 겹쳐온다. 통통 부은 입술을 핥고 깨물어 틈을 만들어낸 그의 혀는 곧바로 그녀의 안으로 들어와 무자비하게 헤집기 시작했다.

순식간에 일어난 일이었다. 아까와는 분위기가 완전히 달라졌다. 소꿉장난 같던 키스는 단번에 핑크빛 가득한 에로 영화처럼 진득해졌다. 서로의 뜨거운 숨결을 주고받으며 타액이 빠르게 섞여 들어갔다. 이따금씩 벌어지는 미세한 틈으로 젖은 마찰음과 탁한 신음이 새어 나와 텅 빈 룸을 울려댔다.

친절히 알려주겠다던 말은 아무래도 까맣게 잊은 모양이었다. 몰아치는 진도를 은서는 도저히 따라잡을 수가 없었다. 어느덧 그녀의 허리는 의자에 완전히 기대어져 있었고, 그는 자리에서 일어나 그녀를 잡아먹을 듯 탐하고 있었다. 오랜만에 하는 키스라 그런지 그는 절제가 안 되는 모양이었다. 순식간에 치마 속으로 들어온 손이 거침없이 매끈한 허벅지 안쪽을 타고 올라갔다.

물론, 그녀 역시 오랜만에 하는 키스에 정신이 혼미해져버려 그의 손길을 빠르게 저지하지 못한 건 마찬가지였다. 그의 손끝이 허벅지를 타고 올라 속옷에 닿았을 때였다. 그제야 상황을 인지한 그녀가 티 나게 움찔, 하자 그는 순순히 손을 내렸다. 그러고는 입술까지 살짝 떼어내며 이마를 부딪쳐 왔다.

"위로 올라가자."

한 뼘도 안 되는 거리에서 뜨거운 숨이 흩어졌다.

"위……요?"

"방 잡아뒀어."

자신이 허락할 때까지 기다리겠다더니. 제 방은 어려울 것 같으니 아예 호텔 방을 잡은 모양이었다. 이 와중에도 그의 집착이 정말 대단하단 생각이 들어 은서는 살풋 헛웃음을 흘렸다.

"아직 음식은 나오지도 않았는데요?"

"상관없어. 더 맛있는 걸 먹을 예정이니까."

"더…… 맛있는 거?"

설마, 하고 되물었는데 남자는 역시나 예상에서 한 치의 벗어남도 없는 대답을 했다.

"송은서."

"……."

"나한텐 그 어떤 음식보다도 당신이 제일 맛있어."

어쩜 그리 사람이 한결같은지. 제발 작작 좀 하라며 타박을 주고 싶었는데, 이번에도 이상하게 입이 움직이질 않았다. 당장이라도 저를 잡아먹을 듯한 짙은 시선에 반사적으로 아랫배가 조여들고 온몸이 가벼운 긴장감으로 경직됐다. 그에게 이미 길들여진 몸은 지나칠 정도로 솔직했다.

그런 그녀의 반응을 눈치챈 듯 그가 은근한 시선으로 물어왔다.

"당신도 이딴 음식보단 날 먹는 게 훨씬 낫지 않겠어?"

다 안다는 듯한 투가 얄미워 은서는 괜스레 새침하게 대꾸했다.

"글쎄요. 나는 별로…… 읍!"

오늘만큼은 거절을 용납할 수 없다는 듯 그는 냉큼 그녀의 입술을 집어삼켰다. 마무리 짓지 못한 말이 그의 입안에서 잘게 부서졌다. 다시금 짙은 키스가 이어졌다. 결국 음식을 준비해온 직원이 들어올 때까지 짙은 키스는 길게 이어졌다.

박신우가 아닌 그녀의 남편으로.
송은서가 아닌 그의 아내로.
오늘부터 인생 제2막의 시작이었다.

-The End-

외전 1

환기를 위해 활짝 열어둔 창으로 들어오는 엷은 바람이 헐겁게 묶은 머리칼을 가볍게 흐트러뜨렸다. 머리칼을 스쳐 뽀얀 뺨에 닿는 공기가 제법 포근했다. 겨울이 가고 봄이 왔음이 실감 났다. 물론, 올겨울은 제 옆에 딱 달라붙어 있던 남자 덕분에 그리 춥지 않게 느껴지긴 했었지만 말이다. 은서는 한 손에 국자를 쥔 채 창밖으로 시선을 옮겼다.

겨우내 메말라 있던 공원의 나뭇가지에 푸릇한 새싹이 돋아나는 게 보였다. 멀리서도 전해지는 강인한 생명력에 입가가 절로 느슨해진다. 봄은, 그녀가 가장 좋아하는 계절이었다. 그리고 이번 봄은 유독 더 기대됐다.

제가 지나왔던 그 어떤 봄날보다 화창하지 않을까.

막연하게 드는 기대감에 기분 좋게 바깥 풍경을 바라보고 있을 때였다. 바로 뒤에서 인기척이 느껴지는가 싶더니 이내 단단한 팔뚝이 허리를 자연스럽게 휘감아 온다.

"굿모닝."

듣기 좋은 중저음의 목소리와 함께 달큰한 향기가 훅 끼쳐왔다. 오늘 아침 그녀도 사용했던 샴푸였다.

"나도 당신이랑 같은 샴푸 쓸래."

어느 날, 그녀의 기다란 머리칼을 쓰다듬던 남편이 문득 말했다.

"향이 너무 달달하지 않아요? 신우 씨가 싫어할 줄 알았는데."
"전혀 안 싫어. 오히려 송은서 냄새 같아서 좋은데?"

그 뒤로 그는 정말로 그녀와 같은 샴푸를 사용하기 시작했다. 바디워시도 마찬가지였다. 아직도 남편에게서 풍기는 달큰한 향은 좀처럼 적응되질 않는다. 제가 이럴진대 늘 바로 옆에 붙어 지내는 정 실장은 어떨까.

차라리 내가 샴푸를 바꾸는 게 낫겠어. 생각하며 은서는 고개를 돌렸다.

헐렁한 흰 면 티에 회색 트레이닝 차림에도, 마치 화보를 찍는 듯 반짝반짝 빛나는 남자가 그녀를 은근한 시선으로 바라보고 있었다. 늘 그랬지만, 오늘도 역시 이른 아침임에도 굴욕 따윈 없는 미모였다. 젖은 머리카락이 이마를 가려 한층 더 어리고 상큼해 보였다.

"왜 이렇게 일찍 일어났어요?"

절로 놀란 음성이 튀어나왔다.

그럴 수밖에 없는 것이, 최근 남편은 제가 깨우기 전에 일어나는 법이 없었다. 심지어는 점점 아침잠이 많아져서 깨워준다 해도 한 번에 일어나질 못했다. 사실 그 이유는 그녀가 더욱더 잘 알고 있었다. 워낙 바쁜 사람이라 업무에 치여 피곤한 탓도 있겠지만, 그보다 더 근본적인 문제는 함께 보내는 밤이었다.

매일 밤 격한 운동을 해대니 어찌 피곤하지 않을 수가 있을까. 야근에 치여 늦게 들어와도 그는 잊지 않고 매일 밤 뜨겁게 그녀를 안았다. 아직 쌍코피가 터지지 않은 게 신기할 정도였다. 말 그대로 두 사람은 불타는 신혼을 보내는 중이었다.

"글쎄. 오늘따라 이상하게 눈이 일찍 떠지더라."

그녀의 뒤로 바짝 다가온 그가 둥근 어깨 위로 턱을 내리며 능글맞은 음성을 뱉어냈다.

"어젯밤에 한 번밖에 못 해서 체력이 남았나?"

뜨거운 숨이 목덜미를 간질이자 등허리를 타고 소름이 오소소 돋아났다. 분명 일부러 노린 게 분명했다.

"체력이 도대체 얼마나 대단한 거예요?"

어깨를 살짝 움츠린 은서는 껌딱지처럼 붙어 있는 남편을 밀어냈다.

"말이 한 번이지. 시간으로 따지면 엄청 길었잖아요."

물론, 그는 쉽게 물러나지 않았다.

"그래도 고작 한 번밖에 못 했다는 사실은 변함이 없으니까."

기적의 논리를 펼친 남편은 오히려 조금 더 몸을 밀착해오며 입술로 도톰한 귓불을 은근하게 건드려댔다.

"딱히 엄청 길었다는 생각도 안 들고. 나는."

"진심으로 하는 말이에요?"

"진심이고말고. 오히려 부족하다 싶은데?"

눈 하나 깜빡 않고 뻔뻔하게 뱉어내는 대구에 은서는 고개를 절레절레 내저었다.

"두 번만 더 부족했다가는 사람 잡겠네요."

"설마 내가 당신을 잡아먹기야 할까."

"매번 잡아먹으려고 하면서!"

"왜 약한 척을 하고 그래? 당신 요즘 체력 좋아졌다는 거, 내가 더 잘 아는데. 아니야?"

약한 척이라니. 졸지에 눈에 뻔히 보이는 내숭을 부리는 여자가 된 것 같아 억울해졌지만 반박할 수는 없었다. 그의 말대로 그녀의 체력이 눈에 띄게 좋아진 건 사실이었으니까. 격하고 뜨거운 밤을 보낸 다음 날 근육통에 시달리는 일도 더 이상 없었다. 이게 다 지금껏 꾸준히 행해졌던 남편의 하드 트레이닝 덕분이었다.

"체력 길러줘서 고맙다고 하면 되는 거예요?"

비꼬는 말이라는 걸 정확하게 알아들었으면서도 그는 능청스레 대구했다.

"말만으론 부족하지."

은서가 얄밉다는 듯 눈을 흘기자 그는 한쪽 입꼬리를 씩, 말아 올렸다. 이 와중에도 심장을 떨리게 만드는 매력적인 미소였다.

"감사의 대가는 간단하게 받을게."

"간단하게?"

되묻는 말에 그는 입술을 쭈욱 내밀었다.

"모닝 키스해 줘."

웃는 얼굴에 침 못 뱉는다는 말은, 아마 이런 걸 보고 하는 말이 아닐까. 얄밉다가도 해맑게 웃는 남편의 얼굴을 보고 있자면 은서는 저도 모르게 입가가 느슨해지는 걸 느꼈다. 언젠가 가현이 요즘은 미모가 권력이고 고시 3관왕을 한 것과 같다는 우스갯소리를 한 적이 있었는데, 남편을 보고 있노라면 아예 틀린 말인 것 같지는 않다.

"신우 씨는 꼭 여우 같아요."

"음? 여우보다는 늑대에 더 가깝지 않나?"

그는 본인에 대해서 아주 객관적으로 파악하고 있었다. 하여튼 못 이기겠다니까. 은서는 졌다는 듯 작게 웃으며 그의 입술에 자신의 입술을 순순히 겹쳤다. 당연히 가볍게 입술만 붙였다 뗄 생각이었다. 그러나 남편 역시 당연하게도 이 기회를 놓칠 생각이 전혀 없어 보였다. 그는 커다란 손으로 그녀의 양 뺨을 감싸며 그녀의 도톰한 아랫입술을 살짝 깨물었다.

하릴없이 벌어지는 틈을 비집고 매끈한 살덩이가 들어온다. 그와 동시에 상쾌한 민트향이 입 안 가득 퍼져왔다. 고른 치열을 훑은 그것은 숨어 있던 그녀의 혀를 찾아내 장난치듯 건드리고 빨아 당기며 멋대로 희롱하기 시작했다. 허락 없이 들어온 침입자

는 마치 제집처럼 아주 자연스럽게 그녀의 입안을 엉망으로 헤집
어댔다.

갑작스러운 키스였지만 은서의 얼굴엔 당황한 기색이 전혀 없었
다. 사실 이렇게 되리라는 건 입술을 내리는 그 순간부터 이미 예
상하고 있었다. 그녀는 더 이상 키스 한 번에 당황하던 순진무구
한 여자가 아니었다. 오히려 이런 전개가 무척이나 익숙하다는 듯,
그럴 줄 알았다는 듯, 유려하게 움직이는 그의 혀를 건드리고 가
볍게 빨아 당기기도 하며 아주 자연스럽게 받아들였다.

그와의 키스는 언제나 달콤하고 아찔했다. 그저 혀가 얽힐 뿐인
데 머리부터 발끝까지, 온 감각이 그에게 얽혀드는 것 같았다. 주
고받던 뜨거운 열기와 질척이는 타액은 금세 머릿속까지 엉망으
로 헤집어댔다. 그리고 엉망이 된 머릿속은 삽시간에 텅 비었다.
그와 키스를 하는 동안엔 늘 그랬다. 서로를 탐하는 것 외엔 그
어떤 딴생각도 할 수가 없었다. 고개가 꺾인 자세가 불편하다는
사실조차 잊고 키스에 몰두할 만큼.

"으응."

이따금 떨어지는 입술 틈을 비집고 꽉 잠겨 있던 옅은 신음이 흘
러나왔다. 그때였다. 상의로 바람이 훅 들어온다 싶더니 이내 커
다란 손바닥이 그녀의 복부를 부드럽게 쓸어 올렸다. 조금 전까지
만 해도 그녀의 뺨을 감싸고 있었는데 언제 여기까지 내려왔는지
모를 일이었다. 당황할 새도 없이 거침없는 손길은 등허리로 옮겨
가 이내 브래지어까지 닿았다.

툭, 들릴 듯 말 듯 한 소음과 함께 가슴께가 허전해지는가 싶더
니 이내 열기 그득한 손바닥이 속옷을 대신해 그녀의 살결을 부

여잡았다.

 이 모든 건, 삽시간에 일어난 일이었다. 단단한 손바닥에 여린 살결이 쓸리자 저도 모르게 허리가 가볍게 튕겼다. 은서가 한 템포 늦게 입술을 떼며 상의 안으로 들어와 있는 손목을 붙들었다.

"지금 뭐 하는 거예요?"

"예열."

 예열이라니.

 당당하다 못해 뻔뻔스럽게까지 느껴지는 대답에 은서는 기가 차서 허, 코웃음을 쳤다. 그러는 와중에도 그의 손가락은 꼼지락 꼼지락 움직임을 멈추지 않았다. 정말로 이 아침부터, 심지어 주방에서 뒹굴기라도 하겠다는 말인 걸까. 집요한 그의 손길에 은서는 눈을 세모로 뜨고 그를 찌릿 노려보았다.

"신우 씨!"

 그만하라는 뜻이 함축되어 있음을 모르지 않을 텐데도, 그는 여전히 물러날 생각이 없는지 손을 떼기는커녕 오히려 더 살결을 꽈악 붙들며 조르듯 말했다.

"이번엔 빨리 끝낼게. 응?"

 마주한 남편의 새카만 눈동자가 위험한 빛을 내고 있었다. 익숙한 눈빛이었다. 매일 밤 마주하는, 그리고 어제도 분명 봤던 그 눈빛.

 ……맙소사. 이 남자, 정말 진심이구나.

 뒤늦게 깨달은 은서의 입이 살짝 벌어졌다. 남편이 마음을 먹었을 땐 이길 도리가 없다는 것을 너무도 잘 알고 있었던 탓이었다. 그나마 평소엔 그녀에게 져주는 편이었지만 이 부분에서만큼은 절대 물러남이 없었다.

"혹시 나 몰래 보약 같은 거 지어 먹어요?"

"왜. 내가 너무 혈기 왕성한 것 같아서?"

"농담이 아니라 진심으로 묻는 거예요. 사춘기 남자애도 신우 씨보다는 덜 혈기 왕성할 것 같은데. 이 정도면 무슨 문제 있는 거 아니에요?"

하룻밤에 몇 번이나 사랑을 나눠도 도대체가 만족하는 법이 없는 남자였다. 그런데 그것만으로도 모자라 이제는 아침부터 진심으로 달려들기까지…….

물론 그와 사랑을 나누는 행위가 싫은 건 결코 아니었다. 아니, 오히려 이제는 그녀 역시 결합이 주는 쾌락의 맛을 알게 됐고 즐길 수도 있게 됐다. 그러나 그는 빨라도 너무 빨랐다. 이제 겨우 조금 따라잡았다고 생각했는데, 그런 저를 비웃기라도 하듯 다시금 한참 멀리 앞서나가 있는 뒷모습을 마주하니 힘이 빠질 수밖에. 도대체 그의 체력은 어디까지일까. 내가 과연 버텨낼 수 있을까. 겁이 다 날 지경이었다.

"세상 모든 남자가 원하는 체력을 가지고 있는 사람한테, 문제라니."

그는 그녀의 단어 선택이 마음에 들지 않는다는 듯 눈썹을 찌푸렸다. 그러다 문득 뭔가가 떠올랐다는 듯 말을 이었다.

"아, 생각해보니까 내가 남들과 다르게 사춘기를 너무 얌전하게 보냈었던 것 같긴 하네."

"사춘기랑 이게 무슨 상관이에요?"

"원래 그때 터져야 하는 거잖아. 그런데 난 배출을 못 시켰으니,

이제 와서 뒤늦게 터지는 거 아닐까?”

씨익, 입매를 매력적으로 끌어올리며 능글맞게 대답한 남편이 그녀의 몸을 빙글 돌렸다.

“하필이면 그게 지금인 거고. 아주 완벽한 타이밍이지.”

마주한 남편의 눈꼬리가 나른하게 휘어졌다. 아침부터 지독히도 외설적으로 보여서 은서는 저도 모르게 마른침을 꼴깍 삼켰다. 허공에서 두 개의 시선이 얽혀들었다. 그의 눈빛은 먹잇감을 앞에 둔 굶주린 맹수처럼 날카롭게 빛났다. 이럴 때면 그녀는 꼭 자신이 힘없는 토끼가 된 느낌이었다. 도망을 치려면 지금밖에 없다는 걸 본능적으로 알 수 있었지만, 마치 온몸이 단단하게 결박이 되기라도 한 것처럼 꼼짝도 할 수가 없었다.

“지금…… 아침이에요.”

겨우 뱉은 말이 고작 이거였다.

“알고 있어.”

역시나 남자는 가볍게 무시했다.

“출근해야죠.”

“아직 시간 남았어.”

“그리 여유로운 시간은 아닐 텐데요?”

“걱정 마.”

그가 손을 뻗어 그녀의 머리칼을 귀 뒤로 넘겨주며 싱긋 웃어 보였다.

“내가 하루쯤 늦는다고 해서 당장 태한의 주가가 하락하거나 하는 일은 없으니까.”

이 와중에도 쓸데없이 근사한 미소였다.

"그건 그렇지만……."

대체 무슨 말을 해야 브레이크 고장 난 것처럼 내달리는 남편을 막을 수 있을까. 머릿속으로 재빠르게 적당한 말을 찾기 시작했을 때였다. 이런 분위기에선 참을성이라고는 눈곱만큼도 없는 그가 팔을 뻗어 가녀린 허리를 와락 끌어안았다. 동시에 그녀의 다리가 가볍게 허공으로 둥실 떠올랐다.

"꺅!"

갑작스러운 공중부양에 놀란 은서가 마른 비명을 내지르며 그의 가슴에 얼굴을 묻었다. 그러거나 말거나 그는 아랑곳하지 않고 그녀를 안은 채로 걸음을 옮겼다.

한 걸음. 두 걸음. 세 걸음…….

고작 세 걸음 만에 그의 걸음이 뚝 멈췄다.

툭, 은서의 엉덩이에 뭔가가 닿는가 싶더니 이내 그가 밀착해있던 몸을 살짝 떼어냈다. 그녀의 엉덩이가 닿아 있는 곳은 식탁 가장자리였다. 그러니까 그가 그녀를 식탁 위에 앉힌 것이었다.

"……설마, 여기서 하자는 건 아니죠?"

지진이라도 난 것처럼 흔들리는 그녀의 눈을 똑바로 응시하는 남편의 입꼬리에 야릇한 미소가 걸렸다.

"왜 아니겠어?"

일순간 은서의 둥그런 눈에 경악이 잔뜩 서렸다.

"신우 씨! 여긴……."

말을 채 끝내기도 전에 그가 그녀의 새하얀 목덜미에 입술을 내렸다.

"흐웃!"

여린 피부 위로 뜨거운 숨결이 전해지자 입술을 비집고 절로 옅은 신음이 흘렀다. 축축하게 젖은 혀끝이 목덜미를 지나쳐 쇄골까지 하나의 길을 만들며 느릿하게 내려왔다.

"거추장스러운데 벗겨도 되지?"

허락을 구하는 질문은 아니었다. 대답을 듣지도 않고 그는 그녀의 상의를 훌러덩 벗겨냈다. 옷을 벗기는 솜씨가 가히 예술이었다. 동시에 벗겨진 브래지어와 면 티가 눈 깜짝할 새에 바닥에서 나뒹굴었다.

주방 창으로 쏟아져 들어오는 햇살을 받은 새하얀 피부가 반짝 빛났다. 식탁 위의 아침 햇살이라니. 침대 위에서 형광등 불빛을 받는 것과는 완전히 다른 느낌이었다. 벗은 몸을 한두 번 보여준 것도 아닌데 새삼스럽게 민망함이 파도처럼 밀려왔다. 양 뺨을 새빨갛게 물들인 은서가 재빠르게 훤히 드러난 젖가슴을 양팔로 가리며 애원하듯 말했다.

"방으로 가요. 방으로."

"미안하지만 지금 나는 그럴 여유가 전혀 없어."

"신우 씨, 제발……."

"가끔은 색다른 것도 좋잖아."

애원에도 눈 하나 깜빡하지 않고 남편은 싱긋, 여유롭게 웃어 보였다. 그러고는 자비 없이 가녀린 어깨를 눌렀다. 그런 그의 얼굴엔 말과는 달리 미안한 기색이라고는 눈곱만큼도 보이지 않았다.

가벼운 손길에도 중심을 잡지 못하고 있던 상체는 속절없이 천천히 뒤로 넘어갔다. 순식간에 식탁 위로 완전히 누운 자세가 되어버렸다. 대리석이 머금고 있던 냉기가 맞닿은 등을 타고 고스란히 전해지자 몸이 절로 움츠러들었다. 온몸이 뜨겁게 달아올라 있는지라 상대적으로 더 차갑게 느껴지는 듯했다.

그는 그녀를 내려다보며 자신의 상의를 훌러덩 벗어 던졌다. 그녀의 시야에 탄탄한 상체가 가득 들어찼다. 정교하게 다듬어진 근육들은 형광등 아래에서나 아침 햇살 아래에서나 여전히 아름다웠다. 매일 봐도 매번 감탄이 나올 정도로 멋진 몸이었다.

얼핏 조각상을 연상케 하는 완벽한 몸이 그녀에게로 점점 가까워졌다. 그가 허리를 숙여 그녀의 위로 몸을 겹쳤다. 탄탄한 피부가 보드라운 살결을 뭉근하게 압박해오자 은서의 입에서 또 한 번 신음이 흘렀다.

"아……."

그는 다시금 그녀의 뽀얀 살결 위로 입술을 내렸다. 깊게 팬 쇄골, 소담한 둔덕, 매끈한 복부…… 점점 아래로 내려오며 온몸에 자잘한 키스를 퍼부어댔다. 그의 뜨거운 입술이 닿은 자리를 따라 붉은 열꽃이 피어올랐다. 간지러움과 야릇한 쾌감이 한데 뒤섞여 머리끝부터 발끝까지 퍼져나갔다. 입술이 벌어질 것 같아 은서는 아랫입술을 질끈 깨물었다.

그때였다. 그가 치마를 들쳐 올리더니 그 아래로 얼굴을 묻은 것은. 얇은 천 조각 너머에서 뜨거운 숨결이 훅 끼쳐왔다. 열기가 그녀의 몸 중에서 가장 예민한 포인트를 단숨에 휘감았다.

"앗!"

한순간에 온몸을 관통하는 아찔한 감각에 은서는 턱을 높게 쳐들었다. 그러고는 제 아래에 자리한 그를 밀어내고 얼른 다리를 오므렸다.

"빨리 끝내겠다고 하지 않았어요?"

이래서 대체 어느 세월에?!

따지듯 바라보자 남편이 두 눈에 열기를 그득 담은 채로 대꾸했다.

"그러려고 했지. 그런데."

그의 기다란 손가락이 나른하게 그녀의 살결을 쓸었다. 잔뜩 달아올라 있는 그녀의 몸은 깃털 같은 마찰에도 예민하게 반응했다. 티 나게 움찔하는 그녀를 내려다보며 그가 입꼬리를 살짝 말아 올린다.

"막상 당신 몸을 마주하니까 그게 안 되네? 머리부터 발끝까지 구석구석 느긋하게 맛보고 싶어. 원래 맛있는 건 천천히 음미하면서 먹고 싶은 법이잖아."

비유가 아주 찰떡이 아닐 수 없었다. 평소에도 이런 분위기에서는 그가 늘 저를 먹잇감으로 생각하나 싶은 생각이 들긴 했었지만, 지금은 하필 누워있는 곳이 식탁인지라 정말로 음식이 된 기분이었다.

"내가 음식이라는 거예요?"

은서는 괜히 새침하게 눈을 흘겼다. 그러자 그가 고개를 까딱 옆으로 기울인다.

"아, 음식이라기보다는 공기에 더 가까운가?"

뜬금없이 공기는 또 왜?

무슨 생뚱맞은 말이냐는 듯 바라보자 그가 진지한 얼굴로 설명을 덧붙였다.

"밥은 안 먹어도 살 수 있지만, 숨은 안 쉬면 못 살잖아."

"……."

"난 이제 송은서 없인 하루도 살 수 없게 됐단 뜻이야."

아, 이로써 확실해졌다. 이 남자는 늑대보다는 여우에 훨씬 더 가깝다는 것이. 다른 누구도 아닌 제가 사랑하는 남자가 저토록 절절한 눈빛으로, 저렇게 달콤한 말을 하는데 세상 어느 여자가 버틸 수 있을까.

흔들림 없이 짙은 눈빛 덕분인지 그가 괜한 장난을 친다거나 가볍다는 생각은 전혀 들지 않았다. 마주한 시선을 타고 그의 무거운 진심이 오롯이 전해져올 뿐이었다. 이번에도 역시 먼저 백기를 드는 건 은서였다. 어쩌면 평생 가도 잠자리에서는 제가 그를 이길 수 있는 날은 영영 오지 않을지도 모르겠다.

은서가 졌다는 듯 옅게 웃으며 남편의 목덜미를 끌어안았다. 그러고는 가까워진 그의 입술을 머금었다. 혀끝으로 갈라진 틈을 훑으며, 그녀는 자신의 요새가 완전히 함락당했음을 그에게 정확하게 알려주었다.

그 뜻을 여우 같은 남편이 못 알아들었을 리가 없었다. 얌전히 받아들이던 키스가 거칠어졌으며, 그녀를 어루만지던 손길 역시 아까와 달리 조급해졌다. 격렬한 키스를 몰아붙이며 그는 그녀의 치마와 속옷을 한꺼번에 벗겨 내렸고, 자신의 하의도 마찬가지로 재빠르게 훌러덩 벗었다. 그러는 와중에도 그녀를 탐하는 입술은 단 한순간도 떨어지지 않았다.

실오라기 하나 걸치지 않은 두 사람의 맨피부가 완전히 밀착했다. 그는 망설임 없이 완전히 준비된 그녀의 안으로 단번에 파고들었다.

"하앗……!"

"윽……!"

동시에 두 사람의 입에서 뜨거운 신음이 터져 나왔다. 완전히 결합된 상태에서 두 사람은 서로를 바라보았다. 부부는 닮는다고 했던가. 지금 이 순간 상대를 갈구하는 열기 가득한 눈동자가 똑 닮아있음을, 누군가가 굳이 알려주지 않아도 알 수 있었다.

마주 보고 살며시 미소를 머금은 두 사람은 이내 누가 뭐랄 것도 없이 입술을 부딪쳤다. 마치 그녀의 안에 있는 타액을 모조리 삼켜낼 듯 거칠게 빨아 당기며 그는 허리를 움직이기 시작했다. 거칠다가도 부드럽게, 부드럽다가도 또다시 거칠게. 적절한 완급 조절에 따라 아래에 깔린 그녀의 몸도 똑같은 리듬을 타고 흔들렸다.

완벽한 결합을 이룬 두 사람은 마치 한 몸 같았다.

신혼부부의 아침 해는 남들보다 조금 더 이르게, 그리고 조금 더 뜨겁게 타오르고 있었다.

* * *

그에겐 여느 때보다 상쾌한 아침이었다. 물론, 지각이 확정이었으므로 시간이 매우 촉박하기는 했지만 말이다. 샤워를 한 번 더 하는 바람에 젖은 머리카락을 탁탁 털며 현관으로 향하는데, 종종걸음으로 뒤따라온 아내가 뭔가를 척 건넨다.

적당한 크기의 종이가방이었다.

"이게 뭐야?"

아내는 새침하게 대꾸했다.

"몰라요."

그는 흘끗 종이상자 안을 들여다보았다. 내용물은 제대로 보이지 않았지만 뭔지 대충 알 것 같았다.

"도시락이야?"

흥, 콧방귀를 뀐 아내는 대답 대신 신발장에서 그의 구두를 꺼내주었다. 아침부터 한바탕 거사를 치르느라 밥 먹을 시간이 없었다. 본의 아니게 저를 위해 이른 아침부터 준비한 아내의 노력을 물거품으로 만들어버린 것이다. 게다가 아내가 아끼는 주방은 엉망이 되었다.

"내가 천사랑 결혼을 했던가?"

괜히 미안한 마음에 그가 능글맞게 웃으며 둥근 어깨를 감쌌다. 그러자 아내가 새침하게 그의 손을 쳐내며 대꾸한다.

"안 그래도 그냥 보내려고 했는데, 갑자기 옛 속담이 하나 생각나서요."

"속담?"

"미운 놈 떡 하나 더 준다고."

제대로 삐딱선을 탄 대꾸였지만 전혀 밉게 느껴지지 않았다. 오히려 눈을 흘기는 그 모습마저 못 견디게 사랑스럽게 느껴졌다. 아내는 아침을 먹이는 것에 대해 대단한 사명감을 지니고 있었다. 한 끼 건너뛰면 제가 죽는 줄 아는 건가, 싶을 정도로 열과 성을 다해 아침을 준비했다. 귀찮을 법도 한데 하루도 거르는 법이 없었다. 식탁에는 매일 아침 따끈한 새 반찬이 올라왔다.

덕분에 최근 그는 보기 좋게 살이 오르고 있었다. 워낙에 살이

찌지 않는 체질이었다. 몸을 만들 때 닭가슴살을 억지로 먹느라 고생했을 정도로. 그런데 요샌 운동을 조금만 해도 근육이 턱턱 알아서 잘 붙었다.

그뿐만 아니라 요즘은 만나는 사람들마다 약속이라도 한 듯 인상이 좋아졌다는 말을 전했다. 처음엔 들어본 적 없는 낯선 인사말에 당황했는데, 스스로가 봐도 결혼 전보다 훨씬 인상이 부드러워진 것 같기는 했다. 잠을 잘 자는 덕분일까. 밥을 잘 먹은 덕분일까. 단지 행복해서일까. 뭐가 됐든 모든 건 제 아내 덕분이었다. 컨디션이 좋아서인지 하는 일까지 모두 잘 되는 듯했다.

도대체 어디서 이런 복덩이가 굴러들어온 건지.

"고마워, 잘 먹을게."

그는 내내 새침하게 구는 아내의 허리를 끌어안으며 둥근 이마에 입술을 내렸다. 그녀는 귀찮다는 듯 이마를 살짝 찌푸리기는 했지만 피하거나 밀어내지는 않았다. 미안함과 고마움을 가득 담아 도장 찍듯 입술을 꾸욱 눌렀다 뗐다. 잠깐 닿았다 떨어지는 입술에선 미련이 철철 넘쳤다.

아내는, 마치 바닷물 같았다.

타는 갈증에 참지 못하고 마셔 봐도 잠시일 뿐이었다. 해갈은커녕 오히려 맛보면 볼수록 더 짙은 갈증을 불러왔다. 그럼에도 도저히 끊을 수가 없어서 환장할 노릇이었다.

"왜 그렇게 봐요?"

빤한 그의 시선에 아내가 고개를 갸웃한다.

"고민 중이야."

"무슨 고민이요?"

"오늘 꼭 출근을 해야 할까, 하는."

"정 실장님이 들으면 뒷목 잡을 소리네요."

말뜻을 바로 알아들은 아내는 무심히 대꾸하며 그의 등을 떠밀었다. 그러고도 모자라 혹시나 끝까지 고집을 부릴까 걱정이 됐는지 아예 친절하게 현관문까지 열어준다.

"참."

쫓겨나듯 복도로 나왔을 때였다. 문득 드는 생각에 그는 닫히려는 현관문을 턱 잡았다.

"왜요. 뭐 빠트렸어요?"

무슨 일이냐는 듯 바라보는 아내의 두 눈을 빤히 바라보며 되물었다.

"오늘이랬나?"

"무슨……."

고개를 갸웃하던 아내가 아, 하고 대답했다.

"회식이요?"

"오늘 맞지?"

"네. 맞아요."

"당연히 술도 마시겠고?"

빤한 시선에 아내는 배시시 웃으며 고개를 끄덕였다. 예쁜 미소였지만 그는 따라 웃지 못했다. 아내는 술에 취하면 분위기가 확 바뀌는 편이었다. 빈틈이라고는 보여주지 않는 평소의 똑부러지는 모습과 다르게 한없이 풀어지곤 했다. 그는 아내의 그런 모습을 좋아했다. 가끔은 풀어진 송은서가 보고 싶어서 일부러 퇴근 시간에 술과 안주를 사 들고 집으로 돌아오기도 했을 정도로.

하지만 그건 어디까지나 제 앞이었기에 웃으며 넘어갈 수 있었다. 다른 사람 앞에서 그러는 건 결코 용납할 수 없었다. 특히나 남자들 앞에서 풀어진 모습을 하고 있는 그녀를 상상하는 것만으로도 속이 부글부글 끓었다.

"끝날 때 연락해. 데리러 갈게."

"괜찮아요. 택시 타고 오면 돼요."

"안 돼. 위험해."

단호하게 대답한 그가 미간을 찌푸렸다.

"도대체 요즘 세상이 어떤 세상인데, 밤늦게 혼자 택시를 타겠다는 거야?"

"다른 사람들도 다 타고 다니는데요, 뭘."

"다른 사람들이 어떤지는 전혀 관심 없어. 그래도 당신만큼은 절대 안 돼."

"너무 과보호라는 생각 안 들어요?"

"조심해서 나쁠 건 없지."

"그래도 그렇지. 내가 어린애도 아니고……."

입을 비죽 내밀고 중얼거리는 아내의 두 눈엔 불만이 그득했으나 그는 짐짓 못 본 체 시선을 돌렸다. 사실 그가 지금 고집을 부리는 이유는 따로 있었다. 물론 밤늦게 아내 혼자 택시를 타는 것도 걱정스럽지만, 그보다 더 걱정스러운 건…….

언젠가 본 적 있던 밤톨 같은 꼬맹이 녀석의 얼굴이 눈앞에 떠올라 그는 인상을 찌푸렸다. 마음 같아선 회식이고 나발이고 아예 못 나가게 막고 싶은 심정이었다. 30년이 훌쩍 넘도록 저도 모르고 살았던 지독한 소유욕과 집착이 아내를 만나고 활화산처럼 폭발하고 있었다.

"그런데 신우 씨도 오늘 모임 있다고 하지 않았어요?"

"별로 중요한 모임 아니야. 중간에 빠져나올 수 있어."

끝까지 고집스러운 대구에 아내는 졌다는 듯 작게 한숨을 내쉬었다.

"알았어요. 끝날 때 연락할게요."

그제야 그는 만족스럽다는 듯 입가를 느슨하게 풀었다. 그러고는 허리를 숙여 마지막으로 아내의 새빨간 입술 위로 가볍게 입을 맞추었다.

"다녀올게."

* * *

"송은서!"

소란스러운 주변 소음 속에서도 정확하게 귀에 꽂히는 익숙한 목소리에 은서는 고개를 돌렸다. 이제 막 택시에서 내린 가현이 이쪽으로 달려오는 게 보였다.

"뭐야, 늦을 거라더니. 나보다 더 일찍 왔네?"

"생각보다 집에서 더 가깝더라."

"아, 맞다. 너희 집 강남이었지."

가현이 이해한다는 듯 고개를 끄덕였다.

"그나저나 이 시간에 이런 데서 너랑 만나니까 너무 신기하다. 꼭 꿈꾸는 거 같아."

반짝이는 가현의 눈을 보며 은서는 저도 동감이라며 옅게 웃어 보였다. 금요일 밤. 강남역이 눈에 보이는 이곳은 '불금'을 즐기려는 사람들로 발 디딜 틈이 없었다. 새카만 밤하늘 아래 화려하게 빛나는 네온사인과 귀가 얼얼하게 느껴질 정도로 왁자지껄하게 들려오는 소음까지. 그녀에겐 이 모든 게 여전히 낯설기만 했다.

결혼과 동시에 자유가 생기기는 했지만, 아르바이트를 그만둔 후로는 장 보러 가는 것을 제외하면 혼자 외출을 한 일은 거의 없었다. 그마저도 최근엔 남편이 조금 여유가 있는 주말에 함께 나서곤 했다. 물론 이런 생활에 불만은 전혀 없었다. 못 하는 것과 안 하는 것의 차이라고 할까. 굳이 혼자 외출하고 싶다고 생각한 적이 없었다. 남편과의 외출은 고작 장을 보는 것뿐이어도 늘 설레고 즐거웠다.

"은서야."

"응?"

"앞으론 종종 나랑 같이 밤 나들이도 나오고 그러자."

가현이 친근하게 은서의 팔짱을 끼며 말했다.

"한창 불타는 신혼이라 요새 바쁜 건 알겠는데, 그래도 할 수 있을 때 여태 누려왔던 건 실컷 즐겨봐야 할 거 아니야. 안 그래?"

장난스레 눈을 찡긋하는 친구를 보며 은서는 얼굴을 붉혔다. '불타는 신혼'이라는 말이 어쩐지 민망하게 들리는 탓이었다.

"그런 거 아니야."

도둑이 제 발 저리다고. 은서는 냉큼 반박했다.

"아니긴 뭐가 아니야."

물론 가현에게 통할 리가 없었다. 믿어주기는커녕 코웃음을 칠 뿐이었다.

"지금 네 얼굴이 어떤 줄 알아?"

"내 얼굴? 어떤데……?"

"엄청 예뻐."

"예쁘다고?"

무슨 말인지 알아듣지 못하고 되묻는 은서를 향해 가현이 피식, 웃으며 설명을 덧붙였다.

"매일 밤 사랑 듬뿍 받고 사는 거 다 티가 난다는 뜻이야."

"아……."

"네가 행복해 보여서 정말 다행이야."

이번에도 역시 가현의 말은 어떻게 들으면 민망하게 느껴질 수도 있는 말이었지만, 아까처럼 반박할 순 없었다. 놀리려는 의도가 아니라 자신의 행복을 빌어주고 있는 친구의 진심이 고스란히 전달됐기 때문이다.

"고마워, 가현아."

"뭐가 고맙다는 거야. 내가 뭘 한 게 있다고."

갑자기 진지해진 분위기에 쑥스러웠는지 가현은 괜히 더 과장되게 밝게 웃었다.

"자, 길바닥에서 떠는 수다는 이쯤하고. 그럼 우리도 불금을 즐기러 가볼까?"

가현이 그녀를 끌고 힘찬 발걸음을 내디디려 할 때였다. 은서가 머뭇거리며 말했다.

"그런데 진짜 내가 끼어도 되는 거 맞아?"

"여기까지 와서 그게 무슨 소리야?"

가현이 김빠졌다는 듯한 얼굴로 되물었다. 그녀는 조심스럽게 대답했다.

"네가 하도 나오라고 그래서 나오긴 했는데, 솔직히 잘 모르겠어. 이젠 직원도 아닌데."

"괜찮아. 나도 마찬가진데, 뭐."

"넌 그래도 오래 일했잖아. 나는 고작 몇 달밖에 안 했고……."

"몇 달이든 며칠이든 무슨 상관이야. 같이 일을 했다는 게 중요하지. 그리고 내가 괜히 널 불렀겠어? 회식 때마다 다들 너 보고 싶다 그래서 내가 이번엔 꼭 데려오겠다고 한 거야."

시원스럽게 대꾸한 가현이 힘주어 그녀의 팔을 잡아끌었다.

"그러니까 쓸데없는 걱정 말고, 얼른 가자!"

은서는 못 이기는 척 친구를 따라 걸음을 옮겼다. 사실 그녀 역시도 내심 함께 일했던 직원들이 보고 싶긴 했었다.

* * *

강남에서도 가장 노른자 땅 위에 위치한 종훈의 레스토랑은 외관뿐만 아니라 실내도 번쩍거렸다. 실내에는 고급스러운 인테리어와 걸맞게 잔잔한 클래식 음악이 흘러나오고 있었다.

탁!

테이블 위에 포크와 나이프를 내려놓는 마찰음이 잔잔한 선율을 비집고 흘러나왔다.

"아니, 다른 날도 아니고 금요일에! 이 시간에! 이 멤버로! 레스토랑이 웬 말이야, 진짜……!"

더는 못 참겠다는 듯 짜증스레 얼굴을 구긴 문규가 주위를 둘러보았다. VIP룸 안. 널따란 직사각형 테이블에 정장을 차려입은 남자 열댓 명이 모여앉아 스테이크를 썰고 있는 이 상황이, 다시 봐도 기가 막혔다. 한번 크게 훑은 문규가 맞은편을 바라보았다. 이 일의 원흉인 신우는 이 와중에도 아주 우아하게 스테이크를 썰고 있었다. 문규의 이마가 절로 찌푸려졌다.

"야, 박신우. 네가 원하는 그림이 이런 거였어? 어?"

오늘은 한 달에 한 번 있는 정기 모임 날이었다.

그동안 이 핑계, 저 핑계를 대며 미꾸라지처럼 빠져나가는 신우에게 단단하게 일러두었다. 이번에도 또 빠지면 모임에서 아예 빼버릴 거라고. 자주 써먹는 것이 아닌지라 소소한 협박은 이번에도 먹혔다. 심지어 늘 무심하던 그가 웬일로 이번에는 자신이 모임 장소를 정하겠다는 말까지 했다.

짜식, 그래도 양심은 있나 보네. 흐뭇하게까지 생각했다. 그런데 그게 페이크였을 줄이야.

모임 장소 안내 문자를 받고서야 뒤늦게 고양이에게 생선을 맡겼다는 사실을 깨달았다. 신우가 모임 장소로 정한 곳은 종훈의 레스토랑이었다. 커플이나 부부 단위의 고객들이 분위기를 내기 위해 찾는, 바로 이곳 말이다!

"종훈이 레스토랑이라고……? 진심이야? 농담이지?"

믿을 수 없어 되묻는 문규에게 그는 단호하게 말했다.

"너희들이 원하는 그림이 뭔지 모르는 건 아니야. 그런데 나는 너희들과 달리 유부남이잖냐. 이젠 처지가 다르다는 말이야.”

“누가 너더러 여자 끼고 놀래? 우리만 놀겠다고. 총각인 우리만.”

“그것도 싫어, 난. 비즈니스 때문에 억지로 가는 것만으로도 충분히 죄책감을 느끼고 있어. 그런데 굳이 이런 자리까지 그러고 싶진 않다.”

“아니, 그게 무슨…….”

“이 부분은 너희들이 양해해주길 바라. 설마 한 가정을 파탄 내고 싶은 건 아닐 거 아니야. 안 그래?”

마지막 질문이 협박으로 들렸던 건 과연 기분 탓이었을까. 문규는 말문이 턱 막혀 아무 말도 하지 못했다. 덕분에 결국 모임 장소는 그의 뜻대로 이곳이 되어버렸다.

“언제는 내가 정해도 된다며. 왜 이제 와서 난리야.”

“허! 이럴 줄 알았으면 내가 그랬겠냐?”

“대체 뭐가 그렇게 불만인 건데.”

“지금 불만스러운 게 한두 가지가 아니거든? 일단 제일 중요한 술도 없고……!”

아직 남은 말이 많았다. 하지만 신우는 그에게 기회를 주지 않았다.

“여기도 술 팔잖아.”

시종일관 유지하고 있던 무심한 표정만큼이나 무심한 투로 말했다.

“제일 비싼 걸로 시켜. 내가 살 테니까.”

순간 종훈의 눈이 반짝였다. 그러나 그 사실을 눈치채지 못한 문규가 소리쳤다.

"아, 됐어! 퍽이나 술맛이 나겠다! 시커먼 놈들만 바글거리는데 최고급 와인이 다 무슨 소용이야."

문규가 쯧, 혀를 차자 바로 옆에 앉아 있던 종훈도 쯧, 혀를 찼다. 물론 전혀 다른 의미였다.

"야, 종훈아. 어떻게 사람이 저렇게 변하냐. 안 그래?"

문규가 동조를 바라듯 종훈의 어깨를 쿡 찔렀다. 종훈은 제 어깨에 닿은 문규의 손길을 툭 쳐내며 뾰루퉁하게 대답했다.

"원래도 신우는 그렇게 노는 거 싫어했어."

"아무리 그래도 그렇지. 단시간에 저렇게까지 팔불출이 되는 게 말이 되냐고. 내 말이 틀렸어?"

문규의 말에 모두 같은 생각이라는 듯 고개를 주억거렸다. 이번에는 종훈도 삐딱한 대꾸 대신 고개를 끄덕였다. 사실 신우의 급격한 변화에 당황스러운 건 문규뿐만 아니라 그룹의 모두가 마찬가지였다.

그럴 수밖에 없는 것이, 분명 감정 없는 정략결혼으로 시작하는 순간을 바로 옆에서 빤히 지켜보았는데 말이다. 지금 그를 보면, 정략결혼이 아니라 마치 사랑 때문에 죽고 못 살아 결혼한 세기의 연인처럼 보였다.

"진짜 내 눈으로 보고 있는데도 안 믿긴다니까. 뭐에 홀린 거 아니야?"

모두의 시선이 집중돼 있는 와중에도 신우는 무심히 썬 고기를 입으로 가져갈 뿐이었다. 조금의 미동도 없는 그의 고고한 자태에 배알이 꼴린 문규가 유치한 질문을 던졌다.

"박신우. 혹시 네 와이프 구미호 아니야? 네 간 노리고 접근해서 홀라당 홀린 거 아니냐고. 어?"

"뭐, 그 정도로 아름답긴 하지."

재미없는 걸 넘어서 닭살스러운 멘트에 한바탕 야유가 쏟아졌다.

"진짜 미친 거 아니야?"

"와, 심각하다. 심각해."

"무서울 지경인데?"

"몰래카메라 아니지?"

모두가 한마음 한뜻으로 고개를 저으며 한마디씩을 보탰다. 그러나 정작 당사자인 그의 표정엔 여전히 조금의 변화도 없었다. 마치 지극히 당연한 소리를 했다는 듯. 그저 덤덤하게 말을 덧붙일 뿐이었다.

"부러우면 너희도 얼른 결혼을 하든가."

"네 눈엔 이게 부러워하는 걸로 보이냐?"

"아니었어?"

"그래! 완전 아니었거든! 아내한테 꽉 잡혀 사는 너를 누가 부러워해!"

답답함에 속이 터지기 일보 직전인 문규가 꽤액 소리를 내지르는 순간이었다. 신우의 휴대폰이 울렸다. 휴대폰 액정을 확인하는 그의 얼굴이 티 나게 환해졌다. 상대가 누군지 굳이 묻지 않아도 이 방에 있는 모두는 알 것 같았다. 분명 그의 아내에게서 온 연락일 테다.

"끝났어? 응. 아니, 괜찮아. 지금 바로 갈게."

조금 전과 확연히 다른 다정한 목소리에 문규는 등줄기를 타고 소름이 쫙 돋아나는 것을 느꼈다. 물론 다른 이들도 마찬가지였다. 순식간에 찬물이라도 끼얹은 듯 실내의 공기가 싸늘해졌다. 그러거나 말거나 통화를 끝낸 신우는 들고 있던 포크를 내려놓고 자리에서 일어났다.

"어디 가는데?"

얼음땡 놀이를 하듯 얼어붙어 있는 이들 가운데에서 가장 먼저 정신을 차린 문규가 질문을 던졌다.

"아내 데리러."

"뭐……?"

기가 막혀서 되물었지만 신우는 여전히 무심한 얼굴로 대꾸할 뿐이었다. 조금 전 아내의 전화를 받을 때와는 180도 다른 얼굴이었다.

"너희가 얼굴 비추라고 닦달을 해서 나왔고. 이렇게 얼굴 비췄으니 됐잖아."

더없이 깔끔한 논리가 아닐 수 없었다. 문규의 눈썹이 추켜 올라갔다.

"그래서 이렇게 가겠다고? 진심으로 하는 말이야?"

"내가 없으면 안 되는 자리도 아니고. 오히려 내가 빠지면 너희들은 더 좋지 않아? 특히 장문규. 너, 자리 옮기고 싶어 했잖아."

"아니, 그건……."

"이제 마음껏 옮겨. 뭐가 문제야."

"……."

말문이 막혀 붕어처럼 뻐끔뻐끔 입만 벙긋거리던 문규를 등지고 신우는 깔끔하게 돌아섰다. 붙잡을 틈도 주지 않고 그가 빠르게 VIP룸을 빠져나가는 순간이었다. 뒤늦게 정신을 차린 문규가 잘생긴 뒤통수에 대고 소리쳤다.

"대체 누가 저런 팔불출 놈을 부른 거야? 앞으론 저 자식 절대 부르지 맛!!!!"

절규에 가까운 음성이 룸 안을 크게 울렸다.

* * *

초코우유에 콕 박힌 빨대를 쪽쪽 빨며, 은서는 편의점 앞에 놓인 플라스틱 의자에 엉덩이를 붙였다. 밤공기는 아직 서늘했지만 알딸딸하게 오른 취기에 몸이 데워진 탓에 오히려 시원하게 느껴졌다.

"아, 좋다……."

'좋다'라는 말이 절로 나왔다.

"오늘 나오길 정말 잘했어."

그녀는 씨익, 웃으며 한참을 망설인 끝에 결국 용기 내 밖으로 나온 스스로를 칭찬했다. 걱정과 달리 오늘 회식 자리는 너무도 즐거웠다. 오랜만에 보는 얼굴들은 모두 진심으로 그녀를 반겨주었다. 어떻게 지냈어. 얼굴이 좋아졌다. 가게에 자주 좀 놀러 와라. 은서 씨가 있을 땐 꽃 관리가 잘 됐는데 요즘은 영 시원찮다…….

안부 인사와 그간 밀렸던 근황들을 주고받다 보니 어느덧 '오랜만'이라는 어색함은 사라져 있었다. 마치 어제 본 것처럼 금세 동화되었다. 그리 길지 않은 시간이었지만, 함께 일했던 추억을 안

주 삼아 마시는 술은 달콤했다. 자제하겠다고 생각하지 않았으면 아마 평생 중 가장 과하게 술을 마시지 않았을까.

"내가 이럴 줄 알고 데리러 온다고 한 걸까……."

오늘 아침 데리러 오겠다며 끝까지 고집을 부리던 남편의 얼굴을 떠올리며 작게 웃은 은서는 나른하게 풀어진 얼굴로 주위를 둘러보았다. 늦은 밤이었지만 여전히 길거리는 가게에서 뿜어 나오는 빛들로 밝았고 오가는 사람들 역시 많았다.

사랑이 충만해 보이는 연인, 온종일 일에 시달렸는지 피곤해 보이는 회사원, 주량을 초과한 듯 술에 절어 휘청거리며 걷는 사람 등등. 길거리를 스쳐 지나가는 다양한 사람들의 모습을 물끄러미 바라보고 있을 때였다.

빵—

가까이에서 울리는 클랙슨 소리에 고개를 돌렸다. 익숙한 차가 그녀의 앞에서 부드럽게 멈춰 섰다. 자리에서 벌떡 일어난 그녀는 쓰레기통에 빈 우유갑을 버린 후 냉큼 조수석 문을 열었다.

"왜 나와 있어? 안에서 기다리지."

"다른 사람들은 다 2차 장소로 옮겼어요."

"2차? 어디로 갔는데?"

"노래방이요."

"당신은 왜 안 가고?"

"신우 씨가 싫어할 것 같아서요."

더없이 깔끔한 대답에 남편의 눈빛이 살짝 흔들린다.

"……티 났어?"

은서는 고개를 끄덕였다.

"네. 엄청."

속내를 완전히 간파당한 남편의 목덜미가 붉어졌다. 그 모습마저 어쩐지 귀엽게 보여서 은서는 살풋 웃으며 말했다.

"괜찮아요. 사실 신우 씨가 가라고 했어도 안 갔을 거예요. 노래 부르는 건 별로 안 좋아해요. 시끄러운 것도 별로고."

진심이었는데 그는 미안했는지 이마를 살짝 찌푸렸다.

"오해는 하지 마. 당신이 밖에서 논다는 것 자체가 싫은 건 아니니까."

"알아요. 시간이 너무 늦어서 그런 거잖아요."

"그것도 있긴 하지만."

있긴 하지만? 뉘앙스가 어쩐지 이상하게 들려 은서가 눈을 동그랗게 떴다.

"다른 이유가 또 있어요?"

"음. 솔직히 말해도 돼?"

"거짓말보단 낫죠."

남편은 잠깐 그녀의 눈치를 살피는가 싶더니 이내 결심한 듯 차분한 목소리를 뱉어냈다.

"당신이 친구 만나는 건 말릴 생각 없어. 늦은 시간에 노는 것도 그래. 걱정은 되지만 싫은 건 아니야. 오늘처럼 내가 데리러 가면 되니까. 그런데."

그런데……?

끊어진 뒷말을 기다리는 은서를 보며 잠깐 숨을 참던 그는 낮은 한숨과 함께 말을 흘렸다.

"그 회식 자리엔 앞으로 안 나갔으면 좋겠어."

의외의 말에 은서의 눈이 둥그렇게 커졌다. 아르바이트하는 걸 싫어하는 건 알고 있었다. 그거야 타당한 이유가 있었으니까. 그런데 회식까지 싫어할 거라고는 생각하지 못했다.

"이유, 물어봐도 돼요?"

조심스러운 질문에 그는 미간을 좁혔다. 선뜻 대답하기가 내키지 않는지 잠깐 망설이다 느릿하게 대꾸했다.

"……그 꼬맹이."

"꼬맹이? 혹시 준호 얘기하는 거예요?"

"그래. 이름이 그랬던 것 같기도 하고."

툭 내뱉는 말투엔 짜증이 잔뜩 서려있었다. 은서는 이해를 할 수 없다는 듯 고개를 갸웃했다.

"준호가 왜……."

"그 꼬맹이가 당신 보던 그 눈빛이 신경 쓰여."

멈칫, 하는 그녀의 머리 위로 단호한 음성이 떨어진다.

"분명 감정이 담긴 눈이었어, 그건."

남편은 자신의 감을 확신하는 듯했다. 질투심에 사로잡힌 그의 두 눈동자가 화르륵 타올랐다.

"……!"

작열하는 태양처럼 뜨거운 눈빛을 마주한 은서의 입이 저도 모르게 크게 벌어졌다. 도대체 어떻게 알았을까, 이 남자가. 당사자인 자신조차 준호의 마음을 오늘에서야 알았는데 말이다. 불과 한 시간 전 있었던 일이었다. 기분 좋게 술에 취한 가현이 문득 떠올랐다는 듯 입을 연 것은.

"참! 이준호, 이젠 좀 괜찮아?"

뜬금없는 질문을 받은 준호가 뭘? 하고 되묻자 가현이 장난스레 씨익, 입꼬리를 말아 올리며 말했다.

"너 은서 좋아했었잖아."

아니, 얘가 벌써 취했나. 대체 무슨 소릴 하는 거야……?!
생각지도 못한 발언에 당황한 은서가 재빠르게 준호의 눈치를 살폈다.
그런데 웬걸. 정작 준호는 심드렁한 얼굴로 대꾸했다.

"언제 적 얘기를 하는 거야. 다 잊었지, 그럼."

가벼운 말투였지만, 분명 긍정이었다.
그러나 놀란 건 은서뿐인 듯했다. 직원 모두가 진작 알고 있었다는 듯 가볍게 웃으며 한마디씩 더했을 뿐이었다.

"그래, 어느 누가 이 앳된 얼굴이 유부녀일 거라고 상상이나 했겠어."
"준호가 그때 많이 놀랐지."
"내심 사내커플 생기는 줄 알았는데 말이야."

모두가 알고 있었는데 저 혼자 몰랐다. 심지어 꿈에서도 상상하지 못했었다.

뒤늦게 상황파악을 끝낸 은서가 당황해서 큰 눈을 굴리자, 준호
가 가볍게 웃으며 말했다.

"누나, 부담 가질 필요 없어. 이미 다 지나간 일이니까. 지금은 안
좋아해. 진작 정리 끝냈어."

더없이 쿨한 준호의 반응에 은서는 그저 어색하게 웃을 수밖
에 없었다.

"뭐야, 그 표정?"

조금 전 일을 곱씹고 있는 은서의 얼굴을 본 남편이 뭔가를 눈
치챈 것처럼 눈을 가늘게 떴다.

"설마, 당신도 이미 그 녀석 마음 알고 있었던 거야?"

"그런 거 아니에요."

얼른 부정한 은서는 변명하듯 말을 덧붙였다.

"정말 몰랐어요. 조금 전 회식 자리에서 그 얘기가 나오기 전까
지는……."

"언제는 나더러 둔하다더니."

언젠가 그녀가 했던 말을 그대로 갚아주며 그가 쯧, 혀를 찼다.
난 그래도 4년까진 안 됐거든요? 반박하려다 말았다. 지금은 그
럴 분위기가 아닌 것 같아서.

"다 지나간 일이라고 했어요."

대신 부드러운 어투로 그를 달랬다.

"제가 유부녀라는 걸 알고 바로 마음 접었대요."

"마음이 그렇게 쉽게 접힌다고? 그럴 리가 없을 텐데."

경험에서 우러나온 부정이었다. 은서는 한마디를 더 보탰다.

"요즘 잘 돼가는 여자가 있다고 했어요. 아마 곧 사귀게 될 것 같다고도 했고요."

"못 믿어. 그 녀석이 당신을 보는 눈빛이 어떤지, 내 두 눈으로 직접 확인하기 전까지는."

남편의 두 눈이 고집스럽게 번쩍였다. 새카만 두 눈동자를 물끄러미 바라보며 잠깐 생각에 잠겼던 은서는 이내 차분하게 입술을 달싹였다.

"알았어요. 신우 씨가 싫다면 앞으로는 회식 자리 안 나갈게요."

그의 눈이 살짝 늘어났다.

"진심이야?"

"응. 진심이에요. 신우 씨가 싫다는 거 굳이 하고 싶지 않아요. 그리 중요한 일도 아니고."

물론 조금도 아쉽지 않다면 거짓말일 것이다. 사회생활이라는 건 이번 아르바이트가 처음이었고, 제 인생에서 인연이라고 부를 만한 사람들 역시 그곳에서 만난 이들이 전부였으니까. 하지만 예전처럼 버킷리스트니 뭐니, 고집을 피우면서 그와 다투고 싶지 않았다. 지금 그녀에겐 그런 것들보다 남편과의 결혼 생활이, 집안의 평화가 몇 배는 더 중요했다.

"당신이 그렇게 나오니까 내가 너무 속 좁고 쪼잔한 놈이 된 것 같잖아."

그녀의 진심을 확인한 남편이 낮게 한숨을 내쉬었다. 은서는 고개를 내저었다.

"쪼잔한 거 아니에요. 처지를 바꿔서 생각해보니까 나라도 기분 나쁠 것 같아요. 아니. 완전 나빠요, 기분."

진심이었다. 잠깐 상상했을 뿐인데 기분이 확 나빠졌으니까. 그 때였다. 운전석에 앉아 있던 남편이 불쑥 그녀의 앞으로 다가온 것은.

"!"

갑작스레 시야에 가득 들어찬 남편의 얼굴에 놀란 은서의 눈이 동그랗게 커졌다. 그와 동시에 지잉, 하는 진동음이 귓가로 흘러 들어왔다. 저도 모르는 새에 그녀의 몸이 서서히 뒤로 기울고 있 었다.

탁.

둔탁한 마찰음과 함께 몸이 완전히 누웠다. 값비싼 가죽을 두른 의자 시트가 그녀의 등을 부드럽게 받쳐 들었다. 자세가 바뀌었 지만 그녀의 시야에는 여전히 남편의 얼굴이 가득 차 있었다. 그 녀가 뒤로 넘어가는 사이 그도 딱 그만큼 상체를 숙여온 것이다.

"지금, 뭐 하는 거예요?"

은서가 재빠르게 손을 뻗어 남편의 가슴팍을 저지하며 되물었 다. 저를 빤히 내려다보는 짙은 시선이 어쩐지 위험하게 느껴진 탓이었다.

"집에 갈 때까지 버틸 수가 없을 것 같아서 말이야."

뜨거운 숨결과 함께 흘러나온 탁한 음성에 그녀의 눈이 둥그렇 게 커졌다. 지극히 위험한 발언이었다. 마치 벼락이라도 맞은 것 처럼 놀라 소리쳤다.

"정신 차려요! 여기 지금 길바닥이에요! 밖에 사람들 엄청 많이

다니고 있다고요!"

"걱정 마. 여기서 끝까지 갈 생각은 없으니까."

걱정하지 말라는 말에도 전혀 안심이 되지 않는 건 왤까. 양치기 소년을 지켜보던 마을 사람들의 마음이 이렇지 않았을까 싶다. 지난 전적이 워낙 화려한 남자였던지라 은서는 도저히 못 믿겠다는 듯 눈을 부릅뜨고 바라보았다.

"끝이 아니면, 어디까지 갈 예정인데요?"

삐딱하게 물었지만 남편은 아랑곳 않고 본인의 가슴팍에 닿아 있는 그녀의 손을 가볍게 떼어내며 차분하게 대답했다.

"글쎄. 어디까지일지는 가봐야 알 것 같은데. 그냥 쉽게 메인 시작 전에 먹는 애피타이저라고 생각해."

"애피타이저라고요?"

기가 막혀 되물었지만 남편은 표정 하나 바뀌지 않고 진지하게 말했다.

"나는 지금 극심한 허기를 느끼고 있어. 뭐라도 먹지 않으면 곧 죽어버릴 것 같아. 그러니 과부가 되고 싶은 게 아니라면 협력해 주길 바라."

이게 정녕 협력 요청인 건지, 아니면 협박인 건지…… 헷갈리는 경고와 함께 남편이 몸을 조금 더 밀착해왔다. 그와 동시에 단단한 것이 그녀의 허벅지를 뭉근하게 압박해 온다. 굳이 두 눈으로 확인하지 않아도 선명하게 보이는 듯했다. 금방이라도 터질 듯 부풀어 올랐을 바지 앞섶이.

"아니, 갑자기 얜 또 상태가 왜 이래요……?"

은서의 눈이 휘둥그레 커졌다. 진심으로 이 사태가 당황스러웠다.

그럴 수밖에 없는 것이, 당장 오늘 아침에도 격하게 사랑을 나누지 않았던가. 그런데 지금 그의 분신은 마치 며칠간 독수공방한 것처럼 단단히 화가 나 있었다.

"그걸 정말 몰라서 묻는 거야?"

남편이 그녀에게 짙은 시선을 고정한 채 붉은 입술을 달싹였다.

"당신이 먼저 유혹했잖아."

금시초문이었다. 타박처럼 들리는 말에 은서가 어이가 없다는 듯 되물었다.

"유혹이라고요? 내가 언제요?"

"방금."

"방금?"

"그래, 방금. 그것도 엄청 사랑스럽게."

웃음기라고는 먼지만큼도 섞여 있지 않은 진지한 목소리였다. 은서는 허, 작게 숨을 터뜨렸다.

세상에 이런 억지가 또 있을까. 이럴 때마다 제게 모든 책임을 떠넘기는 건 남편의 못된 습관이었다. 이 남자의 스위치는 도대체 어느 포인트에서 작동하는 건지 알다가도 모를 일이었다.

아니, 이쯤 되면 스위치가 고장 났다고 봐도 무방하지 않을까. 은서는 못내 억울했지만 한 번도 따져 묻지는 못했다. 지금처럼 그가 매번 반박할 틈도 주지 않고 입술을 겹쳐왔기 때문이다.

"……흡."

뜨거운 혀가 틈을 가르고 성마르게 그녀의 안으로 들어왔다. 숨어 있던 혀를 얽으며 진득한 소리가 날 정도로 세게 빨아 당겼다. 전에 없이 거친 키스가 이어졌다. 이따금 벌어지는 틈으로 흘러나온 뜨거운 열기와 함께 질척이는 마찰음이 좁은 차 안을 가득 메웠다.

그의 체온 때문인지, 차 안의 온도가 올라가서인지, 은서는 저까지 덩달아 몸이 달아오르는 게 느껴졌다. 뜨거운 열기와 몰아붙이는 키스에 숨 쉬는 게 버거워질 무렵이었다. 그의 입술이 떨어졌다.

통통 부은 입술을 혀끝으로 살짝 건드리고는 그대로 목덜미로 향했다. 가느다란 목을 길게 훑어 내리며 커다란 손을 블라우스 안으로 자연스럽게 집어넣었다. 투박한 손길에 속옷이 위로 말려 올라갔다. 드러난 여린 살을 한 손에 가득 쥔 채 주무르기 시작했다. 한껏 예민해진 중심이 손바닥에 쓸리자 등허리를 타고 소름이 쫙 돋아났다.

한번, 두 번, 자극이 집요하게 계속되자 아찔한 감각에 허리가 절로 들썩였다.

"으훗……!"

꽉 다문 입술을 비집고 참았던 신음이 터져 나왔다. 제 귀에도 너무도 외설스럽게 들리는 소리였다. 일순, 그의 손길이 뚝 멎었다. 그와 동시에 압박당하고 있던 가슴께가 허전해졌다. 해방감보다는 아쉬움이 더 짙었다. 은서는 질끈 감고 있던 눈을 떴다. 그녀의 위를 덮치고 있던 남편이 뒤로 물러나는 게 보였다.

"신우 씨……?"

허기는 좀 달래졌어요?

물어볼 필요가 없었다. 입가에 묻은 타액을 닦아낼 여유도 없이 다급하게 시동을 거는 남편의 움직임에서 답이 뻔히 나왔으니까 말이다.

"안전벨트부터 매. 운전이 조금 거칠 수도 있을 것 같으니까."

친절한 경고에 은서는 순순히 의자 버튼을 눌렀다. 뒤로 완전히 젖혀졌던 의자가 바로 서고, 그녀가 안전벨트를 매기가 무섭게 차가 출발했다. 1분 1초가 급한 그의 심정을 대변하기라도 하듯 차는 도로 위를 빠른 속도로 내달리기 시작했다.

입이 바짝 마르고 심장이 쿵쾅거렸다. 피가 아래쪽으로 쏠리다 못해 욱신거리는 통증까지 느껴졌다. 정말이지 한창 들끓던 사춘기 때도 겪어보지 못한 생경한 경험이었다. 이쯤 되자 아내의 말대로 제게 정말로 이상이 있는 건 아닌지 걱정이 들 지경이다. 도대체 무슨 정신으로 운전을 했는지 모르겠다. 다행히도 사고를 내지는 않았지만 평소라면 20분이 걸릴 거리를 10분 만에 도착하는 기록을 세웠다.

그럼에도 불구하고 주차를 하고, 엘리베이터에 올라타고, 현관 도어록 비밀번호를 누르는 그 순간까지가 오늘따라 왜 이렇게 멀고 길게 느껴지는 건지. 현관문이 열리기가 무섭게 그는 아내의 허리를 끌어안고 입술을 머금었다.

퉁퉁 부은 아랫입술을 살짝 깨물고 틈을 만들어 급하게 안으로 들어갔다. 현관문 닫히는 소리를 들으며 단내가 나는 타액을 모조리 빨아들이기 시작했다. 조금 전 분위기가 그대로 이어진 키스는 시작부터 농밀했다. 몰아붙이는 키스에 아내의 몸이 뒤로 주춤 밀리다 등이 신발장에 닿았다.

"……으응."

더 이상 뒤로 피할 수 없어진 아내는 속절없이 그를 받아들여야 했다. 키스가 짙어질수록 두 사람의 몸도 점점 더 가깝게 엉켜 들어갔다. 귓가에서 울리는 아내의 야릇한 신음소리가 잔뜩 부풀어 오른 그의 욕망을 부채질했다. 더는 참을 수가 없어졌다. 이미 한계치였다.

그는 얼른 손을 내려 아내의 옷을 벗기려 했다. 그런데 급한 마음과 달리 쉽지가 않았다. 바지 지퍼에서 버퍼링이 걸리자 저도 모르게 불만스러운 음성이 튀어나온다.

"오늘따라 왜 바지를 입은 거야."

아내는 기가 막힌다는 듯 눈을 늘였다.

"지금 그걸 말이라고 해요? 치마 입지 말라고 한 게 누군데."

"……내가 그랬나?"

그래. 그랬던 것도 같다. 그땐 일이 이렇게 될 줄 몰랐으니까.

"내일 당장 쇼핑 가자."

뜬금없는 말에 아내가 무슨 소리냐는 듯 바라본다. 그는 한쪽 입꼬리를 말아 올리며 대꾸했다.

"벗기기 좋은 바지로 잔뜩 사줄게."

못 말리겠다는 듯 하, 짧게 숨을 뱉는 아내의 입술을 그대로 집어삼켰다. 뜨거운 숨이 그의 입안에서 잘게 부서졌다. 가느다란 허리를 바짝 끌어안고는 그대로 천천히 걸음을 옮기기 시작했다. 그러면서도 아내의 옷을 벗겨내는 손놀림을 게을리하지 않았다.

바지, 블라우스, 속옷 순으로 바닥에 길을 만들 듯 내동댕이쳐졌다. 이윽고 그의 걸음이 거실 소파 앞에서 뚝 멈췄을 때 아내는 실오라기 하나 걸치지 않은 채였다. 소파에 조심스레 아내를 눕힌 그는 곧바로 자신의 옷을 훌러덩 벗어 던졌다.

"여기서 할 생각이에요……?"

"당신이 보기엔 내가 2층까지 올라갈 여유가 있는 것처럼 보여?"

아내의 시선이 노골적으로 드러난 그의 중심에 잠깐 닿았다가 황급히 떨어졌다. 그러고는 이내 고개를 내젓는다.

"이해해줘서 고마워."

그는 능글맞게 웃으며 그녀의 가운데에 자리를 잡았다. 보드라운 살결을 매만지자 아내의 몸이 부르르 떨렸다. 아내 역시 완전히 준비를 끝마쳤음을 확인한 후에야 조심스럽게 안으로 들어갔다.

"아흣!"

부드럽게 움직이려 노력했지만 그를 온전하게 받아들이는 게 힘겨운지 아내가 턱을 쳐들었다. 처음과 비교해보면 많이 익숙해지기는 했지만 아직도 남자를 받아들이는 것을 버거워하는 여린 몸이었다. 그것을 제 피부로 온전히 느낄 때마다 미안한 마음과 함께 참을 수 없는 욕정이 들끓었다.

지극히 모순되는 감정. 그녀의 앞에서 그는 늘 한 마리의 짐승이 된 기분이었다.

"많이 아파?"

"……아니, 괜찮아요."

그는 달래듯 그녀의 눈꺼풀 위로 자잘한 키스를 퍼부으며 아주 조심스럽게 움직이기 시작했다. 그러나 그것은 잠시일 뿐이었다. 간당간당하던 인내심은 금세 바닥을 드러냈고 그는 본능적으로 그녀의 안으로 깊숙이 파고들었다.

아내가 팔을 뻗어 그의 목을 끌어안았다. 힘들 텐데도 밀어내지 않고 저를 기꺼이 받아주는 아내에게로 속절없이 빨려 들어가며 그는 탁한 신음을 흘렸다. 아내를 갈구하는 그의 뜨거운 진심이 그녀의 안을 가득 채웠고, 벅찬 감정이 그의 안을 가득 채웠다. 사랑으로 충만해지는 순간이었다.

그들의 밤은, 이제부터가 진짜 시작이었다.

* * *

달칵.

스위치를 누르자 너른 주방에 불이 훤하게 들어왔다. 그는 입구에 선 채로 주방을 크게 한 번 훑었다. 아내보다는 제가 1년이나 더 길게 살아온 집이었지만, 늘 아내가 차려주는 밥을 먹는 식탁을 제외하면 주방은 여전히 어색하기만 했다.

사실 주방뿐만이 아니었다. 서재를 제외하면 이 집의 모든 공간엔 어느덧 아내의 손길이 구석구석 닿아 있었다. 올해 초 일주일에 한 번 오던 가사도우미가 개인 사정으로 그만두었다. 다른 사람을 구하려는데 아내가 말렸다.

"그냥 제가 혼자 할게요. 신우 씨 다른 사람이 집에 오는 거 별로 안 좋아하잖아요."

"당신이 왜? 굳이 집안일까지 신경 쓸 필요 없어."

"왜라뇨. 당연히 제가 해야죠. 전업주부잖아요."

"돈 안 번다고 구박 안 할 테니까 그냥 쉬어. 자기가 하고 싶은 거 하면서.”

“하고 싶은 거 아직 못 찾았어요. 찾을 때까지 마냥 놀 순 없잖아요.”

“왜 못 놀아. 세상에서 제일 쉬운 게 노는 건데.”

“제가 그러고 싶지 않아요. 사실은 집안일이 은근히 적성에 맞는 것 같기도 하고요.”

아내는 진심인 것 같았다.

“괜히 또 혼자 참지 말고, 버겁다 싶으면 언제든지 말해. 바로 가사도우미 구할 테니까. 알겠지?”

아내의 고집을 알기에 허락했지만 내심 걱정이었다. 사람은 둘이지만 집의 규모가 워낙 컸다. 주부 9단도 아니고, 이제 막 결혼한 병아리 주부인 그녀 혼자 소화하기엔 분명 벅찰 거라 생각했다.

그러나 그런 걱정을 비웃기라도 하듯 아내는 너무도 똑 부러졌다. 식사뿐만이 아니라 청소와 빨래, 그 모든 것이 가사도우미를 쓸 때보다도 훨씬 만족스러웠다. 아내의 손길이 닿는 집은 날이 갈수록 점점 더 완벽해져 갔다.

“나 전업주부가 체질인가 봐요.”

그녀의 우스갯소리에 진심으로 고개가 끄덕여질 정도였다.

“그나저나, 이건 한 번 더 데워야 하는 건가?”

그는 들고 있던 쇼핑백을 식탁 위에 내려놓았다. 해장국으로 유명한 가게에서 지금 막 사 온 북엇국이었다. 쇼핑백에서 포장 용기를 꺼내 들었다. 뚜껑을 열자 뽀얀 김이 훅 퍼져 나온다.

"바로 깨워서 먹이면 되겠네."

마음이 급해진 그는 얼른 그릇부터 꺼냈다. 일회용 포장 용기에 들어 있는 국을 적당히 퍼 담았다. 함께 받은 공깃밥과 밑반찬 몇 가지를 접시에 옮겨내자 꽤 그럴듯한 한 상이 차려졌다.괜스레 식탁 위를 뿌듯하게 바라볼 때였다. 뒤에서 인기척이 느껴졌다.

"주방에서 뭐 해요?"

불쑥 나온 아내의 목소리에 그는 화들짝 놀라며 뒤를 돌아보았다. 죄지은 것도 아닌데 괜히 가슴이 떨린다.

"벌써 일어났어?"

"그건 제가 할 말인 것 같은데요? 언제 일어난 거예요?"

"한 시간 전쯤에."

예상보다 이른 시간에 아내의 눈이 둥그렇게 커졌다.

"그렇게 빨리? 그럼 나도 좀 깨우지 그랬어요."

"자는 모습이 너무 예뻐서 못 깨우겠더라. 어제 내가 너무 괴롭혀서 기절한 건가 싶어서 미안하기도 했고."

간밤엔 제가 생각해봐도 심하다 싶을 정도로 아내를 괴롭혔다. 거실에서 한 번, 욕실에서 한번, 침대에서 또 한 번. 그가 세 번째로 사정을 마무리했을 때 아내는 거의 기절하다시피 잠에 빠져들었다.

그가 물수건을 만들어와 아내의 몸을 구석구석 닦아내는 동안에도 그녀는 아무것도 모르고 새근새근 고른 숨소리를 뱉을 뿐이었다. 어제의 기억이 떠올랐는지 아내의 얼굴이 살짝 붉어졌다. 그러나 딱히 부정하지는 않았다. 오히려 맞아요. 어젠 너무 심했어요, 진짜. 하며 그를 은근히 노려본다.

그 모습이 귀여워서 그는 피식, 작게 웃었다.

"잠은, 푹 잤어?"

"응. 완전 잘 잤어요. 근데 이게 다 뭐예요? 설마 요리했어요?"

뒤늦게 식탁 위를 확인한 아내의 눈이 당장이라도 튀어나올 듯 커졌다. 그냥 내가 했다고 할까. 어차피 쇼핑백이랑 용기는 다 치웠는데. 칭찬받고 싶은 마음에 잠깐 말도 안 되는 욕심이 들었지만 그는 이내 솔직하게 대답했다.

"아니. 요리할 자신은 도저히 없어서 사 왔어."

"사 왔다고요? 이 시간에?"

"전에 같이 갔던 가게 기억나지? 거기서 북엇국 포장해왔어. 당신 어제 술 마셨으니까 오늘은 해장하는 게 좋을 것 같아서."

내심 고맙다는 말을 기대했다. 그런데 아내는 감사의 인사 대신 그를 빤히 바라볼 뿐이었다.

"왜 그렇게 빤히 봐?"

"신기해서요."

"신기하다고? 뭐가?"

"그냥요. 이 모든 상황이 전부 다."

무슨 말인지 단번에 이해하지 못하고 고개를 갸웃하는 그를 향해 아내는 친절하게 설명을 덧붙였다.

"사실은 아직도 가끔 꿈꾸는 것 같을 때가 있어요. 이런 결혼 생활은 꿈에서도 상상해본 적이 없는데."

아내의 눈가가 예쁘게 접혔다. 이번에는 그녀가 하고자 하는 말이 무슨 뜻인지 알아들었다. 그럼에도 그는 시침을 뚝 떼고 되물었다.

"이런 결혼 생활이 어떤 결혼 생활인데?"

"행복한 결혼 생활이요."

아내는 다시 한번 예쁘게 웃으며 대답했다.

"이래도 되나 싶을 정도로 매일이 행복하기만 한."

그 어떤 고백보다도 가슴 설레는 말이었다.

아내를 만나기 전까지는 타인의 행복이 제 행복이 될 거라곤 꿈에도 상상하지 못했다. 아니, 행복뿐만이 아니었다. 마치 감정 회로가 이어진 것처럼 아내의 모든 감정이 늘 고스란히 그에게까지 전달되곤 했다. 아내가 웃으면 저도 웃음이 나왔고, 아내가 힘들어하면 저까지 덩달아 힘들어졌다. 덕분에 그에겐 목표가 생겼다. 늘 아내를 행복하게만 만들어주고 싶다는. 그래야 저도 행복할 수 있을 테니까.

"이래도 돼. 당신은 누릴 자격 충분히 있어. 그리고 앞으로도 나는 당신을 행복하게 만들어줄 거야."

아내에게 하는 약속이자 스스로에게 하는 다짐이었다.

"고마워요."

싱그럽게 웃는 아내의 얼굴은 늘 그를 가슴 벅차게 만들었다. 한두 번 보는 것도 아니면서 볼 때마다 반하게 된다. 이렇게 예쁜 여자를 어찌 사랑하지 않을 수 있을까. 세상에서 가장 아름다운 그녀의 미소를 마주한 그는 저도 모르게 싱긋 웃어 보였다. 어느덧 제법 닮아있는 미소였다.

"식기 전에 밥부터 얼른 먹자. 앉아."

그가 식탁 의자를 빼주었다. 늘 한결같은 매너에 익숙하다는 듯 아내는 자연스럽게 자리에 엉덩이를 붙였다.

"와, 진짜 맛있겠다. 잘 먹을게요."

군침을 꿀꺽 삼킨 아내는 숟가락을 들고 국물을 한가득 떠먹었다. 맞은편에 앉은 그는 숟가락을 들 생각도 않고 연속으로 국물을 홀짝홀짝 떠먹는 아내를 물끄러미 바라보았다.

"어때. 맛있어?"

"응. 완전 맛있어요!"

아직 표정이 풍부하지 않은 아내가 아이처럼 티 나게 행복해하는 순간이 몇 있는데, 지금처럼 맛있는 음식을 먹을 때가 그랬다. 엄지를 척 치켜드는 아내를 보며 그는 따뜻한 미소를 머금었다. 제가 만든 음식은 아니었지만 그래도 잘 먹는 모습을 볼 때면 덩달아 행복해지곤 했다.

밥을 먹지 않아도 배부르다는 말은 이럴 때 쓰라고 만들어진 게 아닌가 싶다.

제가 밥을 먹을 때마다 아내도 이런 기분일까.

그렇다면 앞으로는 조금 더 감탄을 크게 해줘야겠다고 생각했다. 이미 지금도 늘 아내의 솜씨에 진심으로 감탄하고 있었지만 말이다.

"그런데 왜 정장 차림이에요? 오늘도 출근해요?"

"응. 처리할 일이 좀 남아 있어서."

아, 하고 고개를 끄덕이던 아내는 잠깐 뭔가를 생각하는가 싶더니 이내 조심스레 질문했다.

"오래 걸려요?"

"글쎄. 해봐야 알 것 같은데. 그건 왜?"

"점심때 잠깐 나올 수 있나 해서."

"무슨 일 있어?"

"같이 갔으면 해서요."

무슨 소리냐는 듯 바라보자 아내가 숟가락으로 국그릇을 가볍게 휘저으며 대답했다.

"아버님 댁이요."

일순간 그의 미간이 좁아졌다. 아, 그게 오늘이었던가. 올해 초 미경은 예정일에 맞춰 출산을 했다. 딸아이였다. 노산인 데다가 초산이기까지 해 병원에서도 걱정이 많았지만 다행히도 산모와 아이 모두 건강했다.

"실제로 보니까 정말 작더라고요. 손도, 발도. 어찌나 작고 귀여운지. 꼭 인형을 보는 것 같았어요. 참, 이름은 승아예요. 아버님께서 직접 지으셨대요. 깜빡하고 뜻은 못 물어봤는데, 그래도 예쁜 이름 같아요."

출산 당일, 혼자 병원에 다녀온 아내는 들뜬 얼굴로 그에게 좋알좋알 보고했다. 그러곤 시종일관 무심한 태도를 보이는 그의 눈치를 보며 슬쩍 물었다.

"신우 씨는 안 궁금해요?"

"뭐가?"

276

"아가씨요."

"……아가씨라고?"

그가 기가 막힌다는 듯 되묻자 아내는 얼른 변명처럼 대꾸했다.

"원래 호칭이 그래요. 신우 씨야 어떻게 부르든 본인 마음이겠지만, 그렇다고 저까지 아무렇게나 부를 순 없잖아요."

아내는 못마땅해하는 기색이 역력한 그의 눈치를 살피며 아무튼, 하고 말을 돌렸다.

"정말로 안 궁금해요?"

"안 궁금해. 전혀."

단호한 대답에 살짝 아쉽다는 기색을 보이기는 했지만 그래요, 금방 고개를 끄덕였다. 그러고는 더 이상 그의 앞에서 그 얘기를 꺼내지 않았다. 아내에겐 싫은 구석이라곤 눈을 씻고 찾아봐도 한 군데도 없고 모든 것이 제 마음에 쏙 들었지만, 그중에서도 특히나 이런 성격이 가장 마음에 들었다. 쓸데없이 과한 오지랖을 부리는 법이 없었다.

오히려 가끔은 제게도 너무 무심한 것 같아 섭섭한 마음이 들 정도였다. 그랬던 그녀가 그 일에 대해 다시금 얘기를 꺼낸 건, 바로 며칠 전이었다.

"곧 아가씨 백일이에요."

"그래서?"

"백일잔치는 그냥 집에서 소소하게 하실 거라고 신경 안 써도 된다고, 그렇게 말씀하시긴 했는데. 그래도 뻔히 알면서 그냥 넘어갈 순 없잖아요."

"왜 그냥 못 넘어가? 당사자가 신경 쓸 필요 없다고 했다며. 그 뜻에 따라주도록 해."

무심한 대꾸가 마음에 들지 않았는지 아내가 눈을 슬쩍 흘겼다. 그러나 이번에도 역시 강요는 하지 않았다. 그저 고집스럽게 한마디를 덧붙였을 뿐.

"저는 갈 생각이에요."

그는 대답 대신 어깨를 가볍게 으쓱해 보였다. 제가 아들 노릇을 할 생각이 없다고 해서 제 아내까지 며느리 노릇을 하지 말라 강요할 생각은 없었다. 아니, 강요할 자격이 없다고 하는 게 더 정확할 테다.

사실 아버지와 미경이 함께 사는 것을 극구 반대하지 않았던 것도. 그럼에도 미경을 받아들이지 못하는 것도. 그래서 상황을 이렇게 만든 것도. 모두 제 자신이었으니까. 물론 처음엔 아내가 혼자 본가에 가는 걸 극구 반대했었다. 제가 인정하지 않는 미경의 앞에서 며느리 노릇을 하는 게 싫어서가 아니었다. 그저 제가 없는 곳에서 미경이 되지도 않게 시어머니 노릇을 할까 봐 영 신경이 쓰였던 탓이다.

그러나 걱정과 달리 두 여자는 꽤 쿵짝이 잘 맞는 듯했다. 제 위치를 알아서인지 미경은 딱히 시어머니 노릇을 할 생각이 없는 듯했고, 아내 역시 과하지도 않고 부족하지도 않게 적당한 선을 지켰다. 더 이상 반대를 할 이유가 없었다. 게다가 친정에 정붙일 데 없는 아내의 사정을 뻔히 아는데, 그나마 한 가족이랍시고 왕래하게 된 시댁과의 인연마저 끊으라 할 순 없는 노릇이었다.

"오늘만 같이 함께 가주면 안 돼요? 그냥 가서 밥만 먹고 오면 되는데."

"혼자 가기 싫어서 그러는 거라면 당신도 가지 마. 아까도 얘기했지만 굳이 갈 필요 없어."

"아뇨. 혼자 가기 싫다는 건 아니구요……."

평소의 그녀답지 않게 오늘따라 어쩐지 조르는 것 같다는 느낌이 들었지만, 그는 단호하게 고개를 내저었다.

"잔치라며. 오늘 같은 날은 더더욱 불청객이 없는 편이 나을 거야, 그쪽도."

"아무도 신우 씨를 불청객이라고 생각하지 않을 거예요."

단호하게 나온 아내의 말에 그는 옅게 미소를 지어 보였다.

"당신은 착한 며느리 해. 나는 이제 와서 착한 아들 노릇 할 생각 전혀 없어."

완곡한 거절이었다. 아내는 어쩔 수 없다는 듯 한숨을 작게 내쉬었다.

* * *

대문을 지나 정원으로 들어서자 향긋한 꽃향기가 코끝을 흠뻑 적셔왔다. 은서는 걸음을 멈추고 잘 다듬어진 정원을 둘러보았다. 하늘은 어둑해졌지만 알록달록한 꽃들은 선명하게 눈에 들어왔다.

사실 정원은 평창동이 훨씬 더 크고 대단했다. 정원관리를 도맡아 하는 오씨 아저씨가 1년 365일 남다른 예술혼을 불태웠으니까. 그럼에도 은서는 평창동의 정원보다 이곳이 훨씬 더 마음에 들었다. 아니, 비단 정원뿐만이 아니었다. 모든 방면에서 친정보다 시댁이 더 좋게 느껴졌다. 마음이 편한 탓이었다.

결혼하면 '시금치'마저 '시'자가 들어가서 싫어진다는 우스갯소리가 있다. 하지만 은서에겐 오히려 '시댁'보다 '친정'이라는 단어가 몇 배는 더 어색했다. 최근엔 아예 친정에 발을 끊고 시댁과만 왕래하고 있는 중이었다. 남편 덕분이었다.

작년 추석 때 있었던 일 때문에 황 회장은 심기가 몹시 불편한 상태였다. 집안 행사가 있을 때마다 일부러 은서를 불러내곤 했다. 감히 태한 그룹의 대표인 손녀사위에겐 성질을 부릴 수가 없어 만만한 그녀에게 모든 화풀이를 하려는 작정인 게 뻔했다. 허나 황 회장의 뻔한 수법은 통할 수 없었다. 손녀를 부를 때마다 세트처럼 어렵기 그지없는 손녀사위가 딸려왔기 때문이다.

"박 대표. 바쁜 사람이 여긴 어떻게 왔어?"
"바쁘다고 제가 빠질 수가 있나요. 저도 이젠 한 가족이고, 특히나 사랑하는 아내를 키워주신 고마운 분들을 만나 뵈러 오는 건데요."

'…….'

"이 사람을 이렇게 반듯하게 키워주신 점, 늘 진심으로 감사드리고 있습니다."

더없이 정중한 감사 인사였다. 그러나 웃음기라고는 전혀 없는 새카만 눈동자 속에 담긴 비아냥거림을 황 회장이 눈치채지 못할 리가 없었다.

크흠, 황 회장은 대답 대신 헛기침을 했다.

표면적으로는 감사의 인사를 들은 것이었으니, 늙은이를 놀리느냐며 화를 낼 수도 없었다. 그저 가시방석에라도 앉은 듯 불편해 보이는 얼굴로 손녀사위의 시선을 피할 뿐이었다. 하지만 안타깝게도 그는 적당히를 모르는 남자였다. 인생 좌우명이 '모 아니면 도'가 아닌가 싶을 정도로 극단적인 남편의 행동은 그것에서 그치지 않았다.

보디가드라도 되는 듯 매번 날카로운 눈을 하고 그녀의 주위를 예리하게 살피기까지 했다. 자칫 말실수 한 번이라도 하면 당장 잡아먹기라도 할 듯 매서운 눈빛이었다. 심지어는 그녀가 화장실을 갈 때도 쪼르르 따라붙었다.

결국 황 회장은 손녀에게 화풀이하기는커녕 오히려 그때마다 손녀사위의 눈치를 봐야만 했다. 그런 일이 두어 번 더 반복되자 황 회장은 아예 포기를 한 듯했다. 올해 설날, 황 회장은 재욱을 통해 그녀에게 말을 전했다.

"여자는 결혼하면 원래 출가외인이 되는 거래. 그러니까 늘 시댁을 먼저 챙기라고. 명절에도 친정은 굳이 찾아올 필요 없다고, 전해달라고 하셨어."

"그게 정말이야? 진심으로 하시는 말 같았어?"

"응. 100퍼센트 진심처럼 보였어."

고개를 끄덕이며 답한 재욱은, 여전히 못 미더워하는 그녀를 보며 한마디를 덧붙였다.

"사실 할머니 표정만 봤을 땐 안 와도 된다, 가 아니라 제발 오지마라, 하시는 것 같았어."

도대체 그동안 무슨 일이 있었던 거야? 재욱은 궁금해하는 것같았지만 은서는 대답 대신 어색하게 웃어줬을 뿐이었다. 황 회장은 남매에게 있어서 절대적인 권력자였다. 너희 매형이 그런 할머니를 손바닥 위에 올려놓고 가지고 놀았다는 말은 차마 할 수없었다. 입이 떨어지질 않았다.

어쨌든 은서는 늘 그래왔던 것처럼 이번에도 역시 기꺼이 황 회장의 말을 따르기로 했다. 지금까지 황 회장에게 들었던 수많은말 가운데 유일하게 반가운 말이 아닐 수 없었다. 그리고 얼마 전,명절보다 더 중요하게 여기던 황 회장의 생일날 하루 종일 조용하던 전화기를 마주했을 때야 그녀는 새삼 깨달았다. 이제 정말로 감옥 같던 평창동을 온전히 벗어났다는 사실을. 해방감에 가슴이 벅차올랐다.

"아주머니껜 조금 죄송하지만……."

낮게 중얼거리는 그녀의 입가에 씁쓸함이 걸렸다. 평창동 집을, 더 나아가서 진숙을 떠올리게 하는 정원에서 시선을 떼며 은서는 다시금 걸음을 옮겼다.

"뭘 굳이 여기까지 왔어. 안 와도 된다니까."

현관으로 들어서자 마중 나와 있던 미경이 그녀를 반겼다. 말과 달리 얼굴엔 반가운 미소가 걸려있었다. 그가 인정을 해주지 않아서일까. 미경은 그녀에게서 시어머니 대접을 받을 때마다 기뻐하는 기색을 감추지 못했다. 그걸 너무도 잘 알기에 더욱더 외면할 수가 없는 것이었다.

"자주 오지도 못하는데, 이런 날은 그래도 챙겨야죠. 그간 잘 지내셨죠?"

"나야 늘 잘 지내지. 조금 피곤한 것만 빼면."

"혹시 무슨 일 있으신 건……."

걱정스럽게 바라보자 미경이 웃으며 손사래를 쳤다.

"아냐, 그런 거. 그냥 육아 때문에 피곤하다는 말이었어. 예상은 했는데 막상 겪어보니 육아라는 게 만만치가 않더라고."

알 만하다는 듯 은서가 고개를 끄덕였다. 겪어보진 않았지만 육아가 얼마나 고된 건지 익히 들어 알고는 있었다. 지금 미경의 모습만 봐도 그랬다. 늘 화려하게 치장하던 외모는 아이를 낳은 후로는 수수함을 유지했다.

화장기가 거의 없는 맨얼굴이라 그런지, 아니면 아직 덜 빠진 붓기 때문에 그런지. 본인 말대로 피곤해 보이기는 했지만 인상이 전보다 훨씬 부드러워 보이기도 했다.

"참. 선물도 잘 받았어."

미경이 현관 한편에 떡하니 세워져 있는 유모차를 가리켰다. 그녀가 며칠 동안 고심해서 고른 백일 선물이었다.

"마음에 드세요?"

"들고말고. 받자마자 회장님이랑 정원 한 바퀴 돌았는데 승아도 좋아하더라. 신경 써 줘서 고마워."

워낙에 많은 걸 가진 상대였다. 백일 선물로 이 정도면 최고의 선물이라던 직원의 말에도 은근히 걱정됐는데, 다행히도 미경은 만족하는 눈치였다. 안심한 은서는 옅게 웃었다.

"그런데 아버님은요?"

"안방에. 승아가 잠투정이 심해서 재우러 들어가셨어."

인사는 어떻게 해야 하나. 살짝 난감해하는 그녀의 생각을 읽은 듯 미경이 고개를 내저었다.

"인사는 나중에 하렴. 아마도 승아 재우려다가 함께 잠드신 모양이니까."

"아……."

"우린 차나 한잔하고 있자. 곧 일어날 거야. 벌써 두어 시간 지났거든."

백일 된 아이를 재우다 지쳐 함께 잠들었을 박 회장의 모습이 상상되질 않았다. 그러나 대수롭지 않게 말하는 미경을 보니 아무래도 일상인 듯했다. '딸바보'라는 말을 듣긴 했어도 설마 제 시아버지가 그렇게 될 줄이야…….

심히 놀라웠지만 실례인 것 같아 애써 표정 관리를 하며 은서는 미경의 뒤를 따랐다. 두 사람은 거실 소파에 앉았다. 집안일을 도와주는 아주머니가 홍차를 두 잔 내왔다. 은은한 향기를 맡으며 차를 홀짝이는데 미경이 먼저 운을 뗐다.

"신우는 요즘에도 많이 바쁘지?"

은서는 찻잔에서 입을 떼고 미경을 바라보았다. 질문을 던진 미경의 시선은 그녀가 아닌 허공을 향하고 있었다. 어쩐지 멋쩍어하는 것 같았다.

"죄송해요. 같이 오고 싶었는데, 오늘도 일이 많다고 해서요."

"네가 죄송할 게 뭐가 있니. 최근에 회사가 바쁘게 돌아간단 얘기는 나도 회장님께 들었어. 뭐, 일이 없더라도 얼굴을 비출 아이는 아니지만."

그리 말하는 미경의 입가에는 쓸쓸함이 감돌았다. 맞장구를 칠 수도, 위로의 말을 해줄 수도 없는 노릇이었다. 은서는 그저 어색한 얼굴로 차를 한 모금 더 홀짝였다. 사실 언젠가부터 미경이 그와의 관계 회복을 원하는 것 같다는 느낌을 받았었다. 나를 이해해줘, 라기보다는 너를 이해해, 같은 느낌이었다. 그래서 은근히 남자를 꾀어내려고 한 것이었다. 아쉽게도 번번이 실패로 돌아갔지만.

"은서야."

"네, 어머님."

"어려운 부탁인 거 아는데……."

미경은 잠깐 머뭇거리다 이내 조심스럽게 질문했다.

"자리, 한번 마련해줄 수 있을까?"

앞뒤 다 잘라먹은 말이었지만 그 속에 담긴 뜻은 단번에 알아들을 수 있었다. 은서가 들고 있던 찻잔을 내려놓자 미경이 말을 덧붙였다.

"이제 와 이러는 게 우스운 일이라는 거 알아. 그런데 내 새끼를 품고, 또 낳고 보니까…… 내가 그 아이한테 얼마나 몹쓸 짓을 했는지 새삼 와 닿더구나."

힘겹게 뱉어낸 목소리 끝이 미세하게 떨렸다. 아래로 내리깔리는 눈빛 역시 바람 앞의 등불처럼 거세게 흔들렸다. 알고 있었다. 자신에겐 어떻게든 지켜내고 싶은 절절한 사랑이었지만, 세상 사람들에겐 손가락질 받아 마땅한 불륜일 뿐이라는 것을. 다른 사람 상처 주면서 지켜낸 사랑이었기에 당연히 감내해야 한다고 생각했다. 죗값을 치르겠단 생각으로 평생 숨죽여 살아왔다.

그런데 한 해, 두 해 점점 나이를 먹어가다 보니 어느 순간 덜컥 겁이 나는 것이다. 지금이 아니면 영영 내 새끼 한 번 품어보지 못하고 늙어 죽겠다는 생각은 그녀를 전에 없이 초조하게 만들었다. 욕심이 욕심을 부른다고 했던가. 막상 아이를 갖고 나니 이제는 호적까지 욕심이 나는 것이었다.

그러면 안 됐는데……. 사람이라면 그래선 안 되는 거였는데…….

모성애라는 껍질을 뒤집어쓴 또 다른 욕심에 눈이 멀어 본의 아니게 그 아이에게 또 다른 상처를 줘버렸다. 인정한다. 그것이 얼마나 이기적인 선택이었는지. 열 달 동안 아이를 품고, 낳고, 엄마인 제가 온 세상인 줄 알고 따르는 아이를 보고 있자니 뒤늦게 현실이 보이기 시작했다. 그 아이에게도 어머니란 분명 그런 존재였을 텐데……. 나는 대체 무슨 짓을 저지른 걸까.

늦어도 너무 늦은 후회가, 죄책감이 가슴을 무겁게 짓눌렀다.

"……받아주지 않더라도, 죽기 전에 진심으로 사과는 한번 해야 할 것 같아서……."

말을 제대로 끝마치지 못하고 미경은 아랫입술을 지그시 물었다. 금세 벌겋게 달아오른 눈가에 투명한 눈물이 맺혀 올랐다.

"……."

은서는 눈치껏 그런 미경에게서 시선을 거둬들였다. 한순간에 무거워진 분위기에 괜스레 찻잔만 꽈악 그러쥐었다. 미경의 마음이 진심이라는 건 그녀도 느낄 수 있었다. 하지만 미경의 부탁을 들어주겠노라 확언할 수는 없었다.

오죽하면 미경이 이런 부탁을 했을지 그 마음을 모르는 건 아니었지만, 미안하게도 이제 제가 할 수 있는 일은 없었다. 오늘 또다시 의중을 떠봤지만 그는 단호해 보였다. 계속해서 강요할 순 없는 노릇이었다. 그를 위한 일인지 확신할 수 없었으니까. 다만 미경의 이런 마음을 알게 된다면 그의 상처 받은 마음이 조금은 토닥여지지 않을까, 하고 막연히 생각할 뿐이었다.

다른 누구도 아닌, 오직 그만을 위해서.

남편이 그 어떤 순간에도 제 편을 들어준 것처럼, 그녀 역시 언제나 그의 편을 들어주겠노라 마음먹은 지 오래였다.

* * *

나른한 일요일 오전.

해가 중천에 떴을 즈음 두 사람은 느직이 잠에서 깼다. 간단하게 토스트에 잼을 발라 먹는 것으로 늦은 아침을 해결하고, 커피 두 잔을 내려 볕이 잘 드는 창가에 마주 보고 앉았다. 여유로운 주말. 코끝을 듬뿍 적시는 고소한 커피 향과 머리 위로 떨어지는 따뜻한 햇볕, 그리고 저를 사랑스러워 죽겠다는 시선으로 바라보고 있는 남편까지…….

이보다 더 완벽할 수가 있을까.

결혼 후 모든 시간들이 그랬지만, 그중에서도 그녀가 가장 좋아하는 시간이었다.

"정말로 어디 안 가도 되겠어?"

"응. 오늘은 집에서 보내고 싶어요. 여유롭게."

"계속 집에 있었잖아."

"신우 씨랑 같이 있는 건 오랜만이잖아요."

"그건 그렇지만……. 모처럼 쉬는 주말인데 정말 괜찮겠어?"

아마 놀이동산을 다녀온 이후부터였을 것이다. 남편이 데이트 강박증에 시달리기 시작한 것이. 그녀의 불우한 어린 시절을 너무 안타깝게 생각한 나머지 그는 막중한 책임감을 느낀 모양이었다. 바쁜 와중에도 시간이 조금이라도 생기면 그녀를 이곳저곳 데리고 다니려고 애를 썼다.

영화관, 박물관, 미술관, 아쿠아리움, 남산, 한강 등등. 정 실장에게서 추천받은 데이트 장소는 모두 함께했다. 이제 서울에서는 그녀가 안 가본 곳이 거의 없을 정도였다. 물론 그와 함께하는 데이트는 어디든 좋았다. 늘 만족스러웠을뿐더러, 저를 위해 시간을 내주고 노력해주는 것 자체가 엄청난 감동이었다. 하지만 그가 우리의 데이트를 의무로 생각하지는 않았으면 했다. 특히나 어제처럼 밤늦게 퇴근을 해 집으로 돌아와 피곤에 절어 있을 때만큼은 더더욱.

"난 데이트 다니는 것도 좋지만 이렇게 신우 씨랑 같이 집에서 여유롭게 보내는 시간도 좋아요."

"그렇다면 다행이고."

가볍게 대꾸했지만 그의 입꼬리는 하늘로 승천하려는 듯 씰룩거려댔다. 그녀의 대답이 마음에 드는 모양이었다. 하여튼. 은근히 귀엽다니까.

"왜 그렇게 웃어?"

비실비실 흘러나오는 웃음을 참지 못하고 흘려보내자 남편이 고개를 갸웃했다.

"좋아서요."

"내가?"

"아니. 커피가."

장난스러운 대꾸에 남편이 눈썹을 찌푸렸다. 그가 원하는 대답이 뭔지 알고 있었지만 은서는 커피잔을 건드리며 능청스레 말했다.

"커피 맛있네요. 신우 씨는 나중에 일선에서 물러나면 카페 차려도 되겠어요."

"칭찬은 고맙지만 노후 계획이 이미 세워져 있어서 말이야."

"노후 계획이 뭔데요?"

"세계여행을 할 예정이야. 물론 당신이랑 같이."

당연하다는 듯 덧붙여진 말에 이번에는 은서가 눈썹을 찌푸렸다.

"신우 씨는 왜 매번 내 의견은 묻지도 않고 멋대로 결정해요?"

"여행 싫어해?"

"아뇨. 엄청 좋아해요. 그래도 내 의견을 꼭 물어봐 줬으면 좋겠어요. 서프라이즈도 좋지만, 그런 건 같이 계획 세우면 더 즐겁잖아요."

은서가 입을 비죽 내밀자 그는 순순히 고개를 끄덕였다.

"알았어. 그렇게 할게."

그리고 말했다.

"그래서 말인데, 제주도 같이 갈래?"

그래서 말인데, 라니.

부자연스러운 말을 너무도 자연스럽게 하는 남편을 보며 은서는 황당하다는 듯 되물었다.

"제주도요?"

"사실은 다음 주 금요일에 제주도 출장이 잡혔거든. 마침 일정이 금요일이니까, 당신이랑 같이 주말까지 보내고 오면 어떨까 싶어서. 금요일엔 아마도 당신 혼자 시간을 보내야겠지만……."

계획이 매우 구체적이다. 지금 갑자기 생각이 나서 얘기하는 건 아닌 게 분명했다.

"비행기 표, 이미 제 것까지 예매한 거죠?"

눈을 가늘게 뜨고 묻자 그는 순순히 인정했다.

"앞으론 미리 상의할게."

역시나. 오늘 이 얘기를 하지 않았으면 그는 아마 목요일쯤, 내일 제주도 가지 않을래? 물었을 게 뻔했다. 마치 집 앞 슈퍼나 잠깐 다녀오자는 듯이 가벼운 투로. 바로 전날에 꼼짝없이 급하게 제주도 갈 준비를 했을 상황을 떠올리자 어이가 없었지만, 그래도 저를 보는 남편의 눈빛에서 반성이 느껴지기는 했다.

워낙에 본래 성격상 제멋대로인 경향이 있기는 하지만 그녀가

이건 아닌 것 같아요, 얘기하면 그는 기꺼이 수용해주었다. 신혼
땐 치약 짜는 걸로도 많이들 싸운다는 우스갯소리를 들어 본 적
이 있었다. 그러나 대부분 그녀의 의사를 존중해주는 남편 덕분
에, 다른 이들의 걱정과 달리 오히려 두 사람은 크게 싸울 일이
거의 없었다.

물론 침대 위에서는 결코 져주는 법이 없는 남자였지만 말이다.

은근히 제 눈치를 보는 남편을 빤히 응시하던 은서는 이내 활짝
웃으며 흔쾌히 고개를 끄덕였다.

"좋아요, 같이 가요."

* * *

금요일 아침 일찍 출발한 비행기는 금세 제주도에 도착했다. 두
사람은 각자 기내용 캐리어를 끌고 나온 뒤 공항 내부에 비치된
의자에 앉았다. 이제 막, 어젯밤 먼저 제주도에 도착했던 정 실장
에게서 조금 늦을 것 같다는 연락을 받은 참이었다.

"신우 씨. 저기 좀 봐요."

아내가 팔을 뻗어 어딘가를 가리켰다. 시선을 따라가자 통유리
너머로 바깥 풍경이 보인다.

"일기예보에서 구름이 많을 거라고 해서 걱정했는데 날씨 엄청
좋은 것 같아요. 다행이다, 그죠?"

"거봐. 내가 걱정 안 해도 된다고 했지. 일기예보가 언제 제대로
들어맞은 적이 있나."

"가끔은 맞기도 하던데요? 그래도 일기예보가 빗나가서 기쁜

건 처음인 것 같아요."

배시시 웃어 보이는 아내의 얼굴은 청명한 제주 하늘보다 훨씬
더 맑았다. 꼭 첫 소풍을 가는 어린아이 같았다. 그의 입가가 절
로 느슨해졌다.

"안 피곤해? 어제 잠도 엄청 늦게 자는 것 같던데."

아내가 눈을 동그랗게 뜨고 되묻는다.

"어떻게 알았어요?"

"말했잖아. 난 당신이 없으면 깊게 잠 못 든다고."

"아, 그거 진짜였어요? 그냥 하는 말인 줄 알았는데. 미안해요."

"미안할 것까진 없고."

그는 아내의 흐트러진 머리카락을 귀 뒤로 넘겨주며 손길만큼
이나 다정한 음성을 내뱉었다.

"근데 밤새 뭐 한 거야? 새벽녘이 돼서야 침대로 올라오는 것
같던데."

"짐 챙겼어요."

"짐은 이른 저녁에 다 챙긴 거 아니었어?"

"혹시나 빠트린 게 있나 걱정돼서 몇 번이고 확인했거든요. 사실
설레서 잠이 별로 안 오기도 했고……."

아내는 멋쩍은 듯 아랫입술을 살짝 깨물었다.

일순 그의 눈매가 깊어졌다.

"설마 제주도도 처음인 건 아니지?"

"다행히도 그건 아니에요."

진심으로 다행이라고. 그가 안심하는 순간이었다. 그녀의 말이
이어졌다.

"고등학교 때 수학여행으로 왔었거든요."

느슨해졌던 그의 입가가 바짝 경직됐다.

"그게 전부라고?"

"알잖아요. 우리 집 분위기가 어땠는지."

후후, 체념한 듯 작게 웃는 그녀를 보며 그는 낮게 한숨을 내쉬었다. 그래. 그녀의 말대로 너무 잘 알고 있었다. 덕분에 이젠 별로 놀랍지도 않다. 또야? 도대체 어디까지인 건데? 하고 기가 막힐 뿐.

그러나 놀랍지 않다고 해서 덤덤하게 받아들일 수 있는 건 아니었다. 아내의 지난 삶은 들여다볼수록 끔찍했다. 이럴 때마다 마음 같아선 당장이라도 세운가에 쳐들어가서 다 엎어버리고 싶은 심정이었다. 아내는 황 회장에게 더 이상 불려갈 일이 없다는 것만으로도 충분하다고 했지만, 그의 성에는 영 차지 않았다. 하지만 그렇다고 제 성질대로 일을 저지를 순 없는 노릇이었다. 별로 인정하고 싶지는 않지만 그래도 어쨌거나 세운가는 제 아내의 친정이었다. 제 아내의 얼굴에 침을 뱉는 일이나 다름없었다.

"왜 그렇게 빤히 봐요?"

"미안해서."

평생 미안하다는 말과는 거리가 먼 오만한 삶을 살아왔는데, 이상하게도 그녀에겐 미안한 일투성이었다.

"미안해요? 뭐가요?"

"고작 제주도 온 걸로 이렇게 좋아하는데, 바쁘단 핑계로 제대로 여행 한번 못 갔잖아. 정작 신혼여행도 못 갔으면서 노후에 세계여행 가겠다는 소리나 하고."

어째서 말을 해줘야만 그때야 뒤늦게 알게 되는 건지. 같은 실수를 두 번이나 반복한 스스로가 한심하다 못해 짜증스러울 지경이었다. 그가 뒤늦게 몰려오는 죄책감에 한숨을 낮게 내쉴 때였다. 아내가 마치 그를 달래듯 부드러운 음성을 뱉어냈다.

"신혼여행 안 간 건, 저도 동의한 일이었잖아요. 그리고 신우 씨가 바쁜 건 핑계가 아니라 팩트고. 사실 노후에 세계여행할 계획을 세운 건 칭찬해주고 싶을 정도였는데요?"

섭섭하다고 따져도 모자랄 판에 저를 이해한다는 아내의 말이, 고마우면서도 못내 미안하다.평생을 제 감정 죽이고 참고 살아왔을 그녀의 지난 삶을 알기에 더욱더 그럴 수밖에 없었다. 저만큼은 그렇게 만들고 싶지 않았는데. 행복하게만 해주고 싶었는데.

왈칵 치솟는 감정에 그는 아내의 고운 손을 조심스럽게 붙들었다.

"오늘 낮 시간만 좀 참아줘. 최대한 빨리 끝내고 바로 당신한테 갈게."

"걱정 마요. 여기가 말 안 통하는 외국도 아니고. 혼자서도 잘할 수 있어요. 오늘 혼자 놀 계획도 미리 세워왔는걸요?"

아내가 내내 손에 쥐고 있던 조그마한 수첩을 들어 보였다. 그곳엔 빼꼭하게 글씨가 적혀있었다. 제주도행이 결정되고 며칠간 신나서 계획을 세웠을 아내를 생각하니 못 견디게 사랑스럽단 생각이 불쑥 들었다. 그리고 딱 그만큼 마음 한편이 무거워졌다. 여러 감정이 섞인 눈으로 그는 아내를 지그시 바라보며 잡은 손에 힘을 조금 더 주었다.

"이번 프로젝트만 끝나면 여유가 좀 생길 거야. 그럼 짧게라도 시간 내서 해외 다녀오자."

"너무 좋죠."

아내는 아이처럼 기뻐했다.

"특별히 가보고 싶은 곳 있어?"

그의 질문에 아내가 잠깐 생각하는가 싶더니 이내 대답한다.

"어디든."

"어디든?"

"원래 여행은 어딜 가느냐보다 누구랑 함께 가느냐가 가장 중요하대요. 그러니까 신우 씨랑 함께라면 나는 어디든 좋아요."

어쩜 이렇게 예쁜 말만 하는지.

자신의 아내는 정말이지 종잡을 수 없는 여자였다. 무뚝뚝한 것 같으면서도 가끔 이렇게 사람 애간장을 다 녹이는 말을 아무렇지도 않게 툭툭 뱉어댄다. 그게 나를 미치게 만든다는 걸, 그래서 매일 밤마다 당신을 집요하게 괴롭힐 수밖에 없다는 걸, 아내는 꿈에도 생각하지 못하는 게 분명했다.

그래. 그러지 않고서야 이런 고문을 할 수는 없지.

그는 뻐근해지는 아랫배에 애써 힘을 주고는 장난스레 되물었다.

"지옥이라도?"

"아, 그건 좀⋯⋯."

난감해하는 아내의 얼굴이 퍽이나 귀엽다. 그는 지금 제가 얼마나 위급한 상황인지를 금세 잊고서 크게 웃었다.

"농담이야. 나도 지옥 같은 데에 당신 데려갈 생각 없어."

"그래요. 우리 기왕이면 천국 가요."

과연, 그럴 수 있을까⋯⋯.

천진난만한 아내의 말에 저도 모르게 과거의 행적을 되짚어볼 때였다. 저 멀리서 빠르게 다가오고 있는 정 실장의 모습이 보였다.

"늦어서 죄송합니다, 대표님."

재빠르게 다가온 정 실장이 가쁜 호흡을 삼키며 말했다.

"갑자기 일이 터지는 바람에……."

"일?"

"아, 그게……."

정 실장이 아내를 흘긋 바라본다. 업무 얘기를 아내 앞에서 해도 되는지 허락을 구하는 것이었다.

"괜찮아. 말해."

그제야 정 실장은 입을 열었다.

"쾌통 담당자 쪽에 약간의 문제가 생겼습니다."

일순간 신우의 미간이 굳어졌다.

"어떤?"

"샤오린이 관광할 목적으로 가족과 함께 출국을 했거든요. 저희 측에 통역 가능한 가이드 요청을 했었고요. 아무래도 제주도 여행사 측 가이드가 적당할 것 같아 가장 신뢰가 가는 인물로 골라놨는데……."

"그런데?"

"30분 전에 갑자기 펑크가 났습니다. 가이드 부친이 갑작스레 사고로 돌아가셨다고요."

하필이면, 이라는 생각에 기가 막혔지만 어쩔 도리가 없었다. 원래 일이 꼬이려면 말도 안 되게 꼬이는 법이었다.

"아내와 아들 둘 다 한국어를 전혀 못해서 당장 통역 가능한 사람을 구하려는데, 하필 가장 바쁜 시즌에다 주말까지 겹쳐서 당장 사람 찾는 게 쉽지가 않습니다. 그렇다고 증명 안 된 사람을 갖다 댈 수도 없는 일이라 더 어려움을 겪고 있습니다."

상황 보고를 끝낸 정 실장이 고개를 푹 숙였다.

"정말 죄송합니다, 대표님. 추천받은 가이드가 너무 적임자라 스페어는 미처 생각 못 한 제 불찰입니다."

"됐어. 지금 잘잘못을 따져봐야 해결될 일도 아니고."

빠르게 상황 판단을 끝마친 그의 눈빛이 차갑게 빛났다.

"샤오린은 언제 도착이지?"

"30분 후입니다, 대표님."

30분이라……. 시간이 너무도 촉박했다. 신우는 뜨끈하게 열이 오르는 이마를 손으로 짚었다. 어찌 보면 사소한 문제일 수도 있었다. 하지만 상대는 중국이었다. 게다가 하필이면 샤오린은 그중에서도 예민하기로 소문난 인물이었고. 그건 즉, 지금까지 분위기 좋게 진행되고 있던 계약이 이런 문제로 인해 하루아침에 틀어질 수도 있다는 이야기였다.

이 계약에 들인 공이 얼만데. 그런 끔찍한 일은 없어야만 했다.

"본사에 연락해봐. 중국어 능통자로 찾아서 바로 보내 달라고."

"안 그래도 벌써 요청했습니다. 그런데 서울에서 여기까지 오면 늦을 수밖에 없어서, 최대한 현지에서 가능한 사람을 찾고 있는 중입니다."

정 실장의 빠릿한 대꾸에도 그는 좀처럼 일그러진 표정을 펴지 못했다. 그때였다. 잠자코 그들의 대화를 지켜보던 아내가 그의 눈치를 보다 조심스럽게 운을 뗐다.

"……저어, 신우 씨. 그거 제가 도울 수 있을 것 같은데요."

일순, 정 실장과 그의 고개가 동시에 그녀에게로 향했다.

"그게 무슨 말이야? 당신이 도울 수 있다니?"

"사투리는 자신 없지만 보통화라면 할 줄 알아요. 물론 중국 유학은커녕 여행으로 가본 적도 없어서 유창하게 할 자신은 없는데, 그래도 의사소통은 무리 없을 거예요. 반나절 정도라면요."

생각도 못 한 지원군의 등장에 두 남자가 멍하니 그녀를 바라볼 때였다. 아내가 고개를 살짝 기울이며 말했다.

"아, 제가 말 안 했던가요? 대학에서 중국어 전공했다고."

* * *

전공으로 중국어를 선택했던 건, 특별한 이유가 있어서는 아니었다. 고3 겨울. 당장 대학을 선택할 시기였지만 그녀는 딱히 가고 싶은 대학도, 과도 없었다. 그래서 고등학교 때 들은 수업 중 그나마 흥미가 있었던 게 제2의 외국어인 중국어 시간이었기에 선택했을 뿐이었다.

다행히도 중국어에 매우 열의가 넘치거나, 중국 유학을 다녀온 동기들에 비해서도 성적이 뒤처지진 않았다. 그럴 수밖에 없었다. 그녀는 그 누구보다 공부에 집중할 수밖에 없는 환경이었으니까 말이다. 그런데 이게 제 인생에서 이렇게 도움이 되는 날이 올 줄이야. 대학 졸업장을 따던 그 순간까지도 단 한 번도 상상해보지 못했던 일이었다.

'정말로 괜찮겠어?'

남편은 걱정되는 얼굴로 몇 번이고 거듭 확인하듯 물어왔었다. 그때마다 제가 그렇게 못 미더워요? 장난스레 대답했지만 사실 그녀 역시 내심 걱정이 되긴 했었다. 옆에서 가만히 듣다 보니 급한 상황인 것 같아 어쩔 수 없이 나서기는 했지만, 자신은 없었다. 그저 대학 4년이라는 시간을 허투루 보낸 게 아니기를 기도할 뿐이었다.

그런데 웬걸. 막상 현실에 맞닥뜨리자 걱정했던 것과 달리 귀도 잘 들리고, 입도 알아서 절로 움직이는 게 아닌가. 다행히도 그녀가 가이드를 해야 하는 두 모자와의 의사소통엔 전혀 무리가 없었다. 아마도 졸업 후에도 중국드라마를 종종 시청해온 덕분이 아니었을까, 하고 은서는 혼자 생각했다.

그녀가 첫 코스로 선택한 곳은, 수첩에 별 모양 표시가 가장 많이 되어 있는 성산 일출봉이었다. 인터넷 검색을 했을 때 많은 사람이 강력추천했던 장소였기에 자신 있게 추천할 수 있었다. 상대방 역시 많이 들어봤다며 기대에 찬 눈으로 기꺼이 응해주었다.

그렇게 시작한 성산 일출봉 관광.

반 정도 올라갔을 무렵이었다. 은서의 얼굴에 당황스러운 기색이 역력하게 퍼져나갔다. 정상을 향해 올라가는 계단이 생각보다 가팔랐다. 분명 산책이라고 생각하면 되는 코스라고 봤는데, 체력이 워낙 약해서 그런지 산책보다는 오히려 등산에 더욱 가깝게 느껴졌다.

「리란, 쯔쉬안. 힘들지 않아요?」

삐질 흐르는 땀을 닦아낸 은서가 바로 뒤에서 따라오는 두 사람의 눈치를 보며 물었다.

「전혀요. 산을 오르는 거라 살짝 걱정했는데, 이 정도면 산책 수준인데요?」

리란이 활짝 웃으며 대답했다. 그녀보다 다섯 살이 많은 리란은 화려하게 생긴 전형적인 중국 미인이었는데, 웃을 때는 한없이 선한 인상이었다.

「그렇지, 쯔쉬안?」

「전 뛰어 올라갈 수도 있어요!」

엄마를 쏙 빼닮아 귀공자처럼 곱상하게 생긴 쯔쉬안이 씩씩하게 대답했다. 올해 일곱 살이라는 쯔쉬안은 본인 말대로 체력이 남아돌아 보였다.

「다행히 쯔쉬안도 괜찮다고 하네요.」

리란의 대답에 은서는 속으로 안도의 한숨을 내쉬었다. 불행 중 다행이었다. 아무래도 지금 이 순간 힘든 건 저뿐인 것 같으니까.

「혹시 은서 씨가 힘든 거예요?」

「조금요. 워낙 운동하고 담쌓고 살아서 그런가 봐요.」

은서가 어색하게 웃어 보이자 리란이 해사하게 웃으며 말했다.

「힘들면 조금 쉬었다 가도 괜찮아요. 경치 구경도 할 겸.」

「그럴까요, 그럼?」

리란의 배려를 은서는 냉큼 받아들였다. 사실 티 내지 않으려고 노력했지만 다리가 후들거리는 것까지는 막을 수가 없었다. 적당한 곳에서 멈춰선 세 사람은 난간에 기대 주위를 둘러보았다.

「뷰가 너무 예뻐요. 지금도 벌써 이런 데 정상에서 보면 어떨지, 너무 기대되네요.」

리란이 감탄사를 내뱉었고, 은서 역시 동의한다는 듯 고개를 끄덕였다. 리란의 말대로였다. 화창한 날씨 덕분에 올라가는 길 주위로 펼쳐진 푸른 자연이, 꼭 전문가가 찍은 풍경 사진 속에 들어온 것처럼 아름다웠다. 그래서인지 중간중간 멈춰서 사진을 찍는 사람들도 많았다.

같이 왔으면 더 좋았을 텐데…….

아름다운 풍경을 바라보고 있자니 절로 남편의 얼굴이 떠오른다. 사실 풍경뿐만이 아니었다. 언젠가부터 맛있는 걸 먹거나, 예쁜 걸 보거나, 즐거운 순간에는 저도 모르게 남편을 떠올리곤 했다. 물론 그건 남편도 마찬가지였다. 혼자 맛있는 걸 먹게 될 땐 그녀의 몫까지 꼭 포장을 해서 왔고, 백화점에 갈 일이 생기면 꼭 뭔가를 사 들고 왔다.

'또 뭘 사 온 거예요?'

'보자마자 당신 거라는 생각이 들어서 그냥 지나칠 수가 없었어.'

그렇게 말하며 그가 건넨 선물들은 벌써 드레스 룸을 한가득 채우고 있었다. 대부분 액세서리나 가방, 옷들이었다. 게다가 보는 눈은 또 얼마나 좋은지. 그녀의 마음에도 쏙 드는 그의 선물들 덕분에 굳이 시간을 내서 쇼핑을 하지 않아도 될 정도였다.

자연스럽게 남편을 떠올리던 은서는 휴대폰을 꺼내 들었다. 카메라로 눈앞에 펼쳐진 풍경을 찍었다. 남편에게도 지금 제가 보고 느끼는 것들을 전해주고 싶어서였다.

"사진으론 다 안 담기네……."

직접 보는 것만 못한 사진을 아쉽다는 듯 내려다보며 그녀는 다짐했다. 언젠가 기회가 되면 꼭 같이 와야겠다고.

* * *

성산 일출봉 다음 코스는 아쿠아리움이었다. 원래 그녀의 수첩에는 없는 곳이었지만, 쯔쉬안이 해양 동물을 좋아한다고 해서 급하게 결정한 것이었다. 다행히도 쯔쉬안은 물론이고 리란과 그녀까지 즐겁게 둘러볼 수 있었다.

아쿠아리움에서 나온 세 사람은 다음 코스를 가기 전, 점심을 먹기 위해 근처의 식당으로 이동했다. 남자친구와 1주년 기념으로 제주도를 다녀왔던 가현이 추천해준 곳이었다. 가현이 극찬하던 갈치조림 2인분을 주문하고, 매운 걸 잘 못 먹는다는 쯔쉬안을 위해 우동 한 그릇을 더 주문했다.

「안내가 서툴러서 미안해요.」

음식을 기다리며 은서가 먼저 운을 뗐다.

「도움이 되기는커녕 민폐만 끼친 것 같아요. 전문적인 가이드랑 함께했다면 훨씬 좋았을 텐데…….」

「아니에요. 민폐는 무슨! 한국말 하나도 못 하는데 덕분에 편하게 둘러보고 있는걸요. 우린 지금 충분히 즐거워요.」

애초에 기대했던 관광과는 동떨어졌을 텐데도 불구하고 리란은 진심으로 즐거워하는 것처럼 보였다.

「오히려 우리가 방해한 것 같아 미안하죠. 원래는 혼자 편하게 다닐 수 있었을 텐데.」

「아뇨, 저도 함께해서 즐거워요. 오히려 혼자 다니면 더 심심했을 거예요.」

「그럼 우리 모두 좋은 걸로!」

리란의 시원한 정리에 은서 역시 따라 웃었다.

「근데 은서 씨는 참 예쁜 것 같아요.」

「네? 저요?」

뜬금없는 칭찬에 은서의 얼굴이 새빨개졌다. 누가 봐도 미인인 그녀에게서 예쁘다는 칭찬을 들으니 한결 더 민망하게 느껴진다. 입에 발린 말이 아니라 진심으로 그렇게 말하는 것 같아서 더욱더.

「뭐랄까······. 사랑 듬뿍 받고 사는 티가 난다고 할까?」

리란의 따뜻한 눈빛에 은서는 할 말을 잃었다. 그럴 수밖에 없는 것이, 태어나서 처음으로 들어보는 말이었다.

사랑받는 티가 난다니······.

오히려 지금까지는 표정이 없다거나 너무 어두운 인상이라는 말만 지겹도록 들어왔었는데 말이다. 하긴. 그러고 보면 최근 가현도 비슷한 말을 했던 것 같다. 얼굴 많이 좋아졌다고. 사랑받는 티가 난다고.

눈, 코, 입. 하다못해 헤어스타일까지 바뀐 건 전혀 없는데도, 어째서 전혀 다른 얘길 듣게 되는 걸까. 정말이지 신기한 일이었다.

「······칭찬, 감사합니다.」

어색하게 대답하자 리란이 다 안다는 듯 씩 웃으며 말한다.

「부러워요. 우리 남편도 신혼 땐 사랑 듬뿍 주는 스윗한 남편이었는데······.」

 아주 먼 옛날을 회상하듯 리란의 눈빛이 아득해졌다. 순간 불쑥 드는 호기심에 은서가 질문을 던졌다.

「지금은 바뀌었나요?」

「완전히 바뀌었죠.」

 단호한 대답에 은서의 커다란 눈이 느리게 깜빡였다. 안 그래도 최근 그녀의 관심이 쏠려 있던 부분이었다. 남자들은 잡은 물고기에는 밥을 주지 않는다고. 연애 때와 결혼 후가 완전히 다른 경우가 허다하다고. 만고의 진리처럼 떠도는 말이 어느덧 그녀의 귀에까지 쏙쏙 들어오기 시작한 탓이었다.

 물론 두 사람은 연애 단계를 건너뛰고 곧바로 결혼한 특이 케이스이기도 했고, 제 남편을 믿지 못하는 것도 아니었지만 그래도 은근히 불안한 건 어쩔 수 없었다. 사람의 욕심은 끝이 없다고 했던가. 생각지도 못하게 행복한 결혼생활을 누리다 보니, 점점 더 큰 욕심이 생기는 것이다. 평생 이렇게 행복하기만 했으면, 하는.

 그런 그녀의 마음을 아는지 모르는지 리란은 한숨을 내쉬며 말을 이어갔다.

「쯔쉬안이 태어난 뒤로 그는 스윗한 아빠로 변했어요. 덕분에 스윗한 남편은 1년에 두 번 볼까 말까 해요. 아이한테 온 애정이 다 쏠려버려서 섭섭할 정도라니까요.」

「아······.」

 일순 은서의 눈빛이 낮게 가라앉았다. '아이'라는 단어가 가슴을 무겁게 만드는 탓이었다.

「물론, 쯔쉬안이 눈에 넣어도 아프지 않을 정도로 사랑스럽긴

304

하지만요.」

리란이 싱긋 웃으며 덧붙이는 순간이었다. 음식을 기다리는 동안 바로 앞 공터에서 혼자 모래장난을 하겠다던 쯔쉬안이 성큼성큼 가게 안으로 들어왔다. 한 손엔 샛노란 유채꽃 한 송이를 쥔 채로.

「쯔쉬안! 꽃은 함부로 꺾으면 안 된다고 했지.」

다가오는 아들의 손에 들린 꽃을 확인한 리란이 드물게 정색하며 말했다. 그러자 쯔쉬안이 억울하다는 듯 입을 삐죽 내민다.

「꺾은 거 아니야. 주운 거야. 바닥에 떨어져 있었어.」

「정말이야?」

쯔쉬안은 고개를 끄덕였다. 거짓말을 하는 것 같지는 않았다. 실제로 오늘 관광을 하면서 생명을 다한 꽃들이 길바닥에 떨어져 있는 광경을 어렵지 않게 볼 수 있기도 했고. 엄마가 알겠다는 듯 고개를 끄덕이자 쯔쉬안은 그제야 오리처럼 불퉁 튀어나왔던 입을 집어넣었다. 그러고는 뭔가 눈치를 보는 듯 쭈뼛거리는가 싶더니 이내 은서를 향해 꽃을 척 내밀었다.

「응? 이 꽃, 나 주는 거야?」

엉겁결에 꽃을 받아들며 그녀가 고개를 갸웃하자, 쯔쉬안은 대답 대신 제 엄마에게 귓속말을 하기 시작했다.

그리고 아들의 귓속말을 듣는 리란의 얼굴이 묘하게 상기되는 게 보인다.

대체 무슨 말을 하기에…….

그녀가 의아해하는 사이 쯔쉬안의 귓속말은 끝이 났다.

「쯔쉬안이 꼭 좀 전해달래요.」

입가에 웃음기를 머금은 리란이 궁금해하는 은서를 향해 말했다.

「은서 씨가 너무 예쁘다고. 꼭 색시 삼고 싶다고요. 이다음에 크면 자기랑 결혼해달라는데요?」

생각지도 못한 말에 은서의 눈이 커졌다. 절로 쯔쉬안을 향해 시선이 간다. 두 눈이 마주쳤다. 그와 동시에 쯔쉬안의 얼굴이 봉숭아꽃 물들듯 붉게 물들었다.

「쯔쉬안. 프러포즈까지 해놓고 지금 내숭 떠는 거야?」

리란이 짓궂게 옆구리를 쿡 찌르자, 민망해졌는지 쯔쉬안이 재빠르게 책상 아래로 몸을 숨긴다.

「쯔쉬안, 꽃 고마워. 너무 예쁘다.」

은서가 부드러운 음성으로 감사의 인사를 전했다. 그러자 머리칼 한 올조차 보이지 않을 정도로 꽁꽁 숨은 쯔쉬안에게서 기대않았던 대답이 흘러나왔다. 그것도 제법 로맨틱한 말로.

「……누나가 더 예뻐요.」

살면서 받아왔던 고백들 중 단연 풋풋한 고백이었다. 여전히 책상 밑에서 나오지 못하고 있는 쯔쉬안이 너무도 귀여워서 은서는 저도 모르게 풋, 하고 웃음을 흘리고 말았다. 그녀의 웃음을 따라 리란도 하하하하, 호탕하게 웃음을 터뜨렸다.

「은서 씨.」

「네?」

「우리 아들의 첫 고백이 너무 서글프게 기억되는 건 안쓰러우니까, 은서 씨가 결혼했다는 얘긴 비밀로 해줘요.」

쯔쉬안을 의식한 듯 리란이 들릴 듯 말 듯 한 작은 목소리로 은서에게 부탁했다.

「네. 그럴게요.」

고개를 끄덕이며 은서는 자신의 손에 들린 유채꽃 한 송이를 물끄러미 바라보았다. 입가가 절로 느슨해진다. 샛노란 꽃잎이 옹기종기 모여 있는 모양이 그녀가 가장 좋아하는 퐁퐁 국화를 닮은 것도 같았다.

* * *

샤오린과 인사를 마무리한 그가 대기하고 있던 차에 올라탔을 때였다. 마침 통화를 끝낸 정 실장이 그에게 보고했다.

"대표님. 지금 기사분께 연락이 왔는데, 두 사람 먼저 호텔에 내려줬고 이제 막 사모님까지 숙소 무사히 들어가셨다고 합니다."

"그래? 분위기는 어땠대?"

"기사 말론 온종일 화기애애했다고 합니다."

"다행이군."

"아, 사모님 중국어 실력이 매우 유창하시더란 말도 했습니다."

정 실장의 말에 신우는 안심하는 것과 동시에 낮게 헛웃음을 흘렸다. 사실 함께 살면서 제 아내가 은근히 못 하는 게 없는 것 같다고 생각하기는 했었다. 요리나 청소 등 집안일은 물론이거니와, 가끔 회사 일로 머리가 복잡할 때 아내에게 털어놓다 보면 꽤 괜찮은 의견을 듣게 되기도 했었다.

정말이지 말 그대로 '내조의 여왕'이었다.

그런데 이번엔 중국어까지……. 설마 중국어를 전공했으리라고는 꿈에도 몰랐다. 심지어 그걸로 저를 도와주게 되리라는 건 더 더욱.

"이번엔 정말로 사모님 덕분에 살았습니다. 대체 어떻게 감사 인 사를 드려야 할지……."

그녀의 은혜에 정 실장이 진심으로 어쩔 줄을 몰라 하는 얼굴을 했다. 당연한 일이었다. 아내가 나서지 않았다면 정 실장은 문책 을 피하지 못했을 것이다. 아니, 그건 정 실장뿐만 아니라 그 역시 도 마찬가지였다. 끔찍한 상황이 벌어질 수도 있었다.

오늘 아내를 데려오지 않았다면 어떻게 됐을까. 다시금 생각해 봐도 간담이 서늘해진다. 낮게 한숨을 내쉰 그는 이내 표정 관리 를 하며 입술을 달싹였다.

"정 실장이 감사의 인사를 전할 수 있는 아주 효율적인 방법이 한 가지 있기는 해."

"네? 어떤……."

"지금 이 순간부터 주말까지. 미치도록 급한 용건을 제외하고는 연락하지 않는 것."

"……네?"

무슨 소리인지 전혀 못 알아들은 듯 되묻는 정 실장을 향해 그 는 단호한 음성을 뱉어냈다.

"아내와 오붓한 시간을 보낼 예정이니, 방해하지 말란 뜻이야."

그게 정녕 사모님을 위한 것인지. 이게 정말 감사의 인사를 전하 는 효율적인 방법이 맞는 건지. 근본적인 의문부터 들었지만, 장 난기라곤 전혀 없이 진지한 보스의 눈빛에 정 실장은 순순히 대 답할 수밖에 없었다.

"······아, 네. 명심하겠습니다."

* * *

해가 뉘엿 질 때까지 온종일 돌아다녔지만 피곤하다는 생각은
조금도 들지 않았다. 숙소로 돌아와 미지근한 물로 샤워를 하고
나오자 오히려 개운하단 생각이 들었다. 욕실에서 나와 젖은 머리
를 대충 닦아낸 은서는 1층에 위치한 주방으로 향했다.

그들이 숙소로 고른 곳은 남편의 소유인 별장이었다. 지어진 지
불과 5년밖에 되지 않은 이곳은, 그의 취향을 고스란히 반영해 세
련된 외관이며 실내가 여느 고급 풀 빌라 못지않았다. 위치 역시
좋았다. 일반적인 거주지와 꽤 동떨어진 곳이라 주위가 고요했다.

특히나 그중에서도 뷰가 가장 마음에 들었다. 바로 앞에 푸른
바다가 보여서 창문을 열고 있으면 흘러들어온 파도 소리가 바로
옆에 있는 것처럼 생생하게 들릴 정도였다.

"예쁘다, 정말."

1층으로 내려온 은서는 잠깐 걸음을 멈추고 통유리 너머를 바
라보았다. 하늘이 어둑해져서 선명한 푸른색은 아니었지만, 그래
도 끝없이 펼쳐진 바다의 모습은 절로 감탄이 나올 정도로 예뻤
다. 제주도는 정말로 신기했다. 언제든, 어디에서든, 돌아보는 모
든 곳이 가히 예술이었다. 같은 한국인데도 마치 전혀 다른 나라
에 온 것 같은 기분이었다.

여유롭고 또 여유로운 느낌.

"따라오길 정말 잘했어."

부드럽게 미소 지은 은서는 한참만에야 창에서 시선을 떼고 걸음을 마저 옮겼다. 주방에 도착하자마자 그녀는 찬장부터 열었다. 다행히도 기다란 유리잔이 보인다. 그것을 꺼내 들어 수돗물을 반쯤 채웠다. 그러고는 식탁 위에 곱게 올려두었던 유채꽃 한 송이를 조심스럽게 꽂았다. 금세 예쁜 화병이 완성됐다. 거실 테이블 위에 올려두고 뿌듯하게 그것을 바라볼 때였다. 현관문이 열리는 소리가 들렸다. 은서는 활짝 웃으며 거실로 나갔다. 반가운 남편의 얼굴이 보였다. 고작 반나절 떨어져 있었을 뿐인데, 이상하게 무척이나 오랜만에 본 것처럼 반갑게 느껴진다.

　"나 왔어."

　남편은 곧장 다가와 그녀를 끌어안았다. 퇴근해서 집으로 돌아오면 늘 하는 루틴이었다.

　"잘 왔어요."

　은서 역시 웃으며 그의 등을 가볍게 토닥여주었다.

　"오늘도 수고했어요."

　"오늘만큼은 당신이 나보다 훨씬 더 수고했지."

　안고 있던 몸을 떼어낸 그가 시선을 맞춰왔다.

　"당신 덕분에 살았어. 정말 고마워. 나도, 정 실장도 당신에게 매우 고마워하고 있어."

　"안 그래도 돼요. 어려운 일 한 것도 아닌데."

　"너무 겸손한 거 아니야? 쉬운 일 절대 아니었어, 그거."

　남편은 진지한 얼굴로 그녀의 공을 추켜 세워주었고, 은서는 민망한 마음에 어색하게 웃어 보였다.

　"많이 힘들진 않았어?"

"하나도 안 힘들었어요. 오히려 혼자 다닐 뻔했는데, 같이 다닐 동료가 생겨서 훨씬 더 좋았어요."

진심으로 신나서 대답하자 남편이 그녀의 뺨을 가볍게 쓸며 말한다.

"그랬다면 다행이고. 사실 분위기가 화기애애했다고 전해 듣긴 했어."

"리란 씨가 성격이 굉장히 좋았거든요. 쯔쉬안도 귀여웠고."

"쯔쉬안?"

"리란 씨 아들이요."

"아, 그 꼬맹이."

그는 아까 공항에서 봤던 얼굴이 기억난다는 듯 고개를 끄덕였다.

"나이가 일곱 살 이랬던가?"

"어떻게 알았어요?"

"샤오린한테 들었어. 한창 말 안 듣고 고집부릴 나이라고. 부모 말도 잘 안 듣는다면서 당신을 걱정하더군."

"그렇게 말했어요? 음, 난 전혀 모르겠던데."

"그래?"

"네. 고집도 안 부리고 말도 잘 듣고, 얼마나 예뻤다고요."

쯔쉬안을 대신해 오해를 풀기 위해 은서가 말을 덧붙였다.

"참, 저기에 있는 꽃도 쯔쉬안이 준 거예요."

은서가 손끝으로 거실 테이블 위를 가리켰다. 그의 시선도 덩달아 그녀의 손끝을 따라 이동했다.

"그 녀석이 당신한테 꽃 선물을 했다고?"

"꽃 선물이라기보다는, 바닥에 떨어져 있는 걸 주워서 준거지 만요."

설명을 끝낸 은서가 활짝 웃으며 말을 덧붙였다.

"그래도 받고 엄청 기뻤어요. 하는 짓이 너무 귀엽죠?"

"귀엽긴. 벌써부터 여자한테 꽃 선물을 하는 걸 보니, 순수한 꼬맹이가 아닌 것 같은데."

"뭐라구요?"

은서가 황당하다는 듯 되물었지만 남편은 내가 뭐 틀린 말 했어? 라는 듯 당당한 얼굴이었다. 고집스러운 저 눈빛. 어쩐지 낯설지 않았다. 준호 얘기를 할 때마다 불쑥불쑥 튀어나오던 눈빛이었다. 질투심이 많은 건 알고 있었지만, 그래도 설마 일곱 살짜리를 상대로 질투를 할 줄이야. 어째 남편의 증세가 점점 심해지는 것 같은 건 기분 탓일까.

프러포즈를 받았고, 이번에도 본의 아니게 유부녀라는 사실을 숨기게 됐다는 말은 절대 하지 말아야겠다고 생각했다. 그랬다간 당장 쯔쉬안을 찾아가 그녀가 유부녀라는 사실을 직접 커밍아웃하고도 남을 남자였으니까 말이다.

"그보다 밥은 먹었어요?"

눈치 빠른 남편이 뭔가를 눈치채기 전에 은서는 황급히 화제를 전환했다.

"먹고 왔어. 당신은 안 먹었어?"

"저도 두 사람이랑 같이 먹고 왔어요."

그녀의 대답에 그가 뭔가를 생각하는가 싶더니 이내 말했다.

"소화도 시킬 겸 수영하지 않을래?"

"수영이요?"

"마당에 풀장 있거든."

"아! 안 그래도 봤어요."

은서는 고개를 끄덕였다. 널따란 마당에 제법 크게 설치돼 있었는데, 바로 앞이 바다라 마치 연결된 것처럼 보이는 풀장이었다. 마치 해외의 고급 리조트에서나 볼법한 광경에, 숙소에 도착하자마자 입을 쩍 벌리고 봤었다.

"별장 지을 때 꽤 신경 썼던 부분이라 아마 당신 마음에도 들 거야."

"근데 수영을 할 줄 몰라서……."

"뭐가 문제야. 내가 가르쳐주면 되는데."

수영을 꼭 하고야 말겠다는 듯 단호한 눈빛이었다. 그런데 갑자기 겁이 덜컥 나는 건 왤까.

"신우 씨는 수영 잘하나 봐요?"

"몸 쓰는 건 늘 자신 있어. 물론 머리도 쓰는 것도 잘하지만."

그러니까, 결국 다 잘한다는 얘기였다. 너무도 자연스러운 그의 자랑질에 익숙해진 은서는 반박할 생각도 없이 고개를 끄덕였다.

"알았어요. 수영 가르쳐줘요."

"선수로 만들어주지."

허세 가득한 그의 음성에 은서는 피식, 작게 웃었다.

"그런데 야외 수영하기엔 날씨가 좀 쌀쌀하지 않을까요?"

"관리인한테 뜨거운 물 받아놔 달라고 부탁해뒀었어. 지금쯤 어느 정도 식어서 온도가 딱 적당하지 않을까 싶은데."

어쩐지. 풀장 안에 물이 가득 담겨 있기에 이상하다 생각했는데 미리 연락을 해두었던 모양이다. 미온수 풀장이라니. 역시나 준비성이 철저한 남자라고 생각하는 순간이었다. 그가 손에 들고 있던 작은 쇼핑백을 내밀었다.

"이게 뭐예요?"

"수영복."

"수영복이요?"

은서가 눈을 둥그렇게 뜨고 되물었다. 그러자 그가 덤덤하게 대꾸했다.

"오는 길에 사 왔어. 기왕 수영하려면 제대로 하는 게 좋을 것 같아서. 기분도 훨씬 날 테고."

이건 준비성이 철저한 걸 넘어서서 무서울 지경이었다. 차마 웃지 못하고 어색하게 굳어 있는 그녀의 등을 그가 가볍게 떠밀었다.

"내가 직접 골랐어. 아마 당신하고 잘 어울릴 거야. 얼른 갈아입고 와."

그의 손길에 의해 앞으로 밀려나며 은서는 불길한 예감에 휩싸였다. 왠지 평범하게 수영을 즐기지 못할 가까운 미래가 벌써부터 눈에 훤히 보이는 듯했다.

* * *

수영복 차림의 신우는 선 베드에 걸터앉아 주위를 둘러보았다. 1년에 한두 번밖에 찾지 않는 별장이었지만, 별장 관리인이 관리를 잘하는 건지 실내는 물론이고 구석구석까지 깔끔했다. 크게 한 바퀴 훑던 시선이 마지막으로 닿은 곳은 넓게 펼쳐진 풀장이었다. 제법 어둑해진 하늘 아래, 풀장 가장자리를 따라 촘촘하게 박힌 조명 불빛을 받아 가득 채워진 물이 예쁜 색을 내고 있었다.

"꽤 로맨틱하군."

만족스럽다는 듯 씩 웃은 그는 이내 고개를 돌려 별장 쪽을 바라보았다. 아무래도 아직 아내는 준비가 덜 된 모양이었다. 나타날 기미가 보이지 않는다.

"여자 수영복은 입는 법이 까다로운 건가."

꽉 닫힌 현관문을 보고 있자니 불만 어린 음성이 절로 튀어나온다. 고작 5분도 채 기다리지 않았건만 왜 이렇게도 길게 느껴지는 건지 모르겠다. 물론 오늘만 이런 건 아니었다. 아내를 기다리는 시간은 어느 때고 늘 영원처럼 길게 느껴졌다. 심지어 제 아내는 외출을 위해 준비하는 시간이 보통의 여자들에 비해서 그리 길지 않은 편이었음에도 불구하고 말이다.

어쨌든 오늘따라 더 길게 느껴지는 건 사실이었다. 이유 역시 잘 알고 있었다. 처음 보게 될 아내의 수영복 차림이 기대되는 탓이었다. 그것도 제가 직접 고른 비키니를 입은 그 모습이. 분명 잘 어울릴 것이다. 옷걸이가 워낙 좋아서 거적때기를 사 입혀도 찰떡같이 소화를 하는 여자였으니까. 그래서 더 선물을 자주 하게 되는지도 모르겠다.

"으."

일순, 그가 미간을 구기며 옅은 신음을 흘려보냈다. 수영복 차림의 아내를 상상하는 것만으로도 아래쪽으로 피가 쏠려 하체가 뻐근해져온다. 최근 그는 30년을 훌쩍 넘게 살아오면서도 전혀 모르고 있던 자신의 모습에 대해서 하나둘씩 알아가는 중이었는데,

그중 하나가 바로 들끓는 욕망이었다.

문제는, 하루도 빠짐없이 매일 그녀를 안고, 아무리 길게 탐해도 좀처럼 만족이 되지를 않는다는 점이었다. 솔직하게 말하자면 아내를 만난 뒤로 마치 짐승이 된 듯한 느낌이었다. 육체가 어찌나 본능에 충실한지. 시도 때도 없이 불끈대서 스스로조차 당황스러울 지경이었다.

"……진정해라, 박신우. 제발 진정 좀 해."

후우, 낮게 한숨을 내쉬며 애써 들끓는 열기를 가라앉힐 무렵이었다. 저 멀리서 샤워가운 차림의 아내가 다가오는 게 보였다.

"젠장할."

그는 낮게 욕설을 내뱉었다. 온몸을 꽁꽁 싸맨 샤워가운 차림을, 그것도 꽤 멀리서 마주했을 뿐인데 겨우 삭인 열기가 다시금 끓어오른다. 굳이 제 눈으로 확인하지 않아도 수영복 앞섶이 팽창해있으리라는 건 알 수 있었다. 시도 때도 없이 달아오르는 저를 아내가 모르는 건 아니었지만, 그래도 사방이 훤히 뚫린 야외에서까지 노골적으로 성나있는 제 모습은 조금 민망했다.

이 순간, 정말로 한 마리의 짐승이 된 것 같아서.

그는 자리에서 일어나 곧장 물속으로 풍덩 뛰어들었다. 몸이 어찌나 달아올라 있었는지 미지근한 물의 온도가 시원하게 느껴진다.

"물 온도 어때요?"

어느덧 가까이 다가온 아내가 물었다. 아무것도 모르는 천진난만한 얼굴이었다. 그는 슬쩍 한 걸음 뒤로 물러나며 대답했다.

"딱 좋아."

그의 대답에도 아내는 굳이 쪼그려 앉아 물에 손을 담갔다.

"정말로 딱 좋네요."

제 손으로 직접 확인을 한 후에야 그녀는 안심했다는 듯 씩 웃었다. 말간 미소에 그는 다시 한 번 아랫배가 뻐근해짐을 느꼈다.

"근데 왜 샤워가운을 입고 나왔어? 바로 코앞인데."

"날씨가 제법 쌀쌀해서 걸치고 나왔어요."

"설마, 내 성의를 무시하고 안 입고 나온 건 아니지?"

"걱정 마요. 입고 나왔으니까."

의심 가득한 눈빛에 아내는 못 말리겠다는 듯 고개를 살짝 내저었다. 그러고는 느릿한 손길로 걸치고 허리춤에 묶여 있는 끈을 풀어낸다. 끈을 푸는 모습이, 마치 영상에 슬로우모션을 건 것처럼 느릿하게 그의 시야에 들어왔다. 그리고 마침내 스르륵, 벌어진 샤워가운 너머로 그 안에 숨어 있던 아내의 육감적인 몸매가 고스란히 드러났다.

꼴깍, 마른침이 절로 넘어갔다.

역시나. 그의 예상대로 심플한 디자인의 새하얀 비키니는, 뽀얀 피부의 그녀와 매우 잘 어울렸다. 청순하면서도 섹시한 느낌이, 평소 제 아내의 이미지와 딱 맞아떨어진 것이다.

"나 뚫어지겠어요."

웃음기 섞인 아내의 말에 그는 뒤늦게 깨달았다. 제가 넋 놓고 아내를 감상하고 있었다는 것을.

크흠.

민망함에 작게 헛기침을 하며 시선을 들었다. 아내 역시 조금은 민망한지 양 볼이 발갛게 상기 되어 있었다.

"근데 꼭 비키니를 골라왔어야 했어요? 속옷만 입고 밖에 나온 기분이에요."

"나도 팬티 같은 반바지 달랑 한 장 걸치는데, 당신만 꽁꽁 싸매고 있으면 수지타산이 영 안 맞잖아."

뻔뻔한 그의 대꾸에 아내는 어이가 없다는 듯한 얼굴을 해 보였다. 물론, 일상이었다. 그는 자연스럽게 화제를 돌렸다.

"얼른 들어와."

그가 손짓하자 아내가 잠깐 머뭇거리더니 이내 조심스럽게 샤워가운을 마저 벗어냈다. 그러고는 역시나 조심스럽게 물속으로 들어왔다.

"아, 따뜻하다."

제법 쌀쌀한 공기와 다르게 미지근한 물 온도가 마음에 드는지 아내의 표정이 느슨하게 풀어졌다. 그런 아내를 바라보는 그의 표정 역시 덩달아 느슨하게 풀어졌다.

"거봐. 수영하러 나오길 잘했지?"

"응. 그런 것 같아요. 고마워요."

눈가를 접어 예쁘게 웃으며 감사의 인사를 전한 아내가 이내 눈을 반짝이며 말했다.

"나 얼른 수영 가르쳐줘요. 진심으로 배우고 싶어졌어요."

"열의가 넘치는데?"

"그러니까 신우 씨도 진지하게 가르쳐줘요. 괜히 이상한 장난 치지 말고."

아내의 경고에 그는 순순히 대답했다.

"알았어. 진지하게 가르쳐줄게."

그가 물살을 가르며 성큼성큼 아내를 향해 다가갔다. 가까이에서 본 아내의 모습은 숨이 막힐 정도로 섹시했다. 특히나 선명한 가슴골이 확대된 것처럼 눈에 들어온다. 마른침이 절로 삼켜졌다.

"수영 실력은 어느 정도야?"

"아마 실력이랄 게 없을걸요. 고등학교 때 생존 수영을 배우긴 했는데, 운동신경이 워낙 안 좋아서 그런지 안 되더라고요."

"당신? 운동신경 나쁘지 않은데, 왜."

"신우 씨는 내가 운동하는 거 못 봤잖아요."

"무슨 소리야. 매일 밤 보는데. 가끔은 아침에도 보고."

"무슨……."

무슨 말인지 전혀 모르겠다는 듯 고개를 갸웃하던 아내의 입이 순간 딱 다물어졌다. 뒤늦게 그가 하는 말의 의미를 알아차린 모양이었다.

"이상한 소리 하지 말고 수영이나 가르쳐줘요!"

아내가 또 시작이냐며 찌릿 노려본다. 그러나 그의 눈에는 매서운 시선보다 발갛게 달아오른 소녀 같은 뺨만 들어올 뿐이었다. 그는 피식, 옅은 웃음을 흘렸다. 저런 반응이 귀여워서 자꾸만 놀리게 되는 것이다.

"알았어. 진짜로 시작해보자. 우선 어느 정도 실력인지부터 확인해봐야 할 것 같은데."

"수영을 해보란 말이에요?"

고개를 끄덕이자 아내가 주위를 둘러본다.

"혹시 튜브는 없어요?"

"내가 잡아줄게."

그가 성큼 아내를 향해 다가섰다. 그때였다. 중심을 잡지 못한 아내가 별안간 휘청이며 그의 품으로 들어온 것은. 이런 기회를 놓칠 리가 없었다. 그는 아내의 허리를 바짝 끌어안으며 능글맞게 물었다.

"갑자기 왜 이렇게 적극적이야? 유혹하는 건가?"

"아니, 이건……."

유혹 따위가 아니라 실수라고. 반박하려던 아내가 문득 자세를 똑바로 하며 외쳤다.

"자, 잠깐만요!"

그의 품에서 재빠르게 빠져나온 아내가 한 걸음 뒤로 물러서며 그를 바라보았다. 조금 더 정확하게 말하자면 조금 전 그녀의 피부를 뭉근하게 압박했던 그의 하체를 향하고 있었다. 사그라지기는커녕 오히려 수영복 앞섶이 더욱더 빳빳하게 팽창해 있었다.

"왜?"

기왕 이렇게 된 거, 그는 뻔뻔하게 나가기로 했다. 별일 아니라는 듯 덤덤하게 되묻자 아내가 떨리는 음성을 내뱉었다.

"……언제부터 이랬어요?"

"글쎄. 아마도 처음부터?"

당당한 대답에 아내가 슬그머니 고개를 들어 올렸다. 허공에서 시선이 마주쳤다. 당혹감 어린 말간 얼굴을 보자 조금 더 아래로 힘이 들어가는 게 느껴진다. 그의 눈빛이 절로 짙어졌다.

"송은서."

입술을 비집고 탁한 목소리가 흘러나왔다. 그러자 뭔가를 눈치챈 듯 아내가 슬그머니 뒷걸음질을 친다. 결혼생활 초반엔 곰보다 더 둔하게 굴며 제 속을 까맣게 태우던 아내였지만, 이젠 제법 눈치가 빨라졌다. 하긴. 진짜 곰이었다고 해도 이쯤 되면 눈치를 챌 수밖에 없었을 것이다. 그의 패턴은 단순하리만큼 늘 일정했으니까 말이다.

"왜 도망가는 건데?"

그녀가 멀어진 만큼 성큼 다가섰다. 옅은 공포감을 집어삼킨 아내의 눈동자가 바람 앞의 등불처럼 거세게 흔들린다.

"설마…… 또?"

"당연하지. 신혼이잖아."

"……!"

한쪽 입꼬리를 비스듬히 끌어올리자 아내가 이번엔 아예 몸을 틀어 돌아선다. 그러나 멀리 달아날 순 없었다. 멀어지려는 찰나 그가 팔을 뻗어 도망가려는 아내를 붙잡아 끌어당긴 것이다. 균형을 완전히 잃은 아내는 손쉽게 그의 품으로 안겨 들어왔다.

"확실히 운동신경이 좋은 편은 아닌 것 같네."

그가 허리를 단단하게 받쳐 들고 몸을 조금 더 밀착시켰다. 단단해진 그가 은밀한 곳을 지그시 압박하자, 그녀가 옅은 신음을 흘리며 고개를 들어 올렸다.

"신우 씨……?"

불안한 듯 떨리는 목소리에 그는 붉은 입술을 느릿하게 달싹였다.

"지금 당신이 내게 하고 싶은 말이, 설마 여기서 할 생각이에요? 라면."

"……."

"맞아, 여기서 할 생각이야."

단호하게 떨어지는 음성에 아내의 얼굴에 경악이 서리는 게 보인다. 그러나 그는 아랑곳 않고 손을 내려 아내의 엉덩이를 지그시 움켜쥐었다. 미지근한 물 온도보다 조금 더 높은 아내의 체온이 손바닥으로 고스란히 전해져온다.

"앗!"

반사적으로 치든 턱 아래로 쭉 뻗은 목덜미에 그는 입술을 내렸다. 축축이 젖은 혀를 세워 뽀얀 살결을 할짝이며 뜨거운 음성을 뱉어냈다.

"당신이 더 잘 알겠지만 내가 참을성이라곤 눈곱만큼도 없는 인간이라서 말이야."

"……아무리 그래도, 읏, 여기선."

"이 주변은 전부 내 사유지야."

신음처럼 흘러나온 아내의 가녀린 말허리를 뚝 끊어내며 그는 제 할 말을 이어갔다.

"내 허락 없이는 그 누구도 안으로 들어올 수 없어. 오늘은 관리인조차 허락하지 않았고."

"……으응."

"그러니까 우리는 지금 당장 여기서 무슨 짓을 해도 괜찮다는 뜻이야."

쉴 틈 없이 젖은 살 위로 미끄러지는 손길이 야릇했다. 어딜 어떻게 해야 아내가 반응하는지 잘 알고 있는 그의 손은 어느덧 능숙하게 수영복 하의를 비집고 들어가 여린 살결을 파고들었다.

"아흑!"

찰박거리는 물소리 틈으로 비명과도 같은 신음이 애타게 터져 흘렀다. 그와 동시에 힘겹게 버티고 있던 아내의 몸이 무너지듯 다시금 그의 품에 안기고 만다.

"이제 그만 항복해."

낮은 경고의 말과 함께 그는 고개를 내려 그녀의 아랫입술을 살짝 깨물었다. 하릴없이 벌어지는 틈을 비집고 들어가 달콤한 타액과 함께 열에 달뜬 호흡을 모조리 삼켜내기 시작했다.

들끓는 두 사람의 열기에 수온마저 높아지고 있었다.

그리고 그 밤, 풀장의 미지근한 물이 뜨거워질 때까지 그들은 떨어지지 않았다.

* * *

활짝 열린 창 너머에서 파도가 부서지는 소리가 끊임없이 흘러들어왔다. 어쩐지 마음을 차분하게 만드는 시원한 소리였다. 녹초가 되어 침대에 쓰러진 은서는, 귓가를 파고드는 파도 소리에 맞춰 두 눈을 느릿하게 깜빡였다. 영혼이 빠져나간 것처럼 온몸에 힘이 없었다.

하.

멍하니 벌어진 입술을 비집고 허탈한 음성이 절로 흘러나왔다.

아무리 보는 눈이 없는 곳이라지만, 사방이 뻥 뚫린 야외에서의 섹스라니…….

불과 몇 분 전의 일임에도 불구하고 아득히 먼 옛날처럼 느껴졌다. 아니, 마치 꿈을 꾼 것 같았다. 물론 그렇게 착각을 하기엔 온몸을 뒤덮고 있는 뻐근함이 아직 채 가시질 않았지만 말이다.

"결국 수영은 시작도 못 했네요."

그가 뒤에서 그녀의 둥근 등을 끌어안으며 나른한 목소리를 흘려보냈다.

"내일 하면 되지."

순간 은서의 어깨가 저도 모르게 흠칫, 떨렸다.

"……아뇨. 됐어요."

그녀는 고개를 내저었다.

"그냥 안 할래요."

"왜? 아깐 수영 배우고 싶다더니. 그새 마음이 변했어?"

"수영 배우고 싶은 마음은 여전하지만, 그래도 안 할래요. 왠지 내일도 오늘과 별반 다르지 않을 것 같으니까."

"……"

"아니라고는 안 하네요?"

"당신한테 거짓말을 하고 싶진 않으니까."

끝까지 부정은 않는다. 이런 걸 보고 뻔뻔하다고 해야 하는 걸까, 솔직하다고 해야 하는 걸까. 문득 드는 의문에 진지하게 고민하던 은서는 이내 고개를 내저었다. 다른 건 잘 모르겠지만 한 가지만큼은 확실했다. 제 남편은 그냥 여우가 아닌, 꼬리 아홉 달린 구미호가 분명하다는 것.

푸훗―

저도 모르게 입술을 비집고 웃음이 흘렀다. 남편의 엉덩이에 달린 복슬복슬한 꼬리 아홉 개가 하늘거리는 장면을 상상한 탓이었다.

"갑자기 왜 웃어?"

제 앞에서나 다정다감한 남편이지, 사회에 나가선 위치가 높은 남자였다. 그런 그의 엉덩이에 꼬리 아홉 개를 매달았단 소리를 어떻게 할 수가 있겠는가.

"……아무것도 아니에요."

머릿속에 떠오른 장면을 재빠르게 지워낸 은서는 화제를 돌렸다.

"참, 신우 씨."

"응."

"샤오린 씨요."

"샤오린? 샤오린이 왜?"

"아까 리란 씨한테 들었는데, 결혼 초엔 엄청 스윗한 남편이었대요. 그런데 쯔쉬안이 태어난 뒤론 아들한테만 온 애정이 다 쏠렸다고, 섭섭해 하더라고요."

생뚱맞게 튀어나온 샤오린 가족 이야기에 어리둥절한 얼굴을 하고 있을 등 뒤의 남편의 모습이 눈에 훤했다. 은서는 바로 본론을 꺼내 들었다.

"신우 씨는 어떨 거 같아요?"

사실 아까 낮에 리란의 이야기를 들었을 때부터 줄곧 궁금했었다. 남편의 의중이.

"글쎄. 나 닮은 아들이라면 애정이 쏠릴 것 같진 않은데."

남편은 깊게 생각하지도 않고 가볍게 대꾸했다. 성에 차지 않는 대답이었다.

"만약 딸이면요?"

은서는 다시 한 번 물었다.

"나한테 소홀하고 딸한테만 애정을 듬뿍 줄 거예요?"

"당신을 닮은 딸이라면……."

아까와 달리 이번에는 생각을 하는 듯 말끝이 흐릿했다. 하지만 아주 잠시일 뿐이었다. 길게 생각할 필요도 없다는 듯 대답이 이어졌다.

"아마도 그렇게 되지 않을까?"

아니, 이 남자가 진짜!

은서의 미간이 절로 찌푸려졌다. 그녀는 휙 몸을 돌려 남편을 바라보았다.

"니무한 거 아니에요? 언제는 내가 최고라더니."

눈을 세모로 뜨고 찌릿 바라보자, 남편이 장난스레 아유, 무서워. 했다.

"설마 삐졌어?"

"네. 완전 삐졌어요."

빵빵해진 그녀의 볼을 기다란 검지로 쿡, 찌르며 그가 말했다.

"삐지지 마. 농담이었으니까."

"농담 아니었거든요, 분명히."

뺨에 닿은 손가락을 툭 쳐내며 끝까지 뾰루퉁 대답하자, 살짝 위기감을 느낀 듯 그가 기다란 머리칼을 부드럽게 쓸며 더없이 다정한 목소리를 뱉어낸다.

"정말로 농담이었어. 뭐든 원조가 최고지. 아무리 닮는다고 하더라도 당신을 따라갈 순 없을 거야. 내 애정도 마찬가지고."

"……."

"약속할게. 샤오린이랑은 다르게 나는 죽는 그 날까지 쏘 스윗한 송은서의 남편으로 남겠다고."

"⋯⋯."

"도저히 못 믿겠어? 각서라도 쓸까? 서면으로 증거를 남겨줘?"

"네. 각서 써줘요."

기다렸다는 듯이 냉큼 고개를 끄덕이자, 그녀를 어르고 달래던 남편이 당황한 듯 눈을 크게 뜬다. 농담으로 한 말을 그녀가 이렇게 진지하게 받아들일 거라곤 전혀 예상하지 못한 얼굴이었다.

"기왕 할 거 변호사 공증까지 받아주면 더 좋고요."

웃음기라곤 먼지 한 톨만큼도 없이 진지하게 덧붙여지는 말에 남편의 눈빛도 덩달아 진지해진다.

"진심으로 하는 말이야?"

"진심이에요. 그래야 마음 놓고 신우 씨한테 아이가 갖고 싶단 말을 할 수 있을 것 같거든요."

"아이가 갖⋯⋯."

멈칫. 아무 생각 없이 그녀의 말을 따라 하던 남편의 입술이 일순 딱 다물어졌다.

⋯⋯1초. 2초. 3초.

3초의 정적 끝에 멍한 얼굴로 그녀를 바라보던 남편이 스프링 튕겨 오르듯 침대에서 벌떡 일어났다.

"뭐?! 지금 뭐라고 했어?"

목소리에 흥분이 그득했다.

"각서 써달라고요."

"아니, 그거 말고⋯⋯."

웬만한 일엔 당황하는 법이 없는 남자였다. 그런데 지금 그녀를 바라보는 그의 두 눈은 여지없이 흔들리고 있었다.

어떤 의미인 걸까.

그녀는 보이지 않는 남편의 속내를 속으로 헤아리며 천천히 입술을 달싹였다.

"신우 씨, 나요……."

하루 이틀 생각한 게 아니었다. 가벼운 마음인 것도 결코 아니었고. 그런데 왤까. 막상 말로 뱉어내려니 어쩐지 입이 쉽게 떨어지질 않는다. 은서는 잠깐 숨을 참았다가 이내 다시금 조심스레 입술을 뗐다.

"하고 싶은 게 뭔지, 지금까지 계속 고민해봤어요. 그런데 얼마 전에 생각이 났어요. 사실 어렸을 때부터 아주 오랫동안 꿈꿔온 거였는데, 어느 순간부터 까맣게 잊고 지냈더라고요."

"……."

"나, 진짜 내 가족을 만들고 싶어요."

"……."

"때로는 실망도 하고 지지고 볶더라도. 그래서 힘들다, 괴롭다, 서로 앓는 소리를 하는 날이 있더라도. 그럼에도 불구하고 결코 깨어지지 않을, 그런 평범하면서도 단단한 가족이요."

자신은 결코 가질 수 없었던. 그래서 너무도 간절했던. 그러나 끝내 포기해야 했던…… 그런 가족. 말을 끝마친 은서의 눈이 차분하게 반짝였다.

그에겐 조금 미안하지만, 사실은 아이를 낳고 행복해하는 미경과 박 회장의 모습을 보고 내심 부럽다고 생각해왔다.

"혹시나 해서 말하는데."

도저히 속내를 가늠할 수 없는 표정으로 가만히 그녀의 말을 경청하고 있던 남편이 한참 만에 입을 열었다.

"당신과 나, 우리는 이미 가족이야. 혹시라도 아이가 없어서 단단하지 않을까 불안해하지 않아도 돼. 나는 죽을 때까지 당신 놓을 생각 없으니까."

분명 다정한 말이었다. 하지만 마냥 기분 좋게 생각할 수만은 없는 말이었다. 지금까지 사랑을 나눌 때 꼬박꼬박 질외사정을 하기는 했지만, 딱히 피임을 한 적은 없었다. 그래서 남편도 당연히 아이 생각이 있는 거라 생각했었는데 말이다.

"신우 씨는…… 아이가 갖고 싶지 않은 거예요?"

"그럴 리가."

남편은 정색하고 부정했다.

"완전 반대야. 아기는, 아마도 당신보다 내가 더 간절할걸?"

남편은 진심인 것 같았다. 그래서 더 의아할 수밖에 없었다. 그렇다면 지금 이 상황에서 기뻐해야 하는 게 맞는 거 아닌가. 그러나 지금 남편은 전혀 기쁜 것처럼 보이지 않았다. 아니, 오히려 매우 심란해 보인다.

"정말로 신우 씨도 아이가 갖고 싶은 거예요?"

남편은 대답 대신 그녀의 두 눈을 빤히 바라보았다. 긍정이었다. 은서는 고개를 갸웃했다.

"그런데 왜 지금까지 한 번도 말하지 않았어요?"

"괜한 부담 주고 싶지 않았어. 아직 당신은 하고 싶은 게 많을 테니까. 사실 나이도 아직 어리고."

새카만 그의 두 눈동자엔 그녀를 향한 짙은 배려가 담겨 있었다. 자신의 욕심보다 그녀를 더 생각하는 마음. 그제야 은서는 모든 걸 납득할 수 있었다. 사실 남편에겐 세상 그 무엇보다 자신이 우선순위라는 것을, 이미 피부로 느끼고 있었다.

"고마워요. 배려해줘서."

은서는 진심으로 감사의 인사를 전했다. 그리고 잠깐이나마 그의 마음을 의심했던 것에 대한 미안함도 한 스푼 섞어서 옅게 웃어 보였다.

"그런데 부담 안 가져도 돼요. 아르바이트하면서 사회생활 경험해본 것도 좋았고, 밤에 친구랑 외출하는 것도 좋았지만. 그래도 나는 내 남편이랑 같이 있을 때가 가장 행복하니까."

"……."

"그리고 우리 둘을 닮은 아이까지 있으면 두 배는 더 행복할 것 같아요. 아니, 분명 행복할 거야."

내일을 기대하는 제 모습은, 여전히 어색했다. 그럼에도 불구하고 확신할 수 있었다. 이 남자와 함께하는 내일은 분명 오늘보다 더 나을 거라고. 이 남자의 옆에 있으면 나는 지금처럼 계속 행복할 수 있을 거라고.

그때였다. 별안간 기분 좋은 온기가 그녀를 덮쳐왔다.

"송은서."

그녀의 위로 올라타듯 다가온 남편이 시선을 똑바로 맞춰왔다. 짙은 두 눈에서 목소리만큼이나 달콤한 꿀이 뚝뚝 떨어지고 있었다.

"사랑해."

"······."

"당신은 꿈에도 상상 못 할 정도로 사랑하고 있어."

사랑한다는 말은, 꼭 마법 같았다. 아무리 들어도 질리기는커녕 그때마다 매번 가슴이 떨려온다.

"나도 사랑해요."

은서는 부드럽게 웃으며 대답했다.

"신우 씨가 상상하는 것 그 이상으로."

마주한 시선이 얽혀 들어갔다.

그녀가 먼저 팔을 뻗어 그의 목을 끌어안았다. 자연스럽게 가까워지는 입술을 가볍게 물었다.그와 동시에 두 사람은 누가 먼저랄 것도 없이 서로를 지독하게 탐하기 시작했다.

아직 끝나지 않은 밤이 이어지고 있었다.

아름다운 밤이었다.

외전 2

띵-

기계음과 함께 식빵 조각이 위로 튀어 올랐다. 고소한 냄새가 주
방 가득 퍼져 나간다. 신우는 잘 구워진 토스트를 꺼내 둥근 접
시에 담았다. 접시 가장자리에 크림치즈를 듬뿍 퍼 올린 후, 조
금 전 손수 착즙한 오렌지주스를 기다란 유리잔에 가득 담았다.

이른 아침부터 주방을 오가는 그의 모습이 제법 자연스럽다.

그도 그럴 것이, 온전히 아내의 공간이었던 주방에 그가 수시로
드나들기 시작한 지도 벌써 5개월째였다. 아이를 갖는 건, 하늘의

뜻이라고 하였던가. 자녀계획을 결정한 이후로 두 사람은 밤낮으로 열심히 노력했지만 아이는 쉽게 찾아와주지 않았다.

1년이 넘어가자 아내는 못내 조급해하는 눈치였다. 하지만 그는 이상하게도 자신만만했다. 근거가 아예 없는 건 아니었다. 아내와 자신은 아직 젊을뿐더러, 특히나 자신에겐 지치지 않고 끊임없이 노력할 열정이 있었으니까.

사실 그는 오히려 아이가 느긋하게 찾아와주길 바랐다. 뜨거운 신혼을 조금 더 길게 누리고 싶다는 것이, 차마 아내에겐 말하지 못한 그의 솔직한 진심이었다. 어쨌든 하늘은 머지않아 그들의 손을 잡아 주었다. 아내가 좋아하는 여행도 틈틈이 다니면서 신혼을 실컷 즐긴 어느 적당한 날, 드디어 그들의 천사가 찾아와준 것이다.

"……조금 더 늦게 와줬어도 괜찮았겠지만."

아내의 배 속에 자리한 작은 생명을 떠올린 그는 아쉬운 듯 입맛을 쩝 다셨다. 녀석이 아내를 전부 차지해버리는 바람에 정작 남편인 자신은 그녀의 솜털 하나 제대로 건들기가 어려워졌다는 점이 불만스러운 건 어쩔 수 없었다.

물론, 녀석의 존재만으로도 가슴이 벅찰 정도로 행복하기는 하지만.

"아무튼 꼬물이 녀석, 분명 효자는 아닐 거야."

음식이 담긴 나무 트레이를 든 채로 주방을 나서며 그는 가볍게 꿍얼거렸다.

'꼬물이'는 아이의 태명이었다.

초음파 검사로 처음 만났을 때 녀석은 아직 형태가 없는 점이었는데, 그 작은 점이 꼬물거리는 것이 신기하고 또 귀엽게 보여서 그렇게 정했다.

달칵-

조심스럽게 방문을 열고 안으로 들어선 그의 시선이 침대 위를 향했다. 아내는 여전히 잠들어 있었다. 임신으로 인해 티 나게 바뀐 것이 있다면 바로 잠이었다. 늘 그보다 늦게 잠들고 일찍 일어나던 아내는 최근 들어 잠이 부쩍 많아졌다.

그는 트레이를 탁자 위에 내려놓은 후 침대 가장자리에 조심스럽게 걸터앉았다. 곤히 잠든 아내를 내려다보고 있자니 입가가 절로 느슨해진다.

"자는 모습마저 이렇게 사랑스러우면 어쩌자는 거야."

차마 깨우지 못하고 아내를 지그시 바라보는 그의 두 눈에서는 목소리만큼이나 달콤한 꿀이 뚝뚝 떨어지고 있었다.

* * *

문득 드는 묘한 기시감에 은서는 감은 눈을 떴다. 가장 먼저 느껴지는 건 밝은 햇살이었다. 그리고 이어지는 건 후각을 자극하는 고소한 냄새. 마지막으로는 남편의 빤한 시선이었다.

"잘 잤어?"

부드러운 인사말에 은서는 고개를 끄덕였다.

"근데 신우 씨는 뭐 하고 있어요?"

"작품 감상 중."

뻔뻔한 남편의 대답에 은서는 이맛살을 찌푸렸다.

"아침엔 제발 참아줘요. 진짜 민망해 죽겠어."

"그건 인력으로 어떻게 할 수 없는 일이야. 그러게 누가 아침부터 이렇게 예쁘래?"

그리 말하는 남편의 얼굴엔 웃음기라고는 먼지 한 톨만큼도 보이지 않았다.

······못살아, 진짜.

말문이 막힌 은서는 속으로 길게 한숨을 내쉬었다. 하루 이틀도 아니고 이젠 익숙해질 법도 하건만, 왜 이렇게 적응이 안 되는 건지 모르겠다. 아무래도 남편이 자제를 해 주길 바라는 것보다 제가 적응하는 게 빠를 것 같은데 말이다.

"어, 조심해."

그녀가 몸을 일으키려고 하자 남편이 얼른 팔을 뻗어 등허리를 받쳐준다. 그러고는 폭신한 침대 헤드에 등을 완전히 기댔을 때서야 손길을 거둬들였다.

"누가 보면 중환자인 줄 알겠어요."

은서는 민망함에 작게 투덜거렸다.

"의사가 했던 말 잊었어? 절대 안정을 취하라고 했잖아."

"그건 초기에 한 말이잖아요. 지금은 중기고."

"중기는 뭐 달라. 그래 봐야 5개월밖에 안 됐는데."

"이번에 병원 갔을 때 의사 선생님께서 말씀하셨어요. 꼬물이도, 저도. 이제 안정권에 접어들었다구요."

"그래도 꼬물이가 무사히 세상에 나올 때까진 계속 조심해야지. 조심한다고 해서 나쁠 게 뭐 있어. 그 반대가 훨씬 문제지."

남편의 말이 틀린 건 아니었다. 그녀 역시도 혹시라도 배 속에 있는 아이에게 해가 갈까 봐 모든 행동에 조심하고 있는 중이었다. 그런데 문제는, 그의 조심성이 과해도 너무 과하다는 것이었다.

"축하합니다, 임신입니다."

테스트기로 두 줄을 확인하고 두근거리는 마음으로 남편과 함께 찾은 병원. 아마도 그곳에서 의사에게서 이 한마디를 들은 후부터였을 것이다. 남편이 임산부인 그녀보다 훨씬 더 예민해지기 시작한 것은. 병원에서 돌아온 그 날, 그가 가장 먼저 한 것은 침실을 1층으로 옮기는 일이었다.

"갑자기 침실은 왜 옮겨요?"
"계단 오르락내리락하다가, 혹시 넘어지기라도 하면 정말 큰일이잖아."

처음엔 그가 농담을 하는 거라 생각했다. 그러나 단 몇 시간 만에 2층에 있던 자신의 짐은 모조리 1층에 자리를 잡았다. 그는 더없이 진지한 얼굴로 말했다.

"앞으로 2층은 출입 금지야."

그뿐만이 아니었다. 집안일은 물론이고 주방일도 하지 말라 엄포를 놓았다. 그는 곧바로 가사도우미를 구하겠다고 했다. 그리고 며칠 후, 가사도우미라며 나타난 것이 진숙이었다.

"아줌마! 이게 어떻게 된 일이에요?"

"그건 내가 더 궁금해요. 어제 갑자기 큰 사모님께서 날 부르더니, 평일엔 아가씨 집으로 출퇴근하라고 하셨어요."

"······네? 회장님이요?"

"나도 그 말을 듣고 얼마나 놀랐는지 몰라. 꿈을 꾸는 건 아닌가 싶어서 그 자리에서 바로 뺨을 꼬집어보기까지 했다니까요. 어찌나 세게 꼬집었는지 아직도 볼이 얼얼해."

진숙은 도대체 무슨 일이 일어난 건지 전혀 감을 잡지 못하겠다는 듯한 얼굴이었지만, 은서는 상황이 어떻게 돌아가는지 단번에 눈치를 챌 수가 있었다. 이런 황당한 일을 저지를 사람도, 황 회장을 이겨 먹을 수 있는 사람도. 그녀가 알기론 이 세상에 단 한 사람밖에 없었다.

바로 자신의 남편이었다.

"도대체 이게 어떻게 된 일이예요? 진숙 아주머니는 평창동에서 평생 일을 하셨던 분이에요. 그런데 어떻게 우리 집에······."

그날 밤, 그녀는 퇴근해서 들어온 남편에게 설명을 요구했다. 그러나 그는 덤덤한 얼굴로 한마디를 했을 뿐이었다.

"그냥 그렇게 됐어."

도대체 뭘 어떻게 하면 일이 이렇게 된단 말인가. 황당했지만 캐

묻지는 못했다. 아니, 조금 더 솔직하게 말하자면 캐묻고 싶지가 않았다. 제 남편이 황 회장을 상대로 또 어떤 황당한 일을 저질렀을지 알기가 겁이 나서였다. 세상엔 모르는 게 약인 일도 있는 법이다. 이미 저질러진 일. 이제 와서 어쩔 수도 없으니 그녀는 그냥 마음 편하게 즐기기로 했다.

"근데 이 고소한 냄새는 뭐예요? 토스트 했어요?"

남편은 대답 대신 탁자 위에 있던 트레이를 그녀에게로 내밀었다. 노릇노릇 구운 식빵과 크림치즈, 그리고 오렌지주스를 보자 군침이 절로 넘어간다. 그녀가 좋아하는 조합이었다.

"와, 맛있겠다."

사람은 적응하는 동물이라고 했던가. 더 이상 남편이 아침을 챙겨주는 것이 당황스럽지 않았다. 진숙이 오지 않는 주말엔 늘 그가 이렇게 그녀의 식사를 책임지곤 했다. 물론 엄청난 요리를 만들어내는 건 아니었다. 그래도 요리의 '요'자도 모르던 지난날에 비하면 꽤 요리 실력이 늘었다. 이젠 된장찌개도 제법 맛있게 끓일 줄 알았다.

"고마워요. 잘 먹을게요."

은서는 자연스럽게 토스트를 집어 들었다. 주말 아침엔 이렇게 침대 위에서 식사를 하는 것 역시 익숙해졌다. 크게 한입 베어 문 식빵을 오물거리는 그녀를, 바로 옆에서 사랑스러워 죽겠다는 듯 바라보던 남편이 문득 말했다.

"참, 미안해."

"갑자기 뭐가요?"

"오늘도 회사 나가봐야 할 것 같아."

난 또 뭐라고.

"알았어요. 잘 다녀와요."

은서는 대수롭지 않다는 듯 고개를 끄덕였다. 한 몇 달 여유로운가 싶더니, 최근 들어 다시 회사가 바빠지기 시작한 것이었다.

"섭섭하진 않아? 요즘 계속 주말에도 옆에 있어 주질 못했는데."

남편은 진심으로 미안해하는 얼굴이었다. 그래서 은서는 더 황당했다. 남편은, 이미 충분히 잘해주고 있었다. 가끔은 오히려 너무 과해서 부담스럽다는 생각이 들 정도였다. 그런데 그는 도대체 제게 얼마나 더 잘해줘야 만족하려는 걸까. 오물거리던 토스트를 꿀꺽 삼켜낸 은서는 그런 남편을 향해 방긋 웃으며 말했다.

"섭섭할 게 뭐 있어요. 일부러 그러는 것도 아니고 일 때문에 어쩔 수 없는 건데. 오히려 신우 씨가 더 걱정이죠. 쉬질 못해서 어떡해요?"

"난 괜찮아."

"나도 괜찮아요."

"……."

양치기 소년의 말로가 바로 이런 걸까. 남편은 그녀의 괜찮다는 말은 무조건 의심부터 하고 봤다. 이번에도 역시 믿지 않는 눈치인 남편을 바라보며 은서는 다시 한번 진지하게 말했다.

"나 정말 괜찮아요. 그러니까 괜히 나 신경 쓰지 말고 일이나 열심히 해요. 꼬물이 태어나면 돈 많이 들 테니까. 알겠죠?"

그에겐 가장 쓸데없을 걱정이 돈 걱정이었다. 위기감이라고는 조금도 들지 않을 귀여운 경고에 남편은 작게 웃으며 그녀의 동그란 이마에 가볍게 입을 맞추었다.

"돈 많이 벌게. 당신이랑 꼬물이를 위해서."

* * *

"도착했습니다, 사모님."

윤 기사의 말에 은서는 고개를 돌려 창밖을 바라보았다. 가현과의 약속 장소인 커피숍이 보인다.

"이동하실 때 연락주세요. 근처에서 대기하고 있겠습니다."

깍듯이 이어지는 윤 기사의 말에 은서는 어색하게 웃으며 옆에 두었던 클러치 백을 집어 들었다. 임신 소식을 알게 된 남편이 침실을 옮기는 것 다음으로 한 일은, 그녀의 전속 운전기사를 구하는 것이었다. 안 그래도 평소 그녀 혼자 택시를 타고 다니는 걸 걱정하던 남편이었는데 '아기'라는 명분까지 생겨버려서 은서는 더 이상 고집을 부릴 수가 없었다. 그저 얌전히 그의 뜻에 따를 수밖에.

그러나 평생 혼자 택시를 타고 다녔던 그녀였기에, 일거수일투족을 함께해야 하는 윤 기사와의 동행은 아직 어색했다. 저를 기다리게 만든다는 것이 미안하기도 했고.

"늘 감사드려요, 윤 기사님."

차에서 내리며 은서는 사과 대신 감사의 인사를 전했다. 늘 죄송하기만 했던 삶에서 감사할 게 더 많아진 삶을 살게 된 것. 이 또한 남편으로 인해 바뀐 점이었다.

처음엔 정략으로 시작했을 뿐인 결혼 생활은, 어느덧 그녀를 긍정적으로 변화시키고 있었다. 사소한 것 같지만 결코 사소하지 않은, 이러한 변화를 스스로 느낄 때마다 은서는 새삼스레 놀라곤 했다. 그리고 새삼스럽게 감탄했다.

아, 나 결혼 정말 잘했구나.

커피숍 안으로 들어서자 고소한 원두 향이 훅 끼쳐왔다. 임신 후 저뿐만 아니라 남편까지도 집에서는 커피를 마시는 일이 없기에 오랜만에 맡는 향이었다. 기분 좋게 원두 향을 느끼며 주위를 둘러보았다. 먼저 와있던 가현의 모습을 어렵지 않게 찾을 수 있었다.

"빨리 왔네?"

"나도 조금 전에 도착했어."

맞은편에 엉덩이를 붙이자, 가현이 테이블 위에 놓여 있던 음료 하나를 내밀었다.

"네 건 생과일주스로 시켰어. 딸기. 맞지?"

"고마워."

은서는 활짝 웃으며 친구의 배려가 담긴 주스를 한 모금 홀짝였다.

"그나저나 이게 대체 얼마 만이야. 임신하고 처음 보는 거지, 우리?"

가현의 말 대로였다. 의사에게서 조심하라는 말을 들은 후로 남편은, 병원 진료 같은 불가피한 상황을 제외하고는 그녀의 외출을 좀처럼 허락하지 않았다. 심지어는 집에서도 손 하나 까딱하지 못하게 했으니 말 다 했다.

사실 오늘도 남편이 허락하지 않으면 어떡하나 내심 걱정했었다. 그런데 의외로 선뜻 그러라는 대답을 받았다. 임신 중기라 안

정기에 접어들었다는 말에 그제야 그도 조금 안심이 되는 모양이었다.

"미안. 신우 씨가 워낙 걱정이 많아서……."

"나한테 미안할 게 뭐 있어. 사실 너무 유별난 것 같아서 처음엔 좀 황당하긴 했는데. 가만 생각해보니까 다른 것도 아니고 널 위해서 그런 거니까 괜찮나, 싶기도 하고."

가현은 정말로 개의치 않는다는 듯 가볍게 어깨를 으쓱해 보였다. 결혼 초기 가현에게 점수를 대폭 잃었던 그녀의 남편은, 최근 들어 조금씩 까먹은 점수를 회복하는 중이었다.

"그래도 걱정했던 것보단 괜찮아 보이네. 입덧도 없댔지?"

"응. 다행히도 전혀 없어."

"정말 다행이네. 아무래도 네 남편 안 닮고 너 닮았나 보다."

진심으로 안도하는 가현의 말에 은서는 작게 웃었다. 의사에게서 아이가 순하네요, 하는 말을 들었을 때 남편도 그렇게 말했었다. 자신을 닮지 않은 것 같아 다행이라고.

"성별은 들었어?"

"이번 검진 때 들었어. 아들이야."

"우와, 축하해."

본인 일인 것처럼 진심으로 기뻐하는 얼굴로 가현이 손뼉을 짝 쳤다.

"아주 잘생긴 왕자님이겠네? 널 닮든, 네 남편을 닮든."

"딱 반반 닮았으면 좋겠어."

"그래. 기왕이면 그게 좋겠다. 뭐가 됐든 잘생긴 건 변함없을 테니까."

벌써부터 얼마나 많은 여자를 울릴지 기대된다며, 가현은 진심으로 눈을 반짝였다.

"근데 네 남편은 꽤 실망했겠다? 너 꼭 닮은 딸 원했잖아."

예리한 가현의 말에 은서는 맞아, 하고 고개를 끄덕였다.

"내 앞에서 티는 안 내는데, 못내 그런 느낌이 없잖아 있긴 한 것 같아."

성별을 알기 전엔 꼬물이와 그녀를 동등하게 챙겼던 것 같은데, 아들인 걸 알게 된 후로는 꼬물이보다 그녀를 조금 더 챙기는 느낌이었다. 긴가민가 싶을 정도로 아주 미묘한 차이일 뿐이지만.

"근데 너한테는 딸바보 남편보단 팔불출 남편이 좀 더 낫지 않아? 너도 은근히 걱정했었잖아. 아이 태어나고 나면 순위 밀릴까 봐."

팩트를 짚어주는 가현의 말에 은서는 멈칫했다. 부정할 수 없다. 아이를 가진 후로 더욱더 가정적으로 변한 남편을 볼 때마다 은근히 걱정했던 건 사실이었으니까.

"남편 사랑 듬뿍 받더니 욕심쟁이 다 됐어."

"……네가 이해 좀 해줘. 원래 늦게 배운 도둑질에 날 새는 줄 모른다잖아."

팩트를 꼬집는 친구의 말에 은서가 머쓱하게 대꾸하자 가현이 피식, 웃으며 고개를 내저었다.

"농담이야. 걱정 마. 예전의 네 모습보다 지금 네 모습이 훨씬 더 좋아 보이니까."

"응. 사실은 나도 지금 내 모습이 마음에 들어."

두 사람은 서로를 마주 보고 작게 웃었다. 그러고는 서로의 근황에 관해 이야기를 나누기 시작했다. 오랜만에 만난 만큼 할 얘기가 많았다. 물론 이미 통화로 대충 들었던 이야기들이 대부분이었다. 그런 와중에 오늘 새롭게 전해 들은 이야기가 있었으니, 가현이 남자친구와 헤어졌다는 것이었다.

결혼 문제 때문이라고 했다. 남자친구는 결혼을 원했지만, 가현은 아직 마음의 준비가 되지 않은 상태로 서로의 처지가 너무 달랐던 것이다. 그 때문에 자주 다투다 보니 관계가 소원해지고 결국 이별까지 맞았다고. 가현은 마치 남 얘기하듯 덤덤한 어조로 말했다.

"……괜찮아?"

"꽤 오래 만났지. 그래서 옆에 없다는 게 허전하긴 한데, 마지막에 너무 많이 싸워서 그런지 다시 돌아가고 싶지는 않아. 둘 다 자신의 뜻을 굽힐 생각이 없었으니, 이게 최선이었다고 생각해."

가현은 정말로 괜찮아 보이는 얼굴이었다. 아마도 예전 같았으면 친구가 정말로 괜찮은가 보다 생각했을 것이다. 하지만 이제는 남녀 간의 사랑이 뭔지 그녀도 잘 알고 있다. 지금 친구가 결코 괜찮을 리가 없다는 것도.

"그보다, 너는?"

무슨 말로 친구를 위로해줄 수 있을까, 고민하고 있는데 가현이 별안간 화제를 돌렸다. 은서는 눈을 동그랗게 뜨고 저를 가리켰다.

"나?"

"요즘 무슨 고민 있어?"

"응? 갑자기 그게 무슨 말이야?"

"아니, 그냥. 왠지 네 얼굴이 조금 어두워 보이는 것 같아서."

가볍게 뱉어진 가현의 말에 은서의 어깨가 일순간 흠칫, 떨렸다.

"티가 나……?"

"당연하지. 내가 누군데."

정말이지 소름 돋는 촉이 아닐 수 없었다. 표정 관리를 한다고 했는데 말이다. 가현이 팔짱을 낀 채 흔들리는 그녀의 두 눈을 빤히 바라보았다. 어서 털어놓으라는 듯.

"아니, 별 건 아니고……."

은서는 느릿하게 입술을 달싹였다.

"곧 엄마 기일이잖아."

"아, 그러네. 벌써 그렇게 됐구나."

엄마의 기일을 알게 된 건 스무 살 때였다.

기일뿐만 아니라 평창동 집엔 엄마의 흔적이라고는 티끌만큼도 남아있지 않았다. 마치 처음부터 존재하지 않았던 것처럼. 처음 엔 당연한 일인 줄 알았다. 나중에 머리가 어느 정도 자랐을 때서 야 서서히 엄마에 대해 궁금해지기 시작했다.

괜한 불똥이 튈까 봐 진숙에게도 차마 묻지 못했다. 그러다 황 회장의 손아귀에서 조금 자유로워졌던 스무 살, 몰래 엄마의 흔 적에 대해 하나둘 찾다가 우연히 아주 오래전에 쓰인 신문 기사 하나를 접했다.

『신데렐라를 꿈꿨던 어느 여배우의 비극』

굉장히 자극적인 타이틀을 달고 나온 그 기사를 꼼꼼히 읽었다.

속사정까지는 모두 나와 있지 않았지만, 그래도 그녀가 전혀 모르고 있던 부분에 대해 알 수 있었다. 엄마는 짧았지만 그래도 대중에게서 많은 사랑을 받은 여배우였고, 제가 품은 사랑 하나를 위해 그 모든 걸 포기했을 정도로 용기 있는 여자였다는 것을. 비록 결과는 비참했지만 그 과정만큼은 반짝반짝 빛났다는 것을.

길지 않은 기사 내용을 몇 번이고 곱씹어보았다. 외울 수 있을 정도였다. 덕분에 얼굴도 기억나지 않는 엄마와 한층 더 가까워진 느낌이었다. 그 뒤로 그녀는 황 회장의 눈을 피해 혼자서 엄마의 기일을 챙겼다. 거창하게 제사를 지내진 못하고 소박하게 엄마를 기렸다. 엄마가 살아생전 가장 좋아하는 음식이었다던 무지개떡을 놓고 기도했다.

낳아주셔서 감사하다고. 고생 많으셨다고. 부디 그곳에선 평안하시라고……

사실 낳아주셔서 감사하다는 말은 진심이 아니었다. 그러나 왜 나를 낳았냐 원망할 수는 없는 노릇이라 그냥 입에 발린 소리를 습관처럼 했다. 그래야 엄마도 그렇고 저도 덜 속상할 것 같아서.

"이상하게 이번엔 괜히 더 씁쓸하네."

은서는 습관처럼 이젠 제법 불러온 배를 쓰다듬으며 낮게 중얼거렸다.

"엄마가 돼서 그런가……."

사실 엄마에 대한 그리움은 그리 크지 않았다. 애초에 그리워할 추억조차 남아있지 않았기 때문이었다. 처음부터 가져보지 못한 것에 대한 아쉬움은 원래 느끼지 못하는 법이니까. 그런데 아이를 가진 이후로 부쩍 엄마 생각이 많이 나곤 했다. 엄마는 날 가졌을 때 어땠을까. 나처럼 이랬을까. 아니면 저랬을까. 이런 기분이었을까. 저런 기분이었을까…….

그런 생각을 하다 보면 기억조차 나지 않는 엄마가 못 견디게 그리워지는 것이다.

"아무래도 내가 복에 겨웠나 봐."

은서가 쓰게 웃자, 가현이 조용히 팔을 뻗어 그녀의 손을 잡아주었다. 따뜻한 온기와 함께 친구의 진심이 전해졌다. 그 어떤 위로의 말보다 따뜻한 위로였다. 은서는 친구를 마주 보며 옅게 웃어주었다.

* * *

현관문이 열리는 소리에 은서는 기다렸다는 듯이 방에서 나왔다. 이제 막 복도로 들어선 진숙의 모습이 보인다.

"오셨어요?"

은서가 반가운 얼굴로 진숙의 양손에 들린 빵빵한 봉지를 향해 팔을 뻗었다. 그러자 진숙이 휙, 손을 뒤로 뺐다.

"아서요. 무거운 것 들면 큰일 나."

"이 정도는 괜찮아요."

웃으며 말했지만 진숙은 단호하게 고개를 내저었다.

"박 대표님이 처음부터 아주 신신당부를 하셨어요. 수저를 제외하곤 아무것도 못 들게 하라고."

아니, 이 남자가 정말…….

남편이 진숙에게 그 부분에 대해 얼마나 강조를 했을지는 안 봐
도 비디오였다. 은서는 머쓱한 미소를 머금은 채로 손을 거둬들
였다.

"……죄송해요. 저희 신랑이 조금 유별나죠?"

"죄송하긴요. 난 고마워서 죽겠는데."

진숙은 가당치도 않다는 듯 손을 크게 내저었다.

"사실 처음에 아가씨 시집갈 때 내가 얼마나 걱정을 했는지 몰
라요. 그런데 요즘 둘이 사는 거 보면, 괜한 걱정을 했다 싶어. 어
찌나 알콩달콩 예쁘게 사는지."

"……"

"억지가 아니라 그저 자연스럽게 웃는 아가씨 얼굴을 보고 있
으면, 박 대표님한테 너무 고마워서 절이라도 하고 싶은 심정이에
요. 평창동에선 상상도 할 수 없는 일이었으니까."

진숙의 눈가가 부드럽게 휘어졌다.

"아가씨."

"……네."

"잘살아줘서 고마워요. 진심이야. 내 마음 알죠?"

진심이 가득 담긴 진숙의 따뜻한 시선과 음성에 은서는 대답
대신 아랫입술을 질끈 깨물었다. 어쩐지 눈물이 날 것 같아서였
다. 임신으로 인해 변한 건 신체뿐만이 아니었다. 로봇이냐는 소
리까지 듣고 살았을 정도였는데, 최근엔 감정 기복이 꽤 심해졌
다. 지금처럼 이렇게 울컥하고 치미는 감정을 삭이는 데 시간이
꽤 걸렸다.

그런 은서를 바라보며 진숙은 흐뭇하게 웃었다. 마치 이런 모습

조차 너무 반갑다는 듯 그녀의 어깨를 가볍게 툭, 건드리고는 주방으로 걸음을 옮겼다. 은서는 자리에 멈춰선 채로 진숙의 뒷모습을 물끄러미 바라보았다. 눈빛이 절로 떨려왔다. 두 눈을 질끈 감았다 떴다.

"후우……."

심호흡을 크게 한 번 한 후에야 뒤늦게 진숙의 뒤를 따라 주방으로 향했다. 진숙은 자연스럽게 식탁 위에 장 봐온 봉지를 올리고 물품들을 하나둘 꺼내고 있었다. 은서는 쭈뼛거리며 옆에 서서 그 광경을 지켜보았다. 어찌나 남편이 주방에 못 들어가게 단속을 했던지, 불과 다섯 달 전까지만 해도 온전히 제 공간이었던 이곳이 이젠 퍽 낯설게 느껴진다.

"그냥 나가서 편히 쉬지. 뭐 하러 여기에서 이러고 있어요?"

봉지 하나를 비워낸 진숙이 옆에 서 있는 은서를 보며 고개를 갸웃했다.

"아, 저 무지개떡……."

"아이고! 갑자기 떡을 사 와달라길래 뭔가 했더니, 많이 먹고 싶었나 보네. 지금 바로 홍차랑 같이 내어줄까요?"

"아뇨. 그냥 제가 알아서 먹을게요. 감사합니다."

은서는 어색하게 웃으며 고개를 내젓고는 진숙이 건네는 무지개떡을 봉지째로 받아들었다. 의아해하는 진숙의 눈을 피해 주방을 나섰을 때였다. 휴대폰이 울렸다. 남편의 전화였다. 액정을 확인한 은서의 눈이 둥그렇게 커졌다. 점심시간에 전화를 걸어 그녀의 끼니를 챙기는 일이 종종 있기는 했지만, 지금처럼 한창 일하는 시간에 전화가 온 건 처음이었다.

"여보세요?"

혹시 무슨 일이 생겼나 싶어 급하게 전화를 받았다. 그러나 수화기 너머에서 들려오는 남편의 목소리는 평소와 다름없이 평이했다.

─집이지? 나 30분 후에 도착하니까 외출 준비하고 있어.

외출이라니. 갑작스러운 말에 은서의 눈이 조금 전보다 한층 더 커졌다.

"어디 가는데요?"

─그건 비밀이야.

"네? 그게 무슨……."

황당함에 되묻기도 전에 남편이 말했다.

─예쁘게 하고 나와.

* * *

30분. 예전 같았으면 충분했을 시간이지만, 최근 몸이 부쩍 무거워진 그녀에겐 그리 여유롭게 느껴지는 시간이 아니었다.

"하여튼. 은근히 서프라이즈 좋아한다니까……."

부랴부랴 준비를 끝마치고 집을 나선 은서의 눈에 익숙한 차가 들어왔다. 그리고 그 옆에 차보다도 익숙한 남편의 모습이 보였다. 각 잡힌 슈트 차림으로 조수석 문에 삐딱하게 기대선 남편의 모습은 마치 자동차 광고를 찍기라도 하는 듯 분위기가 있었다.

"신우 씨."

은서의 부름에 남편의 고개가 이쪽으로 휙 돌아왔다. 그녀를 발견하자마자 무표정하던 얼굴에 활짝 웃음꽃이 핀다. 남편은 무표정한 얼굴과 웃는 얼굴의 갭이 큰 편이었는데, 그 변화를 직관할 수 있는 건 세상에서 단 한 사람 그녀뿐이었다. 그 사실에 은서는 이 순간마다 내심 뿌듯했다.

"뭐야. 너무 예쁜 거 아니야?"

기다렸다는 듯 성큼성큼 다가온 남편이 그녀를 머리끝부터 발끝까지 쓱 훑으며 말했다.

"예쁘게 하고 오라면서요."

"그러게. 내가 괜한 말을 한 것 같네. 다른 남자들이 쳐다볼까 봐 겁나는데, 다시 들어가서 조금 덜 예쁘게 하고 나올래?"

이토록 실없는 농담마저 진지하게 하는 이 남자를 어쩌면 좋을까. 은서는 못 말린다는 듯 작게 웃었다.

"그런데 정말로 어디 가려는 거예요?"

"비밀이라고 했잖아."

단호한 대답에 은서는 남편의 옷자락을 슬쩍 잡아당기며 두 눈을 반짝였다.

"알려줘요. 궁금해."

"그렇게 귀엽게 말해도 이번엔 알려줄 수 없어."

보통 그녀가 이렇게 눈을 반짝일 땐 뙤약볕 아래의 아이스크림처럼 사르륵 녹으며 간이고 쓸개고 다 빼줄 것처럼 구는 남편이었는데, 오늘은 꽤 단호하다.

"아니, 대체 어딜 데려가는데 안 알려줘요?"

"조금만 기다려봐. 곧 알게 될 테니까."

이 정도까지 했는데도 먹히지 않는다는 건, 그가 정말로 알려줄 생각이 없다는 뜻이었다. 남편의 성격을 잘 아는 은서는 알았어요, 빠르게 포기하고 그의 에스코트에 따라 조수석에 올라탔다. 조수석 문이 닫히는 것과 동시에 차 안에 퍼져있던 달큰한 향기가 후각을 자극해 온다.고개가 절로 뒤를 향했다. 뒷좌석에 알록달록 어여쁜 꽃다발 하나가 덩그러니 놓여있는 게 보였다.

그리 놀랍지는 않았다. 꽃 선물은 종종 받아 왔었다. 결혼기념일, 그녀의 생일, 하다못해 본인의 생일날까지도. 남편은 그녀에게 다른 선물과 함께 꽃다발도 잊지 않고 건네 왔었다. 남편은, 꽃을 받았을 때 활짝 웃어주는 그녀의 얼굴을 볼 때면 자신이 더 행복해진다고 했다.

"오늘 무슨 날이에요?"

자연스럽게 꽃다발을 향해 손을 뻗으려는데, 이제 막 차에 올라탄 남편이 황급히 그녀의 팔을 붙들었다.

"미안한데, 그거 당신 거 아니야."

은서의 눈이 둥그렇게 커졌다.

"그럼요?"

남편이 눈가를 접으며 예쁘게 웃었다.

"그것도 비밀."

* * *

빽빽한 빌딩 숲을 빠져나온 차는 어느덧 푸르른 자연 속을 달리고 있었다. 창밖으로 빠르게 스쳐 지나가는 풍경들을 바라보는 은서의 표정이 묘해졌다. 도대체 여긴 어디인 건지. 어디를 가고 있는 건지. 달리면 달릴수록 오히려 더 알 수가 없어지는 건 어째서일까. 서프라이즈를 해야겠다고 아예 작정한 듯. 완벽주의 성향이 짙은 남편은 내비게이션에 목적지도 설정하지 않고 달리는 중이었다.

"······우리 지금 제대로 가고 있는 거 맞아요?"

얼마나 달렸을까. 은서는 결국 못 미더운 마음에 조심스레 질문을 던졌다. 그러자 남편이 싱긋 웃으며 말했다.

"이제 다 왔어."

은서는 다시 한번 주위를 살폈다. 그런 그녀의 시야에 문득 표지판에 적힌 글씨가 들어온다.

○○추모공원

"······!"

순간 은서의 눈빛이 흔들렸다. 그녀의 고개가 옆으로 휙 돌아갔다.

"신우 씨. 설마 여기······."

"맞아. 어머님 뵈러 온 거야."

말도 안 돼······.

남편의 대답에 은서의 입이 절로 벌어졌다.

"어떻게 알았어요?"

"나한테 스파이 있는 거, 잊었어?"

"스파이? 아······."

뒤늦게 눈앞에 가현의 얼굴이 둥실 떠오른다. 그러고 보니 예전에도 이런 일이 있었다. 뭔가를 크게 잘못했던 남편이 어느 날 그녀가 좋아하는 퐁퐁 국화를 사 들고 왔던 일. 어떻게 제 취향을 알았나 했는데, 알고 보니 남편이 먼저 가현에게 연락을 해 도움을 요청했던 거라고 했다.

'그룹 대표씩이나 되는 남자가 갑자기 찾아와서 너한테 용서받고 싶다고, 도와달라고. 고개까지 푹 숙이고 부탁을 하는데, 차마 외면할 수가 없더라.'

당시 제 남편을 '재수 없는 남자'라고 부르던 친구가 선뜻 도와줬다는 게 의아해서 물었을 때, 가현은 그렇게 말했었다.
"그 뒤로도 계속 연락하고 있었어요?"
"가끔? 당신이 나한테 말 안 하고 혼자 끙끙 앓을 때면, 가현 씨 찬스를 좀 썼지."
안 그래도 일 때문에 정신없을 사람에게 괜한 걱정을 끼치고 싶지 않았다. 특히나 제 가정사에 관해선 남편이 유독 예민하게 받아들였기에 더 그랬다. 그래서 최대한 티를 내지 않으려 노력했었다. 그런데 이제 보니 남편은 제 복잡한 마음을 진작 다 알고 있었던 모양이다.

"그보다, 너는?"
"나?"
"요즘 무슨 고민 있어?"
"응? 갑자기 그게 무슨 말이야?"

"아니, 그냥. 왠지 네 얼굴이 조금 어두워 보이는 것 같아서."

어쩐지…….

아무리 가현이 눈치가 빠른 편이라고 하지만, 잠깐 보고 속내를 너무 바로 맞추는 게 이상하다 싶긴 했었다. 부드럽게 도로 위를 달리던 차가 추모공원 주차장에 멈춰 섰다. 시동을 끈 남편이 굳어 있는 그녀의 눈치를 흘끗 보며 물었다.

"내가 당신 몰래 친구랑 내통해서 기분 나쁜 건 아니지?"

"그럴 리가요."

은서는 재빠르게 고개를 내저었다. 기분 나쁘기는커녕 오히려 감동을 받은 참이었다.

"그런데…… 이곳은 어떻게 알았어요?"

"이 정도는 어렵지 않지."

하긴. 능력 따위 쥐뿔도 없는 자신과 달리 제 남편은 이 세상에서 불가능할 게 없는 남자였다. 엄마가 어디에 묻혀 있는지, 자식인 저는 평생을 모르고 살아왔지만 그는 손만 까딱하면 금방 알 수 있었을 것이다. 그 사실이 못내 씁쓸해져 온다.

"내가 진작 챙겼어야 했는데, 미안해. 너무 늦게 데려왔지."

그의 사과에 은서는 작게 고개를 내저었다.

"신우 씨가 어떻게 알고 챙겨요. 내가 말을 안 했는데."

"말 안 해도 알았어야 했어. 나는 당신 남편이니까."

"억지예요, 그거. 남편이 전지전능한 신인 것도 아닌데."

그럼에도 남편의 얼굴은 좀처럼 풀어질 생각을 않았다.

"나는, 당신한테 완벽한 남편이고 싶어."

"누가 아니래요? 신우 씨는 이미 나한테 이보다 더 완벽할 수 없는 남편이에요."

"……"

"지금도 그래요. 나는 지금까지 엄마 산소를 찾아올 생각은 단 한 번도 하지 못했어요."

그의 커다란 손을 꼬옥 붙들며 은서는 진심으로 말했다.

"정말 고마워요. 늘 이렇게 나보다도 더 날 위해줘서."

예쁜 미소에 경직되어 있던 그의 입가가 그제야 느슨해진다. 그런 남편을 보며 은서는 다시 한번 입을 열었다.

"그리고…… 미안해요."

"뭐가 미안해?"

"지금껏 신우 씨 어머님께 인사드리러 가잔 말도 한 적 없잖아요. 내가 생각이 너무 짧았어요."

평범한 삶을 살아오지 못한 탓이었을까. 자신이 나이에 비해 사회성이 한없이 부족하다는 것을 결혼 후 뼈저리게 느끼는 중이었다.

"당신 잘못 아니야. 나도 그 부분에 대해 얘기한 적 없었잖아."

"그래도 내가 알았어야 했던 거 아니에요? 나는 당신 아내인데?"

조금 전 그가 했던 말을 그대로 돌려주자, 남편은 못 말리겠다는 듯 낮게 웃었다.

"그럼 쌤쌤인 걸로 치자."

"조만간 인사드리러 가요."

"그럴 필요 없어."

"그럴 필요 있어요. 인사가 늦어서 죄송하다는 말씀 꼭 드리고 싶어요."

미안한 마음에 고집을 부리자 남편은 알겠다는 듯 고개를 끄덕였다.

* * *

공원은 관리가 아주 잘 되고 있는 것 같았다. 그리고 엄마는, 걱정했던 것과 달리 그중에서도 아주 좋은 자리에 잠들어 있었다. 크게 세워진 비석 위로 따스한 햇볕이 쏟아져 내리고 있었고, 살랑살랑 불어오는 바람이 부드럽게 비석의 표면을 쓸었다. 그때마다 주위에 펼쳐져 있는 녹음의 싱그러운 향이 코끝을 적셔 온다.

"……."

은서는 남편과 나란히 비석 앞에 섰다. 비석에 새겨진 엄마의 이름 석 자를 내려다보는 그녀의 눈빛이 미세하게 흔들렸다. 뭘 어떻게 해야 하는 걸까. 무슨 말을 해야 하는 거지…….

전혀 생각지 못했던 상황이라 당황해서일까. 선뜻 입이 떨어지질 않았다. 아니, 입뿐만이 아니었다. 온몸의 세포가 굳은 느낌이었다.

"처음 뵙겠습니다. 박신우입니다."

머뭇거리는 그녀를 대신해 남편이 먼저 입을 열었다. 그는 들고 왔던 꽃다발을 비석 앞에 정중하게 내려놓고는 90도로 허리를 푹숙이며 인사했다.

"인사가 늦어서 죄송합니다, 장모님."

일순 은서의 어깨가 흠칫 떨렸다. 남편의 입에서 나온 '장모님'이라는 단어가 낯설게 들렸기 때문이다. 평창동 집에 있는 새어머니에겐 단 한 번도 그렇게 부른 적이 없었다. 조금 더 정확하게 말하자면 부를 일이 없었다고 하는 게 더 맞겠지만. 호적상 딸인 자신도 대화를 한 적이 거의 없는 상대였다. 호적상 딸의 남편과는 더욱더 데면데면할 수밖에.

"따님 예쁘게 낳아주셔서 진심으로 감사드립니다. 제겐 과분한 사람이라는 거 가슴에 새기고, 장모님을 대신해서 평생 지켜주고 잘하겠습니다. 하늘에서 지켜봐 주세요."

진심이 담긴 그의 목소리가 귓가로 흘러들어와 가슴에 무겁게 내려앉는다. 은서는 저도 모르게 주먹을 꽈악 그러쥐었다.

"뭐 하고 있어. 당신도 얼른 인사부터 먼저 드려."

남편이 굳어 있는 그녀의 어깨를 부드럽게 감싸 쥐었다. 그와 동시에 아, 하고 은서의 입이 살짝 벌어졌다가 닫혔다. 이렇게나 멍석을 깔아줬는데도 인사말조차 떠오르지 않았다.

……처음 뵙겠습니다? 오랜만이에요?

도무지 적당한 말을 찾을 수가 없었다. 그 어떤 말을 해도 어색할 것 같았다.

"신우 씨, 미안한데…… 잠깐 자리 좀 비켜줄 수 있어요?"

한참을 망설인 끝에 은서가 조심스럽게 묻자 남편은 무슨 뜻인지 알겠다는 듯 고개를 끄덕였다.

"장모님. 이 사람이랑 앞으로 자주 찾아뵙겠습니다."

꾸벅, 다시 한번 정중하게 허리를 숙여 인사한 남편은 그녀에게 눈짓을 하고는 뒤돌아섰다. 남편의 뒷모습이 시야에서 완전히 사라졌을 때서야 은서는 다시금 정면을 바라보았다. 주위가 온통 푸르러서일까. 눈이 시려 온다.

눈을 질끈 감은 은서는 바르르 떨려오는 입매를 다잡으며 느릿하게 입술을 달싹였다.

"……엄마."

엄마.

고작 이 한마디를 내뱉는데 얼마나 망설였는지 모르겠다. 그럴 수밖에 없는 것이, '엄마'라는 단어를 입 밖으로 내뱉어보는 것은 지금껏 살아오면서 처음이었으니까.

"너무…… 늦게 찾아와서 죄송해요. 사실 신우 씨가 아니었으면 아마 평생 찾아올 생각도 못 했을 거예요……. 나도 모르게 엄마를 외면하고 사는 게 당연하다고 생각했나 봐. 나만큼은 그러면 안 됐었는데……. 나라도 엄마를 외롭게 만들면 안 됐는데……."

하고 싶은 말이 너무도 많은데. 해야 할 말이 너무도 많은데. 한마디, 한마디를 내뱉는 게 왜 이렇게 힘든 걸까.

"앞으론 종종 찾아올게요. 그리고……. 저도 곧 엄마가 돼요. 아들이래요."

무겁디무거운 입술을 느리게 달싹거리는 동안 눈앞이 뿌옇게 흐려졌다.

"사실은…… 엄마가 나만 두고 떠난 거, 원망 많이 했었어요. 그런데 이젠 알 것 같아요. 나 두고 떠나는 엄마 가슴이 얼마나 미어졌을지……. 아무것도 모르고 원망해서 미안해요. 지금까지 걱정 많았죠. 그런데 저 이제 하루하루가 너무 행복해요. 그러니까 이젠……. 그러니까……."

제 입으로 뱉고 있으면서도 무슨 말을 하는지 알 수가 없었다.
자꾸만 가슴 깊숙한 곳에서 울컥하고 차오르는 뜨거운 감정 때문에 목구멍이 꽉 막힌 느낌이었다. 횡설수설하던 은서는 결국 고개를 푹 숙였다. 그와 동시에 뜨거운 눈물이 푸릇한 잔디 위로 후드득 떨어진다.

"……낳아주셔서 감사해요."

매번 엄마의 기일마다 습관처럼 했던 말이었지만, 이번만큼은 진심이었다.

* * *

아내의 친구에게서 이야기를 전해 듣는 순간 그는 눈앞이 캄캄해지는 듯했었다. 상상도 하지 못했다. 제 아내가 자신의 친모가 잠든 곳이 어디인지조차 모르고 있으리라고는. 그저 제가 그렇듯 아내 역시 혼자서 조용히 챙기는 거라 생각했다. 설사 그렇다 하더라도 제가 먼저 신경을 썼어야 했던 건데. 너무도 안일했다.

"……아직 멀었다, 박신우."

자조적으로 중얼거리는데, 저 멀리서 터덜터덜 걸어오는 아내의 모습이 보인다. 신우는 아내를 향해 재빠르게 걸음을 옮겼다.

"인사는 잘 드리고 왔어?"

"덕분에요. 고마워요."

옅게 웃는 아내의 눈가는 시뻘겋게 달아올라 있었다. 얼마나 울었을지 짐작도 가지 않을 정도로. 아내가 우는 모습은 처음이었다. 무슨 일이 있어도 입술을 앙다물고 눈물을 참던 여자였다. 어렸을 때 너무 울어서 눈물샘이 말랐나 봐요. 덤덤하게 말하던…….

시뻘건 눈가를 바라보던 그의 미간이 절로 찌푸려졌다. 가슴 귀퉁이가 저릿해져오는 탓이었다. 제 아내가 어떤 사람인지를 잘 알기에 더욱 그랬다. 하지만 안타깝게도 제가 해줄 수 있는 일은 없었다. 그저 여린 어깨를 꼬옥 안아 주는 것밖에는. 얌전히 그의 품에 안겨 마음을 가다듬던 아내는 한참만에야 조심스럽게 바로 섰다.

"나 잠깐 화장실 좀 다녀올게요."

"같이 가줄까?"

"됐거든요?"

걱정돼서 진심으로 한 말이었는데 아내는 장난으로 여긴 모양이었다. 가볍게 받아친 아내는 그를 지나쳐 건물 안으로 쏙 들어갔다. 바로 뒤에서 닫히는 유리문을 물끄러미 바라보던 그의 입술을 비집고 안도의 숨이 흘러나왔다. 걱정했던 것보다 아내가 씩씩해 보여서 다행이었다.

"그래봐야 또 씩씩한 척 하는 거겠지만……."

쓰게 중얼거리며 문득 고개를 바로 했을 때였다. 그의 시야에 익숙한 얼굴이 들어온 것은. 멈칫, 당황한 그와 마찬가지로 상대방 역시 당황한 기색이 역력한 얼굴이었다.

"자네가 여긴 어떻게……."

"아내랑 같이 왔습니다."

그의 대답에 송 사장의 눈빛이 거센 바람 앞의 등불처럼 여지없이 흔들렸다.

"······언제부터?"

"이번이 처음입니다."

신우는 낮게 가라앉은 시선으로 송 사장을 바라보았다. 반듯한 정장 차림인 그의 손에 샛노란 꽃다발이 들려 있었다. 퐁퐁 국화였다. 꽃에 대해 잘 모르는 그였지만, 아내가 좋아하는 꽃이라 단번에 알아볼 수 있었다. 아무래도 아내와 장모님의 취향이 겹치는 모양이었다.

사실 오늘 이렇게 송 사장과 마주치게 되지는 않을까, 생각하긴 했었다. 이곳을 알아내면서 또 하나 알게 된 것이 있었다. 이곳의 존재를 황 회장도 모르고 있다는 것이었다. 그 말인즉, 송 사장이 황 회장의 눈을 피해 자신의 본처를 몰래 이곳에 묻고 혼자 애도하고 있었다는 뜻이었다.

송 사장이 본처를 얼마나 사랑했는지는 너무도 유명했다. 세상만사 무심한 자신조차 알고 있을 정도였다. 그래서 눈곱만큼도 상상하지 못했던 것이다. 본처의 딸인 제 아내가 설마 그따위 대접을 받고 살았으리라고는.

"장인어른."

무거운 침묵을 먼저 깬 건 신우였다. 그는 송 사장의 흔들리는 두 눈을 똑바로 바라보며 말했다.

"기회가 된다면, 꼭 한번 여쭤보고 싶은 것이 있었습니다. 도대체 왜······."

도대체 왜. 송은서에게 그렇게까지 했던 거냐고. 적어도 당신은 그러면 안 됐던 거 아니냐고. 어린 딸이 안쓰럽지도 않더냐고. 그러고도 당신이 아버지라 할 수 있느냐고. 별안간 속에서 솟구치

362

는 분노에 그는 차마 뒷말을 잇지 못하고 입을 꾹 다물었다. 그러자 다 알아들은 얼굴의 송 사장이 느릿하게 입술을 달싹였다.

"긴 변명이 될 텐데……."

"말씀해주십시오."

"……."

"송은서의 남편으로서, 이 부분만큼은 꼭 알아야겠습니다."

전혀 물러날 생각 없어 보이는 고집스러운 그의 눈빛에 송 사장은 한숨을 길게 내쉬었다.

그리고 이어지는 침묵.

한참만에야 송 사장은 다시 한 번 느릿하게 입을 열었다.

"아내가 떠나고 제정신이 아니었어. 너무 한심하게도 함께 따라갈 생각까지 했었네. 어느 날 눈을 뜨니 병원이더군."

일순간 신우의 입가가 바짝 경직됐다. 송 사장이 떠난 아내를 따라가려고 자살까지 시도했었다는 건, 전혀 알려지지 않은 이야기였다.

"참으로 오래 걸렸어. 아내가 떠났다는 사실을 인정하는 것도. 나 혼자 이곳에서 버텨야 한다는 것을 인정하는 것도."

"……."

"정신을 차렸을 땐, 이미 너무 멀리 와 있었다네. 처음으로 제대로 마주한 딸아이는 훌쩍 자라있었고, 집안 분위기는 엉망이었지. 뭘 어떻게 해야 할지 알 수가 없었어. 이제 와서 내가 뭘 할 수 있는지……."

덤덤하게 말을 이어가던 송 사장의 얼굴이 참담하게 일그러졌다. 그는 거칠게 마른세수를 한 후 말을 이어갔다.

"사실은 무서웠던 거야. 점점 아내를 닮아가는 딸아이를 마주하는 게. 미안하고 또 미안해서 외면하게 되고, 그럴수록 더 멀어지고, 관계는 걷잡을 수 없을 정도로 틀어지고……."

"……."

"그러다 보니 어느덧 여기까지 와버렸어. 여기까지……."

죄책감과 후회가 뒤섞인 질척한 음성이 허공으로 흩어졌다. 일순간 두 사람을 에워싼 공기가 한층 더 무거워졌다.

"……."

"……."

무거운 침묵이 내려앉은 허공을 응시하는 송 사장의 시선이 아득했다. 마치 예전 기억들을 곱씹기라도 하는 듯이. 신우는 그런 송 사장을 물끄러미 바라보았다. 본인의 말 그대로 길고 긴 변명일 뿐이었다. 모든 걸 다 버릴 정도로 사랑했던 아내를 한순간에 잃은 그 심정이 어땠을지, 겪어보지는 못했지만 이해는 할 수 있었다. 처지를 바꿔 생각해 보면 자신도 제정신으로 살 순 없었을 것 같으니까.

분명 못 견디게 힘들었겠지. 현실을 부정하고 싶었을 거고. 따라가고 싶었을 거다. 그러나 그럼에도 불구하고 그래선 안 됐다. 자신이 죽을 만큼 힘들었다고 해서, 감당 못할 상처를 받고 있는 어린 딸을 외면했던 일이 정당화될 순 없는 법이다.

괜한 걸 물었나.

그는 속으로 혀를 쯧 찼다. 마음이 후련해지기는커녕 오히려 더 찝찝해진 느낌이었다. 아내에겐 전하지 못할 변명거리일 뿐이었다. 그렇다고 해서 제가 아내를 대신해 화를 낼 수도 없는 노릇이었고.

그때였다. 별안간 송 사장이 그의 앞에서 무릎을 꿇은 것은.

"뭐 하시는 겁니까⋯⋯?!"

당황한 신우가 송 사장의 어깨를 붙들었다. 하지만 송 사장은 버틴 채로 고개를 푹 숙일 뿐이었다.

"내가 이런 말 할 자격이 없다는 거 잘 알고 있네. 그래도 이 한마디는⋯⋯ 꼭 하고 싶었어."

"⋯⋯."

"우리 은서⋯⋯. 가여운 내 딸⋯⋯."

송 사장의 어깨가 목소리만큼이나 바들바들 떨리고 있었다. 넓은 어깨가 지금 이 순간만큼은 어쩐지 너무도 작아 보인다.

"부디, 잘 좀 부탁함세."

* * *

눈을 느리게 깜빡였다. 짙게 깔린 어둠이 스멀스멀 흘러들어와 가슴까지 까맣게 물들이는 기분이다.

"하⋯⋯."

밤이 깊었지만 좀처럼 잠이 오질 않았다. 이런 느낌은 오랜만이었다. 요즘은 머리만 닿으면 깊은 잠에 빠져들곤 했는데 말이다. 양 몇 마리를 세던 은서는 결국 몸을 일으켰다. 잠들어 있는 남편의 얼굴을 잠깐 바라보다 조심스럽게 침실을 벗어났다.

그녀가 향한 곳은 2층 테라스였다. 남편은 그녀가 2층 출입하는 걸 못마땅하게 생각했지만 어쩔 수 없었다. 이 넓은 집에서 그녀에게 가장 위안이 되는 장소가 바로 이곳이었으니까. 테라스에 들어서자마자 선선한 바람이 불어와 머리카락을 흐트러뜨렸다. 은서는 흐트러지는 머리카락을 귀 뒤로 꽂으며 하늘을 올려다보았다.

별 하나 보이지 않는 밤하늘은 캄캄했다. 마치 지금 그녀의 속처럼…….

"꼬물아. 엄마가 미안해. 좋은 생각만 해야 하는데, 엄마 머릿속이 너무 복잡하지? 네가 오늘까지만 봐줘. 내일부턴 좋은 생각만 할게. 약속해."

배를 쓰다듬으며 한없이 다정한 목소리를 뱉어냈다. 하지만 그녀의 눈동자엔 여전히 복잡한 감정이 회오리치고 있었다. 멍하니하늘을 올려다보고 있는데 별안간 뒤에서 인기척이 느껴지더니따뜻한 온기가 등을 감싸 안는다.

"왜 나와 있어."

"그냥요. 잠이 안 와서."

그는 아무 말 없이 그녀를 부드럽게 끌어안았다. 그녀는 지금처럼 남편의 너른 품에 포옥 안겨 있는 걸 좋아했다. 마치 험난한 세상으로부터 완벽하게 보호받는 느낌이 들어서. 이 품에 안겨 있는동안은 그 어떤 걱정도 없이 행복하기만 할 수 있어서.

"신우 씨."

"응."

그의 품에 안긴 채 망설이던 그녀는 한참 만에 조심스럽게 말을 뱉었다.

"사실은…… 나 아까 다 들었어요."

"……!"

앞뒤 다 잘린 말이었지만 바로 알아들은 듯 그녀를 안고 있는 팔에 살짝 힘이 들어간다.

'긴 변명이 될 텐데……'

하필이면 화장실이 공사 중이었다. 허무하게 돌아 나오는 길, 유리문 너머로 아버지와 남편이 함께 있는 모습이 보였다. 유리문은 꽉 닫혀 있었지만 수십 개의 창문은 활짝 열려 있었다. 그 틈으로 두 사람의 대화 소리가 고스란히 흘러들었다.

"숨길 생각은 아니었어."

고개를 숙여 그녀의 어깨에 얼굴을 묻은 남편이 변명하듯 말했다.

"어떻게 이 얘기를 전해야 하나. 아니, 전해도 되는 게 맞기는 하나. 계속 고민했는데 뭐가 맞는지 모르겠어서……."

"변명 안 해도 돼요. 알아요. 신우 씨 마음."

시댁과 남편 사이에서 저도 내내 같은 상황이었으니까. 제가 그랬듯 그 역시 곤란했을 것이다.

"처음이었어요. 아버지의 속마음이 어떤지 알게 된 건."

은서는 개의치 않는다는 듯 가벼운 투로 말을 이었다.

"사실 저한테 죄책감을 가지고 있는 건 어렴풋이 알고 있었는데, 당신 입으로 들으니까 또 다른 느낌이더라고요. 특히나 엄마를 잃은 충격에 당신까지 세상을 등지려 했다는 건…… 전혀 몰랐고요."

"……."

"엄마를 너무 많이 사랑해서, 잃은 충격이 너무 커서, 나까진 미처 챙길 여유가 없었던 거겠죠. 그땐 아버지도 어렸으니까. 사람은 원래 완벽할 수 없는 법이니까."

"……."

"아버지 처지에서 이야기를 들어서인지. 아니면 내가 나이를 먹어서인지. 그것도 아니면 지금 내 마음에 여유가 생겨서인지. 아버지가 처음으로 이해가 됐어요. 그런데……."

담담한 어조로 말을 이어가던 은서는 일순간 저도 모르게 아랫입술을 질끈 깨물었다.

"……도저히 괜찮다는 말은 못 하겠어요."

애써 평정을 유지하고 있던 그녀의 눈동자가 흔들리기 시작했다.

'우리 은서……. 가여운 내 딸…….'

아버지의 입에서 나온 그 말을 듣는 순간, 두 가지의 마음이 들었다. 하나는 그래도 아버지가 진정 날 가엾게 생각하긴 했구나, 하는 것이었고. 다른 하나는 역시 다 알면서도 여태 외면했던 거구나, 하는 것이었다. 내가 얼마나 외로웠는지, 힘들었는지, 다 알았으면서도 여태껏……. 다시금 울컥, 하고 치밀어 오르는 감정에 은서는 두 눈을 질끈 감았다. 감은 눈 위로 뜨거운 눈물이 차오른다.

"……괜찮지가 않아. 나…… 아버지를 용서할 수가 없을 것 같아요……."

혼란스러워하는 속내가 고스란히 드러나는 떨리는 음성에 남편이 그녀의 몸을 돌려 시선을 맞추었다.

"송은서."

"……."

"혼란스러워할 거 없어. 지극히 당연한 거니까."

"이게 당연한 거 맞아요……? 다 들어놓고. 이해도 할 수 있으면서. 그런데도 용서를 못 하는 건 너무 이상하지 않아요?"

아까부터 너무도 혼란스러웠다. 사랑하는 이를 잃은 아버지가 안쓰러웠다. 차마 제게 다가오지 못한 아버지가 이해됐다. 그런데. 그럼에도 불구하고. 왜 나는 지금도 아버지를 용서할 수가 없는 걸까. 왜 나는 아직도 괜찮지 않은 걸까. 내가 너무 못된 건 아닐까. 내가 이상한 건 아닐까…….

"전혀 이상하지 않아. 오히려 나는 이번에도 당신이 아버지를 용서한다고 말했으면, 화를 냈을 거야."

어느덧 그녀의 눈꼬리를 타고 흐르는 눈물을 손끝으로 부드럽게 닦아낸 남편은 단호하게 말했다.

"이해와 용서는 별개의 감정이야. 상대를 이해한다고 해서 당신이 받은 상처가 사라지는 건 아니잖아. 당신은, 당신에게 상처를 준 사람을 용서하지 않을 권리가 있어."

"……."

"내가 이해를 못 해서 회장님과 그 여자를 용서하지 못하는 것 같아? 아니. 나도 이해해. 그럼에도 용서를 못 하는 데엔 다른 이유 없어."

"……."

"단지, 내가 그러고 싶지 않아서야."

그러니 당신 역시 그러고 싶지 않으면 그러지 않아도 된다고. 굳이 누군가를 용서하기 위해 자신을 속이는 노력 따윈 않아도 된다고. 남편의 말엔 이상한 힘이 있다. 그가 정리를 해주면 모든 상황이 별거 아닌 것처럼 간단해진다. 그가 괜찮아, 말하면 정말로 다 괜찮은 것처럼 느껴지는 것이다.

이 남자라면, 제가 잘못한 상황에서도 분명 제 편을 들어줄 거라는 걸 알면서도. 아니, 어쩌면 그렇기 때문에 더 든든한 걸지도 모르겠다.

"당신 눈엔 내가 이상한 것 같아?"

은서는 고개를 내저었다. 그러곤 자꾸만 처지려는 입가를 애써 끌어올리며 옅게 웃었다.

"그러고 보니 닮았네요, 우리."

어쩌면 그와 자신은, 그래서 서로를 외면하지 못했던 걸지도 모르겠다. 그래서 자연스럽게 끌렸고, 그래서 이렇게 빈틈없이 서로를 사랑하게 됐는지도⋯⋯.

"맞아. 그래서 우린 아마 앞으로도 쭉 잘살 거야."

"그건 무슨 논리예요?"

"그런 말 못 들어봤어? 부부가 닮으면 잘산다는 말."

그게 과연 지금 우리 상황에서 알맞은 말인 걸까. 의구심이 들었지만 은서는 되묻는 대신 그저 그랬으면 좋겠다, 하고 고개를 끄덕였다.

"우린 참 현실적인 사람들인 것 같아요."

이번에는 남편이 무슨 말이냐는 듯 그녀를 바라본다. 은서는 젖은 시선을 내리깔며 말을 이어갔다.

"왜 드라마에서 보면 마지막은 전부 꽉 닫힌 해피엔딩이잖아요. 용서해 주고. 용서받고……."

어쩐지 목소리 끝에 씁쓸함이 묻어났다. 그러자 남편이 허튼 생각 말라는 듯 그녀의 볼을 아프지 않게 살짝 꼬집는다.

"해피엔딩이 뭐 별거야? 당신이랑 나, 그리고 꼬물이까지. 세 식구가 예쁘게 살아가면 그게 바로 해피엔딩이지."

이번에도 역시 남편의 말은 그녀를 안심시켰다. 마치 보일리 없는 미래가 눈앞에 선명하게 그려지는 것 같았다. 닮은 사람끼리 닮은 상처를 다독이며 살아갈, 분명 해피엔딩일 우리의 미래가.

"안 그래?"

"신우 씨 말이 맞아요."

시원하게 대답하며 은서는 남편의 허리를 꽈악 끌어안았다. 꼬물이와 그녀, 그리고 그. 세 사람은 빈틈없이 서로의 온기를 느낄 수 있었다.

"내 남편이 되어줘서 정말로 많이 고마워요. 나를 행복하게 만들어줘서. 언제나 내 편이 되어줘서. 변하지 않아줘서…… 고마워요."

진심이 가득 담긴 절절한 고백을 뱉으며 은서는 고개를 천천히 들어올렸다. 저를 빤히 내려다보는 남편의 두 눈이 보인다. 그저 보는 것만으로도 그 안에 담겨 있는 충만한 사랑을 느낄 수 있을 정도로 따뜻한 눈빛. 매일 봐도 질리지 않는 그 두 눈을 똑바로 마주한 채로 그녀는 입꼬리를 한껏 말아 올렸다.

"앞으로도 잘 부탁해요."

"나야말로."

서로를 마주 보며 닮은 미소를 짓는 두 사람의 머리 위로 은은
한 달빛이 쏟아져 내린다.

해피엔딩을 향해 달려갈 우리의 내일이 기다려지는 밤이었다.

-The End-